독일
단편문학
산책

오용록 옮김

신아사

옮긴이의 글

어떤 이는 문학 작품을 꽃으로 비유한다. 형형색색의 독일 단편들을 모아 꽃다발로 묶어 내놓는다. 어느 예술 장르를 막론하고 고유한 소재와 독특한 모양 및 기법이 제대로 어우러진 것이라야 비로소 예술작품이라고 할 수 있는데 여기 실린 독일단편들은 나름대로 그런 조건을 충족한 것들이다.

좋은 작품은 오랫동안 우리 삶을 동반하며 의식과 감성을 향기와 색채로 채워주기도 한다. 문득 해맑은 웃음과 함께 어릴 때 읽은 작품의 한 대목이 떠오른 적이 있는가? 그렇다면 아직 정서가 메말라 있지 않다는 증거이다. 날마다 소리 없이 영혼을 포기하라고 강요하는 현재의 삶에서 예술은 오아시스나 다름없다. 독자 한 분이라도 좋은 작품을 읽는 맛을 느끼며 그 기쁨을 작은 행복으로 여긴다면 옮긴이로서는 이상 바랄 것이 없을 것이다.

이 책은 또한 책읽기 강좌의 교재로 쓸 것을 염두에 두었다. 강좌의 목적이나 성격이 어떻든 제한된 시간에 작품을 읽어야 감상과 분석이 가능할 것 아닌가. 가끔 작품을 읽고 스스로 생각하고 느끼는 기제마저 녹슨 것이 아닌지 안타까울 때가 있다. 중요한 것은 스스로 느끼고 생각하는 것이다.

작품을 읽어도 이해가 되지 않아 토론이나 의견 나누기를 못한다고 실망할 필요는 없다. 우리 무의식에 좋은 작품의 자양분이 스며들어 우리의 정서를 기름지게 한다는 것이 가장 중요하기 때문이다. 무의식과 정서가 우리의 삶을 결정한다. 이 책이 우리의 감성에 꼭 필요한 밑거름이 되기를 바란다.

2013년 5월 1일

옮긴이 오용록

독일 단편문학 산책

CONTENS

Adelbert von Chamisso:

『*Peter Schlemihls wundersame Geschichte*』

아델베르트 폰 샤미소:

『페터 슐레밀의 신기한 이야기』

아델베르트 폰 샤미소Adelbert von Chamisso

작가의 원래 이름은 루이 샤를 아델라이드 드 샤미소Louis Charles Adelaide de (1781-1838)로서 프랑스 샹파뉴Champagne 지방의 봉쿠르Boncourt 성(城)에서 태어나 베를린에서 죽었다. 프랑스 대혁명 시기에 가족을 따라 독일로 피난한 그는 1796년 루이제Luise 왕비(프로이센 왕 프리드리히 빌헬름 3세의 비로 프리드리히 빌헬름 4세 및 독일제국 황제 빌헬름 1세의 모친)의 시동(侍童)이 되었으며 1798~1806년에는 프로이센군의 장교로 복무했다. 30세가 넘은 1812년부터 베를린 대학에서 의학과 식물학을 공부했으며, 1815~1818년에는 러시아 탐사선을 타고 세계일주를 하였다. 그 후 베를린 식물원에서 근무하였고 베를린 대학에서 명예박사 학위를 받았다. 주요 작품으로는 샤미소에게 세계적인 명성을 가져다 준『페터 슐레밀의 신기한 이야기』(1814)를 비롯하여『시 Gedichte』(1831),『세계일주 Reise um die Welt』(1836) 등이 있다.

Adelbert von Chamisso:
『*Peter Schlemihls wundersame Geschichte*』

아델베르트 폰 샤미소:
『페터 슐레밀의 신기한 이야기』

1

난 몹시 힘들었지만 무사히 항해를 마치고 항구에 도착했다. 보트로 육지에 닿자마자 나는 자질구레한 물건들을 챙겨들고, 북적대는 인파를 헤쳐 가다가 바로 근처의 초라한 여관으로 들어가 빈방이 있는지 물었다. 종업원은 나를 위아래로 훑어보더니 다락방으로 안내했다. 나는 그에게 시원한 물 한 잔을 청한 다음, 어디에 가면 토마스 존 씨를 만날 수 있는지 자세히 알려달라고 했다.

"북문 앞에서 오른쪽 첫 번째 집이에요. 기둥이 많고 붉은 색과 흰색 대리석으로 된 새 저택에 살아요."

"좋았어."

그러나 아직 이른 시간이었다. 난 짐을 풀어서 가지고 옷 중에 제일 좋은, 검정 양복으로 말쑥하게 차려입고 소개장을 주머니에 넣은 다음 내 계획에 도움이 될 존 씨를 찾아 나섰다.

북쪽으로 쭉 뻗은 길을 따라가 문에 이르자 곧 나무 사이로 저택의 기둥들이 보였다. '바로 이 집이군.' 나는 손수건으로 신발의 먼지를 닦고

넥타이를 바로잡고는 간절한 마음을 실어 벨을 눌렀다. 문이 열렸다.

현관에 들어서자 관리인은 나에 대해 온갖 질문을 다한 다음 면담 신청을 받아주었다. 나는 영광스럽게도 친구들과 함께 정원을 거닐고 있는 존 씨를 만날 수 있었다.

자신만만한 그의 태도에서 나는 그가 내가 찾던 사람이라는 것을 알아볼 수 있었다. 그는 부자가 가난뱅이에게 그렇게 나를 친절하게 맞아주며 말까지 걸었는데, 그렇다고 그가 다른 손님들을 잊고 그런 것은 아니었다. 그는 내 손에서 편지를 받아들었다.

"아, 내 동생이 보냈군. 오랫동안 아무 소식도 못 들었는데. 건강한가요?

"저기…"

그는 내 대답도 기다리지 않고 다른 사람들에게 "저 언덕 위에 새 건물을 짓도록 했지요" 하고 말했다. 그는 편지를 열어보며 부(富)에 관한 얘기를 계속했다. "미안한 말이지만, 재산이 백만도 안 되는 자는 돼지나 마찬가지지요."

"오, 맞는 말씀입니다!" 하고 나는 외쳤다. 그는 내심 기분이 흐뭇한 모양이었다. 그는 나를 보고 웃으며 "여기 있으시오. 그 이야기는 나중에 할 시간이 있을 거요" 하고 말했다. 그러면서 그는 편지를 가리키고는 곧 다시 집어넣은 다음 다른 사람들에게 갔다.

그가 한 젊은 귀부인에게 팔을 내밀자 다른 사람들도 그를 따라 했으며, 모두 짝을 지어 언덕을 향해 갔다. 나도 뒤따라갔는데 내게 관심을 갖는 사람은 아무도 없었다. 사람들은 재미있게 이야기를 나누거나 농담을 하면서 웃곤 했는데, 특히 그곳에 없는 친구들에 대해 이야기했다. 난 그들에 대해 아는 것이 전혀 없어 대화를 제대로 이해하지 못했다. 또 걱정이 너무 많아 그에 대해 흥미를 느낄 수도 없었다.

일행이 장미원에 이르렀을 때였다. 오늘의 주인공인 아름다운 파니가 손수 장미 한 송이를 꺾겠다고 고집을 부리다가 그만 상처를 입어 그녀의 부드러운 손에서 검붉은 피가 흘러나왔다. 그리고 이 일로 사람들이 술렁이기 시작했다. 사람들이 반창고를 찾았다. 이때 눈에 띄지 않게 조용히 내 옆을 걷던, 마르고 호리호리하며 나이가 조금 들어 보이는 사내가 유행이 지난 회색 양복 주머니에 손을 넣어 조그만 지갑을 꺼내어 열더니, 공손히 허리를 굽히며 귀부인에게 반창고를 내밀었다. 그녀는 그것을 준 사람이 누군지 묻거나 감사하는 말도 없이 그것을 받았다. 상처를 싸매고 나서 사람들은 언덕을 올라갔다. 그 너머로 정원의 푸른 미로에서 끝없는 대양에 이르는 멋진 전망이 펼쳐졌다.

그것은 정말로 놀랍고 멋진 광경이었다. 환한 점 하나가 검은 파도와 하늘의 푸른 빛 사이의 수평선에 나타났다. 존이 "망원경을 가져와!" 하고 외쳤다. 그런데 이 소리를 듣고 하인이 나타나 움직이기도 전에 회색 옷을 입은 사나이가 공손히 허리를 굽히고는 주머니에서 멋진 망원경을 꺼내어 존에게 건넸다. 존은 망원경을 들여다보면서 손님들에게 어제 출항했다가 심한 폭풍 때문에 항구에 묶여 있던 배라고 알려주었다.

망원경은 이 손 저 손으로 옮겨다니더니 다시는 돌아오지 않았다. 난 놀란 얼굴로 그 사나이를 살펴보았지만 어떻게 그렇게 큰 물건이 그토록 작은 주머니에서 나왔는지 알 수가 없었다. 아무도 그것을 이상하게 생각하지 않는 것 같았으며, 회색 옷의 남자에게는 신경조차 쓰지 않았다.

존이 손님들에게 다과를 내어 이국의 진기한 과일들이 값비싼 그릇에 담겨 나왔다. 여기서 그는 내게 다시 말을 걸었다.

"자, 어서 드시오. 항해 중에 이런 것은 먹지 못했을 거요."

내가 그에게 고맙다고 하려 했지만 그는 이미 다른 사람들과 얘기를 나누고 있었다. 땅이 축축하지만 않았다면 비스듬한 언덕의 잔디에 앉아 탁 트인 전경을 즐기고 싶었다. 일행 중에 한 부인이 터키산 양탄자가 있으면 멋있을 거라고 했다. 소원이 입밖에 떨어지기가 무섭게 회색 옷의 사나이가 손을 주머니에 넣어 귀한 터키산 양탄자를 꺼냈다. 하인들이 기다렸다는 듯 그것을 받아 잔디에 깔자 모두들 그 위에 자리를 잡고 앉았다. 난 다시 놀라서 그 사내와 주머니 그리고 길이가 스무 걸음, 넓이가 열 걸음이나 되는 양탄자를 바라보았다. 눈을 비비고 보았지만 무엇이 어떻게 된 것인지 도무지 알 수가 없었다. 그러나 이 일을 이상하게 여기는 사람은 오직 나 혼자뿐이었다.

난 그 사람에 대해 알고 싶어 그가 누구인지 알아보려고 했지만 누구에게 물어야 할지 알 수 없었다. 시중을 받는 신사들보다 하인들이 더 두려웠기 때문이다. 그런데 다른 사람들에 비해 궁색해 보이는 젊은이가 내내 혼자 걷고 있는 것을 발견하고 그에게 다가갔다. 나는 그에게 조용히 회색 옷을 입은 사람이 누구냐고 물었다.

"저기 재봉사에게서 도망쳐 나온 실처럼 생긴 자요? 모르겠는데요."

나는 그가 나와 얘기하고 싶어하지 않는다는 느낌이 들었다. 그가 몸을 돌려 다른 사람과 얘기를 했던 것이다.

햇볕이 강렬해지자 부인들이 힘들어했다. 결국 파니가 다시 회색 옷의 남자에게 말했다.

"천막은 없나요?"

그는 과분한 대우를 받아 황송하다는 듯이 허리를 깊이 숙이고는 다시 주머니를 뒤지자 천, 막대, 끈 등 천막에 필요한 것들이 모두 나왔다. 천막은 양탄자를 가리고도 남을 정도로 컸다. 그러나 역시 이 천막을 보고 이상하게 생각하는 사람은 아무도 없었다.

나는 기분이 섬뜩했다. 회색 옷의 사내가 다음 소원을 듣고 호주머니에서 승마용 말 세 마리를 꺼냈을 때는 기분이 더 으시시했다. 호주머니에서 지갑, 망원경, 양탄자 그리고 천막 일체가 나왔는데 맙소사, 승마용 말 세 마리가 또 나오다니! 내가 직접 눈으로 보지 않았다면 아무것도 믿지 않았을 것이다.

아무도 회색 옷의 사내를 눈여겨보지 않았지만 나는 그의 창백한 모습에서 눈을 뗄 수가 없었다. 나는 그에 대한 두려움이 점점 커져 견딜 수가 없었다.

나는 여기를 몰래 빠져 나가야겠다고 마음먹었다. 이 모임에서 하찮은 존재인 나로서는 아주 쉬운 일이었다. 난 곧장 시내로 돌아갔다가 다음 날 다시 존 씨를 방문할 생각이었다. 또 용기가 나면 이 이상한 사내에 대해 물어보고 …, 그러나 '우선은 빠져 나가고 보자!'

장미원을 지나니 내리막이었다. 나는 한시라도 빨리 이 으시시한 곳을 떠나려는 마음에 길을 벗어나 잔디밭을 가로질러갔다. 누가 날 살펴보고 있는지 주위를 둘러보았다. 그런데 이럴 수가, 놀랍게도 회색 옷의 사내가 날 뒤쫓아오는 것이 아닌가! 그는 이미 내 가까이 와 있었다. 그가 모자를 벗고 허리를 깊이 숙여 절을 했는데 이런 일은 처음이었다. 나와 얘기하겠다는 것 뿐인데 거칠게 안 된다고 할 수는 없었다. 그래서 나도 모자를 벗고 허리를 굽혀 답례를 했다. 난 뜨거운 햇볕을 받으며 마치 뱀에 홀린 새처럼 그 자리에 꼼짝하지 못한 채 서 있었다. 그 역시 매우 당황한 기색이었다. 그러다 눈을 내리깐 채 내게 여러 번 절을 하고는 가까이 다가와 구걸하는 것처럼 낮고 떨리는 목소리로 말했다.

"개인적으로 알지도 못하면서 이렇게 당돌하게 찾아온 것을 용서해 주십시오. 드릴 말씀이 있으니 제발 너그러이 들어주십시오."

나는 겁이 나서 "아니 대체 무슨 말씀이신지요!" 하고 소리쳤다. "제가 당신 같은 분에게 무엇을 할 수 있다고 …" 우리는 서로 말이 막혀 똑같이 얼굴이 붉어졌다.

그는 한참을 말없이 가만히 있다가 다시 말문을 열었다. "운 좋게 댁의 가까이에 있는 동안 저는 …, 이런 말씀드리는 걸 용서하십시오 — 햇빛을 받아 당신 발치에 무심히 드리워진 멋지고, 근사한 그림자를 찬탄에 찬탄을 거듭하며 바라볼 수 있었습니다. 뻔뻔스러운 요구일지 모르겠습니다만, 제게 그 그림자를 양도하시면 어떻겠습니까?"

그가 말을 멈추었다. 나는 머리가 어지러웠다. 그림자를 팔라는 이상한 제안에 어떻게 대응해야 할지? 나는 그가 미쳤다고 생각하고 그의 겸허한 태도에 맞게 어조를 바꾸어 대답했다.

"아니, 이봐요! 자신에게 그림자가 있으면 그만이지 뭘 그래? 별 희한한 흥정도 다 있군." 그가 얼른 내 말을 가로막았다. "제 호주머니에는 댁이 매우 귀하게 여기실 만한 것이 몇 가지 있습니다. 이 귀중한 보물들은 아무리 값을 많이 불러도 비싸다고 할 수 없는 것들이지요."

그러자 다시 내 머릿속에 그의 호주머니 생각이 떠오르면서 다시 몸이 오싹해졌다. 어쩌다 그를 친구처럼 대하게 되었을까. 난 다시 말을 이으며 최대한 정중한 태도를 보여 처음 상태로 되돌아가려고 했다.

"그러나 선생님, 이 하찮은 사람을 용서하십시오. 전 어떻게 제 그림자만 판다는 것인지 잘 이해하지 못해서 …" 그가 내 말을 중간에서 잘랐다. "여기 이 자리에서 이 고귀한 그림자를 집어 넣도록 허락해 주십시오. 어떻게 하는 가는 제게 맡기시고요. 그 대신 선생에 대한 제 감사의 표시로 저의 호주머니에 갖고 있는 온갖 보물을 골라 갖도록 해 드리겠습니다. 어떤 문이나 자물쇠도 열 수 있는 마법의 열쇠, 보물과 사랑을 얻을 수 있는 부적, 뒤집을 때마다 금화를 내놓는 동전, 원하기만 하면 먹고 싶은 음식을 차려주는 접시 수건 … 아, 이런 것보다 훨씬 좋은 게 있어요. 바로 눈 깜박할 사이에 가고 깊은 데로 데려다 주는 포투나의 모자. 새로 튼튼하게 고쳤지요. 또 결코 돈이 떨어지지 않는 행운의 주머니도 있습니다."

"행운의 주머니요?" 하며 나는 그의 말을 가로챘다. 내 눈이 커질 만큼 그는 한 마디 말로 내 마음을 사로잡았던 것이다. 나는 현기증이 날 지경이었다.

"보고 확인해 보십시오." 그는 손을 주머니에 넣어 별로 크지는 않지만 질긴 가죽끈이 양쪽에 달려 있고 바느질도 잘된 튼튼한 가죽 주머니를 꺼내어 내게 주었다. 난 손을 집어넣어 금화 열 닢을 끄집어냈다. 그리고 다시 열 닢, 또 열 닢, 또다시 열 닢을. 나는 그에게 얼른 손을 내밀었다.

"좋소. 거래합시다. 이 주머니를 주고 내 그림자를 가지시오."

그는 악수를 하고는 그 자리에 무릎을 꿇고 놀라운 솜씨로 내 그림자를, 머리에서 발까지 풀밭에서 살며시 떼어 둘둘 말아 접어서는 호주머니에 집어넣었다. 그리고 일어서서 내게 다시 한번 절을 하고는 사라졌다. 그가 떠나면서 소리 없이 웃는 것 같았다. 나는 주머니의 끈을 꼭 잡고 주위를 둘러보았다. 땅 위로 맑은 햇빛이 비치고 있었으며 나는 아직도 정신이 얼떨떨했다.

2

제정신이 들자 나는 이제 더 이상 아무 일도 일어나지 않기를 바라며 서둘러 그곳을 떠났다. 나는 먼저 주머니를 돈으로 가득 채운 뒤 끈을 목에 감아 돈주머니를 가슴에 감추었다. 그리고 눈에 띄지 않게 정원에서 큰길로 빠져 나와서는 시내 쪽으로 방향을 잡았다.

내가 생각에 잠긴 채 문을 보고 걷는데 누가 뒤에서 소리쳤다.

"젊은이! 어이, 젊은이! 나 좀 봐요!"

돌아보니 웬 늙은 노파가 날 부르고 있었다.

"정신 좀 차려요. 당신 그림자가 없어졌소."

"고맙소, 할멈."

나는 그녀의 호의에 대해 금전 한 닢을 던져 주고는 나무 밑으로 들어갔다.

나는 북문 보초에게서도 "그림자는 어디에 두었소?"라는 말을 들었다. 그리고 곧 이어 몇몇 여자들도 "하느님 맙소사! 이 불쌍한 사람 좀 봐, 그림자가 없네!" 하고 소리쳤다. 나는 기분이 상해 햇빛에 나서지 않도록 주의했다. 하지만 어디서나 그렇게 되지는 않았다. 이를테면 대로를 건널 때가 그랬다. 어쩔 수 없이 길을 건너고 있었는데 그때 재수 없게도 학생들이 학교에서 나왔던 것이다. 아직도 그 녀석을 기억하는데, 등이 굽은 꼬마 한 놈이 내게 그림자가 없다는 것을 금방 알아채고, 큰 소리를 지르는 바람에 곧 길에 있던 아이들 모두가 알아버렸던 것이다. 아이들은 내게 시비를 걸며 오물을 던지기 시작했다. "제대로 된 사람이라면 햇빛이 비치는 곳에 갈 때는 그림자도 함께 따라 간다네." 난 그들에게서 빠져나오기 위해 손에 금화를 가득 집어 그들에게 던지고는 날 동정한 사람들이 주선한 마차에 올라탔다.

달리는 마차에 혼자 있게 되자 나는 앞이 막막해져 서럽게 울기 시작했다. 내 신세는 어떻게 될까? 이 세상에서는 공과 도덕보다도 돈이 더 우월하다고 생각했는데 이제 보니 그림자가 금보다 더 소중했던 것이다. 이미 돈을 위해 그림자를 내주어 버렸는데!

나는 마차가 내가 묵던 여관 앞에서 멈춘 것도 모른 채 이런저런 생각에 빠져 있었다. 다시 저 다락방에 발을 딛는다는 것은 생각만 해도 끔찍한 일이었다. 나는 종업원에게 내 물건들을 내려오게 했다. 초라한 짐꾸러미를 받아 들고서 금전 몇 닢을 던져주고는 마부에게 최고급 호텔로 달리라고 했다. 호텔은 북향을 보고 있어 햇빛 걱정은 하지 않아도 되었다. 난 제일 좋은 방을 얻어 안으로 들어가 서둘러 문을 잠갔다.

그리고 어떻게 했을까?

나는 가슴에 차고 있던 돈주머니를 팽개치듯 꺼내어 타오르는 분노를 토하듯 금화를 끄집어내고 또 끄집어냈다. 쌓인 금화를 방바닥에 깔고 그 위를 걸으며, 지쳐서 침대에 쓰러질 때까지 금화가 내는 빛과 쩔그럭

거리는 소리를 즐겼다. 침대 역시 이미 금화로 뒤덮여 있어서 그 속에 묻혀 뒹굴었다. 이렇게 낮과 밤이 지나갔다. 난 문을 닫고 지냈으며 밤에는 금화 위에 누워 잠이 들었다.

눈을 떴을 때는 아직 새벽인 것 같았다. 시계가 서 있었다. 나는 거의 녹초 상태였다. 목이 마르고 배가 고팠다. 어제 아침부터 아무것도 먹지 않았던 것이다. 나는 조금 전까지만 해도 그렇게 대견하게 생각했던 금화가 보기 싫고 화가 치밀어 밀쳐 버렸다. 이제는 이것으로 뭘 해야 할지 몰라 짜증이 났다. 하지만 그대로 놔둘 수는 없었다. 다시 주머니에 집어넣어보려 했지만 되지 않았다. 내 방에서 바다로 난 창은 하나도 없었다. 나는 땀을 뻘뻘 흘리며 돈을 조그만 옆방으로 옮겨 옷장에 집어 넣었다. 그리고 몇 줌의 금화만 꺼내 놓았다. 일이 끝나자 힘없이 안락의자에 앉아서 사람들이 일어나 활동하기를 기다렸다. 나는 때맞춰 식사를 주문하고는 주인을 불렀다.

나는 그 사람과 함께 앞으로 집을 어떻게 꾸밀 것인지 의논했다. 그는 벤델이라는 자를 내 일에 적격이라며 추천해 주었다. 나는 그의 성실하고 영리한 인상이 마음에 들었다. 그는 그때부터 나의 불행한 삶을 위로하며 내가 어두운 운명을 견딜 수 있도록 온갖 정성으로 도와준 사람이다. 나는 하인, 제화공, 재봉사, 상인들과 온종일을 실내에서 보내며 방을 꾸미고 잔뜩 쌓인 금화를 없애기 위해 많은 고급 물품과 보석을 사들였다. 그러나 내 눈에는 조금도 줄어든 것 같지 않았다.

그러는 동안에도 난 큰 두려움에 휩싸여 지냈다. 문밖으로는 한 발짝도 나가려 하지 않았고 밤에도 어두운 곳에서 나올 때는 미리 내 방에 초를 마흔 자루나 켜놓게 했다. 학생들과 있었던 끔찍한 장면을 생각하면 몸서리가 났던 것이다. 그래도 나는 큰 용기를 내어 사람들의 반응을 살펴봐야겠다고 결심했다. 마침 달이 환히 밝은 때였다. 저녁 늦게 나는 넓은 외투로 몸을 감싸고 모자를 눈까지 푹 내려쓴 채 범죄자처럼 몸을 떨며 살그머니 건물을 빠져 나갔다. 나는 건물에 몸을 붙이고 멀리 떨어진 광장까지 걸어가서 거리를 지나가는 사람들의 입에서 나에 대해 무슨 말이 나오는지 들어보려고 달빛으로 나갔다.

여기서 다시 그 참담했던 경험을 되풀이하여 말할 필요는 없을 것이다. 여자들은 깊은 동정심을 보여주었지만 이 또한 소년들의 웃음이나 남자들, 특히 널따란 그림자를 지닌 뚱뚱한 남자들의 오만함과 함께 나에게 상처를 주기는 마찬가지였다. 귀엽게 생긴 어떤 아가씨가 부모와 함께 내 옆을 지나갔는데 그녀는 다행히도 부모의 뒤만 보고 걷고 있었다. 그러다 갑자기 눈을 반짝이며 날 보았는데 내게 그림자가 없는 것을 알고는 깜짝 놀랐다. 그녀는 면사포로 얼굴을 가리고 고개를 숙인 채 그냥 지나가 버렸다.

난 더 이상 견딜 수가 없었다. 왈칵 눈물을 쏟으며 미어지는 가슴을 안고 다시 어둠 속으로 돌아왔다. 몸을 건물에 의지한 채 비틀거리며 나는 뒤늦게 호텔로 돌아왔다. 그리고 뜬눈으로 밤을 샜다.

이튿날 나는 우선 사방으로 회색 옷의 사나이를 찾게 했다. 어쩌면 그를 다시 찾을 수 있을지도 몰랐다.

'그도 역시 우리의 어리석은 거래를 후회하고 있다면 얼마나 좋을까?'

벤델을 불렀다. 그는 재치와 요령이 있어 보였기 때문이었다. 나는 그에게 회색 옷을 입은 남자의 모습을 자세히 일러주고 바로 그자가 내 삶에 필요한 보물을 갖고 있다고 말했다. 또 내가 그자를 만난 시간과 장소, 그 밖에 거기에 있던 사람들의 모습도 모두 설명해 주었다. 그리고 내 삶의 평온과 행복을 파괴한 그자를 찾는데 도움이 될지도 몰라 망원경과 금실로 짠 터키산 양탄자, 호화로운 천막 등에 대해서도 알아보라고 했다.

그런 다음 비용으로 쓰도록, 지니고 다닐 수 있을 정도의 돈을 충분히 주고 거기에 보석도 몇 개 얹었다. 그리고 그에게 말했다.

"벤델, 돈은 수많은 문을 열어주고 불가능해 보이는 것을 쉽게 해결해 주지. 돈을 아끼지 말고 가서 내 유일한 희망이 담겨 있는 소식을 가져와 그대의 주인을 기쁘게 해 주게."

벤델이 떠났다. 그리고 한참 뒤 슬픈 모습으로 다시 돌아왔다. 욘 씨네 사람들이나 그의 손님들 중에서 조금이라도 회색 옷의 사나이를 기억하는 사람은 없었다. 새 망원경은 있었다. 그러나 그 망원경이 어디서 나왔는지는 아무도 알고 있지 않았다. 양탄자와 천막 역시 언덕 위에 있었다. 욘 씨는 그것들을 보고 좋아했지만 그것들이 어떻게 생겼는지 전혀 관심이 없었다. 벤델은 최선을 다해 임무를 수행했다. 나는 벤델에게 혼자 있고 싶다고 손짓을 해보였다.

그러나 벤델은 아직 할 말이 남아 있었다. "주인님께 가장 중요한 문제들은 보고해 드렸습니다. 그러나 아직 한 가지가 더 있습니다. 오늘 아침 업무를 보러 가던 중에 현관 앞에서 어떤 분을 만났습니다. 그분은 제게 '페터 슐레밀 씨에게 말씀드려 주십시오. 난 멀리 바다로 떠나며 이제 날 보지 못할 거라고. 순풍이 불어 곧 항구로 가야겠소. 그러나 수년 뒤에 다시 찾아와 이번과는 다른, 당신 마음에 들만한 사업을 제안할 셈이요. 그럼, 이만 물러가겠소. 주인님께 제 감사의 뜻을 전해 드리십시오.' 라고 말했습니다. 난 그분에게 누구시냐고 물었지만 그분은 주인님이 아시는 분이라고 하시더군요."

난 짐작되는 바가 있어 "그자가 어떻게 생겼던가?" 하고 물었다. 그러자 벤델이 회색 옷을 입은 사내의 생김새와 말투에 대해 상세하게 설명을 했다.

나는 너무나 안타까워 "아, 이 사람아!" 하고 외쳤다. "그가 바로 그 사람이야!" 그 순간 그는 뭔가 깨달은 듯 "아, 그 사람이었습니다. 바로 그 사람이에요!" 하고 소리쳤다. "이놈의 눈이 멀었지. 이 멍청이가 그를 못 알아봤어, 그를 몰라보고 주인님을 배반했어!"

그는 뜨거운 눈물을 흘리며 자기 자신을 질책했다. 절망에 잠긴 그의 모습을 보자 나는 가슴이 아파왔다. 나는 그를 위로하고 그의 충성심을 의심하지 않는다고 안심시켰다. 그리고 혹시 그 이상한 사람을 발견할 수 있을지 몰라 그를 항구로 보냈다. 그러나 배는 이미 아침에 출항한 뒤였고, 회색 옷의 사나이도 그림자처럼 흔적도 없이 사라져 버렸다.

3

쇠사슬에 묶여 있는 것처럼 꼼짝도 못하는 사람에게 날개가 무슨 소용이 있을까? 오히려 그를 더욱 절망하게 할 뿐이다. 나는 온갖 위로를 뒤로 하고 마치 보물을 지키는 용처럼 혼자 금화 옆에 누워 있었다. 그러나 돈에 대한 애착보다는 내 인생을 가로막았다는 생각에 나는 그것을 저주했다. 혼자 어두운 비밀을 안고 있는 까닭에 하다못해 가장 지위가 낮은 하인이라도 보기가 두려웠다. 그리고 그가 부러웠다. 그에겐 그림자가 있어 햇빛에 나설 수 있었기 때문이다. 나는 밤이나 낮이나 홀로 외롭게 방에서 비탄에 잠겨 있었다.

그런데 내 앞에서 고통스러워하는 사람이 있었다. 진실한 벤델은 주인의 운명과 밀접한 관련이 있는 회색 옷의 사나이를 보고도 놓쳐 버린 것 때문에 죄책감에 시달리고 있었다. 하지만 그의 탓으로 돌릴 수만은 없었다. 이 사건을 보면서 내 운명이 괴이한 자의 손에 맡겨져 있다는 느낌이 들었다.

그렇다고 그냥 가만히 있을 수는 없었다. 어느 날 나는 벤델에게 값비싼 다이아몬드 반지를 가지고 시내로 가서 유명한 화가를 찾아 모셔오도록 했다. 그리고 화가가 도착하자 나는 하인들을 밖으로 내보낸 뒤 문을 닫고 그와 마주앉았다. 나는 그의 예술성에 대한 찬사를 늘어놓다가 무거운 마음으로 내가 얘기하고자 하는 본론으로 들어갔다. 그러기에 앞서 나는 그에게 결코 아무에게도 비밀을 말하지 않을 것을 약속하게 했다.

"선생님" 하고 나는 말을 이었다.

"불행하게 자기 그림자를 잃어버린 사람에게 가짜 그림자를 그려주실 수 있겠습니까?"

"그림자라고 하셨습니까?"

"그렇습니다."

"그런데 … " 하고 그는 계속 물었다.

"얼마나 어리숙하고 단정치 못하면 자기 그림자를 다 잃어버리죠?"

난 화가에게 "어쩌다 그렇게 됐는지는 별로 중요하지 않습니다"라고 대답하고는 뻔뻔스럽게 거짓말을 했다.

"지난 겨울에 러시아를 여행했는데, 날씨가 유난히도 추워 그림자가 땅바닥에 얼어붙어 다시 뗄 수가 없었습니다."

그러자 화가가 마음을 가다듬은 듯 말했다.

"내가 그려줄 수 있는 가짜 그림자는 조금만 움직여도 다시 잃어버리게 됩니다. 특히 지금 말씀처럼 자기 것을 꼭 붙잡고 있지 않은 사람이라면 말이죠. 그림자가 없으면 햇빛 있는 데로 나가지 않는 것이 현명하고 안전한 길입니다."

그는 일어서서 내 눈을 뚫어지게 바라보고는 가버렸다. 나는 그의 눈초리를 견딜 수가 없었다. 나는 안락의자에 주저앉아 두 손에 얼굴을 파묻었다.

이렇게 있는데 벤델이 들어왔다. 그는 내가 고통스러워하는 것을 보고는 조용히 돌아가려고 했다. 그를 바라보았다. 누군가에게 내가 겪는 불행에 대해 얘기하지 않고서는 견딜 수가 없었던 것이다.

"벤델" 하고 그를 불렀다. "자넨 내가 괴로워하는 걸 보면서도 질문을 삼가고 진지하게 나와 고통을 나누는 유일한 사람이네. 자네는 세상 사람들이 날 존경해마지 않으리라고 생각하겠지. 그러나 자네도 알다시피 난 세상을 피해 숨어 있네. 벤델, 세상은 날 싫어해. 내게서 등을 돌렸단 말이네. 나의 무서운 비밀을 알면 자네도 내게서 떠날 거야. 벤델, 난 부자이고 인정 많은 사람이네. 하지만 아! — 난 그림자가 없다네!"

이 착한 청년은 놀라서 "그림자가 없다고요!" 하고 소리쳤다. 그리고 그의 눈에선 눈물이 쏟아졌다. "그림자가 없는 사람을 주인으로 섬기다니, 아이구 내 팔자야!" 그리고는 입을 다물었다. 난 내 얼굴을 두 손으로 감싸 안았다.

이윽고 내가 떨리는 목소리로 말했다. "벤델, 자넨 이제 모든 걸 알고 있어. 가서 사람들에게 내 비밀을 전하게." 그는 자신과 힘든 싸움을 하고 있는 것 같았다. 마침내 그는 내 앞에 무릎을 꿇고 내 손을 잡았다. 그는 "아닙니다" 하고 외쳤다.

"세상 사람들이 뭐라고 생각하든 한낱 그림자 때문에 주인님을 떠날 수는 없습니다. 전 올바로 행동하지, 약게 굴지는 않겠습니다. 나리 곁에 머물며 제 그림자를 빌려드리겠습니다. 제가 할 수 있으면 나리를 도와드리고 할 수 없으면 나리와 함께 울겠습니다."

나는 그의 고결한 태도에 감동되어 그의 목을 끌어안았다. 나는 그가 돈 때문에 그러는 것이 아님을 잘 알고 있었다.

그때부터 내 운명과 생활방식이 조금씩 바뀌었다. 벤델이 나의 결함을 얼마나 잘 숨겨주었는지는 말로 표현할 수가 없다. 어디를 가든 그는 내 앞이나 옆에 있었으며 모든 걸 미리 내다보면서 대비했고, 위험한 상황에선 재빨리 자신의 그림자로 나를 가려주었다. 그는 나보다 크고 건장했다. 그리하여 난 다시 사람들 속에 끼어 지위에 맞게 처신하기 시작했다. 난 괴이한 성격과 행동을 보일 수밖에 없었는데, 그 또한 부자에게 잘 어울리는 것이었다. 아무도 진실을 모르는 동안 나는 부자로서 명예와 존경을 누리고 있었다. 나는 이제 그 정체불명의 사나이가 수년 뒤에 찾아오겠다고 한 약속을 한층 차분한 마음으로 기다릴 수 있게 되었다.

혼자 욘 씨 집에서 있었던 일을 생각하면 마음이 우울했다. 나는 언젠가 늘 사람들이 내게 그림자가 없다는 것을 알게 되고 또 그 비밀이 쉽게 알려질 것이라는 것을 알고 있었기 때문에 한곳에 오래 머물러선 안 된다는 것을 잘 알고 있었다. 여기는 다른 곳에서 편안하고 밝은 태도를 보이기 위한 연습장일 뿐이었다. 그런데 한동안 날 허영에 빠뜨린 사건이 생겼다. 그런 일은 닻이 확실한 곳에 내려지려는 때 일어나는 법이다.

바로 거기서 전에 욘 씨를 방문했을 때 알게 된 파니, 그 아름다운 파니를 다시 만났던 것이다. 뛰어나게 아름다운 바로 그 파니를 말이다. 한마디로 나는 그녀에게 홀딱 반했으며 제정신이 아니었다. 나는 바보가 되어 그녀를 좇아다녔다. 물론 그늘과 어둠이 있는 곳만을 좇아다녔다. 그녀에게 빠진 내가 이곳을 떠난다는 게 오히려 이상한 일이었다.

하지만 장황하게 이 이야기를 다할 필요가 있을까? 여기서도 내가 시시하게 놀았다는, 뻔하고 진부한 내용뿐인데… 그러나 이 놀이는 결국 우리뿐만이 아니라 누구도 예상치 못한 파국으로 끝나고 말았다.

어느 상쾌한 저녁에 나는 여태까지 해 오던 대로 가든파티를 열었다. 나는 다른 손님들과 조금 떨어져 파니와 팔짱을 낀 채 이리저리 거닐고 있었다. 마침 그녀를 위해 아주 멋들어진 찬사를 늘어놓고 있는데 갑자기 달이 구름 사이로 얼굴을 내밀었다. 파니는 자기 앞에 자신의 그림자만 늘어져 있는 걸 보았다. 그녀는 기겁을 하고 날 바라보다가 다시 땅을 보았지만 내 그림자는 없었다. 그녀가 무슨 생각을 하는지는 그녀의 얼굴에서 이미 알 수 있었다. 난 등골이 오싹하지만 않았더라도 크게 웃음을 터뜨렸을 것이다.

나는 기절해서 내 팔에 쓰러지는 파니를 놔두고 놀란 손님들 사이를 쏜살같이 달려 마침 대문 앞에 서 있는 마차를 타고 벤델이 있는 시내로 돌아갔다. 이번 파티엔 불행하게도 신중한 벤델을 시내에 있게 했던 것이다. 나를 보자 그는 놀랐지만 순간적으로 모든 걸 알아챘다. 그리고 바로 마차를 불렀다. 나는 그날 밤의 일에 대해 아무것도 모르리라고 생각하고 하인들 중에서 기민하고 약삭빠른 라스칼만을 데리고 갔다. 그날 밤 나는 20킬로미터나 달렸다. 벤델은 내 집을 처분하여 사람들에게 돈을 나누어주고 내게 필요한 것을 가져오기 위해 남았다. 다음 날 벤델이 뒤쫓아오자 나는 그의 팔에 안겨 다시는 그런 바보짓을 하지 않겠으며 앞으로 더 신중히 처신하겠다고 약속했다.

우리는 국경의 경계를 넘고 산을 넘으며 계속 쉬지 않고 여행했다. 난 저 불행한 땅을 가로막은 산악을 넘어서야 인적이 드문 인근의 온천에서 한적하게 쉬어도 괜찮겠다고 생각했다.

4

나는 생생하게 기억할 수만 있다면 정말 그 안에 머물고 싶은 시절이 있었는데, 그 이야기는 얼른 건너뛰어야겠다. 세월과 함께 그 시절 또한 빛을 잃었으며 내 가슴 속에서 그때 느꼈던 고통과 행복을 되찾으려한다면, 그것은 마치 샘물이 말라버린 바위에 헛되이 부딪힐 뿐이다. 지나간 그 시절에 비추어 볼 때 난 얼마나 많이 변했을까!

그곳 온천에서 나는 영웅 노릇을 해야 했다. 제대로 준비도 안된 상태에서 풋내기로 처음 무대에 오른 나는 각본에서 벗어나 처음부터 한 쌍의 푸른 눈에 반해 버렸다. 그 부모들은 서둘러 일을 성사시키려고 온갖 노력을 다했다. 그 촌극은 내가 바보가 되는 것으로 끝났다. 그리고 그게 끝이고 전부였다. 그것은 어처구니없고 어리석기 짝이 없는 사건이었다. 그럼에도 그 당시 내게 큰 의미를 지닌 채 내 가슴을 부풀게 했던 것이 시간이 흘러가면서 무의미해졌다는 점은 끔찍한 일이다.

'미나, 그때 당신을 잃고 울었는데 내 마음에선 지금도 당신을 잃은 슬픔에 눈물을 흘리고 있소. 내가 이렇게 늙어 버렸나? 오 슬픈 이성(理性)이여! 당시의 심장 박동, 저 행복했던 시절을 한번 또는 한 순간만이라도 돌려다오!

아, 아니야! 잔치는 끝났고 샴페인 잔도 빈지 오래며 난 홀로 내 쓰라린 경험의 바다를 외롭게 항해한다.'

나는 내가 원하는 대로 집을 꾸미도록 하기 위해 벤델에게 금화를 몇 자루 주어서 읍으로 보냈다. 그는 거기서 많은 돈을 뿌렸으며 자신이 모시는 외지인 부자에 대해서는 이름을 밝히지 않고 애매하게 얼버무렸다. 그러자 순박한 사람들은 나름대로의 상상력을 발휘하기 시작했다.

집치장이 끝나자 곧 벤델이 찾아와 나를 데리고 갔다. 우리는 함께 길을 나섰다. 읍에서 한 시간쯤 떨어진 곳에 이르렀을 때 햇빛이 내리쬐는 들판에서 축제 차림의 사람들이 우릴 맞았다. 마차가 멈추자 음악과 함께 축포 소리와 '만세'를 외치는 소리가 울려 퍼졌다. 마차 앞에는 빼어나게 아름다운 처녀들이 하얀 옷을 입고 나타났다. 그러나 무리 한 가운데서 걸어나오고 있는 절세 미인에 비하면 이들은 모두가 희뿌연 새벽 하늘에 깜박거리는 별과 같았다. 그 사랑스러운 아가씨는 내 앞에 무릎을 꿇고 내게 월계관을 바치며 폐하, 존엄, 사랑 같은 말을 했는데 나는 제대로 알아듣지 못했다. 그러나 그녀의 목소리는 천사의 소리 같았다. 그리고 그녀와 함께 왕과 그의 백성의 행복을 찬양하는 합창이 이어졌다.

그런데 이 모든 게 해가 내리쬐는 곳에서 벌어지다니! 그녀는 여전히 내게 두 발자국 떨어진 곳에 무릎을 꿇고 있는데 그림자가 없는 나는 이 천사에게 다가가 무릎을 꿇을 수가 없었던 것이다.

'오, 그림자를 왜 팔았단 말인가!'

나는 부끄러움, 불안 그리고 절망을 어두운 마차 안에 깊숙이 숨겨둬야만 했다. 마침내 벤델이 내 처지를 알아차리고 마차에서 뛰어내렸다. 나는 그를 불러 갖고 있던 상자에서 원래 파니에게 주려고 했던 다이아몬드가 박힌 귀한 관을 꺼내 내밀었다. 벤델이 아가씨에게 다가가 "저희 주인은 이런 인사를 받을 이유가 없습니다. 아마 뭘 잘못 알고 그러신 것 같습니다"라고 말했다. 그리고 주인을 대신하여 이곳 시민 여러분의 호의에 감사드리며 그 표시로 이 관을 전달한다고 말했다. 그리고서는 월계관을 받아들고 그 자리에 다이아몬드가 박힌 관을 놓았다. 그리고 정중하게 아름다운 아가씨가 일어서도록 손을 내밀어 주고는 사람들에게 말이 지나갈 수 있도록 길을 터 달라고 부탁하고는 다시 마차에 올랐다. 우리는 서둘러 나뭇잎과 꽃으로 만든 문을 지나 읍을 향해 달렸다. 우리 뒤에서 포성이 마구 울렸다.

마차가 집 앞에 서자 나는 날 보려고 몰려온 군중들을 헤치고 서둘러 안으로 들어갔다. 창 밑에서 군중들이 만세를 불렀다. 나는 길에다 금화를 뿌렸다. 저녁에는 불을 켜놓아 읍 전체가 환했다.

나는 도대체 무슨 일인지 또 날 누구라고 여기는지가 궁금해졌다. 그래서 라스칼을 보내 알아보도록 했다. 프로이센 왕이 한 백작의 이름으로 이 지역을 여행 중이었는데, 그 왕을 바로 이곳에서 모시게 되자 기뻐서 어쩔 줄 몰라 한다는 이야기였다. 또 내가 굳이 이름을 밝히지 않는 것도 물론 잘 알고 있으며, 요란한 환영 행사로 내가 조용히 지내려는 것을 방해한 데 대해 죄송하게 여기고 있다고 했다. 그러니까 난 아주 어질고 자비롭게 노여움을 표한 셈이며 갸륵한 마음씨를 용서해야 하는 것이다.

라스칼은 그 일이 재미있는지 사람들이 날 왕이라고 믿도록 내버려두었다. 나는 그의 보고를 듣고 소리내어 웃었다. 솔직히 말해서 날 그렇게 높은 사람으로 보는 게 좋았다. 다음날 저녁 나는 읍민 전체를 초청하여 집 앞의 나무 아래에서 잔치를 베풀었다. 신기한 내 돈주머니, 벤델의 열성과 라스칼의 민첩함 앞에는 시간도 문제될 게 없었다. 몇 시간도 되지 않아 모든 게 나무랄 데 없이 멋지게 처리되었으니 정말 놀랍기 짝이 없었다. 그야말로 호화찬란 그 자체였다. 심지어 조명까지도 내가 아주 안심할 수 있도록 잘 배치되어 있었다. 벤델은 거기까지 신경을 썼던 것이다.

저녁이 되자 손님들이 나타났고 내게 소개되었다. 이제 내게 '폐하'라는 말은 쓰지 않았다. 그 대신 깊은 공경과 겸허한 태도로 백작님이라고 불렀다. 잠시 '어떻게 할까?' 생각하다가 아예 아무 말도 하지 않았지만 그날 밤부터 나는 자연스럽게 페터 백작이 되었다.

흥겨운 잔치 분위기 속에서 내 마음은 애타게 한 사람만 찾고 있었다. 한참 뒤 그녀, 오늘밤의 여왕이 관을 쓰고 나타났다. 그녀는 얌전하게 부모를 따라 들어왔는데 자신이 가장 아름다운 여자란 것을 모르는 모양이었다. 산림관과 부인 그리고 그들의 딸이 소개되었다. 그녀의 부모와는 이야기가 막히지 않았으나 그 딸 앞에서는 야단맞은 아이처럼 서 있기만 할 뿐, 한 마디도 꺼낼 수가 없었다. 나는 그녀가 왕관을 쓰고 있으니 이 잔치의 주역을 맡아달라고 겨우 청했다. 그녀가 수줍어하며 간절한 눈빛으로 사정했지만 난 아무 말도 못하고 그녀에게 깊은 경의를 표했다. 그러나 그것으로 충분했다. 손님들도 기꺼이 백작을 따라 행동했던 것이다. 위엄과 청순함 그리고 우아함이 미와 어우러져 축제를 이끌었다. 미나의 부모는 그저 예우의 표시로 자기 딸을 발탁한 줄로 알고 있었지만 나의 기분은 말할 수 없이 황홀했다.

그날 저녁 나는 구경나온 사람들에게 많은 금화를 나눠 주었으며 손님들에게 귀금속과 보석을 선물했다. 다음 날 아침 나는 벤델로부터 라스칼이 어제 금화 몇 자루를 빼돌렸다는 말을 들었다. 난 "그 불쌍한 녀석이 돈 좀 갖게 그냥 놔두게" 하고는 "그래도 나는 돈이 넘칠 정도니까. 다른 사람에게도 주는데 왜 그는 안 되겠는가? 어제 그는 잔치를 준비하면서 아주 성실하게 일했네." 그 문제에 대한 이야기는 이렇게 끝났다.

라스칼은 나의 첫째 하인이었지만 벤델은 내가 모든 걸 얘기할 수 있는 진정한 친구였다. 벤델은 내 재산이 무한하다고 생각하면서도 그 출처에 대해 단 한번도 알려고 하지 않았다. 그보다는 돈을 내 뜻에 맞게 쓸 궁리만 했다. 회색 옷을 입은 사나이에 대해선 그자만이 내게 내린 저주를 풀 수 있다는 것, 내가 그자를 꺼리지만 그자는 나의 유일한 희망이라는 것, 그리고 그자는 어디서나 날 찾아낼 수 있지만 난 그자가 어디 있는지도 모른다는 정도는 알고 있었다. 벤델은 내가 모든 수색을 중단했으며, 지금은 그가 돌아오기로 약속한 날만을 애타게 기다리고 있다는 것도 알고 있었다.

내가 베푼 잔치에 참석한 읍민들은 나의 태도와 화려함을 보고는 내가 왕이라고 확신했다. 바로 그후 프로이센 왕이 여행을 한 적이 없다고 신문에 보도되었지만 나는 그 어느 왕보다도 부유하고 관대한 왕 노릇을 해야만 했다. 그들은 애초부터 날 왕이라고 믿었던 생각을 바꾸려 하지 않았던 것이다. 그러나 무슨 왕인지는 자세히 몰랐다. 이 세상에 왕이 모자라 걱정인 적은 없었다. 자신의 눈으로 왕을 본 적이 없는 이 사람들은 내가 무슨 왕이라고 되는 대로 갖다 붙였다. 페터 백작은 원래 그대로인데 … .

어느 날 온천객 가운데 한 상인이 나타났다. 그는 재산이 많아 매우 존경을 받았고 희미하나마 넓은 그림자를 달고 다녔다. 그는 이곳 사람들에게 돈 자랑을 하고 싶어 왔는데, 한술 더 떠서 누가 더 부자인지 나와 겨루어 보려고까지 했다. 그건 정말 신중하지 못한 짓이었다. 나는 아주 잠깐만 내 돈주머니의 힘을 빌렸는데도 그 불쌍한 작자는 곧 파산을 해서, 산을 넘어 도망쳐 버렸다. 그자는 그렇게 쫓겨났다. 난 그 지역에서 많은 사람을 백수건달로 만들었다.

잔치는 말할 수 없이 호화롭고 남에게 주는 돈과 선물도 아끼지 않았지만 나 자신은 매우 검소하게 집에만 틀어박혀 살았다. 극도의 신중함은 내 습관이 되었다. 벤델 이외에는 아무도 내 방에 들어올 수 없었다.

해가 비치고 있는 동안은 문을 잠그고 그와 함께 방안에서 지냈다. 그러자 백작이 방에서 사무를 본다는 말이 돌았다. 내가 정기적으로 주고받는 서신들이 그것을 뒷받침해 주었다.

손님은 저녁 때 나무 아래에서, 또는 벤델의 생각에 따라 멋지게 조명된 홀에서만 영접했다. 집밖을 나갈 때는 벤델이 항상 예리하게 지켜보아야 했는데, 그것도 내 마음 속 깊이 간직한 아가씨를 보러 산림관 집에 갈 때뿐이었다.

미나는 참으로 사랑스럽고 착한 아가씨였다. 그녀는 내 생각에 사로잡혀 있었으며 내 사랑을 받게 된 것을 과분하게 여기는 눈치였다. 그녀는 순수한 마음과 젊음으로 내 사랑에 보답했다. 그녀는 한마디로 자신이 어떻게 될지는 전혀 염두에 두지 않고 한 사람만을 생각하며 자신의 사랑을 위해 자신을 바치는 여자였다. 그녀는 진정으로 나를 사랑했다.

그러나 도취 상태에서 깨어나자 나는 자신이 없었다. 나처럼 그림자가 없는 인간이 엉큼한 이기심 때문에 이렇게 아름다운 처녀의 넋을 빼앗고 신세를 망치려 하다니! 지금은 그녀가 되돌아오길 바라는 마음이지만 그 당시 그녀와 함께 지낸 시간은 고통 그 자체였다. 초기의 격정이 지나고 다시 차분히 생각할 수 있게 되자 그녀에게 진실을 말해야겠다고 결심했다. 더 이상 죄의식을 안고 살 수는 없었던 것이다. 그리고 나서 그녀와 헤어져 사라져 버리겠다고 마음먹었다. 그러자 다시 눈물이 쏟아졌다. 나는 벤델과 저녁에 그녀의 집을 찾아갈 계획을 세웠다.

용기도 생겼다. 머지않아 회색 옷의 사나이가 돌아올 거라는 생각을 했던 것이다. 그자를 다시 보게 될 날을 헤아려 보았다. 그자가 몇 년 뒤에 오겠다고 했고, 나도 그렇게 믿고 있었다.

미나의 부모는 선하고 정직한 사람들이었으며 외동딸을 몹시 사랑했다. 그들은 우리 관계를 알고 나서는 놀라 어찌할 바를 몰랐다. 백작이 자기 딸아이에게 관심을 보이리라고는 꿈에도 생각하지 못했기 때문이었다. 그런데 지금 백작과 딸이 서로 사랑하고 있다니 … . 어머니는 결혼 가능성을 생각하고 은근히 그렇게 추진했을지도 모른다. 그러나 아버지의 상식으로 그런 일은 상상할 수조차 없었다. 두 사람은 내 사랑의 순수함을 인정했다. 그들은 자신들의 딸, 미나를 위해 기도해 주는 일 외에는 달리 도리가 없었다.

마침 내 손에는 그 당시 미나가 쓴 편지 한 통이 있다. 그래, 바로 그녀의 필체야! 그녀의 글은 다음과 같다.

'저는 연약하고 우둔한 소녀입니다. 몹시 사랑하는 제 님께서 가련한 소녀에게 고통을 주려고 하지는 않으시리라 믿습니다. 아, 당신은 좋으신 분, 너무나도 좋으신 분입니다. 그러나 제 말을 오해하지 마십시오. 저를 위해 아무것도 희생하지 마시고 희생하려고도 마십시오. 오! 하느님, 만일 그러신다면 제 자신이 싫어질 것입니다. 안 됩니다. 당신은 저를 한없이 행복하게 해 주시고 제게 사랑을 가르쳐 주셨습니다. 아! 저는 압니다. 페터 백작님은 제 것이 아니라는 것을. 그분은 이 세계의 것입니다. 한 군데에 머물지 마십시오. 당신의 위대한 행적에 대해 듣고 사람들이 당신을 찬미하면 자랑스럽게 여기겠습니다. 저, 있잖아요. 당신께서 저같이 단순한 아이 때문에 고귀한 섭리를 잊으실 까 봐 화가 납니다.

가십시오.

아, 당신 덕분에 이렇게 기쁘고 즐거운데 그 생각을 하니 불행해지는군요. 님이여, 제가 당신에게 드린 화환과 같이 당신의 인생에 올리브 가지와 장미송이를 엮어 드리지 않았나요? 당신을 마음속에 간직하고 있습니다. 제게서 떠나는 것을 두려워 마십시오. 당신을 위해서라면 정말 행복하게 죽을 것입니다."

그녀의 말이 내 가슴을 얼마나 미어지게 했는지는 여러분도 짐작할 수 있을 것이다. 나는 그녀에게 모든 것을 밝혔다. 사람들이 날 백작으로 알고 있지만, 사실 난 백작도 아니고 부자이지만 정말로 불행한 사람이다.

난 아무에게도 말할 수 없는 비밀이 있으며 아직은 문제가 해결될 희망이 있기 때문에 그녀에게도 말하고 싶지 않았다. 난 그녀에게 내 삶의 유일한 빛이요, 행복이며 사랑인 그녀를 불행으로 끌어들일까 봐 두렵다고 말했다. 그녀는 불행한 나의 처지를 생각하고 다시 울었다. 아, 얼마나 사랑스럽고 착한지! 미나는 나를 불행에서 구하기 위해 무슨 일이든 다 할 여자였다.

그러나 그녀가 내 말을 완전히 이해한 것은 아니었다. 아직도 날 저주받은 귀족으로 보았다. 그녀의 상상력에 의해 난 낭만적인 인물이 되었다.

어느 날 내가 그녀에게 말했다.

"미나, 다음 달 마지막 날이면 내 운명이 바뀌거나 결정될 거요. 그렇게 되지 않으면 난 죽어 버릴 거요. 당신을 불행하게 하고 싶지 않기 때문이요."

그녀는 울면서 머리를 내 가슴에 묻었다.

"만일 당신의 운명이 바뀌면 당신이 행복하다는 것만 알려주세요. 주제넘게 당신을 바라진 않겠어요. 그러나 힘든 처지에 있으면 제가 당신과 함께 불행을 나누어 지게 해 주세요."

"사랑하는 미나, 그 말을 취소해요. 어서 당신 입에서 새어나온 어리석고 성급한 말을 거두시오. 내 비밀을 모르니까 그런 말을 하는 거요. 내 불행과 저주를 알기나 하는 거요? 내가 누군지 … .? 내가 그 비밀을 간직한 채 이렇게 떨고 있는 게 보이지 않소?"

그러나 그녀는 내 발 밑에 쓰러져 울며 자신의 소원을 되풀이할 뿐이었다.

그때 산림관이 들어왔다. 나는 그녀의 아버지에게 미나를 깊이 사랑하고 있으며, 다음 달 초하룻날 그녀와 결혼하겠으니 허락해 달라고 청했다. 내가 이 날을 선택한 것은 그때까지 회색 옷의 사나이가 나타나면 내 운명이 달라질 거라고 생각했기 때문이었다.

사람좋은 산림관은 백작의 입에서 그런 말이 나오자 깜짝 놀랐다. 그는 내 목을 끌어안았다가 분수없이 흥분한 것을 알고는 부끄러워했다. 이제 온갖 걱정과 의아심이 그를 사로잡았다. 혼수는 어떻게, 그리고 아이의 신상과 장래는 어떻게 되는 거지요? 나는 그가 그 문제를 일깨워준 것에 감사했다. 그리고 그에게 날 알고 사랑하는 이 지역에서 마음 편히 살고 싶다고 말하고 대금은 내가 지불할 테니 미나의 이름으로 땅을 사 달라고 부탁했다. 그게 장차 사위될 사람을 돕는 길이라며… 그는 백만 금화 정도의 땅을 사는데도 한동안은 온통 그 일에만 매달려야 했다. 가는 데마다 낯모르는 사람이 선수를 쳤기 때문이다.

내가 그에게 그런 일을 맡긴 것은 그를 떼어놓으려는 뜻에서였지 별다른 저의는 없었다. 그는 백작을 잘 대접해야 한다고 생각하고 있었다. 그러나 솔직히 말해 나는 그가 성가셨다. 이와는 달리 미나의 어머니는 귀가 조금 먹었고 귀찮게 굴지도 않았다.

다음 날 저녁, 나는 다시 산림관의 집에 갔다. 외투를 어깨에 걸치고 모자를 깊이 눌러쓴 채 미나에게 갔다. 그녀는 눈을 들어 날 쳐다보더니 자기도 모르게 몸을 움찔했다. 그때 나는 달빛 아래에서 파니에게 그림자 없는 내 모습을 보였던 그날 밤의 일이 떠올랐다. 여기 있는 사람은 분명히 미나인데 미나까지 내가 그런 사람이라는 걸 알았단 말인가? 그녀는 조용히 생각에 잠겨 있지 않은가! 가슴이 천 근 같이 무거웠다. 자리에서 일어났다. 그녀가 소리없이 울면서 내 가슴이 안겼다. 나는 그 자리를 떠났다.

그녀는 눈물로 보내는 날이 많았고 그럴수록 내 마음도 무거워졌다. 그러나 그녀의 부모들은 즐거워 어쩔 줄 모르고 지냈다. 운명의 날이 먹구름처럼 다가오자 마음이 불안하고 답답했다. 그날이 하루 앞으로 다가오자 나는 숨조차 쉴 수 없었다. 나는 미리 몇몇 상자에 돈을 채워 놓고 열두 시까지 깨어 있었다. 그리고 마침내 열두 시가 되었다.

나는 앉아서 시계 바늘을 보며 초, 분을 세었다. 사소한 소음에도 나는 놀라 소스라쳤다. 날이 밝아왔다. 무겁고 답답한 시간이 지나고 낮이 되었다. 그리고 저녁 그리고 다시 밤. 시계바늘이 움직이며 희망도 시들었다. 열한 시가 되었지만 아무 일도 일어나지 않았다. 다시 열두 시를 쳤지만 역시 아무 일도 일어나지 않았다. 마침내 열두 시의 첫째와 마지막 종이 울리자, 나는 절망의 눈물을 쏟아내며 침대에 쓰러졌다. 내일이면 영원히 그림자 없는 상태로 미나와 결혼해야 하는 것이다. 나는 잠을 설치다가, 아침 무렵 눈을 붙였다.

5

아직 이른 아침, 앞방에서 서로 심하게 말다툼하는 소리에 깨어났다. 벤델과 라스칼이었다. 라스칼이 내 방문을 열고 들어가려는 것을 벤델이 못 들어가게 막고 있었다. 라스칼은 화를 내며 벤델 같은 자의 명령은 듣지 않겠다고 소리쳤다. 그러자 벤델이 마지막으로 그 말이 내 귀에 들어가면 일자리를 잃게 될 거라고 경고했다. 라스칼은 더 이상 못 들어가게 하면 가만 두지 않겠다고 벤델을 주먹으로 위협했다.

"이 나쁜 놈, 무슨 짓이냐?"

나는 옷을 반쯤 입은 채 문을 벌컥 열고 라스칼에게 호통을 쳤다. 그는 두어 걸음을 물러서더니 아주 차갑게 대답했다.

"삼가 백작 님께 청하오니 부디 제게 백작님 그림자를 한번 보여주십시오. 마침 해가 환히 마당을 비추고 있사옵니다."

나는 천둥에 맞은 것 같았다. 한참이 지나서야 다시 말문이 열렸다. "하인 주제에 어찌 감히 주인에게 …?" 하지만 그는 태연히 말을 가로막았다. "하인은 매우 예의바른 인간이니 그림자 없는 사람을 주인으로 섬기려 하지 않지요. 저를 해고하십시오." 나는 태도를 바꾸었다. "이봐 라스칼, 대체 누가 자네에게 그렇게 엉뚱한 생각을 불어넣었지? 어떻게 그런 생각을 …?" 그러나 그는 같은 어조로 말을 계속했다. "사람들이 주인께서는 그림자가 없다고 주장했습니다 — 그러니까 제게 그림자를 보여주시든지 아니면 저를 해고해 주십시오."

벤델은 하얗게 질려 떨고 있었지만 이성을 잃지 않고 나에게 신호했다. 난 무슨 일에나 효과가 있는 돈을 집어들었지만 그 역시 위력이 없었다. 그는 "그림자 없는 자에겐 한푼도 받지 않아"라고 하며 돈을 내 발 앞에 던졌다. 그리고 돌아서서 천천히, 머리에 모자를 쓰고 휘파람으로 노래를 부르며 방에서 나갔다. 벤델과 나는 그 자리에 박힌 듯 꼼짝도 않고 서서 그의 등을 바라보았다.

절망감에 사로잡힌 나는 약속을 취소할 마음으로 산림관의 집으로 갔다. 죽을 죄를 짓고 재판관 앞에 나가는 죄인의 심정이 바로 이런 것이리라. 나는 내 이름을 따서 지은 정자 앞에서 내렸다. 미나의 어머니가 나를 태평스러운 얼굴로 반갑게 맞아주었다. 미나는, 가을에 쓰디쓴 물로 녹아 버릴 운명을 앞두고 가끔씩 마지막 꽃들에게 입을 맞추는 첫눈처럼 해쓱하고 아름다운 모습으로 앉아 있었다. 산림관은 뭔가 적힌 종이를 들고 마구 서성댔는데, 평소에 무표정하던 얼굴이 지금은 붉어졌다 하얘졌다 하는 것으로 보아 속에 많은 것을 억누르고 있는 것 같았다.

내가 들어서자 그는 나를 향해 다가오더니 더듬거리는 말로 둘이서 얘기할 게 있다고 했다. 그는 탁 트여 햇빛이 비치는 정원 한 구석으로 날 데리고 갔다. 나는 아무 말도 않고 자리에 앉았다. 긴 침묵이 이어졌으며 허물없는 어머니조차도 이 침묵을 깰 엄두를 못 냈다.

산림관은 여전히 서성거리고 있었다. 그러나 갑자기 네 앞에 서더니 가지고 있던 종이를 들여다보다가 나를 유심히 보며 물었다.

"백작님, 혹시 페터 슐레밀이라는 사람을 아시나요?"

난 잠자코 있었다.

"훌륭한 성격에 특별한 재능이 있는 사람이라는데요."

그는 대답을 기다리고 있었다.

"내가 바로 그 사람이라면 …?"

미나의 아버지가 세차게 몰아붙였다.

"그림자를 잃어버렸다지요!"

"애고머니나" 하고 미나가 소리쳤다.

"내 추측이 맞았군요. 난 벌써부터 그이에게 그림자가 없다는 걸 알고 있었어요!"

그녀는 이렇게 외치며 어머니 팔에 안겼다. 어머니는 부르르 몸을 떨다가 딸을 끌어안고서 어찌 그런 비밀을 그렇게 오랫동안 숨길 수가 있느냐고 나무랐다. 내 말소리가 들리거나 내 이름이 나오면 미나의 눈에서 눈물이 더 펑펑 쏟아졌다.

"그런데도 당신은" 하고 그녀의 아버지가 한층 강하고 날카로운 어조로 다시 말을 시작했다. "감히 뻔뻔스럽게 이 애와 날 속여놓고 이 아이를 사랑한다고 하는 거요? 애를 불행에 빠뜨려놓고 사랑한다고 주장해? 애가 우는 걸 좀 보시오. 기가 막히는군, 정말 기가 막혀!"

나는 정신이 나갔는지 그림자는 결국 그림자일 뿐이며 그것 없이도 살 수 있다는 둥, 한낱 그림자 때문에 이렇게 소란을 피울 필요가 없다는 둥 엉뚱한 소리들을 늘어놓았다. 그러나 곧 허튼소리를 지껄인다는 걸 깨닫고 스스로 입을 다물었다. 다만 잃어버린 것은 언젠가 되찾을 수도 있다고만 덧붙였다.

그러자 그가 벌컥 소리를 질렀다.

"내게 털어놓으세요, 솔직하게. 어떻게 해서 그림자를 잃어버린 거죠?"

난 다시 거짓말을 하고 말았다.

"얼마 전 웬 거인 하나가 엄청나게 큰 발로 내 그림자를 마구 짓밟아 큰 구멍이 생겼소. 그래서 수선하러 보냈지요. 돈으로 안 되는 일이 있습니까. 어제 찾기로 되어 있었는데 그만 …"

산림관이 말했다.

"그럼, 좋습니다. 내 딸과 결혼하려고 하시지요. 그런데 당신 혼자 구혼한 게 아닙니다. 난 아비로서 그 애를 돌봐주어야 합니다. 그림자를 마련할 시간으로 사흘을 드리겠습니다. 사흘 안에 제대로 된 그림자를 가지고 나타나시오. 그러면 당신을 환영하겠소. 하지만 나흘 째 날에는 말이요, 이미 내 딸은 다른 사람의 아내가 되 있을 거요."

나는 미나에게 한 마디 하고 싶었지만, 그녀는 격렬히 흐느끼며 어머니에게 더 꼭 안겼다. 어머니는 내게 그만 가라고 손짓을 했다. 나는 비틀거리며 그곳을 나왔다. 내 뒤로 이 세상의 모든 문이 닫히는 것 같았다.

하지만 그 상태로 돌아갈 수는 없었다. 나는 시간 가는 줄도 모르고 정처없이 숲과 들을 헤매었다. 불안감 때문이었는지 이마에선 땀방울이 떨어지고 가슴에선 약한 신음소리가 새어나왔다. 아주 미칠 지경이었다.

그런 상태로 얼마나 오래 지났을까, 햇빛이 비치는 들판을 지나가는데 누가 내 소매를 붙잡았다. 나는 걸음을 멈추고 돌아보았다. 그는 회색 옷의 사나이였다. 날 쫓아 달려왔는지 숨을 가쁘게 쉬고 있었다. 그는 곧 용건을 꺼냈다.

"내가 오늘 온다고 했는데 기다릴 수가 없었던 모양이지요. 하지만 아직은 괜찮아요. 당신이 내 제안을 받아들이고 그림자를 돌려받아 돌아가면 되니까. 산림관 집에서는 당신을 환영할 것이고, 모든 건 농담이 될 거요. 당신을 배신하고 미나를 빼앗아 가려 한 라스칼은 내가 직접 혼내주겠소. 손봐야 될 때가 되었어."

나는 아직도 정신이 몽롱했다.

"오늘 오기로 했다고요?"

나는 다시 한번 기억을 더듬어 보았다. 과연 그가 옳았다. 내가 늘 하루씩 잘못 계산했던 것이다. 오른 손으로 가슴에 찬 주머니를 찾자 그는 내 뜻을 짐작하고 두 발짝을 물러섰다.

"됐습니다, 백작님. 그건 좋은 주인을 만났으니 그냥 가지십시오."

난 의아스러운 눈으로 그를 바라보았다. 그는 말을 계속했다.

"사소한 것 하나만 들어주십시오. 이 쪽지에 서명 좀 해 주시겠습니까?"

종이 위에는 다음과 같은 말이 적혀 있었다.

'나는 이 서명을 통해, 내 영혼이 육체에서 자연스럽게 분리된 뒤에 그것을 이 서면의 소지자에게 양도하기로 약속하는 바이다.'

나는 말문이 막혀 종이와 회색 옷의 사나이를 번갈아 보기만 했다. 그 사이에 그는 내 살에 가시로 살짝 상처를 내고는 손에 떨어진 피 한 방울을 펜에 받아 내게 내밀었다.

나는 마침내 그에게 "당신은 대체 누구요?" 하고 물었다. 그는 "엉뚱하게 그건 왜 묻는 거지"라고 하며 "보고도 모르나요? 일종의 학자이자 박사인데, 놀라운 재주를 보이고도 친구들에게 고맙단 말은 못 듣고, 개인적으로는 실험을 조금 좋아하는 것 말고는 이 세상에서 재미를 느끼는 게 전혀 없는 불쌍한 녀석이지요. 자 서명하세요, 그 아래에다 페터 슐레밀이라고."

난 머리를 저으며 말했다.

"미안하지만 서명하지 못 하겠소."

"못 해요? 왜 못한다는 거지요?"

그는 이상하다는 듯 같은 질문을 되풀이했다.

"그림자를 받는 대가로 영혼을 내준다는 게 미심쩍어 그렇소."

그는 "아, 그래!" 하고서 내 말을 받아 '미심쩍다고'를 반복했다. 그러더니 날 보며 폭소를 터트렸다.

"그런 한 가지 물어봅시다. 영혼이란 게 대체 뭐요? 그걸 언제 본 적이 있습니까? 그리고 당신이 죽으면 그걸 가지고 뭘 하실 거요? 그게 뭐든간에 그 값을 당신 생전에 실제적인 것, 즉 당신 그림자로 지불하려는 애호가를 만난 것을 기뻐하시오. 그것만 있으면 사랑하는 사람의 손뿐 아니라 당신이 원하는 것은 뭐든지 다 얻을 수 있지 않소? 그 불쌍한 처녀가 라스칼 같은 악당에게 넘어가는 걸 모른 체 하고 있을 셈이요? 나 원, 직접 눈으로 보셔야겠군. 이리 오시오. 당신 몸을 보이지 않게 해 주는 요술 두건을 빌려주겠소."

그는 주머니에서 뭔가를 꺼냈다.

"살짝 산림관 집에 가봅시다."

솔직히 말해 난 그자에게 비웃음을 당하는 게 너무나 싫었다. 나는 마음 속 깊이 그자를 증오했으며 내 그림자와 영혼을 바꾸지 않은 것도 바로 이 개인적인 반감 때문이었다. 지금 이 순간에 나의 원칙이나 선입견은 별로 중요하지 않았다. 그의 제안에 따라 그와 함께 미나의 집에 간다는 생각조차 진저리가 났다. 이 간교한 요괴 녀석이 나와 미나 사이에 끼어 들어 우리가 피를 토하는 걸 비웃고 즐길 거라고 생각하자 속에서 불이 났다. 나는 이미 일어난 일은 숙명으로, 내 불행은 불변으로 받아들이고 그자에게 말했다.

"선생, 난 이 신기하기 짝이 없는 자루를 받는 대가로 댁에게 내 그림자를 팔고서 무척 후회했소. 이 거래를 취소할 수 없겠소?"

그는 고개를 저으며 험악한 표정을 지었다. 나는 말을 계속했다.

"그러시다면 이제부터 당신에겐 아무것도 팔지 않겠소. 내게 그림자를 돌려준다고 해도 말이요. 서명도 않겠소. 그렇다면 산림관 집에 잠입하는 것도 나보다는 당신이 훨씬 좋아하겠군요. 우선은 달라질 게 없을 것 같으니 그만 헤어집시다."

"슐레밀 님, 난 우호적인 뜻에서 제안했는데 그걸 완강히 거절하시니 유감입니다. 그러나 다음 번엔 잘 되겠지요. 그럼 또 뵙지요! 덧붙여서, 나는 구매한 물건을 결코 함부로 다루지 않고 소중하게 잘 간수해 잘 보관하고 있다는 점을 말씀드리고 싶습니다.

그리고서 바로 그림자를 주머니에서 꺼내 날렵한 동작으로 해가 비치는 발 앞에 펼쳤다. 그는 두 그림자, 즉 자기 것과 내 것의 사이에 있었다. 내 그림자도 그의 그림자처럼 그에게 복종하며 그의 모든 동작을 그대로 따라 했다.

오랜만에, 그것도 이렇게 굴욕적으로 그를 섬기는 내 그림자를 다시 보니 마음이 미어지는 것 같았다. 바로 이 그림자 때문에 내가 이렇게 엄청난 곤경에 빠졌던 것이다. 쓰라린 눈물이 흘러내렸다. 저 증오스러운 놈은 하필 내가 곤경에 처한 순간을 택하여 내 앞에서 내 그림자와 함께 이리저리 왔다갔다하며 자신의 제안을 되풀이했다.

"아직도 늦지 않았습니다. 그냥 서명만 하시면 미나를 악당의 손에서 구해 높으신 백작님의 팔에 안겨드릴 수 있어요. 그러니까, 한번 쓱 갈기기만 해요."

눈물이 다시 솟구쳤다. 그러나 난 몸을 돌리며 그에게 가라고 손짓했다. 바로 그 순간 온갖 걱정을 하며 날 찾던 벤델이 도착했다. 이 충직한 친구는 내가 울고 있고 내 것임에 틀림없는 그림자가 이상한 회색 옷의 사나이에게 달려 있는 것을 보고는 곧 내 물건을 되찾으려고 마음먹었다. 그는 미묘한 일을 어떻게 다뤄야 할지 몰라 그자에게 단도직입적으로 내 그림자를 돌려줄 것을 요구했다. 그러나 그자는 대꾸도 하지 않고 등을 돌려 걸어갔다. 그러자 벤델은 그를 뒤쫓아가 어서 그림자를 내놓으라고 명령하며 갖고 있던 지팡이를 들어 그자에게 자신의 강한 팔힘 맛을 보여주었다.

하지만 그자는 이런 대접에 익숙하다는 듯 머리를 숙이고 어깨를 움츠린 채 말없이 내 그림자뿐 아니라 벤델까지 끌고서 유유히 걸어갔다. 투덕거리는 소리는 한참 동안 들리다가 마침내 먼 황야로 사라졌다. 그리고 나는 다시 전처럼 홀로 불행을 감당해야 했다.

6

혼자 황량한 들판에 떨어져 있자 눈물이 마구 흘러서 내 마음 속의 하염없는 근심을 덜어 냈다. 그러나 내 불행은 한도 끝도 없고 출구나 목적지도 보이지 않았다. 난 그자가 내 상처에 부은 독을 헉헉대며 마셨다. 난 미나의 모습, 내가 마지막으로 보았던 귀엽고 사랑스러운 미나의 모습을 떠올려 보았다. 그러자 애처롭게 울고 있는 그녀와 나 사이에 뻔뻔스럽게 짓궂은 웃음을 지으며 라스칼이 나타났다. 나는 얼굴을 가리고 황야로 달아났다. 그러나 무서운 환영은 날 놓아 주지 않고 계속 쫓아와 나는 결국 숨을 헐떡이며 쓰러졌다. 다시 눈물이 땅을 적셨다.

이 모든 게 그림자 때문이라니! 서명만 하면 그 그림자를 다시 찾을 수 있을 텐데. 그 황당한 제안을 거부한 일을 돌이켜 생각해 보았다. 하지만 마음만 혼란스러울 뿐, 판단력과 이해력이 없어진지 오래였다.

하루가 지났다. 배고픔은 나무 열매로, 그리고 목마름은 계곡 물로 달랬다. 밤이 되자 나무 밑에 누웠다. 나는 죽을 때처럼 그르렁대며 뒤숭숭하게 자다가 축축한 아침 기운에 깨어났다. 벤델이 내 자취를 놓친 게 틀림없었다. 그 생각을 하니 기뻤다. 나는 사람들이 있는 데로 돌아가고 싶지 않았다. 나는 겁많은 산짐승처럼 그들이 무서웠다. 이런 불안함 속에서 사흘이 지나갔다.

나흘째 되는 날 아침에, 나는 햇빛이 쏟아지는 모래밭의 바위에 앉아 햇볕을 쬐고 있었다. 오랫동안 하지 못했던 것을 이제야 즐기는 것이다. 내 마음에 다시 절망감이 스며들고 있었다. 그때 부스럭 거리는 소리가 났다. 나는 깜짝 놀라 도망칠 준비를 하고 주위를 살펴보았지만 아무도 보이지 않았다. 그런데 햇빛이 찬란한 모래 위로 그림자 하나가 지나가고 있었다. 그것은 내 것과 아주 비슷하게 생겼는데 주인을 잃고 혼자 떠도는 모양이었다.

문득 내 안에서 강한 욕망이 일어났다.

"그림자야, 주인을 찾고 있니? 내가 주인이 되어 줄께."

나는 그것을 내 발에 붙들어 매려고 그림자에게 덤벼들었다. 그림자를 밟으면 그것이 발에 달라붙고 시간이 지나면서 나에게 익숙해지리라고 생각했던 것이다.

그러나 그림자는 내 동작을 눈치채고 내 앞에서 달아났다. 나는 저 발빠른 도망자를 붙잡아 내가 처해 있는 끔찍한 상태에서 벗어나야겠다는 일념으로 죽을 힘을 다해 쫓아갔다. 그림자는 멀리 떨어진 숲을 향해 뛰고 있었다. 숲 그늘은 그를 놓칠 수밖에 없는 곳이었다. 그걸 보자 가슴이 철렁함과 동시에 더 강한 욕망이 생겨 발걸음이 빨라졌다. 그림자가 뚜렷하게 보이며 손에 잡힐 듯이 가까워졌다. 그러자 그는 갑자기 멈추어 서서 내 쪽을 보고 돌아섰다. 나는 흡사 먹이를 노리는 사자처럼 그에게 껑충 달려들었는데 엉뚱하게도 단단한 몸집에 부딪히고 말았다. 나는 앞뒤 분간할 새도 없이 갈비뼈에 상상할 수도 없는 충격을 받았다.

얼마나 놀랐던지 나는 그것을 보지도 않고 팔로 감아 힘껏 눌렀다. 이렇게 빨리 움직이는 바람에 나는 땅바닥에 길게 넘어지고 말았다. 그제서야 내 밑에 내가 붙잡고 넘어진 사람이 나에게 눌려서 반듯이 누워 있는 게 보였다.

그러나 이 사건 역시 특별한 게 아니었다. 주인을 보이지 않게 해 주는 새집이 있는데, 그걸 들고 있다고 그림자까지 보이지 않는 것은 아니었다. 그자가 그걸 들고 다니다가 방금 놓고 간 것이 분명했다. 나는 사방을 살펴보다가 그 새집의 그림자를 발견하고 그것을 덮쳐 손에 넣었다. 이제 난 보이지도 않고 그림자도 없었다.

그자가 벌떡 일어나 이리저리 날 찾았지만 넓은 모래밭에는 나뿐 아니라 나의 그림자도 보이지 않았다. 그는 특히 그림자 때문에 조바심을 냈다. 그는 나에게 그림자가 없다는 사실을 짐작하거나 알아챌 여유가 없었다. 그는 내가 흔적 없이 사라진 것을 확인하고는 절망한 나머지 손으로 머리털을 쥐어 뜯었다. 그러나 나는 새집으로 인해 다시 사람들과 어울릴 수 있는 가능성과 뜨거운 욕망이 생겼다. 그것을 훔쳤지만 지금은 꺼림직하지 않았다. 변명으로 이러쿵저러쿵 할 시간도 없었다. 나는 불행에 처한 그자를 돌아보지도 않고 그곳을 떠났다. 걱정으로 가득 찬 그의 목소리만이 한참동안 귀에 쟁쟁했다. 적어도 그 당시에는 그렇게 보였다.

나는 가능한 빨리 산림관 집에 가서 직접 사실을 확인하고 싶어 견딜 수가 없었다. 아직도 그 가증스러운 자가 한 말을 믿을 수가 없었던 것이다. 그러나 내가 있는 곳이 어딘지 알 수가 없었다. 나는 주위를 둘러보려고 가까운 언덕으로 올라갔는데 발 밑으로 읍내 시가지와 산림관 집이 보이자 가슴이 쿵쿵 뛰었다. 그리고 여태까지와는 다른 눈물이 흘러내렸다. 그녀를 다시 보게 되었다는 기쁨의 눈물이! 나는 그립고 안타까운 마음에 서둘러 지름길로 언덕을 내려왔다. 읍내에서 농부 몇이 오고 있었는데 날 보지 못하고 지나쳤다. 그들은 나와 라스칼 그리고 산림관에 대해 이야기를 했는데 나는 아무것도 듣고 싶지 않아서 발걸음을 재촉했다.

정원에 들어섰을 때 내 가슴은 희망과 기대로 터지는 듯했다. 바람결에 웃음소리 같은 것이 실려왔다. 그 소리에 마음이 불안해졌다. 재빨리 주위를 살펴봤지만 아무도 보이지 않았다. 계속해서 걸어가는데 옆에서 사람 발자국 소리 같은 게 들리는 것 같았다. '내 귀가 잘못 들었을 테지' 하고 생각했다. 아직 이른 시간이어서 내 이름을 붙인 정자에는 아무도 없었다. 정원도 마찬가지였다. 난 잘 아는 길을 이리저리 돌아 안채 앞까지 들어갔다. 조금 전 들었던 소리도 날 따라왔는데 지금은 더 명확히 들을 수 있었다. 불안했다. 나는 볕이 드는 문 앞의 벤치에 앉았다. 보이지 않는 요괴가 날 비웃으며 내 옆에 앉는 것 같았다. 열쇠가 돌려지고 대문이 열리면서 산림관이 손에 서류를 들고 나타났다. 안개 같은 것이 머리 위로 퍼지는 느낌이 들어 옆을 돌아보았다.

으악! 회색 옷의 사내가 내게 사악한 웃음을 보내며 옆에 앉아 있는 게 아닌가. 그는 자신의 요술 두건을 내 머리에 씌웠던 것이다. 그의 발치에는 내 그림자와 그의 그림자가 나란히 사이좋게 놓여 있었고 그는 손에 눈에 익은 종이쪽지를 건성으로 만지작거리고 있었다. 서류를 든 산림관은 그늘에서 이리저리 서성이는 동안 그자는 허리를 굽혀 내 귀에 대고 속삭였다.

"결국 내 초대를 받아들이셨군. 그런데 두건 하나를 머리 둘이 같이 쓰고 있잖아! 좋아요, 좋아! 이제 새집도 돌려주시오! 더 이상 필요 없을 테니. 당신은 너무나도 정직한 분이니 그걸 내주지 않을 리 없소. 아! 고맙단 말은 안 하셔도 됩니다. 내가 기꺼운 마음으로 당신에게 빌려드렸다고 생각하시면 됩니다."

그는 그것을 내 손에서 받아 주머니에 넣고 다시 크게 소리내어 웃었다. 산림관이 소리나는 데로 돌아보았다. 나는 그 자리에 얼어붙은 듯 그 자리에서 꼼짝하지 못했다.

그자가 말을 계속했다.

"당신도 마술 두건이 훨씬 편리하다는 건 인정하시겠지요. 그건 사람뿐만이 아니라 그 그림자, 그리고 심지어 데리고 다니는 사람도 모두 보이지 않게 해 주지요. 자! 보세요, 나는 오늘도 그림자가 둘이에요."

그러면서 다시 웃었다.

"슐레밀, 처음에 자발적으로 하지 않으면 나중에는 억지로 하게 돼. 그러니 내게 그림자를 사서 신부를 되찾으라고. 아직도 늦지 않았어. 라스칼은 목을 매달아 버리자고. 새끼줄만 있으면 돼. 이봐, 당신에게 이 요술 두건도 주겠어!"

미나의 어머니가 나오자 대화가 시작되었다.

"미나는 뭘 하고 있소?"

"울고 있어요."

"철부지 같으니! 다른 도리가 없는데!"

"하긴 그래요. 하지만 이렇게 일찍 다른 사람에게 주다니 … . 아! 여보, 자식인데도 그렇게 무정하게 구세요?"

"아니, 그건 당신이 정말 잘못 알고 있는 거요. 지금은 어린애 같이 울고 있지만 존경받는 갑부의 아내 노릇이 몸에 배면 꿈인가 싶게 고통에서 깨어날 거요. 그리고 하느님과 우리에게 감사할 테니 두고 보시오!"

"제발 그래야 할텐데!"

"이제 우리 애는 제법 상당한 재산을 갖게 되었소. 그 그림자 없는 자와의 일로 큰 소동을 치른 뒤 곧바로 라스칼과 같은 배필 감이 나타날 줄 누가 알았겠소? 라스칼의 재산이 얼마나 되는지 아시오? 이 지방에 있는 엄청난 땅을 현금으로 사들였소. 빚은 한푼도 지지 않고. 내 손으로 문서를 직접 확인했다오! 가는 데마다 날 제치고 제일 좋은 땅을 앞질러 산 자가 바로 라스칼이었소. 그뿐 아니라 서류가방에는 욘 씨에게 받을 채권이 350만 마르크나 있고."

"도둑질을 많이 한 모양이지요."

"또 무슨 소리를 그렇게 해! 남이 낭비할 때 영리하게 저축한 거지."

"하인 노릇을 한 사람인데."

"쓸데없는 소리! 그래도 그는 나무랄 데 없는 그림자를 갖고 있어요."

"그러긴 하지만 …."

회색 옷의 사나이가 웃으며 날 바라보았다. 문이 열리더니 미나가 나왔다. 그녀는 하녀의 부축을 받고 있었는데 청초한 뺨 위로 말없이 눈물만 흘리고 있었다. 그녀가 보리수 밑에 마련된 의자에 앉자, 그녀의 아버지는 그 옆으로 의자를 들고 갔다. 그가 상냥하게 그녀의 손을 잡자 그녀가 격렬하게 울음을 터뜨렸다. 그는 부드러운 말로 이야기했다.

"넌 착하고 사랑스러운 내 딸이다. 영리하게 처신하여 오직 네 행복만을 바라는 늙은 아버지를 슬프게 하지 말아라. 얘야, 네가 심한 충격을 받았다는 것은 잘 알고 있다. 그러나 이젠 다행이 고비를 넘겼어. 우리가 비열한 속임수를 알아채기 전에 넌 그자를 매우 사랑했어. 그렇지 않니? 미나, 그걸 갖고 널 탓하는 게 아니다. 그를 위대한 분이라고 생각하던 동안에는 나도 그를 좋아했단다. 이제 너도 모든 게 완전히 바뀌었다는 것을 알지 않니. 삽살개도 그림자가 있는데 하나뿐인 내 아이가 그런 자를 …, 설마 아직도 그자를 생각하는 건 아니겠지?

그런데 말이다. 햇빛을 꺼리지 않는 분이 너와 결혼하고 싶어하신다. 귀족은 아니지만 재산이 천만이나 되는 대단한 분이지. 너보다 열 배나 말이야. 널 행복하게 해줄 거야. 내게 대꾸하거나 대들지 말고 착하게 순종하거라. 아버지가 살아 있는 동안은 널 보살피며 눈물을 닦아줄 테니까. 그분의 손을 잡고 악수하겠다고 약속해라. 내게 약속하겠지?"

그녀는 맥없는 목소리로 대답했다.

"이 세상에는 이제 원도 뜻도 없습니다. 그러니 아버지가 원하시는 대로 될 겁니다."

바로 그때 라스칼이 나타나 그들이 있는 곳으로 걸어왔다. 그를 보고 미나가 기절했다.

나의 증오스러운 길동무가 날 노려보더니 귀에다 빠른 말로 속삭였다. "아니 그래도 보고만 있을 거야? 피가 끓지 않아? 그러면 혈관에 뭐가 흐르고 있지?"

그가 재빨리 내 손에 가벼운 상처를 내자 피가 흘러나왔다. "과연 붉은 피로군! 그럼 그걸로 서명하시오!"

그는 내 손에 종이와 펜을 쥐어주었다.

7

내 인생에서 이 순간만은 결코 잊을 수 없을 것이다. 그날 일은 요즘도 눈앞에 선하다. 나는 그 일에 대해 두고두고 생각했다.

단 한 발자국을 잘못 내딛어 정도에서 벗어난 사람은 결코 다시 돌아갈 수가 없다. 길이 계속 밑으로만 내려가게 되어 있기 때문이다. 방향을 가리켜준다는 북극성도 소용없다. 복수의 여신이 부르면 따라가야 하기 때문이다. 한 걸음 한 걸음 계속 내리막길로 말이다.

내 처지가 바로 그랬다. 한번 잘못을 저지르자 그때부터는 하는 일마다 실수가 이어졌다. 보통사람이 사랑하고 사랑하는 사람과 인연을 맺는 건 잘못이 아니다. 그러나 그림자가 없는 사람에게는 그것이 죄다. 모든 행위에는 감수해야 할 결과가 뒤따른다.

내가 마지막 순간에 무엇을 할 수 있었을까? 내가 파멸의 씨를 뿌렸으니 그녀를 구하는 것 또한 당연히 내가 해야 할 일이었다. 지금, 너무 늦기 전에 그녀를 도와줘야 한다. 아무리 비싼 대가를 치르더라도! 돈이나 그밖에 내가 가진 것은 무엇이든 아끼지 않고 내놓을 각오가 되어 있었다. 그러나 내 마음은 비뚤어진 길을 걷는 저 알다가도 모를 위선자에 대한 억누를 길 없는 미움으로 가득차 있었다. 그에게는 섭섭하게 들릴지도 모르나 나는 그와 어떤 관계도 맺기 싫었다.

살면서, 그리고 세계사에서 자주 있는 일이지만 여기서도 사건이 내 행동을 대신해 처리한 경우가 생겼다. 나는 내 자신이 불만스러웠지만 우선은 그 필연성을 인정할 수밖에 없었다. 이미 저질러진 행동이나 사건 이상으로 필연적인 게 또 어디 있을까! 문득 이 필연성은 신의 섭리이며, 나는 미지의 힘에 의해 움직이는 우주의 조그마한 톱니바퀴에 불과하다는 생각이 들었다. 일어나야 될 일은 일어나기 마련이며 과거 역시 이런 섭리의 결과였다. 그럼에도 나는 수년 동안 불확실함과 싸우며 죄의식을 느꼈다. 그러다 한참이 지나 내 삶에서 뿐만 아니라 다른 사람의 삶에서도 이 미지의 힘이 작용함을 느끼고 받아들이는 법을 배웠다.

내가 기진맥진했던 때문이었는지 또는 신경이 너무 긴장한 탓인지 는 모르지만 아무튼 나는 내 피로 그 문서에 서명해야 할 때 의식을 잃었다. 그리고 그런 상태로 죽은 듯이 한참을 보낸 모양이었다. 다시 의식이 들자 발을 쿵쿵거리는 소리와 욕설이 들렸다. 눈을 뜨니 어두워져 있었다. 증오스러운 길동무가 투덜거리며 날 돌보고 있었다.

"꼭 노파처럼 구는군. 어서 기운을 내고 일어나. 그리고 이제 좌우지간 뭐든지 결정을 하라고. 딴 궁리을 하며 질질 짜고 있으려는 것은 아니겠지?"

나는 누워 있던 땅바닥에서 겨우 일어나 말없이 주위를 둘러보았다. 저녁이 깊었다. 불이 환히 켜진 산림관의 집에서 축제의 음악이 흘러나오고, 정원에는 여러 무리의 사람들이 거닐고 있었다. 서로 이야기에 빠진 사람 몇이 내가 있는 데로 오더니 방금 전까지 내가 앉아 있던 그 벤치에 앉았다. 그들은 오늘 아침에 있었던 부자인 라스칼과 이 집 딸과의 결혼식에 이야기를 하고 있었다. 결국 일이 그렇게 되었다.

나는 머리에서 요술 두건을 벗었다. 그러자 내 옆에 붙어 있던 자가 황급히 깊은 어둠 속으로 몸을 숨기며 정원 출구 쪽으로 달아났다. 그러나 그는 보이지 않게 날 따라오며 신랄한 말로 쪼아댔다.

"이게 바로 신경이 쇠약해져 의식을 잃은 분을 온종일 간호해 준 수고에 대한 보답이로군. 이런 바보 노릇이나 하다니. 좋아, 이 고집쟁이! 내게서 달아날 수 있으면 달아나 봐! 우린 뗄래야 뗄 수 없는 사이야. 당신은 내 돈을, 나는 당신 그림자를 갖고 있어. 그러니 서로 편할 날이 없지. 그림자가 자기 주인을 버렸단 이야기를 들은 적이 있나? 나는 당신이 너그러운 마음으로 그림자를 받아들일 때까지 당신을 따라 다니겠어. 당신이 지금 기꺼운 마음으로 하지 않으면 나중에 넌더리를 내며 하게 돼. 운명은 피할 수 없어."

그는 계속 똑같은 어조로 도망을 쳐봤자 헛수고일 뿐, 그에게서 벗어날 수가 없다고 말했다. 빈정대는 투로 돈과 그림자에 대해서도 이야기했다. 나는 어떤 생각도 할 수 없었다.

인적이 없는 거리를 지나 내 집 쪽으로 접어들었다. 그 앞에 서서 보니 내 집은 알아보기 힘들 정도로 변해 있었다. 부서진 창문 안쪽에는 불이 꺼져 있었다. 문은 닫혀 있고 하인도 없었다. 회색 옷의 사나이가 옆에서 웃음을 터뜨렸다.

"글쎄, 그렇다니까. 그러나 벤델은 안에 있을 거야. 조금 전에 녹초를 만들어 보냈으니 틀림없이 집에서 쉬고 있을 거야."

그리고 다시 웃었다.

"들을 얘기가 많을 걸! 그럼 오늘은 잘 자고, 다시 만나요."

초인종을 울리자 불이 켜졌다. 벤델이 안에서 누구냐고 물었다. 그는 내 목소리를 듣고는 기뻐서 어쩔 줄을 몰라 했다. 문이 홱 열리자 우리는 서로 울며 얼싸안았다. 그는 많이 변해 있었으며 약하고 병들어 보였다. 그 사이 나도 머리가 허옇게 세었다.

그는 황량한 방들을 지나 원상대로 남아 있는 안쪽 방으로 나를 데리고 갔다. 그리고 먹을 것과 마실 것을 가져왔다. 우리는 마주 앉았고 그는 다시 울음을 터트리며 지난 일을 이야기했다. 그는 얼마 전에 내 그림자를 가진 회색 옷의 사나이를 만나 싸우다가 내 종적을 잃고 지쳐 쓰러졌는데, 그리고 나서는 날 다시 찾을 수가 없어 집으로 돌아왔다는 것이다. 그리고 곧 라스칼의 선동을 받은 무리들이 쳐들어와 창을 부수며 실컷 행패를 부렸다고 했다. 자신들에게 많은 것을 베풀었는데 이런 짓을 하다니! 하인들도 사방으로 흩어졌다. 현지 경찰은 나에게 읍내 출입을 금지하고 24시간 안에 그곳을 떠나라고 통보했다. 벤델은 내가 라스칼의 재산과 결혼에 대해 이미 알고 있었던 것에다가 여러가지 새로운 사건들을 덧붙여 얘기해 주었다. 그러니까 이런 사건들을 꾸미고 진행한 악당은 처음부터 내 비밀을 알고 있었던 게 분명했다. 그는 돈을 노리고 나에게 접근하였는데 처음 하인 노릇을 할 때 따로 금고 열쇠를 마련해 둠으로써 재산 형성의 기초를 마련했다. 그때부터 계속 돈을 빼돌려 제법 큰 재산을 이루자 내게서 등을 돌렸던 것이다.

벤델은 그간의 사정 이야기를 모두 마쳤다. 그는 날 다시 만난 것이, 아니 날 다시 찾은 것이 기뻐 눈물을 흘렸다. 그는 내가 어떻게 되었는지 몰라 내내 걱정했는데 지금 침착하게 앉아 있는 것을 보니 기쁘다고 했다. 착한 벤델은 내가 울고 또 울어 내게 있던 눈물이 말라 버린 것을 모르고 있었다. 내 앞에는 엄청난 불행이 변함없는 모습으로 버티고 있었지만 내 가슴에선 무슨 소리도 나올 수 없었다. 나는 냉정하고 덤덤한 마음으로 불행을 기다렸다.

나는 말을 시작했다.

"벤델, 자네는 내 운명을 알고 있네. 내 자신이 지은 죄가 없는데도 난 지금 무거운 처벌을 받고 있어. 아무 죄도 없는 자네까지 내 운명에 매일 필요는 없네. 그래선 안 돼. 난 오늘밤에 떠나겠네. 말에 안장을 매어주게! 혼자 갈 테니 자넨 여기 있길 바라네. 여기에 금화가 몇 상자 남아 있을 텐데 자네가 갖게. 나는 혼자 정처없이 세상을 돌아다니겠네. 내게 다시 즐거운 시간이 찾아오고 행복이 날 너그러운 눈으로 바라보게 되면 꼭 자네를 생각하겠네. 어렵고 고통스러운 시간에도 날 떠나지 않고 나와 모든 걸 함께 나눈 사람은 자네뿐일세."

이 충직한 사내는 주인의 명령에 깜짝 놀랐지만 가슴이 찢어지는 아픔을 누르고 마지막 명령에 순종했다. 애원과 눈물로도 이미 내 뜻을 돌이킬 수 없음을 알고 그는 내게 말을 끌고 왔다. 나는 벤델을 다시 가슴에 안은 다음, 말에 올라 밤의 외투를 걸친 채 내 인생의 무덤을 떠났다. 말이 날 어디로 데리고 가든 상관없었다. 이 세상에는 더 이상 어떤 목표나 소원, 그리고 희망이 없었기 때문이다.

8

길을 나선 지 얼마 되지 않아 나는 같은 방향으로 가는 한 나그네를 만났다. 그는 한동안 내 말 옆에서 함께 걷다가 입고 있는 외투를 내 말 뒷자리에 얹어 놓게 해달라고 청했다. 나는 그렇게 하도록 가만있었다. 그는 가볍게 내 친절에 감사하며 내 말을 칭찬했다. 이를 기화로 그는 부자의 행복과 권세에 대해 말했는데 이것이 어느덧 독백으로 변하고 듣는 사람은 나 혼자뿐이었다.

그는 자기의 인생관과 세계관을 늘어놓다가 곧 형이상학으로 옮겨갔다. 모든 수수께끼에서 답을 찾아내는 것이 이 학문의 임무라는 것이다. 그는 내게 하나의 과제를 설명하고 해답을 찾을 수 있는 방법을 보여주기 시작했다.

나는 전에 철학의 여러 유파를 기웃거렸다가 철학적 사고에 소질이 없다는 걸 알고 완전히 포기한 적이 있었다. 그후 많은 것을 알아야겠다는 욕심을 포기했으며, 인생을 있는 그대로 받아들이고 직관을 믿으며 될 수 있으면 마음의 소리를 따라 내 길을 걸어왔다. 그 동안 내 옆의 능변가는 잘 결합된 철학적 체계를 완성했는데 매우 논리적이고 견고해 보였다. 나는 그 안에서 뭘 찾아야할지 몰라 헤매었으며, 그 짜임새와 완성미가 뛰어난 예술작품도 나에겐 눈요기에 불과했다. 그럼에도 이 능변가의 말에 귀를 기울이자 내 관심은 내 자신의 문제에서 그에게로 쏠렸다. 그가 만약 내 이성과 함께 영혼까지 요구했다면 기꺼이 응했을지도 모른다.

그 동안 시간이 흘러 어느새 여명이 하늘을 비추고 있었다.

나는 언뜻 눈을 들었다가 동녘 하늘에 환한 빛이 퍼지는 것을 보고 깜짝 놀랐다. 금방이라도 해가 뜨면 그림자가 질텐데 이 일대에는 몸을 숨길 만한 시설물이나 나무, 바위가 전혀 없었다. 그렇다고 나 혼자 있는 것도 아니고! 나는 길동무를 힐끗 바라보고는 다시 질겁을 하고 말았다. 그는 다름 아닌 회색 옷의 사나이였던 것이다.

그는 내가 놀라는 것을 보고 웃으며 기회를 주지 않고 말을 했다.

"잠시 함께 지내면서 서로 유익한 일을 도모해 봅시다. 헤어지는 건 언제라도 할 수 있으니까. 아직 거기까지 생각이 미치지 못했는지 모르겠는데, 당신이 이용할 수 있는 것은 이 산길뿐입니다. 이 아래는 계곡으로 가는 길이니 안 되고 그렇다고 산을 넘어 지금까지 온 길을 되돌아가는 것은 더더욱 싫겠지요. 그런데 우연인지 나도 이 길을 가는 참입니다. 해가 뜨기도 전인데 얼굴이 창백하군요. 우리가 동행하는 동안 당신에게 그림자를 빌려주겠소. 대신 내가 당신 곁에 있게 해 주시오. 벤델이 옆에 없으니 내가 대신 시중을 들겠소. 당신이 날 좋아하지 않아 유감이지만. 그러나 아무튼 날 이용하시오. 악마는 사람들이 흔히 묘사하듯 그렇게 사악하진 않아요. 어제 당신은 날 화나게 했소. 그렇지요? 그러나 오늘 난 그 일을 거의 다 잊었소. 여기까지 오는 동안 내내 내가 당신을 지루하지 않게 한 것은 인정해야 할거요. 자, 잠시라도 그림자를 다시 받으시오."

해가 뜨고 길을 가는 사람들이 우리 쪽으로 오고 있었다. 나는 썩 내키지 않았지만 그의 제안을 받아들였다. 그는 웃으며 내 그림자를 땅에 내려놓았다. 그러자 내 그림자는 곧바로 말 그림자에 올라타 내 옆을 유유히 달렸다. 나는 기분이 묘했다. 한 무리의 농부들 옆을 지나가는데 이들은 부자에게 모자를 벗고 공손히 길을 비켜주었다. 나는 계속 말을 몰며 남에게, 아니 원수에게 빌린 내 그림자를 가슴을 두근거리며 탐욕스러운 눈으로 내려다보았다.

그자는 내 옆에서 휘파람으로 노래까지 부르며 태평스레 걷고 있었다. 그는 도보이고, 나는 말을 타고 있었다. 지금이 절호의 기회다 싶으니 머리가 어지러웠다. 나는 말의 고삐를 홱 틀어 박차를 가하며 옆길로 질주했다. 그런데 그림자가 따라오려 하지 않았다. 그림자는 길에 떨어져 주인을 기다렸다. 나는 돌아올 수밖에 없었다. 회색 옷의 사나이는 이에 아랑곳 하지 않고 노래를 끝까지 부르고는 날 비웃으며 그림자를 다시 제자리에 놓았다. 그리고서 "이 그림자는 당신이 적법하게 다시 사서 소유권을 갖게 되면 다시 당신에게 붙어 있게 될 거요"라고 내게 일러주었다. 그리고 계속해서 "내가 당신 그림자를 잡고 있는 한 당신은 내게서 벗어나지 못해. 당신 같은 부자라도 그림자는 필요하기 마련이지. 당신의 실수는 단 한 가지, 그걸 일찍 깨닫지 못했다는 것이오."

나는 같은 길로 여행을 계속했고 다시 온갖 편의와 호사를 누릴 수 있었다. 비록 빌리긴 했어도 그림자가 있어 자유롭고 편하게 활동할 수 있었으며 돈 덕분에 어디서나 존경을 받았다. 그러나 가슴 속에는 죽음이 자리잡고 있었다. 수수께끼 같은 나의 길동무는 세계에서 첫째가는 부자의 하인 노릇을 즐겼다. 재치와 능력, 성실성에서 그보다 더 뛰어난 하인은 찾아보기 어려울 정도였다. 그러나 그는 한순간도 내 곁을 떠나지 않고 끊임없이 말을 걸었다. 그는 내가 그를 떼어 놓기 위해서라도 그림자를 사고 말 것이라는 확신을 갖고 있었다. 그는 정말 지겹고 미운 사람이었으며 보기만 해도 넌더리가 났다. 나는 그에게 예속되어 있었다. 내게 다시 이 세상의 영화를 맛보게 하며 놓아주지 않았다. 어쩔 수 없이 그의 이야기를 계속 듣다보면 그가 옳은 것도 같았다. 부자라도 이 세상에는 그림자가 있어야만 했다. 다시 부자가 된 내가 이 상태를 유지하려면 한 가지 길밖에 없었다. 그러나 사랑을 희생하고 난 뒤로 내 인생은 의미가 없었다. 한 가지만은 확실했다. 세상의 그림자를 다 준다해도 이런 작자에게 내 영혼을 주는 일은 결코 없으리라. 내가 어떻게 될 것인가는 나도 몰랐다.

어느 날 우리는 이 산을 찾는 외지인들이 으레 들리는 동굴 앞에 도착해 앉아 있었다. 동굴 안은 까마득히 깊은 곳을 흐르는 우레 같은 물소리로 가득했다. 돌을 던지면 바닥이 없는 듯 끝없이 떨어지기만 했다. 여기서도 그는 왕성한 상상력을 마음껏 발휘했다. 그는 내가 그림자를 다시 찾게 되면 이 세상에서 돈주머니를 이용해 무엇을 할 수 있게 될지 다채로운 그림들을 그려 보여주었다. 두 손으로 얼굴을 괴고 이 사기꾼의 이야기를 듣고 있는 동안에도 나는 속으로 그의 유혹과 내 의지 사이에서 갈등하고 있었다. 이런 분열 상태는 더 이상 견딜 수가 없어 결판을 내기로 마음먹었다.

"당신은 일정한 조건하에 날 따라오도록 허락을 받았으며, 나는 내 자유는 온전히 유지하고 싶어 한다는 사실을 잊은 것 같소."

그러자 그는 내게 말했다.

"당신께서 명하신다면 짐을 싸겠소." 이런 위협은 이미 여러 번 있었다. 나는 잠자코 있었다. 그는 곧 내 그림자를 말기 시작했다. 나는 놀랐지만 가만히 있었다. 긴 침묵이 이어졌다. 그가 먼저 입을 열었다.

"날 좋아하지 않으시죠? 날 싫어하신다는 걸 압니다. 그런데 왜 나를 미워하시죠? 혹시 환한 길거리에서 나에게 덤벼들어 내게서 새집을 빼앗아 간 게 마음에 걸려 그러십니까? 아니면 도둑처럼 당신 소유가 아닌 그림자를 갖고 달아나 버리려 한 일 때문입니까? 나는 그런 일로 당신을 미워하지 않아요. 자신의 이익을 추구하는 건 아주 당연하다고 봅니다. 당신이 까다로운 원칙을 갖고 자신을 진실 그 자체로 생각하는 것도 취향이 그러니 뭐라고 하겠소. 그러나 나는 당신처럼 까다로운 원칙이 없어요. 그저 당신이 생각하는 대로 행동할 뿐이죠. 당신의 영혼을 갖고 싶다고, 내가 당신의 목구멍을 엄지손가락으로라도 누른 적이 있나요? 또는 하인에게 당신의 돈주머니를 훔쳐오게 해서 그걸 갖고 달아난 적이 있나요?"

나는 아무 대꾸도 할 수 없었다. 그가 계속해서 말했다.

"그만 됐어요. 됐단 말예요! 당신은 날 싫어해요. 나는 당신을 이해할 수 있고 당신을 나쁘게 생각하지도 않아요. 우리가 헤어져야 하는 건 분명해요. 나도 당신에게 싫증나기 시작했으니까요. 내 꼴을 보지 않게 마지막으로 권하겠소. 당신의 그림자를 사시오."

"값은 이걸로"

나는 그에게 돈주머니를 내밀었다.

"안 돼."

나는 한숨을 내쉬고 다시 말을 이었다.

"아 그래요. 그럼 아주 헤어집시다. 이렇게 넓은 세상에서 서로 길을 막으며 살진 맙시다."

그가 웃으며 대답했다.

"난 갑니다. 그 전에 알려드릴 게 있습니다. 혹시 나같이 공손한 하인이 다시 필요하시면 금화가 쩔렁거리도록 돈주머니를 흔드십시오. 그건 날 부르는 소립니다. 이 세상에선 누구나 자기 이익만을 생각하지요. 그러나 보시다시피 나는 당신의 이익도 같이 생각합니다. 당신에게 새로운 능력을 오, 이 돈주머니! 좀벌레가 당신 그림자를 못쓰게 쏠아 버린다 해도 이 돈주머니가 있으니 우리 관계는 확실하겠죠. 당신은 돈을 통해 나와 연결되어 있으니 멀리서라도 명령만 내리세요. 아시다시피 난 친구들에게 정말 유용한 사람이며 특히 부자들은 나와 잘 지내죠. 확실하게 해두는데, 당신 그림자를 돌려 받는 데는 한 가지 조건밖에 없소."

옛날 일들이 생각났다. 나는 지체 없이 물었다.

"욘 씨의 서명이 있습니까?"

그는 웃었다.

"그 친구와는 그런 게 필요치 않소."

"그는 어디 있소? 어서! 난 꼭 알아야겠소."

그가 주머니에 손을 천천히 넣었다 당기자 존 씨가 머리채를 잡힌 채 끌려나왔다. 그의 파리한 입술에서 간신히 말이 새어 나왔다.

"나는 하느님으로부터 정의의 심판을 받았노라. 나는 신의 법정에서 유죄 판결을 받았노라."

나는 몸서리가 나 돈주머니를 계곡에 던져 버리며 마지막으로 말했다.

"하느님의 이름으로 일컫나니 이 끔찍한 자여, 내 인생에서 사라져 다시는 내 눈앞에 나타나지 마라!"

그는 쓸쓸한 얼굴로 무성한 숲 너머 바위산으로 사라졌다.

9

나는 그림자도 돈도 없었지만 가슴에서 무거운 것이 떨어져 나가 개운했다. 사랑을 잃지만 않았던들 또는 그 생각을 할 때 자책감만 느끼지 않았더라도 나는 행복할 수 있었을 것이다. 그러나 난 무엇부터 손대야 할지 몰랐다. 주머니를 뒤지니 금화 몇 닢이 있었다. 그것을 세고 있는데 웃음이 나왔다. 말이 아래쪽 주막에 있는데 그리로 돌아가려니 꺼림칙했다. 일몰 때까지는 기다려야 하는데 해는 중천에 떠 있었다. 나는 가까운 나무 그늘에 누워 잠이 편안하게 잠이 들었다.

꿈에 기분 좋은 광경들이 둥실둥실 떠올랐다. 머리에 화관을 쓴 미나가 사뿐사뿐 지나가며 정겨운 웃음을 지었다. 벤델도 화관을 쓴 채 다정하게 인사하며 지나갔다. 또 많은 사람이 있었다. 사방은 환했지만 누구에게도 그림자가 없었으며 신기하게 흉해 보이지도 않았다. 야자수 아래에는 꽃과 노래, 사랑과 기쁨으로 충만했다. 나는 떠돌다 사라져 가는 사랑스런 장면들을 붙잡아 둘 수가 없었다. 그런 꿈을 꾸고 싶었고 깨지 않으려고 조심했지만 말이다. 그리고 깨어나서도 사라져 가는 환영들을 더 오래 간직하고 싶어 눈을 감고 있었다.

드디어 눈을 떴다. 해가 아직도 떠있는데 동쪽이었다. 밤에도 내리 잤던 것이다. 나는 이것을 주막으로 돌아가지 말라는 뜻으로 해석했다. 그곳에 놔둔 것은 잃어버린 것으로 치고 숲이 우거진 산기슭을 지나가는 사잇길로 걸어갔다. 앞으로 무슨 일이 생길지는 운명에 맡겼다. 난 뒤를 돌아보지 않았다. 많은 돈을 남겨둔 벤델에게 갈 수도 있었지만 그건 생각조차 하지 않았다. 그보다는 이 세상에 새로운 인물로 나타날 준비를 했다. 위아래로 살펴보니 옷이 매우 허름했다. 나는 검정색 러시아 군복을 걸치고 있었는데 전에 베를린에서 입던 옷으로 이번 여행에 손에 잡히는 대로 챙겨 왔던 것이다. 그 외에는 머리에 쓴 여행모자와 발에 신은 장화 할 켤레뿐이었다. 나는 일어나 그 자리에서 기념으로 지팡이 하나를 만들어 들고 길을 떠났다.

숲에서 늙은 농부 한 사람을 만났는데 그가 정답게 인사를 건네와서 이야기를 나누기 시작했다. 나는 궁금한 게 많은 여행자처럼 먼저 길을 묻고 이 지역과 주민들, 산의 산물 따위를 물어보았다. 그는 내 질문에 영리하면서도 자상히 대답해 주었다. 우리 앞에 계곡물이 널찍한 숲을 휩쓰는 바람에 생긴 강바닥이 펼쳐졌다. 이렇게 햇빛이 쏟아지는 장소를 보자 두려움이 일었다. 나는 농부를 앞장세웠다. 그러나 그는 중간에 멈추더니 황폐화에 대해 이야기해 주려고 내 쪽으로 돌아섰다. 그리고 그는 곧 내게 무엇이 없는지 알아차리고 이야기를 중단했다.

"이 양반 좀 보게, 어찌 되었는지 그림자가 없네!"

나는 한숨을 쉬며 "안타깝지만 그렇소!" 하고 대답했다.

"오랫동안 몹쓸 병을 앓는 바람에 머리칼, 손톱 그리고 그림자가 떨어져 나갔소. 이 나이에 머리는 다시 났으나 아주 하얗고 손톱은 매우 짧소. 그런데 그림자는 다시 자라나지 않아요."

노인은 "아 저런!" 하고는 머리를 저으면서 "그림자가 없는 건 좋지 않아! 댁은 못된 병을 앓으셨소"라고 말했다. 그러나 하던 이야기는 계속하지 않았다. 그리고 다음 갈림길에 이르자 한 마디 말도 없이 떠나버렸다. 나의 두 뺨에는 다시 쓰라린 눈물이 흘렀으며 그것으로 나의 명랑한 기분도 끝이었다.

나는 비참한 심정을 안고 계속 길을 걸어갔으며 그때부터는 아무도 사귀려 하지 않다. 나는 숲에서 가장 어두운 곳을 찾아 걸었으며 부득이 해가 비치는 지점을 지나갈 때는 근처에 지켜볼 사람이 보이지 않을 때까지 몇 시간이고 기다렸다. 저녁에는 마을로 가서 방을 구했다. 애초에 나는 광산에 가서 지하에서 일자리를 구할 생각이었다. 첫째로 난 이제 스스로 생계비를 벌어야 될 처지였고, 둘째로 고된 노동만이 날 파괴적인 생각에서 지켜줄 수 있다고 느꼈기 때문이다.

며칠 동안 비가 와 길을 쉽게 나아갈 수 있었지만 장화가 결딴났다. 페터 백작을 위해 만든 장화로는 거친 도보 여행을 버텨낼 수 없었던 것이다. 맨발로 걸은 지도 제법 오래 되었다. 새 신발이 필요했다. 다음 날 어느 마을에 들렀는데 마침 장날이었다. 한 판매대에서 헌 장화와 새 장화를 팔고 있는 게 보였다. 물건을 골랐지만 흥정이 오래 걸렸다. 나는 사고 싶은 새 장화를 살 수 없었다. 너무 비쌌기 때문이다. 그러나 신던 것이지만 모양이 좋고 실한 물건이 있어 바로 돈을 지불했다. 가게를 지키던 금발의 소년은 내게 상냥하게 신발을 건네고 웃으며 행운을 빌어 주었다. 나는 곧 그것을 신고 북쪽에 위치한 관문을 지나 그곳을 떠났다.

깊은 생각에 잠겨 있어 내 발이 어디를 딛는지도 몰랐다. 비록 누구를 만나봐야 할지는 모르지만 오늘 저녁에는 꼭 광산에 도착해야겠다고 마음먹었던 것이다. 200 걸음도 못 가서 길을 잃었음을 알았다. 주위를 둘러보니 한번도 도끼질을 한 적이 없는 태고의 울창한 전나무숲에 들어와 있었다. 몇 발짝 더 들어가자 이끼와 바위취로 덮인 바위들이 스산하게 눈밭과 얼음판 사이에 나타났다. 공기가 매우 찼으며 뒤에 있던 숲도 보이지 않았다. 다시 몇 발짝을 더 나아갔다. 사방이 죽음 같은 정적으로 덮여 있었다. 나는 끝을 알 수 없는, 짙은 안개가 무겁게 깔린 얼음판 위에 서 있었다. 지평선에는 붉은 해가 걸려 있었다. 얼마나 추웠는지 견디기가 어려웠다. 혹독한 추위 때문에 발이 절로 움직였다. 어렴풋이 파도 소리가 들렸다. 한 걸음 더 가자 난 바닷가에 와있었다. 내 앞에서 수없이 많은 물개들이 첨벙대며 물 속으로 뛰어들었다. 해변을 따라 걸었다. 다시 헐벗은 바위와 땅, 자작나무숲과 전나무 숲이 나타나 몇 분을 더 걸었다. 너무 더워 숨이 막힐 정도였다. 나는 잘 경작된 논 한가운데 있었다. 나는 옆에 있는 뽕나무 그늘에 앉아 시계를 봤다. 내가 장화를 사고 시장을 떠난 지 15분도 지나지 않았다니. 나는 꿈을 꾸는 것 같았다. 꿈에서 깨려고 혀를 깨물었다. 하지만 나는 내내 깨어 있었다. 나는 생각을 가다듬으려고 눈을 감았다. 그런데 앞에서 콧소리가 섞인 이상한 말이 들렸다. 눈을 떠보니 옷차림만 봐서는 확신할 수 없지만 얼굴형으로 틀림없는 중국인 두 명이 자기네 말로 내게 말을 걸고 있었다. 나는 일어나 두 발짝 뒤로 물러났다. 그러자 그들이 보이지 않았고 풍경도 완전히 달라져 논 대신에 나무와 숲이 나타났다. 나는 그 나무들과 주변에 피어있는 꽃들을 살펴보았다. 내가 아는 동남아시아 식물들이었다. 나는 한 나무에 가보고 싶었다. 그러나 한 발자국을 떼자 다시 모든 게 바뀌었다. 이제 훈련중인 신병처럼 발을 떼며 한 걸음 한 걸음 천천히 걸었다. 놀랍게도 산과 평야, 대초원과 사막 같은 멋진 풍경이 눈앞에 펼쳐졌다. 내가 신고 있는 것은 의심할 여지없이 한 걸음에 7마일을 날아간다는 장화였다.

10

나는 말없이 묵상을 하며 무릎을 꿇고 감사의 눈물을 흘렸다. 갑자기 나의 장래가 뚜렷하게 보였던 것이다. 과거의 잘못 때문에 인간 사회에서 배척을 받았지만 그 대신 늘 사랑했던 자연과 더불어 살라는 계시였다. 땅은 나의 풍요로운 정원이었다. 나는 자연 속을 돌아다니며 철저하게 연구할 것이다. 이것이 내 삶의 목표였다. 이것은 결심한다는 것과는 다르다. 갑자기 눈앞에 구체적이고 완전한 모습으로 나타난 걸 포착했다는 뜻이다. 내 인생에 다시 의미가 생긴 것이다.

나는 벌떡 일어났다. 우선 장차 수확을 거둘 땅을 전체적으로 파악해야 했다. 티벳의 고원으로 날아갔다. 몇 시간 전에 떴던 해가 어느덧 지고 있었다. 나는 태양의 궤도를 따라 아시아를 동서로 횡단했다. 그리고 해를 앞질러 아프리카로 들어갔다. 사방으로 몇 번이고 횡단하며 하나하나 관심을 갖고 둘러보았다. 이집트를 지나며 옛 피라미드와 사원을 구경하다가 다 테베 시 근처의 사막에서 은둔자들이 살았던 동굴들을 발견했다. 문득 '이곳이 내 집이다' 라는 확신이 들었다. 나는 넓고 쾌적하면서 재칼 같은 들짐승이 접근할 수 없는 동굴을 골라 거처로 정한 뒤 여행을 계속했다.

나는 지브롤터 해협의 헤라클레스 기둥을 지나 유럽으로 건너갔다. 거기서 남부와 북부 지역을 살펴본 다음 북아시아에서 빙하의 북극과 그린랜드를 거쳐 아메리카로 가서 대륙을 남북으로 일주했다. 남쪽에는 벌써 동장군이 기세를 부리고 있었으므로 서둘러 북으로 돌아왔다.

나는 동아시아에서 날이 환해질 때까지 기다리며 잠시 쉬었다가 여행을 계속했다. 나는 지구에서 가장 기복이 심하다는 산맥을 따라 남북 아메리카를 종주했다. 천천히 조심해서, 때로는 불꽃이 이글거리는 화산을, 때로는 숨을 가쁘게 쉬며 눈덮인 산을 넘으면서 하나하나 봉우리를 정복했다. 알래스카의 엘리아스 산에서는 베링 해협을 건너 아시아로 넘어갔다. 나는 들쭉날쭉 이어진 해안을 따라 남쪽으로 내려가며 어떤 섬이 접근하기 쉬운지 주의 깊게 살펴봤다. 내 장화는 날 말라카 반도에서 수마트라, 자바, 발리, 롬보크 섬으로 데려다 주었다. 나는 위험하지만 그곳에서 바다에 깨알처럼 박혀 있는 조그만 섬들과 암초를 넘어 북서쪽에 있는 보루네오로 건너뛰려고 했지만 헛수고였다. 보루네오로는 물론 다른 말레이군도에도 가지 못했다. 나는 희망을 버렸다. 그리고 롬보크 섬의 꼭대기에 앉아 깊이 생각했다. 그게 바로 내 한계였던 것이다. 땅과 햇빛을 받아 생성된 자연의 푸른 옷, 식물계와 동물계를 이해하는데 반드시 필요한 호주와 산호도가 있는 남태평양으로는 갈 수가 없었다. 따라서 식물계와 동물계에 관한 내 계획과 노력은 미완성으로 남을 수밖에 없었다. 나는 인간이 하는 일이 완전하지 않다는 것을 터득한 지 오래 되었지만 아쉬움은 컸다.

남반구에 혹독한 겨울이 닥치자 케이프 혼에서 서쪽으로 200보쯤 떨어진 호주와 테즈메이니아 섬으로 건너가려고 시도했다. 북극을 넘어서라도 호주에 발을 딛고 싶었던 것이다. 그 땅에 묻혀 돌아오지 못할 수도 있겠지만 돌아오는 문제는 신경쓰지 않았다. 실패와 반복이 계속되었다. 떠도는 얼음덩이와 무서운 추위로 위험이 너무 컸다. 나는 결국 오늘까지도 호주에 가보지 못했다. 나는 실패할 때마다 롬보크 섬으로 다시 돌아와 꼭대기에 앉아 남쪽과 동쪽을 바라보고 울면서 내 꿈에게 아쉬운 작별을 고했다.

나는 마침내 그곳을 떠나 다시 아시아 내륙으로 들어갔다. 나는 서쪽으로 가로질러 밤중에 내가 거처로 사용할 동굴이 있는 테베에 도착했다. 푹 쉬고 나니 유럽은 날이 샜다. 우선 별의 고도를 재거나 현 위치의 위도와 경도를 알아내는 육분의(六分儀), 몇 가지 물리기구와 책 등 여러 가지 물건이 필요했다. 시계는 매우 좋은 게 있었다. 나는 가능하면 안개가 낀 날 런던과 파리에 들러 짧은 시간에 필요한 것을 구입했다.

그런데 문제가 또 있었다. 사물을 가까이에서 관찰하고 싶을 때면 걸음 폭을 줄여야 했다. 장화를 벗으면 가능했지만 그건 너무나 불편했다. 나는 장화에 반구두를 덧신으면 되겠다는 생각이 떠올랐다. 그야말로 대성공이었다. 나중에는 아예 두 켤레씩 갖고 다녔다. 식물채집을 하다가 가끔 사자나 사람 또는 하이에나가 나타나 놀라기도 하는데 그때는 덧신을 벗기만 할 뿐 다시 주워 챙길 시간이 없기 때문이었다.

나는 동·식물을 관찰하거나 물과 공기의 온도를 재는 등의 조사를 하며 지구를 돌아다녔다. 적도에서 극 지방으로, 이 대륙에서 저 대륙으로 쏘다니며 이런저런 경험을 비교했다. 나는 주로 아프리카 타조나 북유럽 해조의 알과 열대 야자와 바나나 같은 열매를 먹었다. 삭막한 생활은 담배가, 인간 사회에 대한 그리움은 삽살개가 달래주었다. 이 충실한 개는 테베의 동굴을 지키고 있다가 내가 새 보물을 지고 돌아오면 반갑게 뛰어나와 내가 이 세상에 혼자 있지 않다는 것을 느끼게 해 주었다. 그러나 한 사건으로 말미암아 나는 다시 사람들 사는 곳으로 돌아가게 되었다.

11

어느 날, 내가 북유럽 해변에서 바닷말을 수집하고 있는데 바위 모퉁이에서 북극곰 한 마리가 갑자기 다가왔다. 나는 반구두를 벗어 던졌다. 중간에 파도 사이로 바위 하나가 솟아 있어 나는 그것을 딛고 맞은편 섬으로 건너갈 셈이었다. 한쪽 발은 바위에 잘 내렸는데 다른 발에 반구두가 그대로 끼어 있어 난 바다 속으로 빠지고 말았다.

바닷물은 얼음처럼 찼으며 나는 간신히 위험에서 빠져 나왔다. 뭍에 닿자 나는 햇볕에 몸을 말리기 위해 전속력으로 리비아 사막으로 달려갔다. 그러나 햇볕을 쬐며 앉아 있으니 머리가 타는 듯 했다. 나는 병든 몸을 끌고 북유럽으로 돌아왔다. 운동을 통해 상태를 완화시키려고 동에서 서로 마구 돌아다녔다. 낮과 밤, 여름과 추운 겨울이 번갈아 나타났다.

이렇게 비칠대며 쏘다닌 지 얼마나 되었을까. 온몸이 불덩이처럼 끓으며 의식이 가물가물해졌다. 엎친 데 덮친 격으로 나는 달리다가 잘못하여 남의 발을 밟고 말았다. 그자는 몹시 아팠는지 내게 세게 한 대 먹였다. 나는 그대로 쓰러졌다.

다시 정신을 차렸을 때 나는 푹신한 침대에 누워 있었다. 크고 깨끗한 방에는 많은 침대가 놓여 있었다. 머리맡에는 누가 앉아 있었다. 사람들이 병상을 돌아다니는 게 보였다. 그들은 내가 있는 곳으로 와서 나에 대해 얘기했다. 그들은 날 '12번' 이라고 불렀다. 그런데 발치를 보니 벽에 검은 석판에 황금빛 글씨로 큼지막하게 내 이름 페터 슐레밀이 적혀 있었다. 그건 착각이 아니고 분명 똑똑히 읽을 수 있었다. 내 이름 밑에 글자가 두 줄 더 있었는데 너무 쇠약해서 알아볼 수가 없어 다시 눈을 감았다.

그런데 누군가 크게 소리내어 석판을 읽는데 내 이름도 들렸다. 그러나 아직도 뭐라고 쓰였는지는 알 수가 없었다. 내 침대 옆에 친절한 남자 한 명과 검정 옷을 입은, 매우 아름다운 여자 한 사람이 나타났다. 어딘가 낯익은 모습인데 누군지 기억이 나지 않았다.

시간이 지나자 나는 기력을 되찾았다. 난 '12번' 으로 불렸는데 긴 수염 때문에 모두들 유대인으로 알았다. 그렇다고 간호가 소홀하진 않았다. 내게 그림자가 없다는 것은 아무도 눈치채지 못한 듯했다. 내 장화를 비롯하여 다른 물건들은 안전한 곳에 잘 보관되어 있으며 건강을 회복하기만 하면 모두 되돌려 준다고 하여 안심이 되었다.

내가 누워 치료를 받은 곳은 '슐레밀 병원' 이라 불리는 곳이었다. 내 침대 옆에 서 있던 남자와 여자는 벤델과 미나였다. 그리고 그곳은 벤델의 고향이었다. 그는 내가 남긴 돈을 가지고 내 이름으로 이 병원을 세웠으며 검은 석판에 적힌 글은 날 위해 기도해 달라는 것이었다. 미나는 과부가 되어 있었다. 어떤 형사소송에 휘말려 라스칼은 죽고 미나는 재산을 거의 다 잃었다. 그녀의 부모도 세상을 떠났다. 지금 그녀는 불쌍한 사람을 도우면서 살고 있었다.

언젠가 내 침대 옆에서는 그녀와 벤델 사이에 다음과 같은 이야기가 오갔다.

"부인, 공기도 나쁜데 여기는 왜 자주 나오십니까? 그러다 병이라도 걸리실까 봐 걱정입니다. 고생을 너무 많이 하셔서 죽으시려는 건 아니겠죠?"

"아닙니다, 벤델 씨. 오랜 꿈에서 깨어난 뒤부터는 잘 지냅니다. 그런 다음부터는 죽음을 바라지도, 두려워하지도 않아요. 그때부터 과거나 미래를 모두 밝은 마음으로 생각합니다. 이렇게 신의 뜻을 따라 옛 친구이자 주인을 위해 일하니 당신도 은근히 행복하지 않으세요?"

"그럼요. 전 제 주인과 많은 것을 동고동락했지요. 우리가 멋모르고 들이킨 즐거움과 고통의 잔이 이제는 비어있습니다. 모든 게 단지 시련이고 이제 분별력을 갖고 참된 시작을 맞아야겠지요. 맨처음에 있었던 요술장난은 다시 원치 않습니다. 전체적으로 보면 그래도 지나온 삶이 즐겁습니다. 전 우리의 옛 친구도 옛날보다는 잘 지낼 거라는 확신이 듭니다."

"저도 그래요"

미나가 대답했다.

이 대화를 듣고 나는 깊은 감동을 받았다. 나는 내가 누구인지를 밝혀야 할지 아니면 그냥 떠나야 좋을지를 놓고 고민하다가 종이와 연필을 구해 다음과 같이 썼다.

"당신의 옛 친구도 이제 옛날보다 잘 지내고 있습니다."

나는 기운이 솟구치며 그만 그곳을 떠나고 싶었다. 나는 열쇠를 얻어 내 침대 옆에 있는 조그만 장을 열었다. 안에는 내 물건이, 반갑게도 북유럽에서 수집한 바닷말까지 모두 있었다. 나는 옷을 입고 식물채집통을 위에 걸쳤다. 장화를 신고 종이쪽지를 내 침대 위에 놓고는 문을 열자마자 테베로 달려갔다.

집을 떠날 때 걸었던 시리아 해변에 거슬러 돌아오는데 불쌍한 삽살개가 내쪽으로 오고 있었다. 아마 내내 집에서 기다리다가 주인을 찾아 나선 모양이었다. 내가 부르자 기뻐 어쩔 줄을 모르며 뛰어올랐다. 나를 따라올 수 없었으므로 팔로 안고 집으로 데려갔다.

모든 게 옛날 그대로였다. 원기를 회복하자 다시 이전 생활과 활동이 시작되었다. 극지의 혹한은 건강에 아주 해롭기 때문에 일년 내내 그곳을 피했다.

나는 지금도 그렇게 살고 있다. 장화는 처음 샀던 때와 다름없으며 성능도 여전하다. 늙은 건 나뿐이다. 그러나 나는 내 힘을 한결같이 한 가지 목적을 위해 쏟아 성과를 거둔 것에 위로를 느낀다. 나는 지구와 그 형상, 고도, 온도, 대기 변화, 자기 현상 그리고 무엇보다 동 · 식물계를 그 누구보다 철저하게 연구했다. 나는 이러한 연구결과들을 몇 권에 걸쳐 상세하게 기록해 놓았다. 나는 죽기 전에 원고를 베를린 대학에 맡길 것이다.

끝으로 내 친구들에게 할 말이 있다.

사람들과 어울려 살려면 그 무엇보다 자기 그림자를, 그리고 그 다음으로 돈을 소중히 여겨라. 그러나 혼자 향상된 자신만을 위해 살려고 한다면 충고는 필요없을 것이다.

현실의 질곡을 환상으로 탈출하는 샤미소의 자화상

아델베르트 폰 샤미소Adelbert von Chamisso(1781~1838)는 프랑스 샹파뉴Champagne 지방의 봉쿠르Boncourt 성(城)에서 태어나 베를린에서 죽었다. 프랑스 대혁명 시기에 가족을 따라 독일로 피난한 그는 1796년 루이제Luise 왕비(프로이센 왕 프리드리히 빌헬름 3세의 비로 프리드리히 빌헬름 4세 및 독일제국 황제 빌헬름 1세의 모친)의 시동(侍童)이 되었다가 1798~1806년에는 프로이센군의 장교로 복무했다. 30세가 넘은 1812년부터 베를린 대학에서 의학과 식물학을 공부했으며, 1815~1818년에는 러시아 탐사선을 타고 세계일주를 하였다. 그 후 베를린 식물원에서 근무하였으며 베를린 대학에서 명예박사학위를 받았다. 주요 작품으로는 샤미소에게 세계적인 명성을 가져다 준『페터 슐레밀의 신기한 이야기 Peter Schlemihls wundersame Geschichte』(1814)를 비롯하여『시 Gedichte』(1831),『세계일주 Reise um die Welt』(1836) 등이 있다.

아델베르트 폰 샤미소의 중편 소설『페터 슐레밀의 신기한 이야기』는 1814년에 출간되었다. 그의 전기에서도 나타난 것처럼 그는 평생토록 사회적·심리적 격랑을 체험했으며, 이 소설을 쓸 때인 1813년에도 전쟁의 혼란을 피해 식물학에 관심을 쏟고 있었다. 이 소설은 슐레밀이 가상의 발행인에게 보낸 편지를 엮어 펴낸 형식을 취하고 있다. 원본에는 소설이 전개되기 전에 샤미소가 페터 슐레밀과 율리우스 에두아르트 히치히Julius Eduard Hitzig에게 보낸 시와 편지, 푸케Friedrich Freiherr de la Motte-Fouqué와 히치히

가 주고 받은 편지가 실려 있으며 푸케가 발행인으로 되어 있어 한 동안 그를 이 소설의 저자라고 생각하기도 했다. 우리말 번역에서는 독자들의 혼란과 불편을 피하기 위해 이 편지들을 제외했으며, 소설에서 1인칭 주인공이 종종 "여보게 친구" 또는 "여보게 샤미소" 하고 부르며 넋두리를 늘어놓는 서술형식도 반영하지 않았다. 군더더기가 많은 19세기 문체도 직역하지 않고 의역하거나 간결한 문체로 바꾸었으며 원본에 충실한 독일어 판본 뿐만이 아니라 축약판도 참조하였다.

『페터 슐레밀의 신기한 이야기』를 보면 동화 같다는 인상부터 받는다. 앞부분에서 슐레밀이 마치 파우스트가 메피스토의 유혹에 넘어갈 때처럼 회색 옷의 사나이에게 그림자를 파는 황당한 장면이 나오기 때문이다. 슐레밀이란 이름은 본디 히브리어에서 유래한 것으로 '신의 귀염둥이'란 뜻이지만 통속적으로는 '어수룩한 사람, 재수가 옴 붙은 사람'이란 의미로 사용된다. 그러나 내용을 살펴보면 곧 전통적인 가치와 돈이면 무엇이든지 얻을 수 있다는 경제관념이 갈등을 겪고 있음을 알 수 있다. 미스터 존이 "재산이 백만도 안 되는 자는 돼지나 다름없소"라고 하자 주위 사람들 모두 이에 공감을 표하는 모습은 자본주의적 가치관이 이미 개인의 생각과 생활 속에 깊이 파고 들어왔음을 말해준다. 사람들이 원할 때마다 그게 무엇이든 외투 주머니에서 꺼내는 사나이의 소재는 라퐁텐La Fontaine(1621-1695)의 『우화집』에서 빌린 것이다. 평생토록 독일과 프랑스 국적 사이를 헤매며 살아온 샤미소의 인생에서 여행은 그 일상적 모습이자 본질이다. 이런 그에게 여행 중 가지고 있던 옷을 대부분 잃어버리는 사고가 발생했는데, 이때 푸케가 "자네 그림자는 잃어버리지 않았느냐"고 농담을 했다. 샤미소의 '그림자를 잃어버리는 동화'는 이렇게 탄생한 것이다. 소유자를 투명인간으로 변신시키는 새둥주리는 — 그림자뿐 아니라 — 자신의 모습까지 사라진 상태와 주변 사람들과 더불어 살 수 없는 운명의 고통을 정점으로 몰아간다.

또 소설에서 회색 옷의 사나이는 슐레밀에게 온갖 보물을 골라 갖도록 한다. “어떤 문이나 자물쇠도 열 수 있는 마법의 열쇠, 보물과 사랑을 얻을 수 있는 부적, 뒤집을 때마다 금화를 내놓는 동전, 원하기만 하면 먹고 싶은 음식을 차려주는 접시 수건 — 아, 이런 것보다 훨씬 좋은 게 있어요. 바로 눈 깜박할 사이에 가고 싶은 데로 데려다 주는 포투나의 모자, 새로 튼튼하게 고쳤지요. 또 결코 돈이 떨어지지 않는 행운의 주머니”까지 — . 모두가 신기한 물건들이다.

그러나 동화나 전설에서 유래한 요소, 다시 말해 이전 세기의 낭만적 요소라고만 평가해선 안 될 것이다. 샤미소의 소설에서는 동화 역시 자본주의 사회의 상품과 마찬가지로 향락, 부, 유동성을 통한 보상 작용을 하는 것이기 때문이다. 동화와 현실을 혼동하여 그것을 믿고 유혹에 빠지는 인간은 회색 옷의 사나이에게 속아 그림자를 파는 슐레밀과 같은 존재가 되는 것이다.

이것만 놓고 보면 소설이 그림자를 둘러싼 슐레밀과 회색 옷의 사나이의 다툼에서 출구를 찾지 못하고 마냥 맴돌 것 같은 느낌을 준다. 그래서인지 소설이 전개되면서 판타지에 힘입은 문체도 갈수록 영향력이 사라진다. 그러나 후반부에서 슐레밀이 ‘7마일을 날아가는 장화’를 신고 지구를 돌아다니면서 다시 활력을 되찾으며 이상향적 색채를 띤다. ‘행운의 주머니’나 ‘새둥지’ 같은 기적의 물건이 비극의 씨앗이었다면 마지막 부분에 나오는 장화는 그림자의 상실로 인한 고통과 비극의 해소를 이끄는 물건이다. 요술 장화는 그림자처럼 공간적 제한을 받지 않기 때문이다. 소설 역시 그림자 상실이라는 질곡을 탈출하여 환상의 서술에 집중된다. “기이한 사건”을 단편 소설의 본질로 본 괴테의 견해를 참고하면 슐레밀의 소설은 동화 이상의 것인 셈이다.

환상적인 요소와 함께 눈길을 끄는 것은 사실주의적인 요소이다. 소설에 서술된 시민 사회는 사회적 명성과 돈(또는 재산) 그리고 도덕의 일치에 가치를 두는 세계이다. 악마에게 그림자를 팔아버린 슐레밀을 용납하지 않은 것도 이런 가치 체계가 여전히 유효하다는 증거이다. 그러나 이 사회는 '시민 비극'을 태어나게 한 18세기와 다른 모습을 보인다. 소설에서 시민들이 귀족에게 경의를 표하는 전통적 사고와 행동을 보고서 신분의 경계가 17~18세기처럼 절대적인 것으로 보아서는 안 된다. 미나의 경우처럼 결혼을 통한 신분 상승도 가능하며 또 그렇게 생각하는 시대인 것이다. 이런 과도기에는 벼락부자와 허풍쟁이 그리고 사기꾼 따위도 설치기 마련이다. 켈러의 단편 소설『옷이 사람을 만든다』(1873)도 이런 사회적 분위기를 풍자하고 있다. 슐레밀의 정체가 의심스러워지자 미나의 아버지는 사위라고 부르기조차 황송한 페터 백작 대신 시민 계급에 속하지만 착실하게 보이는 라스칼을 사위로 삼는다(영어의 rascal은 악한, 건달, 하층민을 뜻한다). 빈털터리나 다름없던 슐레밀이 높은 귀족으로 대접받다가 평민 집안의 박대를 받고, 능란한 계산 끝에 라스칼과 결혼했던 평범한 미나의 집안이 오히려 파멸에 이르는 것 또한 혼란스러운 과도기에 나타날 수 있는 현상이다.

개인이 행복에 유용한 돈과 현실 생활의 구동력인 소유욕의 노예가 될 때 물신 숭배는 초인적 위력을 행사한다. 자본주의 정신의 화신인 회색 옷의 사나이는 문학적 허구뿐만 아니라 현실 세계에서도 존재한다. 그에 의해 라스칼과 미스터 존은 소유욕의 사슬에 묶이어 불행한 최후를 맞는다. 슐레밀은 처음에 희박한 도덕 의식을 계기로 잠시 재산과 사회적 존경을 얻지만 나중에는 사회적 지위와 재산을 포기함으로써 간신히 자신의 영혼을 지킨다.

벤델은 재산과 신분 그리고 전통적인 공동사회의 도덕성이 함께 조화를 이룬 인간이다. 샤미소의 소설은 벤델을 통해, 인간이 지고의 가치를 소중히 여기고 더불어 살아야 하는 존재임을 깨달음으로써 비로소 경제 관념이 판을 치는 생활 환경의 위험을 피할 수 있다고 일러준다. 막강한 돈의 힘 때문에 인간성이 파괴되고 인간이 파멸에 이르기도 하지만 쓰임새에 따라 자유로운 사회도 이룰 수 있는 것이다. 벤델은 자신의 '고향'에 '슐레밀 병원'을 설립하여 이런 가치관을 실현한다. 다음은 소설 끝머리에 나오는 대목이다.

"이곳은 벤델의 고향이었다. 그는 내가 남긴 돈을 가지고 내 이름으로 이 병원을 세웠으며 검은 석판에 적힌 글은 날 위해 기도해 달라는 것이었다."

독문학사에서는 그림자를 잃은 슐레밀의 고통 속에 프랑스 출신으로 영원한 이방인의 삶을 산 샤미소의 경험이 녹아 있으며 그림자는 시민의 덕목인 착실함, 인간적 신뢰를 포함한 사회적 정체성의 상징이라고 해석한다. 소설에는 예술가이자 프랑스 망명자인 샤미소, 해방 전쟁 중에 곤란한 예술을 포기하고 자연과학에 몰두할 수밖에 없었던 아웃사이더의 탈출과 자기 소외가 표현되어 있는 것이다. 그러니까 샤미소의 소설은 그림자처럼 실재와 가상 사이를 헤매는 자의식의 발로이며 기존의 가치마저 의문시되는 혼란한 시대의 상징인지도 모른다. 한 마디로 『페터 슐레밀의 신기한 이야기』는 행운과 불행, 불안과 희망, 소설의 원동력인 판타지와 이상향이 사실주의적 문체와 어우러지며 대립과 반전을 되풀이하는 역동적인 이야기이다.

E. T. A. Hoffmann:
『*Das Fräulein von Scuderi*』

에른스트 테오도어 아마데우스 호프만:

『스퀴데리 부인』

에른스트 테오도어 아마데우스 호프만Ernst Theodor Amadeus Hoffmann

에른스트 테오도어 아마데우스 호프만Ernst Theodor Amadeus Hoffmann은 1776년 1월 24일 동프로이센의 쾨니히스베르크에서 태어났다. 그의 이름은 본디 에른스트 테오도어 빌헬름 호프만이었는데 음악가 모차르트를 흠모하는 마음에서 빌헬름을 아마데우스로 바꿔 불렀다. 그는 다방면에 풍부한 재능을 지녔지만 그는 법관인 아버지의 뜻에 따라 대학에서 법학을 공부하였으며, 1800년에는 제 3차 사법시험에 합격하여 포젠의 고등법원에서 검사 시보로 공직 생활을 시작하여, 1814년에는 베를린 고등법원의 법관이 되었다. 동시에 그는 예술가 — 즉 교회 음악 감독, 음악 평론가(『기사 글룩』, 1809), 작곡가(오페라『운디네』, 1813), 화가 그리고 문인으로서 놀라운 발자취를 남겼다.

그는 엄격한 공직자이자 동시에 자유분방한 예술가로서 모순된 삶을 살았다. 그는 체구가 작고 얼굴색도 누르스름했으며 동화 속의 인물들처럼 괴상하게 생긴데다가 공공장소에서 별난 행동과 옷차림을 보여 많은 일화를 남겼다. 그러나 이런 기이함은 천재성의 분출이며, 다만 그것이 현실에서 일그러진 모습으로 나타난 것일 뿐이다.

중요한 문학 작품으로는『황금단지』(1814),『악마의 묘약』(1815/16),『밤풍경』(1817),『호두까기 인형과 쥐의 왕』(1816),『고양이 무르의 인생관』(1819-21) 그리고『스퀴데리 부인』(1818)이 포함된 작품집『세라피온 형제들』(1819-21)이 있다.

두 세계를 넘나들며 살아온 호프만은 1822년에 척수결핵으로 세상을 떠났다. 베를린에 있는 그의 묘비에는 다음과 같이 새겨져 있다.

> **'작곡가로서**
> **작가로서**
> **공직자로서**
> **화가로서**
> **출중했던 인물.'**

Ernst Theodor Amadeus Hoffmann:
『*Das Fräulein von Scuderi*』

에른스트 테오도어 아마데우스 호프만

『스퀴데리 부인』

마들렌느 스퀴데리는 생 토노레 거리의 작은 집에 살고 있었다. 그녀는 기품 있는 시를 쓰는 유명한 시인으로 루이 14세와 맹트농 후작부인의 사랑을 받는 인물이었다.

1680년 가을날…. 누군가 한밤중에 현관 전체가 쾅쾅 울릴 정도로 그녀의 집 문을 마구 두드렸다.

이 작은 집의 요리사이자 하인이며 동시에 문지기이기도 한 바티스트는 마침 주인의 허락을 받아 누이의 결혼식에 갔고, 스퀴데리 부인의 하녀인 마르티니에르가 혼자 집을 지키고 있었다.

문을 두드리는 소리가 계속되자 그녀는 문득 바티스트가 시골에 가서 없고 집에는 보호해 줄 사람도 없이 그녀와 주인마님밖에 없다는 생각을 했다. 그리고 머릿속엔 파리 시내에서 날마다 벌어지고 있는 도둑질, 강도, 살인 따위의 범죄가 떠올랐다. 그녀는 한 무리의 불량배들이 이 집에 사람이 없다는 것을 알고 밖에서 소란을 피우며, 만일 들여보내면 주인에게 틀림없이 못된 짓을 할 거라는 생각이 들어 누이의 결혼식에 간 바티스트를 원망하며 자기 방에서 벌벌 떨고 있었다. 그러는 중에도 문을 두드리는 소리는 더더욱 요란해졌고 이제는 "제발 문 좀 열어 줘요, 문

좀 열어요!" 하고 외치는 말까지 들렸다. 잔뜩 겁에 질린 마르티니에르가 참다못해 얼른 촛대에 불을 붙여 들고 현관으로 달려갔다. 거기서는 밖에서 외치는 소리가 아주 똑똑하게 들렸다.

"제발 문을 좀 열어 줘요!"

마르티니에르는 '강도라면 이렇게 말하진 않을 거야. 아마 쫓기고 있는 사람이 우리 주인집에 몸을 숨기고 싶어 그런지도 몰라. 주인 마님은 좋은 일이라면 가리지 않으시니까. 물론 그래도 조심해야겠지!' 하고 생각했다. 마르티니에르는 창을 열고 남자 목소리처럼 들리게 하려고 최대한 소리를 낮춰 밖에다 대고 소리쳤다.

"도대체 누가 이렇게 늦은 밤에 시끄럽게 문을 두드려 모든 사람을 잠에서 깨우고 그래요!"

시커먼 구름 사이로 막 빠져 나온 희미한 달빛 덕분에, 널따란 모자를 깊이 눌러쓰고 엷은 회색 외투로 몸을 감싼 모습이 그녀의 눈에 들어왔다. 그녀는 아래쪽에 서 있는 사람에게 들리도록 일부러 큰 소리로 말했다.

"바티스트, 클로드, 피에르! 일어나서 어떤 놈팡이가 우리 집을 두들겨 부수려는지 좀 봐."

그러나 아래쪽에서는 거의 애원하는 듯한 부드러운 목소리가 들렸다.

"아, 마르티니에르! 당신이 아무리 목소리를 지어내도 난 당신이라는 걸 다 알고 있소. 그리고 바티스트는 시골에 가서 지금 없고 집에는 당신과 주인마님만 있다는 것도…. 아무 걱정 말고 안심하고 문을 열어요. 주인마님과 긴히 할 얘기가 있어요. 그것도 지금 당장 말이오."

"무슨 엉뚱한 생각을 하는 거죠?" 하고 마르티니에르가 대꾸했다. "이 밤중에 우리 마님과 얘길 하겠다고요? 당신은 우리 마님이 한참 전에 잠자리에 들었고, 그 나이가 되면 아주 잘 주무셔야 하기 때문에 결코 단잠을 방해해선 안 된다는 것도 모르세요?"

"알고 있소" 하고 밖에서 말했다. "난 주인 아가씨가 내내 『클레리아』라는 소설을 쓰다가 접어놓고, 지금은 내일 맹트농 후작부인 댁에서 낭독할 시를 쓰고 있다는 것도 알고 있소. 마르티니에르, 이렇게 부탁드리니 동정하는 마음에서라도 문을 좀 열어 주세요! 한 사람을 불행에서 구해야 돼요. 한 사람의 명예와 자유와 목숨이 지금 내가 당신 주인과 얘기를 할 수 있느냐 없느냐에 달려 있어요. 불행에 처한 사람이 찾아와서 도움을 청했는데도 당신이 냉정하게 문 밖에서 쫓아 버렸다는 것을 만일 당신 주인이 알게 되면 결코 당신을 용서하지 않을 것이오."

"하지만 왜 하필 이렇게 한밤중에 만나려는 거죠? 내일 아침에 다시 오세요" 하고 마르티니에르가 아래쪽을 향해 말했다.

그러자 아래에서 그 사람이 대답했다. "운명이 벼락처럼 사람을 치려 할 때 시간과 장소를 따지던가요? 한시가 급한데 나중에 도움을 청해야 되겠습니까? 외롭게, 세상 사람의 보호도 받지 못하고 불행에 처한 불쌍한 사람이니 아무것도 두려워하지 말고 문을 여세요. 당신 아가씨에게 위험에서 구해달라고 간청하려는 겁니다!"

아래에서 들려오는 말 속에서 깊은 고통과 신음이 느껴지며 코가 시큰거리더니 마침내 아래 서 있는 젊은이의 부드러운 목소리가 마르티니에르의 가슴 속으로 파고들었다. 마르티니에르는 마음 속 깊이 감동을 느꼈다. 그녀는 더 이상 생각하지 않고 열쇠를 가져왔다.

문을 열자마자 외투로 몸을 감싼 괴한이 마르티니에르를 제치고 현관으로 들어오며 거칠게 외쳤다.

"날 마님께 안내하시오!"

마르티니에르가 놀라 촛대를 높이 쳐들자 불빛에 납처럼 창백하고, 끔찍하게 일그러진 젊은이의 얼굴이 드러났다. 그가 망토를 열어 젖혔을 때 가슴 부분에서 삼각 단검의 손잡이가 번쩍이는 것을 보고 마르티니에르는 놀라 바닥에 쓰러질 뻔했다.

그는 눈을 번득이며 아까보다 더 거칠게 소리쳤다.

"날 아가씨에게 안내하지 않고 뭘 하는 거요!"

주인 아가씨가 아주 절박한 위험에 처했다는 생각이 들자 마르티니에르의 마음 속에서는 주인에 대한 사랑이 강하게 타오르며 자신도 모르게 용기가 솟았다. 그녀는 재빨리 자신이 열어 놓았던 거실 문을 닫고 그 앞에 서서 강하고 단호한 어조로 말했다.

"아니, 한밤중에 찾아와 밖에서는 우리 아가씨의 동정을 사려고 불쌍하게 굴더니 집안에 들어와서는 미친 듯이 날뛰는군요. 지금은 우리 아가씨가 당신을 만나시지 않을 거예요. 나쁜 짓을 할 마음이 없다면 낮을 두려워 할 까닭이 없지요. 할 말이 있으면 내일 다시 와서 하세요! 이제 방에서 나가세요!"

그 남자는 가만히 한숨을 내쉬더니 무서운 눈으로 마르티니에르를 노려보며 비수를 잡았다. 마르티니에르는 속으로 자신의 영혼을 주님께 맡겼다. 그러나 의연함을 잃지 않고 그 남자가 아가씨에게 가려면 반드시 지나가야 되는 거실문에 붙어 서서 대담하게 그의 눈을 바라보았다.

그 남자가 다시 "아가씨에게 안내하란 말이오" 하고 외쳤다.

마르티니에르는 "하고 싶은 대로 하세요" 하고 대답했다. "난 이 자리에서 움직이지 않을 테니, 당신은 시작한 악행이나 끝을 내세요. 당신의 사악한 친구들처럼 아마 당신도 그레브 광장에서 치욕스럽게 죽게 될 거예요."

그 남자는 "하!" 하며 "당신 말이 맞소, 마르티니에르! 내가 흉기를 갖고 있어 흉악한 강도나 살인자처럼 보이는 거요. 내 친구들은 처형되지 않았소, 그렇지 않단 말이오!" 하고 소리질렀다. 그리곤 죽음의 순간을 맞아 하얗게 질려 있는 마르티니에르에게 독살스러운 눈길을 보내며 비수를 끄집어 냈다.

그녀가 '이제 칼에 찔려 죽게 되는구나' 하고 생각하며 "하느님!" 하고 외쳤는데, 그 순간 거리에서 무기 부딪치는 소리와 말발굽 소리가 들렸다.

마르티니에르는 "경찰이다, 경찰. 사람 살려, 도와줘요!" 하고 소리쳤다.

"지독한 년, 내 신세를 망치려고 하는군. 이제 다 틀렸어, 다 끝났다고! 받아! 받으라고. 이걸 오늘 중으로 아가씨에게 전해줘, 늦어도 내일까지는!" 그 남자는 이렇게 중얼대며 하녀에게서 촛대를 빼앗아 촛불을 끄고 그녀의 손에 작은 상자 하나를 쥐어 주었다. 그는 "제발 아가씨에게 이 상자를 전해줘" 하고 외치며 밖으로 뛰어나갔다.

마르티니에르는 바닥에 쓰러졌다가 겨우 일어나 어둠 속을 더듬거리며 자기 방으로 돌아왔지만 아무 소리도 내지 못하고 힘없이 의자에 주저앉았다.

그 때 현관문 자물쇠에 꽂아두었던 열쇠가 찰칵거리는 소리가 들렸다. 이어서 문이 닫히고, 살금살금 조심스럽게 그녀의 방으로 다가오는 발걸음 소리가 들렸다. 그녀는 무엇에 홀린 것처럼 꼼짝도 못하고 앉아서 죽음을 기다렸다. 그러나 문이 열리고 작은 램프 불빛에 성실한 바티스트의 모습이 나타났다. 그는 시체처럼 창백했는데 몹시 당황한 얼굴이었다.

그는 "아이고 이런, 맙소사" 하며 "마르티니에르 부인, 무슨 일이 있었죠? 아, 말 좀 해봐요! 아, 으시시하네! 무엇 때문인지는 모르지만 난 어제 저녁에 괜히 불안해서 결혼식에 있을 수가 없어 그냥 되돌아왔지요. 큰길까지 돌아왔을 때였어요. 나는, 마르티니에르 부인이 얕은 잠을 자기 때문에 내가 문을 가만히 조심스럽게 두드려도 알아듣고 날 들여보내리라고 생각했어요. 그런데 그때 대규모 순찰대, 그러니까 중무장한 기병과 보병이 내게 다가오더니 날 붙잡고는 놓아 주지 않는 거예요. 그런데 다행히도 나를 잘 알고 있는 데그래 헌병중위가 거기 있었어요. 순찰대가 내 코밑에 등불을 대고 있을 때 그가 내게 말했어요.

'바티스트 아닌가, 이 한밤에 어딜 다녀오는 길인가? 얌전히 집에 있으면서 집을 지켜야지. 여기는 으시시한 곳이라 우리는 오늘밤에 좋은 성과를 거둘 거라고 생각하고 있어.'

마르티니에르 부인, 당신은 내가 그 말을 듣고 얼마나 가슴이 철렁했는지 전혀 모를 거예요. 그리곤 내가 막 문지방을 넘어서는데 집 안에서 얼굴을 가린 괴한이 번쩍이는 단검을 들고 나오다가 날 피해 달아났어요. 집은 열린 채 자물쇠에 열쇠가 꽂혀 있고…. 이게 대체 어찌된 일입니까?"

죽음의 불안에서 벗어난 마르티니에르는 조금 전에 있었던 일을 모두 얘기했다. 두 사람, 그녀와 바티스트, 두 사람이 현관으로 가 보니 바닥에는 정체불명의 사나이가 달아나며 내던진 등이 있었다.

바티스트가 말했다. "이제 보니 그 사람은 도둑, 아니 살인강도임이 틀림없어요. 그 사람은 당신의 말투뿐만 아니라 집에는 당신과 아가씨 단둘만 있다는 것, 그리고 심지어는 아가씨가 글을 쓰느라 깨어 있다는 것까지 알고 있었어요. 이건 교활하게 자기네의 흉악한 음모를 실행하는데 필요한 정보를 갖고 집안까지 침입하는, 저 빌어먹을 악당이나 건달들 가운데 한 사람인 게 틀림없어요. 그리고 마르티니에르 부인, 작은 상자는 말이에요, 세느강 가장 깊은 곳에 던져 버리는 게 좋겠어요. 늙은 투르네 후작부인이 모르는 사람이 보낸 편지를 받고 그 자리에서 죽었다는데 악마가 우리 아가씨의 목숨을 노리고 보낸 상자를 열다가 아가씨께 그런 일이 생길지 누가 알아요!"

바티스트와 마르티니에르는 오래도록 의논을 한 끝에 아침에 아가씨에게 모든 일을 빠짐없이 보고하고, 최대한 조심해서 열어 보시라고 말씀드리면서 비밀스러운 상자도 전달하자고 결정했다. 그 수상쩍은 자가 나타날 때의 정황으로 미루어 두 사람은 이번 일에 자기들이 제멋대로 처리해선 안 될, 반드시 아가씨가 밝혀내야 할 비밀이 숨어 있을지 모른다고 생각했던 것이다.

바티스트가 걱정하는 것도 일리가 있었다. 당시 파리는 온갖 흉악범이 판을 쳤고, 악마들의 사악한 고안물들이 손쉽게 흉악한 범죄의 수단으로 이용되고 있었다.

당대 제일의 화학자인 독일인 약제사 글라저는 여느 화학자처럼 연금술 실험에 빠져 있었다. 비금속을 황금으로 변화시킬 수 있다는 현자의 돌을 찾는 게 그 목표였다. 여기에 엑실리라는 이탈리아 사람이 합류했다. 그러나 엑실리에게 연금술은 구실일 뿐이었고, 글라저가 우연에 맡기고 시도했던 독극물의 혼합과 끓이고 승화시키는 법을 알아 내는 데만 관심이 있었다. 그리고 마침내 냄새도 맛도 없으면서 즉시 또는 서서히, 몸에 아무런 흔적도 남기지 않고 사람을 죽일 수 있는 희귀한 독을 만드는 데 성공했다. 이것은 아무리 의술이나 학식이 뛰어난 의사라도 독살이라는 것을 눈치채지 못하고 자연사했다고 할 수밖에 없는 독극물이었다.

하지만 그토록 조심했건만 엑실리는 독극물을 매매했다는 혐의로 체포되어 감옥에 갇히고 말았다. 그리고 곧 그 방에는 고뎅 드 생트 크르와 대위가 수감되었다. 그는 브렝비이에 후작부인과 오랫동안 관계를 맺었으며 그 때문에 가문 전체에 불명예를 안겨 준 사람이었다. 후작이 자기 부인의 불륜을 눈치채지 못했을 때 이 죄인들을 서로 떼어 놓을 생각으로 파리의 문관이었던 그녀의 아버지 드뢰 도브레가 대위를 체포하게 했던 것이다.

생트 크르와는 어릴 적부터 성격이 격했으며 독실한 척했지만 줏대가 없는 사람으로 온갖 악습에 물들어 있었다. 질투와 폭발 직전에 이른 복수심으로 가득 찬 그에게 자신의 적을 모두 없앨 수 있는 엑실리의 사악한 비법은 그야말로 안성맞춤이었다. 생트 크르와는 엑실리의 열성스러운 제자가 되었으며 곧 스승과 맞먹는 실력을 갖추어 감옥에서 나가더라도 혼자 모든 작업을 수행할 수 있을 정도가 되었다.

브렝비이에 후작부인은 음탕한 여자였는데 생트 크르와로 인해 점차 극악무도한 사람이 되었다. 그녀는 아버지의 집에 살면서 사악한 마음을 품고 아버지를 보살피는 척하며 먼저 아버지를, 그리고 뒤이어 두 오빠와 여동생까지 독살했다. 아버지를 독살시킨 것은 복수심 때문이었고, 다른 형제들까지 독살한 것은 유산을 독차지하기 위해서였다.

여러 독살 사건에서 볼 수 있는 것은 누구든지 이런 범죄의 희열과 매력에 한번 빠지면 쉽사리 빠져 나오기 어렵다는 사실이다. 별다른 목적 없이 화학자가 실험에서 재미를 느끼듯, 단지 쾌락 때문에 무고한 사람들을 죽이고 이들이 살고 죽는 문제는 전혀 개의치 않았던 것이다.

브렝비이에 후작부인 일당은 신앙과 자비를 보이려고 디유 호텔에서 매주 빵을 나눠 주었는데, 가난한 사람들이 몇 명 죽은 사건이 터지면서 빵에 독을 넣었을지도 모른다는 의심을 받았다. 그러나 사실 독은 비둘기 파이에 들어 있었다. 드 기에 기사를 비롯한 많은 사람들이 이 잔악한 식사의 희생자가 되었다.

생트 크르와와 그의 조수인 라 쇼세, 브렝비이에 후작부인은 자신들의 잔인 무도한 행위가 내내 감쪽같이 감춰질 줄 알았지만, 영원한 하늘의 힘이 이 땅에서 이 죄인들을 처단하려고 결정했는데 사악한 인간들의 흉악한 계교가 어찌 지속될 수 있겠는가!

생트 크르와는 어찌나 정교하게 독을 만들었는지 분말(파리 사람들이 '유산 계승의 분말'이라 부르는)이 조제중에 노출되면 단숨에 그 자리에서 목숨을 잃었다. 그렇기 때문에 생트 크르와는 항상 질 좋은 유리 마스크를 쓰고 작업을 했다. 어느 날 그는 완성된 독약 가루를 긴 플라스크에 붓다가 갑자기 마스크가 떨어지는 바람에 미세한 독먼지를 들이마시고 그 자리에서 숨을 거두었다. 그는 상속자를 두지 않고 죽어 그의 유물은 곧 법원에 압류되었다. 거기에는 잔인한 생트 크르와가 사용하려고 숨겨 둔 온갖 끔찍한 독살 물품이 담겨진 상자뿐만 아니라 브렝비이에 후작부인이 자신의 범행을 밝힌 편지도 들어 있었다.

브렝비이에 후작부인은 뤼티히의 한 수도원으로 도망쳤고, 데그래라는 국왕 친위경찰대원이 그녀에게 파견되었다. 데그래는 그녀가 숨어 있는 수도원에 성직자로 변장하고 나타났다. 그는 음탕한 그녀에게 은밀하게 밀회를 즐기자고 접근하여 마침내 교외의 한 호젓한 정원으로 그녀를 유혹해 냈다. 그녀는 그 곳에 도착하자마자 추적자들에게 둘러싸여 곧장 파리로 호송되었다. 라 쇼세는 오래 전에 참수되었고, 브렝비이에 후작부인도 같은 형을 받았다. 처형 뒤에 그녀의 시체를 태운 재는 공중에 뿌려졌다.

적과 친구를 가리지 않고 비밀 살인 무기를 사용하던 무도한 자들이 사라지자 파리 사람들은 안도의 숨을 쉬었다. 그러나 흉악한 생트 크르와의 끔찍한 기술은 단절되지 않고 계속 이어졌다.

눈에 보이지 않는 음험한 유령처럼 친척·연인·친구를 가리지 않고 죽음의 사자가 슬그머니 들어와 실수 없이 그리고 재빨리 불행한 희생자를 덮쳤다. 오늘 생기발랄해 보이는 사람이 내일 병들어 쓰러졌으며, 그렇게 쓰러지면 어떤 의술도 소용이 없었다. 부유함 수입이 좋은 직책, 예쁘고 젊다 못해 어려 보이는 여자. 이런 것은 죽음의 추격을 받기에 안성맞춤이었다.

몰인정한 불신이 신성하기 그지없는 인연까지 갈라놓았다. 남편은 아내를 무서워하고 아버지는 아들을, 누이는 오빠를 무서워했다. 음식은 말할 것도 없고 식사 때 친구끼리 주고받으려고 내놓은 포도주도 건드리지 않았으며, 다른 때 같으면 재미와 농담이 넘쳤을 곳에서도 철저히 위장한 살인자가 있을지 몰라 이리저리 거칠게 눈을 번득였다. 가장이 자신의 집에서 간악한 배신의 희생자가 될까 두려워 먼 지역에서 식료품을 사서 여기저기 대중음식점의 주방을 전전하며 손수 음식을 만들어 먹는 모습도 흔히 볼 수 있었다. 그러나 이렇게 조심에 조심을 거듭해도 사고는 그치지 않았다.

루이 14세는 점점 만연되는 폐해를 저지시키기 위해 이 은밀한 범죄의 수사와 처벌을 전담할 독자적인 사법기관을 신설했다. 이른바 샹브르 아르당트라는 화형재판소로, 바스티유 감옥에서 멀지 않은 곳에 위치하고 있었으며 라 레니가 총책임자였다. 라 레니가 이 범죄를 근절시키기 위해 열심히 온갖 노력을 다 쏟았지만 아무 성과가 없었으며 교활한 데그래에게는 비밀에 싸인 범죄 소굴을 찾아내라는 과제가 떨어졌다.

파리의 변두리인 생 제르맹에 라 브와젱이라는 노파가 점과 강령술(역자주 : 귀신 불러내기)로 살아가고 있었는데, 그녀는 한 패인 라 사쥬와 라 비구뢰의 도움을 받아 호락호락한 사람이나 쉽게 믿지 않는 부류의 사람들 할 것 없이 모두 공포와 경악에 빠뜨리는 재주를 갖고 있었다. 그러나 그것만이 아니었다. 엑실리의 제자인 크르와가 한 것처럼 그녀는 미세하고 흔적을 남기지 않는 독을 만들어 극악무도한 아들들이 그것을 이용해 일찍 상속을 받고, 음탕한 여자들이 젊은 정부를 얻도록 도와 주었다.

데그래가 이 비밀을 알고 그녀를 추궁하자 그녀는 모든 걸 자백했다. 화형재판소에서 그녀는 화형을 선고받고 그레브 광장에서 처형되었다. 그녀의 집에서 그녀의 도움을 받은 사람들의 명단이 나와 사형 집행이 계속 이어졌을 뿐만 아니라 명성 높은 인물들에게까지 무거운 혐의가 드리워졌다.

나르본느 대주교인 봉지 추기경이 단기간에 걸쳐 연금을 줘야 될 사람들을 라 브와젱에게서 구한 독약으로 모두 죽여 버렸다는 소문이 나돌았다. 명단에 있던 부이옹 후작부인, 스와송 백작부인은 사악한 여자와 관계를 맺은 혐의로 고발되었으며 심지어 프랑스와 앙리 드 몽모랑시, 부드벨르도 같은 운명을 맞았다.

무서운 화형재판소의 추적은 귀족원 의원이자 궁내 대신인 뤽상부르 공작에게도 미쳤다. 그는 자진하여 바스티유에 출두했는데 루브와와 라 레니의 노여움을 사 길이가 6피트밖에 안 되는 감방에 갇히게 되었다. 공작이 비난받을 일을 하지 않았다는 사실이 완전히 밝혀지기까지는 수개월이 걸렸다. 그는 라 사쥬에게 별점을 치게 한 일이 한번 있었을 뿐이었다.

이런 과감한 기습 작전과 잔혹한 행위는 라 레니의 맹목적인 열성에서 비롯된 것이다. 법정은 완전히 종교재판의 성격을 띠어 조금이라도 혐의가 있으면 엄한 감옥형에 처했다. 사형을 받을 피고의 무죄를 밝히는 것도 우연에 맡겨진 경우가 종종 있었다. 이럴 때 라 레니는 혐오스러운 모습과 교활하기 그지없는 성격을 드러냄으로써 피고를 위해 앙갚음할 마음을 품거나 후원하는 사람들로부터 미움을 샀다. 부이옹 후작부인은 그에게 심문을 받는 중에 악마를 본 적이 있느냐는 질문을 받자 "지금 이 순간 내 앞에 있는 자가 바로 악마인 것 같소"라고 대답했다.

이렇게 그레브 광장이 죄인과 혐의자들의 피로 넘치면서 비밀 독살 사건은 점점 드물어졌지만 다른 종류의 재앙이 나타나 새로이 세인들의 경악을 불러일으켰다.

새로운 범죄단이 나타났는데, 이들은 마치 보석이란 보석은 죄다 쓸어모으려는 목표를 가진 듯 행동했다. 값비싼 보석을 구입하면 어떻게 보관하든 곧 감쪽 같이 사라졌다. 그뿐 아니라 밤에 보석을 지니고 다니다가 밝은 대로나 심지어는 어두운 집안 현관에서 강탈당하고 살해되는 일도 벌어졌다. 간신히 목숨을 건진 사람들은 머리에 번개같은 주먹을 맞고 쓰러졌다가 실신 상태에서 깨어나 보니, 가진 것을 털린 채 기습을 당한 곳이 아닌 다른 장소에 옮겨져 있었다고 진술했다. 거의 매일 아침 길거리나 집에서 피살자들이 발견되었는데, 이들에겐 한결같이 똑같은 상처가 있었다. 모두 비수에 가슴을 찔렸는데, 의사의 소견에 의하면 단번에 치명상을 입어 아무 소리도 내지 못하고 땅에 쓰러진 것이었다.

풍요를 구가하는 루이 14세의 궁정에서, 비밀 연애에 빠져 밤늦게 몰래 값비싼 선물을 들고 애인을 찾지 않는 사람이 있었을까? 악당들은 귀신과 한패가 된 듯 그런 관계를 잘 알고 있었다. 사랑의 즐거움을 꿈꾸다가 애인의 집에 다다르지도 못하고 숨지거나, 문턱 또는 방문 앞에서 피를 흘린 채 참혹한 시체로 발견되는 일이 다반사로 나타났다.

다르장송 경시총감은 조금이라도 혐의가 있는 듯한 사람은 모두 검거하게 했지만, 이런 대책 역시 아무 소용이 없었다. 라 레니는 미쳐 날뛰며 자백을 강요하고 보초와 순찰대를 강화했지만 범인들은 흔적조차 알 수가 없었다. 사람들이 밤에 나갈 때 중무장을 하고 등불을 앞세워 가는 조심성을 보이자 조금 도움이 되는가 싶었는데, 곧바로 하인에게 돌을 던져 그들이 겁을 먹고 달아나면 순식간에 주인의 보물을 빼앗고 살해하는 수법이 등장했다.

보석 거래가 이루어질 수 있는 곳은 모두 샅샅이 조사했지만 이상하게도 도둑맞은 보물은 종적이 묘연했으며, 추적해 볼 만한 실마리조차 나타나지 않았다.

데그래는 걸음걸이, 자세, 말씨, 인상, 얼굴이 비슷하여 전문 추적자라도 누가 진짜인지 알아 내지 못하도록 똑같이 생긴 데그래를 여러 명 만드는 방법을 궁리했다. 아울러 몇 사람에게 호화로운 보석을 지니게 하고 스스로 위협을 무릅쓰고 혼자서 비밀 은신처를 전전하며 이들을 지켜보았지만 습격은 없었다. 악당들에게 이미 이런 수법에 대해 정보가 알려졌던 것이다. 데그래는 절망에 빠졌다.

어느 날 아침 데그래가 창백하게 변한 얼굴로 정신없이 라 레니 재판소장에게 달려왔다. 소장이 그에게 "무슨 일이오? 무슨 소식이라도 있는 거요? 범인의 흔적을 발견했소?" 하고 물었다.

"오, 소장님" 하고 데그래가 화가 나서 더듬거리며 말을 시작했다. "오, 소장님…. 어젯밤… 루브르 궁 근처에서 드 라 파르 후작이 습격을 받았습니다. 제 앞에서요."

"아니 정말!" 하고 소장이 환성을 질렀다. "그럼, 그놈들을 잡았겠군!"

"오, 어떻게 되었는지 좀 들어 보십시오!" 하고 데그래가 쓴웃음을 지으며 말을 끊었다. "악마들에게 농락 당한 가슴을 태우며 루브르에서 기다리고 있었지요. 그런데 어지러운 발자국 소리와 함께 계속 뒤를 살피는 한 사람이 내가 있는 것도 모르고 바로 내 옆을 지나갔습니다. 어두운 밤이었지만 달빛이 어둠을 밝혔기 때문에 난 그가 라 파르 후작임을 알 수 있었죠. 그 곳에 나타날 만한 사람이었죠. 난 그가 어디로 숨어들지도 알고 있었어요. 그가 내 옆을 열, 열두 걸음쯤 걸어갔을까? 그 때 땅에서 솟은 듯 어두운 형체가 뛰어나오더니 그를 쳐서 넘어뜨렸습니다. 갑자기 그 살인자를 내 손으로 잡을 수 있는 기회가 생기자 얼떨결에 큰 소리를 지르며 숨어 있던 곳에서 벌떡 뛰쳐나와 그에게 덤벼들었지요. 그러다 외투에 발이 감겨 넘어졌어요. 그 때 범인은 바람에 날개를 단 것처럼 달아났으며, 난 일어나 그를 뒤쫓고 달리며 호각을 불자 멀리서 추적자들이 호루라기로 응답을 했습니다. 사방에서 무기가 쩔그렁거리는 소리, 말발굽 소리가 나며 점점 소란스러워졌어요.

난 '여기는 데그래다. 이쪽으로, 이쪽으로!' 하고 길거리가 울릴 정도로 소리쳤지요. 범인은 여전히 내 앞에 밝은 달빛을 받은 모습을 보이고 있었는데 거기서 날 속이려는 듯 다른 길로 접어들었습니다. 니케즈 거리에 이르자 그는 힘이 다 빠진 것처럼 보였어요. 난 두 배로 힘을 냈죠. 나와 그의 거리는 열다섯 발자국 정도밖에 떨어져 있지 않았어요."

"자네가 그자를 따라잡아 붙잡았고, 추적자들이 왔겠군" 하고 라 레니가 눈을 번득이며 외쳤다. 그러면서 데그래가 도망치는 살인자라도 되는 듯 그의 팔을 붙잡았다.

"열 다섯 발자국 앞에서…" 하고 데그래가 김빠진 목소리로 힘겹게 숨을 내쉬며 말을 계속했다. "열다섯 발자국 앞에서 범인은 어둠속으로 뛰어들더니 담벽으로 사라져 버렸습니다."

라 레니가 두 발짝 물러서서 손을 마주치며 "사라져? 담 속으로! 자네 미쳤군." 하고 외쳤다.

데그래가 아직도 그 생각을 하면 기분이 나쁜 듯 이마를 문지르며 말을 계속했다. "나리께서는 계속 날 미쳤다고 하시는군요. 어리석게 유령 따위나 믿는 사람이라고요. 그러나 나리께 말씀드린 그대로입니다. 제가 멍하니 담 앞에 서 있는데 추적자들이 헐레벌떡 뛰어왔습니다. 드 라 파르 후작도 오셨지요, 칼을 빼들고 기세등등하게. 우리는 횃불을 켜들고 벽을 이리저리 살펴봤습니다. 문이나 창 또는 구멍이 있는 흔적은 없었습니다. 튼튼하게 돌로 지은 담으로 한 저택을 둘러싸고 있었는데, 그 안에는 조금이라도 혐의를 받을 만한 사람들은 살고 있지 않았습니다. 오늘도 모든 것을 자세히 살펴보았지요. 악마가 직접 우리를 갖고 노는 겁니다."

데그래의 이야기가 파리에 알려졌다. 사람들은 이국의 마법, 악명 높은 라 사쥬의 강령술과 악마의 힘을 떠올렸다. 사람들은 늘 이성보다는 초자연적이고 경이로운 것에 쏠리는 경향이 있는지 데그래가 그냥 투덜대며 내뱉은 말인데도 정말로 악마가 자신에게 영혼을 판 사악한 무리들을 지켜 주고 있다고 믿었다.

데그래가 무서운 악마 앞에서 겁에 질려 쓰러지는 모습의 목판화를 곁들인 소설이 인쇄되어 도처에서 팔려나갔다. 시민들은 겁에 질리고 추적자들의 사기도 떨어질 대로 떨어져 밤에는 목에 부적을 걸고 성수를 찍어 바르고서야 길거리를 돌아다니는 형편이었다.

다르장송은 화형재판소의 업무가 좌초되는 것을 보고 이 새로운 범죄를 다스리도록 더 많은 권한을 갖고 범인들을 추적하고 처벌할 수 있는 사법기관을 지정해 줄 것을 왕에게 하소연했다. 왕은 화형재판소에 이미 너무 많은 권한을 주었다고 생각했고 피에 굶주린 라 레니에 의해 끊임없이 잔인한 처형이 집행되고 있는 데 충격을 받은 터여서 다르장송의 제안은 두말할 것도 없이 거절당했다.

그래서 왕의 관심을 일깨울 수 있는 다른 수단을 찾게 되었다.

왕은 오후 시간에는 맹트농 후작부인의 집에 머물며 대신들과 밤늦게까지 정사를 논하기도 했는데, 그는 여기서 위험에 처한 구애자들의 이름으로 보낸 시 한 수를 받았다. 거기에는 신사도를 발휘하여 애인에게 귀한 선물을 주려면 그 때마다 목숨을 걸어야 한다는 내용이 들어 있었다. 그들은 애인을 위해 기사답게 싸우고, 기꺼이 그리고 영예롭게 피를 흘릴 각오가 되어 있지만 무방비 상태를 노리는 저 교활한 살인자의 습격은 경우가 다르다고 했다. 모든 사랑과 기사도의 찬란한 별이신 왕께서 어두운 밤에 빛을 뿌려 주셔서 그 안에 파묻힌 컴컴한 비밀을 밝혀 주시길 간절히 빈다는 내용이었다.

적들을 타도한 신과 같은 영웅께서는, 헤라클레스가 레르네의 늪에 사는 히드라와, 테세우스가 미노타우르스와 싸운 것처럼 이제 승리에 빛나는 검을 빼들어 모든 사랑의 즐거움을 앗아가고 모든 기쁨을 깊은 고통과 절망적인 슬픔으로 바꾸는 저 위협적인 괴물을 퇴치하셔야 한다는 내용의 시였다.

사태가 이렇게 심각한 만큼 이 시에는 구애자들이 남몰래 애인을 찾아가는 길에 겁을 내며 두려움 때문에 사랑의 즐거움이나 기사도의 모험심을 싹트기도 전에 죽어 버린다는 구절도 있었다. 그리고 이 시는 왕이 끝까지 기분 좋게 읽도록 루이 14세를 위한 거창한 찬사로 끝을 맺었다. 그래서인지 왕은 여전히 시에서 눈을 떼지 않고 얼른 맹트농쪽으로 몸을 돌려 시를 다시 한번 큰 소리로 읽고는 우아하게 웃으며 이들 구애자들이 처한 위험에 대해 어떻게 생각하느냐고 물었다.

진지하고 항상 경건한 기색을 띄고 있는 맹트농은 금지되어 있는 은밀한 방법에 대해서는 특별히 보호해 줄 가치가 없지만 끔찍한 범죄자들에 대해선 그들을 없앨 특별한 조치가 필요하다고 대답했다.

왕은 이렇게 애매한 대답에 만족하지 못해 시가 적혀 있는 종이를 접어 들고 다른 방에서 일하고 있는 비서에게 갔는데 언뜻 보니 옆에 스퀴데리 부인이 있었다. 그녀는 맹트농이 있는 데서 멀리 떨어지지 않은 곳의 조그만 팔걸이의자에 앉아 있었다. 왕은 스퀴데리 부인에게 다가갔다. 얼굴에는 아까 그의 입과 뺨에 감돌다가 사라졌던 우아한 웃음이 다시 번졌다. 그는 스퀴데리 부인 바로 앞에 멈춰 서서 시가 적힌 종이를 다시 펴 들고 부드럽게 말했다.

"맹트농은 사랑에 빠진 남자들의 기사도에 대해서 전혀 모르는지 어정쩡한 대답으로 피해갔소. 그러나 스퀴데리 부인, 당신은 이 시에 대해 어떻게 생각하시오?"

스퀴데리는 공손하게 자리에서 일어나 있었으며 늙은 귀부인의 창백한 뺨 위로는 저녁노을 같은 붉은 빛이 스쳐갔다. 그녀는 살짝 허리를 굽힌 채 시선을 아래로 향하고 말했다.

"도둑을 두려워하는 연인은
사랑을 할 자격이 없네."

왕은 장광설로 가득 찬 시를 단 몇 마디로 때려눕힌, 기사정신이 넘치는 그녀의 말에 깜짝 놀라 눈을 번쩍 뜨고 외쳤다.

"성스러운 디오니소스에게 맹세하건대, 스퀴데리 부인 당신 말이 맞소! 죄가 있는 사람이나 없는 사람 모두에게 무작정 적용되는 조치는 비겁함을 조장하는 것이오. 다르장송과 라 레니는 지금처럼 자신들이 맡은 일이나 잘 하라지!"

마르티니에르는 간밤에 일어난 일을 설명하면서 지금 파리에서 벌어지고 있는 잔인한 사건들을 주인 아가씨에게 실감나게 얘기했다. 그리고 쭈뼛거리며 그녀에게 비밀로 가득 찬 상자를 떨리는 손으로 전했다. 바티스트는 두려움과 불안에 질려 말도 못하고 창백한 얼굴로 구석에 서서 손으로 애꿎은 모자만 만지작거리고 있었다. 두 하인은 주인 아가씨에게 제발, 될 수 있는 한 아주 조심스럽게 상자를 열어 보라고 애원했다.

스퀴데리는 비밀 상자를 들고 살펴보더니 웃음을 띠며 말했다. "너희는 헛것을 보고 있어! 나는 부자도 아니고 집에는 살인을 하면서까지 가져 갈 보물도 없어. 이것은 나와 너희뿐 아니라 집 밖에서 집 안을 엿본다는 그 비열한 살인자들도 알고 있는 사실이야. 내 목숨을 노린다고? 아무도 부러워하지 않을 어중간한 시나 쓰고 이따금 궁정 출입이나 하고, 책등이 금박으로 장식된 장정본 몇십 권 외에 유산이라고는 아무것도 없는 나를! 내 소설 속에서 악당과 치안교란자들이나 뒤쫓는 것 말고는 다른 사람들에겐 관심을 보인 적도 없는 일흔세 살 노파를 대체 누가 죽이려고 하겠어? 그래 마르티니에르! 낯선 사람이 그렇게 생겼다고 했는데, 그렇다고 해서 그가 악한 마음을 품고 있다고 단정할 수는 없어!"

"자…"

마침내 스퀴데리 부인이 툭 튀어나온 금속 단추를 누르자 상자의 뚜껑이 확 열렸다. 마르티니에르가 놀라 펄쩍 뛰며 세 걸음 정도 물러났고, 바티스트는 나지막이 '아' 하고 신음 소리를 내며 반쯤 주저앉았다.

스퀴데리는 상자 속에서 수없이 많은 보석이 박힌 금팔찌 몇 개와 목걸이가 반짝반짝 빛나는 것을 보고 무척 놀랐다. 그녀가 귀한 장신구를 꺼내 들고 멋진 세공에 대해 찬사를 보내는 동안 마르티니에르는 팔찌를 훔쳐보며 거만한 몽테스팡 부인도 그런 보석은 가지고 있지 않다고 거듭 되풀이하며 외쳤다.

"그런데 이게 어찌 된 거지? 왜 이런 것을 내게 보낸 걸까?" 하고 스퀴데리가 말했다. 그 순간 상자의 밑바닥에 있는 작게 접은 쪽지 하나가 눈에 들어왔다. 당연히 그녀는 비밀을 알려 줄 내용이 그 쪽지에 적혀 있을 거라고 생각했다. 그러나 미처 그녀가 다 읽기도 전에 쪽지가 손에서 떨어졌다. 그녀의 손이 떨리고 있었다. 그녀는 하늘을 향해 뭐라고 말하는 듯하다가 힘없이 의자에 쓰러졌다. 마르티니에르와 바티스트가 놀라 그녀에게 달려왔다.

그녀는 눈물을 흘리며 반쯤 잠긴 목소리로 "오" 하고 소리쳤다. "오, 이런 수치가! 이런 모욕이! 늘그막에 이런 일이 생기다니! 내가 철부지처럼 경솔하게 굴었나? 오 하느님, 반 장난으로 내던진 말이 이렇게 끔찍한 뜻으로 해석될 수 있다니! 어릴 적부터 덕과 신심을 따르며 결백하게 살아온 나를 범죄 조직과 한 통속이 되었다고 할 수 있어?"

스퀴데리가 손수건을 눈에 갖다 대며 격렬하게 흐느껴 울자 마르티니에르와 바티스트는 매우 어리둥절하고 당황해 할 뿐, 착한 주인의 고통을 어떻게 위로해야 할지 몰라 안절부절이었다.

마르티니에르가 바닥에서 쪽지를 집어들었다. 거기에는 다음과 같은 글이 씌어 있었다.

'도둑을 두려워하는 연인은
사랑을 할 자격이 없네.'

존경하는 스퀴데리 부인!

당신의 총명한 말씀 덕분에 우리는 대대적인 추적을 받지 않게 되었습니다. 우리는 약하고 비겁한 자에게 강자의 법을 실행하며 부당하게 쓰이고 있는 보물을 우리 것으로 만들고 있습니다. 우리의 감사의 표시로 부디 이 보석을 받아 주십시오. 부인께서는 더 멋진 장신구로 치장하셔야 마땅합니다만 이것은 우리에게조차 장만하는 데 오랜 시간이 걸린 아주 귀한 물건입니다. 앞으로도 잊지 마시고 우리에게 계속 따뜻한 우정을 보내 주시길 빕니다.

세상에 알려지지 않은 사람들이

기운이 어느 정도 회복되자 스퀴데리가 "이게 대체 어찌 된 일이지" 하고 외쳤다. "어쩌면 이토록 파렴치하고 뻔뻔스러운 짓을 할 수 있을까?"

햇빛이 진홍빛 비단 커튼을 통해 쏟아져 들어오자 책상 위의 열려진 작은 상자 안에 있는 보석들이 불그레하게 반짝였다. 스퀴데리는 그것을 들여다보다가 깜짝 놀라 얼굴을 가리고, 살해당한 사람의 피가 묻어 있는 이 끔찍한 장신구를 당장 치우라고 마르티니에르에게 명령했다. 마르티니에르는 목걸이와 팔찌를 상자 안에 넣어 닫고는 당장 이 보석들을 경찰서에 넘겨 주고 괴한의 출현과 위협, 그리고 상자를 건넨 일을 모두 털어놓는 게 상책이라고 말했다.

스퀴데리가 일어나 이제 어떻게 해야 할지 곰곰이 생각하는 듯 말없이 천천히 방안을 왔다갔다했다. 잠시 후 바티스트에게 마차를 준비하라고 이르고, 마르티니에르에게는 당장 맹트농 후작부인에게 갈 테니 옷을 준비하라고 했다.

스퀴데리는 맹트농 후작부인이 집에 혼자 있다는 것을 확인하자 곧바로 마차를 타고 그녀에게 갔다. 보석이 든 상자도 함께 가지고 갔다.

스퀴데리는 나이가 매우 많았지만 결코 품위와 사랑스러움을 잃지 않는 우아함 그 자체였다. 이런 그녀가 창백하고 일그러진 얼굴로 허우적대며 나타났으니 맹트농 후작부인으로선 매우 이상하게 생각될 수밖에 없었다. 후작부인은 그녀가 겁에 질려 넋이 나간 얼굴로 제대로 몸도 가누지 못하고 그냥 주저앉으려는 것을 보고 "맙소사, 도대체 무슨 일이 있었소?" 하며 그녀에게 의자를 밀어 주었다.

마침내 다시 말문이 돌아오자 스퀴데리는 위험에 처한 구애자들의 고통을 미처 생각지 못해 마음이 몹시 괴롭다고 말했다. 사실을 듣고 사건의 전모를 낱낱이 파악하자 후작부인은 스퀴데리가 그 이상한 사건에 대해 너무 심각하게 생각하고 있으며, 흉악한 불량배들의 경멸이 고귀하고 경건한 마음에 고통을 줄 수는 없다면서 보석이나 보자고 했다.

스퀴데리가 그녀에게 상자를 열어 보였다. 후작부인은 값비싼 장신구들을 보자 자신도 모르게 감탄의 소리를 질렀다. 그녀는 팔찌와 목걸이를 꺼내 들고 창가로 가서 보석들을 햇빛에 비춰 보기도 하고 장신구에 휘감겨 있는 작은 고리를 멋지게 처리한 세공 솜씨를 확인하려고 눈에 바짝 가져다 보기도 했다.

그러다 갑자기 스퀴데리를 보며 큰 소리로 말했다. "이 목걸이, 이 팔찌! 르네 카르디악말고는 아무도 이런 목걸이와 팔찌를 만들 수 없어요."

르네 카르디악은 그 당시 파리에서 가장 귀금속 세공솜씨가 뛰어나면서 동시에 기이한 사람 중 한 사람이었다. 몸집은 작은 편이었지만 어깨가 넓은 강하고 다부진 체격을 가졌으며, 나이가 거의 50 줄에 들어섰는데도 청년과 다름없는 힘과 민첩성을 지니고 있었다. 그가 이런 괴력의 소유자라는 것은 숱이 많고 붉은빛이 도는 곱슬머리와 약간 살이 찌고 번들거리는 얼굴에서도 느껴졌다. 만약 카르디악이 성실하고 정직하며 사심 없는 사람, 솔직하고 음험하지 않으며 항상 남을 도와 주는 사람으로 파리에 널리 알려지지 않았다면 푸른빛이 도는 움푹 파인 작은 눈 때문에 음흉하고 악질적인 사람으로 의심받았을 것이다.

이미 말한 대로 카르디악은 파리 전체, 아니 당시에 가장 솜씨가 뛰어난 사람이었다. 그는 모든 귀금속의 속성에 통달했기에 그것을 가공하고 장식하는 방법을 알고 있었다. 처음에는 하찮게 보이는 보석도 카르디악의 작업장에서 나올 때면 찬란한 광채를 냈다.

그는 어떤 주문이라도 탐을 냈으며, 손이 많이 가는 작업에 비해 엉뚱하게 낮은 가격을 불렀다. 그리고는 쉬지 않고 일만 했다. 그의 작업실에서는 밤낮으로 귀금속을 두들기는 소리만 들렸다. 일이 거의 끝날 즈음이라 하더라도 갑자기 모양이 마음에 들지 않거나 보석의 장식이나 고리가 미심쩍다는 생각이 들면 작업하던 것을 모두 도가니에 던져 넣고 새로 시작하는 일도 자주 있었다. 그렇기 때문에 항상 주문한 사람들이 깜짝 놀랄 정도로, 뛰어난 걸작만이 나왔다.

그러나 그에게서 완성된 작품을 받는 것은 쉽지 않았다. 그는 이런저런 핑계를 대며 주문한 사람들을 몇 주 또는 몇 달씩이나 기다리게 했다. 할 수 없이 그에게 값을 두 배로 준다고 해도 그는 약정한 금액에서는 금화 한 닢도 더는 받으려 하지 않았다. 마침내 손님의 독촉에 못 이겨 보석을 내줘야 할 때면 스스로 참지 못하고 심한 불만과 속에서 끓고 있는 분노를 드러냈다. 특별히 귀한 보석에다 뛰어난 금세공이 결합되어 몇천 배나 가치가 있는, 특히 중요하고 훌륭한 작품을 넘겨주어야 할 때에는 자신과 자기의 작품, 그리고 주위의 모든 것을 저주하며 미친 듯이 서성댔다.

그러나 누가 그를 쫓아와서 큰 소리로 "카르디악, 내 신부를 위해 멋진 목걸이를 또는 내 애인에게 줄 팔찌를 만들어 주지 않겠소"라고 말하면 갑자기 멈춰 서서 작은 눈으로 힐끔거리고 손을 비비면서 "대체 무슨 일이신가요?" 하고 물었다. 그리고 다음과 같은 일이 벌어진다.

손님이 조그만 상자를 꺼내 "여기 보석이 있소. 뭐 아주 특별한 것은 아니고 평범한 건데, 당신에게 일을 맡기겠소"라고 한다. 카르디악이 말을 가로막고 그의 손에서 상자를 받는다. 보석들은 사실 아주 값비싼 것은 아니지만 그는 그것을 빛에 비춰 보며 탄성을 지른다.

"아, 아니… 하잘것없는 것이라고요? 천만에! 예쁜데… 멋있어요. 한번

해 보죠! 돈을 조금 더 내실 용의가 있으시다면 태양처럼 빛을 내도록 작은 보석을 몇 개 박겠습니다."

"르네씨, 모든 걸 당신에게 맡기고 값은 원하시는 대로 드리겠습니다!"

주문하는 사람이 부유한 시민이건 궁정의 귀인이건 똑같이 카르디악에게 달려들어 키스를 하고 사정하게 되며 일 주일 뒤면 작업이 끝난다고 하면 매우 좋아한다. 카르디악은 헐레벌떡 집으로 가서 그 때부터 작업실에 들어가 일을 시작하는데 일 주일이 지나면 걸작 하나가 탄생한다. 그러나 그것을 주문한 사람이 기뻐하며 지불하기로 약정한 적은 금액을 주고 완성된 물건을 가져가려 하면 카르디악은 마구 짜증을 내며 앙탈을 부린다.

"카르디악 씨, 아시다시피 내일 내 결혼식이 있습니다."

"당신 결혼식이 나와 무슨 상관이란 말이오. 두 주일 뒤에 다시 물어보시오."

"보석이 완성되지 않았소. 난 그걸 가져가야겠소. 그리고 돈은 여기 있소."

"몇 군데 손봐야 할 데가 있어서 오늘은 내줄 수가 없어요."

"당신에게 값을 두 배로 지불하려는 데도 그 완성된 보석을 내놓지 않으면 곧 다르장송의 병사들을 데리고 달려오겠소."

"그래, 악마가 불에 달궈진 집게 수백 개를 가지고 당신을 들볶고 당신 신부를 목 졸라 죽이도록 당신에게 300 파운드 나가는 목걸이를 걸어 주지!"

그리고서 카르디악은 신랑의 가슴에 보석을 집어넣고 그의 팔을 잡아 방문에서 밀쳐 내어 계단에서 굴러 떨어지게 한다. 그리고 불쌍한 청년이 손수건으로 코피를 닦고 절뚝거리며 집에서 나가는 것을 보고는 창 밖에 대고 악마처럼 웃는다.

카르디악이 감격스레 일을 맡았다가 느닷없이 성모 마리아와 모든 성인들을 찾으며 눈물과 격렬한 흐느낌을 통해 마음 속 깊이 감춰졌던 흥분된 감정들을 보이며 주문을 취소해 달라고 할 때도 종종 있었는데 이런 것은 어떻게 설명할 길이 없었다.

왕이 보낸 사람이나 저명 인사들은 카르디악에게서 아주 소소한 물건이라도 받으려면 할 수 없이 큰 금액을 제시할 수밖에 없었다. 왕에게는 넙죽 엎드려서 어떤 일도 하지 않게 해달라고 빌었다. 맹트농 부인이 라신에게 주려고 상감 세공으로 장식한 작은 반지를 하나 만들어 달라고 했을 때도 주문을 받기는커녕 두려움과 혐오감이 담긴 표정을 보이며 그것을 거절했다.

그래서 맹트농 부인은 "카르디악이 누굴 위해 이 보석을 제작했는지 그것만이라도 알려고 사람을 시켜 오라고 해도 그는 주문을 맡길까 봐 결코 오지 않을 것이며, 나를 위해서는 아무 일도 하지 않을 거예요" 하고 말했다.

"얼마 전부터는 고집이 조금 꺾인 것 같으며 지금은 전보다 더 열심히 일하고 물건도 그 자리에서 내준다고 하지만 속에 든 불만과 외면하는 태도는 여전하다고 해요."

스퀴데리는 가능한 한 빨리 원주인에게 보석을 돌려주는 게 목적이므로 그 기인에게 직접, 일 때문이 아니라 단지 보석들에 대한 그의 평을 듣고 싶어서라고 말하면 되지 않겠느냐고 했다.

후작부인이 동의했다. 사람을 보낸 지 얼마 지나지 않아 카르디악이 방으로 들어왔다.

그는 안으로 들어오다가 스퀴데리 부인이 있는 것을 보고는 갑자기 예상치 못한 사람을 만나 당황했는지 한 순간 귀부인에 대한 예의를 잊은 채 어쩔 줄 몰라 했다. 그러더니 먼저 그녀에게 정중하게 절을 하고 나서야 맹트농 부인을 바라보았다.

후작부인은 곧장 짙푸른 천으로 덮여 있는 탁자 위에서 빛을 발하고 있는 보석들을 가리키며 그가 만든 것이냐고 물었다.

르네 카르디악은 그것을 힐끗 바라보더니 곧 맹트농 후작부인의 얼굴을 응시한 채 재빨리 옆에 있던 상자에 팔찌와 목걸이를 쓸어 담고는 거칠게 앞으로 밀쳤다. 그리고는 붉은 얼굴에 야비한 웃음을 번뜩이며 말했다.

"후작부인, 이 세상에서 제가 아닌 다른 금세공사가 이런 보석을 만들 수 있다고 한 순간이라도 믿는 사람은 르네 카르디악의 작품을 잘 모르는 사람입니다. 두말 할 것 없이 이것은 제 작품입니다."

"그렇다면 누굴 위해 이 보석을 만든 것인지 말해 줘요" 하고 후작부인이 말을 계속했다.

"제가 필요해서요."

카르디악은 이렇게 대답하고 맹트농과 스퀴데리 두 사람이 놀라 그를 바라보고 있는 사이에 말을 계속했다.

"물론 후작부인께는 이상하게 보이겠죠. 그러나 사실입니다. 오로지 훌륭한 작품을 만들기 위해 저는 좋은 보석을 모아 더 즐거운 마음으로 다른 때보다 더 열심히 그리고 정성을 들여 작업을 했지요. 그런데 어찌 된 영문인지 최근에 이 보석들이 제 작업장에서 없어졌습니다."

"천만 다행이에요!" 하고 스퀴데리 부인이 기뻐 눈을 빛내면서 외쳤다. 그리고 어린 소녀처럼 재빨리 의자에서 일어나 카르디악에게 달려가 두 손을 그의 어깨에 올리고 "자 받으세요, 카르디악 씨. 사악한 도둑들이 당신에게서 훔쳐간 물건을 다시 받으세요" 하고 말했다. 그리고는 카르디악에게 그 보석이 어떻게 그녀에게 온 것인지 자세히 설명했다.

카르디악은 눈을 내리깔고 묵묵히 그녀의 이야기를 다 들었다. 그는 이야기를 듣는 중간중간 들릴 듯 말 듯하게 "흠!" "그래요!" "아니!" "오호!"

소리만 냈으며 두 손을 뒤로 가져가거나 턱과 뺨을 살짝 쓰다듬기만 했다. 이윽고 스퀴데리가 말을 마쳤을 때 카르디악은 어떤 결심을 앞두고 깊게 고뇌하는 것처럼 보였다. 그는 이마를 문지르며 한숨을 쉬다가 쏟아지는 눈물을 훔치려는 듯 눈으로 손을 가져갔다. 그는 결국 스퀴데리가 내민 상자를 받아 들고는 천천히 한쪽 무릎을 꿇고 말했다.

"운명의 여신께서 이 보석은 당신에게, 고결하신 스퀴데리 부인에게 주셨습니다. 그렇습니다. 이제야 제가 작업중에 당신을 생각했으며 당신을 위해 일했다는 것을 알게 되었습니다. 부디 내치지 마시고 이 보석들을 받아 지니고 다니십시오. 제가 오랜 시간에 걸쳐 만든 최고의 작품입니다."

"아이, 무슨 말씀을" 하고 스퀴데리가 우아하게 농담처럼 대답했다. "무슨 생각을 하시는 겁니까, 르네씨? 이 늙은이더러 어울리지 않게 번쩍이는 돌로 요란스러운 치장을 하라는 말씀이세요? 도대체 왜 내게 이렇게 엄청난 선물을 하시려는 거죠? 르네씨, 그만 가세요. 내가 드 퐁탕쥬 후작부인처럼 아름답고 부유하다면 사실 그 보석을 내놓지 않았을 거예요. 하지만 이렇게 목을 가려야 할 만큼 늙어빠진 노인에게 그렇게 화려하고 멋진 장신구가 무슨 의미가 있겠어요?"

그 사이에 카르디악은 몸을 일으켰지만, 초점을 잃고 멍한 눈으로 여전히 스퀴데리 부인에게 보석상자를 내민 자세였다. 그가 말했다. "부인, 부디 제 정성을 보아서라도 이 보석을 받아 주십시오. 제가 마음 속 깊이 당신의 덕, 당신의 높은 공덕을 얼마나 흠모하는지 아마 모르실 겁니다. 하찮은 선물이지만 당신께 제 깊은 뜻을 보여 드리려는 성의이니 어서 받아 주십시오."

스퀴데리가 계속 머뭇거리자 맹트농 후작부인이 말했다. "아, 이런. 스퀴데리 부인은 언제까지 나이가 많다는 얘기만 하실 겁니까? 우리가 나이 탓을 한다고 무슨 소용이 있겠어요! 마치 달콤한 과일을 주니까 받고 싫어하면서도 부끄러워 손을 내밀지 못하는 소녀 같군요. 우직한 카르디악 씨의 뜻을 물리치지 말고 선물을 받으세요. 다른 사람이라면 아무리 돈을 많이 주고 사정하고 애원한다고 해도 얻을 수 없는 것이에요."

그러면서 맹트농 후작부인은 스퀴데리에게 보석 상자를 떠안겼다. 그러자 카르디악이 무릎을 꿇고 스퀴데리의 치마와 손에 키스하면서 신음소리를 내며 한숨을 쉬더니, 흐느껴 울다 벌떡 일어나 의자와 탁자를 넘어뜨리며 미친 듯이 서둘러 떠났다. 그 바람에 자기 그릇과 유리잔들이 부딪치며 쨍그랑거리는 소리를 냈다.

스퀴데리가 깜짝 놀라 소리쳤다. "아니, 저 분이 왜 저렇지요!"

웬 변덕인가 싶을 정도로 유난히 쾌활하게 굴던 후작부인의 웃음소리가 낭랑하게 울렸다.

"이제 알았어요, 스퀴데리 부인. 르네 카르디악이 당신에게 흠뻑 반해 올바른 신사도의 관습에 따라 선물을 가지고 당신의 마음을 얻으려고 하는 거예요."

후작부인은 실망한 연인에게 너무 무정하게 굴지 말라고 일러주며 농담을 계속했다. 그러면서 계속 수천 가지는 될 법한 재미있는 생각들을 쏟아냈다.

"사정이 이러니 나무랄 데 없는 귀족 출신에다 73세이고 유례가 없지만 이제 뜻을 굽혀 금세공사의 신부가 될 수밖에 없겠군요."

후작부인은 스퀴데리를 위해 신부의 화관을 만들어 주고 풋내 나는 소녀는 알 수 없는 훌륭한 주부의 의무를 가르쳐 주겠다고 나섰다.

스퀴데리가 가려고 일어났을 때 후작부인이 보석 상자를 내밀자 그녀는 모든 게 농담이었는데도 다시 매우 심각해졌다.

그녀가 말했다. "후작부인! 나는 이 보석들을 결코 사용하지 않겠어요. 어쨌든 그건 철면피 같은, 그래요, 저주스럽게도 악마와 결탁하여 강도 살인을 저지른 무도한 무리들의 손에 있었던 보석이에요. 나는 번쩍이는 보석에 묻어 있을 피를 생각하면 끔찍해요. 그리고 솔직히 말해 카르디악의 행동도 무섭고 섬뜩해요. 이 모든 일의 뒤에 뭔가 소름끼치는 끔찍한 비밀이 숨어 있다는 느낌이 들어요. 이런 정황과 함께 이 사건 전체를 다시 잘 살펴보아도, 무슨 비밀인지 그리고 착하고 성실한 시민의 모범인 우직한 카르디악이 사악한 사건과 관계가 있으리라고는 짐작조차 할 수 없어요. 그런데 어찌 그 보석을 차고 다니겠어요."

후작부인은 그게 바로 양심의 가책이 지나친 것이라고 말했다. 그러나 만약 후작부인 자신이 스퀴데리라면 양심상 어떻게 하겠느냐고 물었으니 진지하게, 확실하게 대답한다고 했다.

"그걸 차고 다니지 않고 멀리 세느강에 던져버리겠어요."

스퀴데리는 카르디악과 있었던 일을 멋진 시로 지어 다음 날 저녁 맹트농의 집에서 왕에게 낭독했다. 그녀는 온갖 끔찍한 생각을 떨쳐내고 르네 카르디악과 오래된 귀족 가문의 73세 신부라는 우스꽝스러운 모습을 생생하게 묘사했다. 왕은 소리 없이 웃으며 스퀴데리의 시가 이전의 어느 시보다도 익살스럽다며 브왈로 데스프로가 스승으로 모셔야 할 거라고 말했다.

몇 달이 지난 어느 날 스퀴데리는 몽탕지에 공작 부인의 유리창이 달린 마차를 타고 퐁뇌프 다리 위를 지나가고 있었다. 멋진 유리마차는 나온 지 얼마 되지 않아 거리에 나오면 사람들이 마차를 보려고 몰려들었다. 퐁뇌프 다리에서도 역시 사람들이 입을 벌린 채 마차를 에워싸는 바람에 말이 움직이지 못할 지경이었다.

이 때 갑자기 스퀴데리의 귀에 욕지거리가 들리더니, 한 사람이 밀집한 군중 사이를 주먹을 휘두르고 옆으로 밀어 헤치며 오는 것이 보였다. 시체처럼 창백하고 원망으로 일그러진 젊은이의 시선이 뚫어지게 스퀴데리를 노려보며 점점 가까이 다가왔다. 젊은이는 그녀에게서 눈을 떼지 않고 팔꿈치와 주먹으로 힘차게 사람들을 헤치며 마차가 있는 곳에 이르렀다. 그리곤 마차의 문을 확 열어 젖히더니 그녀의 품에 종이 쪽지 하나를 던지고는 다가올 때처럼 사람들을 밀치고 주먹질을 주고받으며 사라졌다.

스퀴데리의 옆자리에 앉아 있던 마르티니에르는 그 사람이 마차 문 앞에 나타나자 비명을 지르며 의식을 잃고 쓰러졌다. 스퀴데리가 줄을 당겨 마부를 부르자 마부는 마치 악령에 쫓기듯이 채찍으로 말을 내리쳤다. 말들은 입에 거품을 문 채 버둥거리며 버티다가 마침내 맹렬한 속도로 다리를 건넜다.

스퀴데리가 향수를 뿌리자 기절했던 마르티니에르가 눈을 떴지만 온몸을 떨면서 진저리를 치며 주인 아가씨를 붙잡고 놓지 않았다. 그녀는 공포로 파랗게 질린 얼굴로 끙끙대며 간신히 말했다.

"아이고머니! 저 무서운 사람이 무엇 하러 왔지요? 아! 바로 그 사람이예요, 그 사람. 그 날 밤 아가씨에게 보석 상자를 가지고 온 사람이란 말이에요."

스퀴데리는 그녀에게 아무 일도 생기지 않았다고 일러주고 종이 쪽지에 뭐가 씌어 있는지 보기나 하자면서 그녀를 진정시켰다. 종이를 펼치니 다음과 같은 글이 씌어 있었다.

"당신은 나쁜 운명을 피해갈 수 있었지만 그로 인해 파멸로 치닫고 있소! 뜨거운 사랑으로 가득 찬 아들이 어머니에게 하는 것처럼 당신에게 부탁하니 모양을 바꾼다거나 고친다는 핑계를 대고 목걸이와 팔찌를 르네 카르디악에게 가져다 주시기 바랍니다. 당신의 안녕과 목숨은 그 일에 달려 있습니다. 내일까지 내 말대로 하지 않으면 당신 집으로 들어가 당신이 보는 앞에서 자살해 버리고 말겠소!"

이것을 읽고 스퀴데리가 말했다. "그 정체불명의 사나이가 정말로 사악한 강도단원일지도 모르지만 날 해칠 뜻이 없다는 것은 확실해. 그가 그 날 밤에 나와 이야기할 수 있었다면 내가 이렇게 희한하고 애매한 사건에 대해서 뭔가 알아내려고 헛수고하는 일은 없었을 거야. 그러나 이제 사실이야 어떻든 난 여기 이 종이에 쓰여 있는 대로 할 거야. 끔찍한 악마의 부적 같은 그 재수 없는 보석에서 벗어날 수 있다면 좋으련만. 오래도록 하던 습관이 있는데 과연 카르디악이 선선히 보석을 내놓을지."

스퀴데리는 다음 날 바로 보석을 들고 카르디악에게 가려고 했다. 그런데 다음 날 아침, 파리에 있는 문인들이 모두 약속이나 한 것처럼 시와 연극 그리고 일화를 가지고 그녀에게 몰려왔다.

비극의 한 장면이 끝나자 라 샤펠이 라신의 기를 눌러 버리겠다고 장담했는데 바로 그 때 라신이 나타나 왕과 같이 엄숙하게 일장 연설을 하는 바람에 코가 납작해지고 말았다. 브왈로는 건축학박사 페로가 끝없이 루브르의 주랑에 대해 떠들어 대는 것을 중단시키려고 우중충한 하늘에 대고 줄곧 불꽃을 쏘아 올렸다.

그러는 사이에 한낮이 되었다. 스퀴데리는 몽탕지에 공작부인을 방문해야 했기 때문에 카르디악에게 가는 일은 다음 날로 미루어졌다.

스퀴데리는 유난히 불안한 마음이 들었다. 그녀의 눈앞에는 계속 그 젊은이가 어른거렸으며 마음 속 깊은 곳에서는 예전에 어렴풋이 그 얼굴, 그 모습을 본 것 같다는 생각이 떠올랐다. 그녀는 불안한 꿈들 때문에 옅은 잠에서 깨어났다. 그 불행한 사람이 파멸의 나락으로 가라앉으며 그녀에게 도와달라고 손을 뻗고 있는데 불행한 사태, 구원받을 수 없는 범죄로 빠지게 하다니! 그녀는 경솔했다는 느낌과 함께 죄책감도 들었다. 한낮이 되어서야 그녀는 일어나 옷을 차려 입고 보석 상자를 들고 금세공사의 집으로 갔다.

카르디악이 사는 니케즈 거리에 이르렀을 때 사람들이 소리를 지르며 그의 집 앞으로 몰려들었다. 그들은 시끄럽게 소란을 피우며 집 안으로 몰려들어가려 했지만 집을 에워싼 헌병들의 제지를 받았다. 마구 뒤섞여 들려 오는 외침 속에서 분노에 찬 목소리가 울렸다.

"사악한 살인자를 찢어 죽여라! 박살을 내라!"

마침내 데그래가 많은 병력을 이끌고 나타나 빽빽이 들어찬 군중들 사이로 통로를 만들었다. 문이 벌컥 열리고 한 사람이 쇠사슬에 묶인 채 성난 군중들의 끔찍한 저주를 받으며 끌려나왔다. 그것을 보는 순간, 스퀴데리는 공포와 무서운 기분에 빠져 반쯤 혼이 나간 상태가 되었다. 그녀의 귀에 찢어지는 듯한 비명소리가 들려왔다. 그녀는 마부에게 "앞으로! 계속 앞으로!" 하고 정신없이 외쳤다. 마부는 익숙한 솜씨로 재빨리 밀집한 인파를 가로질러 카르디악의 집 문 앞에서 멈췄다. 거기에는 데그래가 와 있었는데 그의 발치에는 눈부시게 아름다운 처녀가 옷이 반쯤 벗겨지고 산발한 모습으로 그의 무릎을 휘감은 채 아주 무섭고 날카로운 목소리로 절규하고 있었다. 그녀의 얼굴은 심한 두려움과 달랠 길 없는 절망감이 감돌았다.

"그는 무죄예요! 무죄라고요!"

데그래와 그의 부하들이 그녀를 떼어내어 일으켜 세우려 했지만 번번이 헛수고였다. 마침내 힘세고 몸집이 큰 한 사람이 우람한 손으로 그녀의 팔을 잡아 세게 잡아당겼는데 잘못하여 놓치고 말았다. 그 바람에 그녀는 돌계단 밑으로 굴러 떨어져 죽은 듯, 소리 없이 길에 누워 있었다.

스퀴데리는 더 이상 지체할 수가 없었다. 그녀는 "하느님 맙소사! 무슨 일입니까? 어떻게 된 거예요?" 하고 외치며 얼른 문을 열고 마차에서 내렸다. 군중들이 경의를 표하며 귀부인에게 길을 비켜 주었다. 그녀는 몇몇 여자들이 처녀를 일으켜 계단에 앉히고 물을 흠뻑 묻혀 이마를 씻어 주는 것을 보고 데그래에게 다가가 격렬한 목소리로 같은 질문을 되풀이했다.

데그래가 대답했다. "끔찍한 일이 벌어졌지요. 오늘 아침 르네 카르디악이 자기 집에서 칼에 찔려 죽은 채 발견되었답니다. 살인자는 그의 집에서 일하는 금세공사인 올리비에 브뤼송입니다. 방금 감옥으로 끌려갔죠."

스퀴데리가 "그러면 저 아가씨는?" 하고 물었다.

데그래가 얼른 대답했다. "마들롱이라고 카르디악의 딸이에요. 그 흉악한 자의 애인이지요. 올리비에가 무죄라고, 아주 죄가 없다고 계속 울부짖고 있어요. 살인에 관련된 것 같은데, 계속 이러면 그녀도 감옥에 갈 수밖에 없습니다." 이렇게 말하며 데그래가 마들롱에게 음험하고 심술궂은 눈길을 보내는 것을 보자 스퀴데리는 몸이 떨렸다.

마들롱이 막 가볍게 숨을 쉬기 시작했는데 소리도 못 내고 눈을 감은 채 가만히 누워 있었다. 그녀를 집으로 데리고 들어가야 할지 그녀가 깨어날 때까지 더 지켜봐야 할지 사람들은 결정을 하지 못하고 있었다. 스퀴데리는 깊이 감동되어 눈물을 글썽이며 순진무구한 천사를 바라보았다. 그녀는 데그래와 그 패거리들이 두려웠다. 이 때 계단을 내려오는 소리가 가볍게 쿵쾅거리며 들렸다. 카르디악의 시체를 내려온 것이었다. 스퀴데리가 단호하게 외쳤다. "데그래, 이 아이는 내가 데리고 갈 테니 당신은 다른 일을 처리하세요!"

군중 사이에서 동의하는 소리가 웅성웅성 들렸다. 여자들이 마들롱을 들어올리자 사람들이 그 곳으로 몰려갔다. 도와 주려는 일손만도 수백이 넘었다. 마들롱이 공중에서 둥실거리다가 마차에 실리는 동안 이 천진한 아이에게 형사재판을 면제시켜 달라는 스퀴데리의 기도가 사람들의 입에서도 터져 나왔다.

한동안 의식이 마비되었던 마들롱은 파리 제일의 의사인 세롱의 진료에 힘입어 마침내 정신을 되찾았다. 이어서 스퀴데리가 그녀의 마음 속에 부드러운 희망의 빛을 비추자 그녀는 눈물을 펑펑 쏟으며 심경을 털어놓았다. 이따금씩 가슴을 꿰뚫는 아픔이 엄습하면 목소리가 울음 속에 파묻혀 버리곤 했지만 그녀는 있었던 일을 다 애기할 수 있었다.

그녀는 한밤중에 조용히 방문을 두드리는 소리에 잠이 깨었는데, 올리비에였다. 그는 아버지가 돌아가시려고 한다면서 그녀에게 어서 일어나라고 했다. 그녀는 놀라 벌떡 일어나 문을 열었다. 올리비에의 얼굴은 창백하게 일그러져 있었고 온 몸이 땀에 젖어 있었다. 그가 손에 등불을 들고 비틀비틀 작업실로 앞장서고 그녀는 그의 뒤를 따라갔다.

거기에는 아버지가 멍하니 눈을 뜬 채 죽음의 고통과 씨름하며 숨을 그르렁거리고 있었다. 그녀는 슬픔을 이기지 못하고 아버지가 누워 있는 곳으로 달려갔는데, 그 때 비로소 셔츠가 피에 젖어 있다는 것을 알았다. 올리비에는 부드럽게 그녀를 떼어내고 향유로 아버지의 왼쪽 가슴에 난 상처를 깨끗이 닦고 붕대를 감았다. 그러는 사이에 아버지의 의식이 돌아오고 그르렁거리는 소리도 그쳤다. 그는 애정 어린 시선으로 그녀를, 그리고 이어서 올리비에를 바라보다가 그녀의 손을 잡아 올리비에의 손 위에 얹고 꼭 눌렀다. 그녀와 올리비에는 아버지의 침대 옆에 무릎을 꿇고 있었는데 아버지는 날카로운 소리를 내며 몸을 일으켰다가 곧 다시 깊은 한숨을 내쉬며 숨을 거두었다. 둘은 소리내어 울며 슬픔에 잠겼다.

올리비에는 그녀에게, 그 날 밤 아버지의 지시에 따라 심부름을 가다가 그가 보는 앞에서 살해되셨다는 것, 치명상까지 입진 않았을 거라고 생각하고 안간힘을 다해 무거운 아버지를 집으로 업고 온 이야기를 했다. 날이 밝자 간밤의 떠들썩함과 시끄러운 울음소리를 듣고 이상하게 여긴 하인들이 올라왔는데, 그녀와 올리비에는 그 때까지도 절망에 잠겨 아버지의 시신 옆에 꿇어앉아 있었다. 그리고 큰 소란이 일어나고 경찰들이 들이닥쳐 아버지의 살인자로 올리비에를 체포하여 감옥으로 끌고 갔다.

이어서 마들롱은 올리비에의 덕성과 깊은 신심 그리고 그의 충직함에 대해 감동적으로 이야기했다. 그는 스승을 친아버지처럼 공경했으며 그 역시 그녀의 아버지로부터 아낌없는 사랑을 받았다는 것, 가난하지만 그의 솜씨와 충직함 그리고 고귀한 심성을 보고 그를 사위로 삼았다는 것. 마들롱은 이 모든 것을 털어놓으며, 만일 올리비에가 아버지가 보고 있는데 가슴에 비수를 찔렀다면 그것은 악마나 하는 짓이며 올리비에는 결코 그렇게 끔찍하고 잔인한 범죄를 저지를 사람이 아니라는 말로 이야기를 마쳤다.

마들롱의 말 못할 고통을 듣고 깊은 감동을 받은 스퀴데리는 불쌍한 올리비에가 무죄라는 쪽으로 생각이 기울어 사실을 조사해 보았는데 모든 게 마들롱이 말한 그대로였다. 같은 집에 사는 사람들과 이웃 모두 한결같이 올리비에를 품행이 단정하고 신심이 깊으며 성실하고 부지런한 사람이라고 칭찬했으며 나쁘다고 얘기하는 사람은 아무도 없었다. 그러나 끔찍한 범행에 대해서는 이해할 수 없다는 듯 모두들 어깨를 움찔했다.

스퀴데리가 알아보니 올리비에는 화형재판소의 심문에서 완강하게 그리고 당당하고 솔직하게 범행 혐의를 부인하고 그가 있던 길거리에서 주인이 습격을 받고 칼에 찔려 쓰러졌으며 그를 집으로 옮길 때에도 살아 있었지만 곧 사망했다고 주장했다는 것이었다. 이것 역시 마들롱의 이야기와 일치했다.

스퀴데리는 하찮은 것도 놓치지 않고 이 끔찍한 사건의 정황들을 계속 되풀이하여 점검했다. 전에 주인과 올리비에 사이에 무슨 다툼이 있었는지, 올리비에에게 물불 가리지 않고 미친 듯이 '욱' 하는 성질이 있어서 온순한 사람들에게 덤벼드는 행동을 한 적은 없었는지를 알아보았다. 마들롱이 세 사람이 진정한 사랑으로 이룬 평화와 가정의 행복에 대해 열변을 토할수록 그만큼 올리비에의 살인 혐의는 옅어졌다. 스퀴데리는 그의 무죄를 설명하는 정황을 모두 무시하고 올리비에가 카르디악의 살인범이라는 관점에서 모든 것을 꼼꼼히 조사해 보았지만 올리비에가 자신의 행복을 파괴하면서까지 카르디악을 죽여야 할 동기는 찾을 수가 없었다.

"그는 가난하지만 재주가 있어. 당대 제일가는 금세공사의 마음을 얻었고 그 딸을 사랑하며 그녀의 아버지도 그에 대해 긍정적이지. 평생토록 행복과 물질적 풍요를 누릴 수 있었어!"

스퀴데리는 올리비에의 무죄를 확신하며 어떠한 대가를 치르더라도 죄 없는 젊은이를 구해줘야겠다고 결심했다.

그녀는 왕에게 직접 하소연하기 전에 재판소장인 라 레니를 찾아가 올리비에의 무죄를 뒷받침할 정황들을 환기시키고 가능하면 그의 마음 속에 피고인에게 유리한 확신을 불러일으켜 그것이 재판관에게 전달되도록 하는 게 가장 좋을 것 같았다.

라 레니는 스퀴데리를 매우 정중하게 맞이했다. 왕까지도 존경하며 왕에게 올바른 요구를 할 수 있는 귀부인이었기 때문이었다.

그녀가 살인 사건과 올리비에가 처한 사정 그리고 그의 성격에 대해 의견을 말하는 동안 라 레니는 모든 것을 끝까지 경청했다. 스퀴데리가 눈물을 흘리며, 법관이라고 모두 피고의 적이어야 하는 것은 아니며 피고에게 유리한 것에도 관심을 기울여야 한다고 강조하며 주의를 촉구할 때마다 그는 완전히 귀를 닫은 채 흘려듣고 있지 않다는 듯 가끔 점잖게, 아니 음흉하게 웃었지만 그러나 그뿐이었다.

마침내 스퀴데리가 완전히 지쳐 눈에서 눈물을 훔치며 말을 마치자 라 레니가 입을 열었다.

"부인, 사랑에 빠진 어린 소녀의 눈물에 감동되어 그녀가 말한 것을 다 믿으시고 범행 의도는 알아채지 못하시다니, 과연 훌륭한 감성의 소유자답습니다. 그러나 사법관은 다릅니다. 뻔뻔스러운 위선의 가면을 벗겨내는 일에 익숙하지요. 이 형사사건에 대해 물어 보는 사람들 모두에게 그 과정을 설명해 주어야 할 의무는 없습니다. 부인! 저는 세상이 뭐라고 하든 제 할 일은 합니다. 죄인들이야 피와 불의 처벌만 내리는 화형재판소를 무서워하겠지요. 그러나 부인! 저는 당신에게 가혹하고 잔인하기만 한 괴물로 보이고 싶지는 않습니다. 그래서 간절히 청하오니 저에게 복수심에 빠진 그 젊은 악한의 죄상을 밝히게 해 주십시오. 그러시면 명민하신 부인께서도 온정을 거두실 것입니다. 온정이라는 게 부인께는 명예가 될지 모르지만 저에게는 전혀 어울리지가 않지요. 자, 그럼 제 이야기를 들어보시죠.

르네 카르디악이 칼에 찔려 죽은 모습으로 발견된 것은 아침이었습니다. 그의 옆에는 올리비에 브뤼송과 그의 딸 외에는 아무도 없었습니다. 그런데 올리비에의 방에서 정확하게 상처와 일치하는 단도 한 자루가 발견되었는데 그 때까지도 피가 생생했습니다. 올리비에는 '그 날 밤 눈앞에서 카르디악이 죽은 걸 보았습니다' 라고 합니다. '그가 강도를 당했는가?' 하고 물으니 '그건 모릅니다!' 라고 했어요. '자넨 카르디악과 같이 가는 중이었어. 그런데 살인자를 말리지 못했다고? 그자를 붙들거나 도움을 청하거나 하고 말이야?' 라고 물으니 '주인은 열다섯, 스무 걸음쯤 앞서 가셨고 난 그 뒤를 따라갔어요' 라고 하더군요. '도대체 왜 그렇게 멀리 떨어져 갔지?' '주인이 그렇게 하고 싶어 하셨습니다.' '그렇게 늦은 시간에 카르디악이 길거리에서 도대체 무슨 볼일이 있었지?' '그건 모르겠는데요.' '보통 저녁 9시 이후에는 외출하지 않으셨는데?'

여기서 올리비에는 말을 못하고 당황해 한숨을 쉬며 눈물만 쏟았습니다. 그는 카르디악이 그 날 밤에 정말로 외출했다가 살해되었다고 맹세했지요. 그런데 부인, 잘 보십시오. 분명하게 말씀드리지만, 카르디악은 그 날 밤에 집을 떠난 적이 없으며 따라서 그와 함께 외출했다는 올리비에의 주장은 뻔뻔스러운 거짓말입니다. 문에는 무거운 자물통이 걸려 있어서 열고 잠글 때마다 소음이 납니다. 문짝도 움직일 때마다 돌쩌귀에서 요란하게 삐걱대는 소리가 나는데 실험을 해 보니 소음이 맨 위층까지 들렸습니다.

맨 아래층, 그러니까 문 바로 옆에는 늙은 클로드 파트뤼 씨가 여든 살쯤 되는 하녀와 함께 기거하고 있는데 아직도 매우 건강하죠. 이 두 사람은 카르디악이 보통 때처럼 그 날 저녁에도 정각 9시에 계단을 내려와 요란스럽게 문을 잠그고 다시 올라가 소리내어 저녁기도를 한 뒤 문 닫는 소리와 함께 침실로 들어가는 소리를 들었다고 합니다. 다른 노인들처럼 파트뤼 씨도 불면증에 시달리고 있지요. 그 날 밤에도 잠을 이룰 수가 없었어요. 그래서, 9시 반쯤 되었을까, 하녀가 현관을 건너와 부엌의 불을 켜고 주인 앞에 앉아 옛 연대기를 읽어 주었으며 파트뤼 씨는 의자에 앉아 생각에 잠기거나 또는 다시 일어나 피곤해져 잠이 올 때까지 방 안을 조용히 왔다갔다했습니다. 자정까지 모든 것이 평화롭고 조용했습니다. 그런데 위에서 요란한 발걸음 소리, 무거운 물건이 떨어지는 듯 '쿵' 하는 소리, 그리고 곧이어 희미한 신음 소리가 들렸습니다. 두 노인은 이상한 두려움에 휩싸였습니다. 방금 위층에서 벌어진 범행에 대한 공포 때문에 그들은 한동안 몸을 떨었죠. 날이 밝아지자 그들은 밤에 무슨 일이 일어났는지 알게 되었습니다."

"그렇지만" 하고 스퀴데리가 말을 잘랐다. "그렇지만 내가 자세히 이야기한 사건의 정황에서 과연 이 끔찍한 사건의 동기를 찾아낼 수 있나요?"

"흠" 하고 라 레니가 대답했다. "카르디악은 가난하지 않습니다, 아주 귀한 보석들을 소유하고 있지요." 스퀴데리가 "그 딸이 모두 물려받지 않나요? 올리비에가 카르디악의 사위로 정해진 사실을 잊으신 모양이지요?" 하고 대꾸했다. 라 레니는 "그는 공범이거나 두목임에 틀림없습니다" 하고 말했다. "공범이거나 두목이라고요?" 하며 스퀴데리가 경악했다.

"부인, 만일 그의 범죄가 파리 전체를 짓누르고 있는 불가사의한 미스터리와 관련이 없다면 올리비에는 벌써 그레브 광장에서 형장의 이슬로 사라졌을 겁니다. 그는 사법기관의 주의와 노력 그리고 추적을 비웃으며 악행을 저지르고 다닌 범죄조직의 일당인 것 같습니다. 모든 게 명백히 밝혀지겠지요. 카르디악의 상처는 길거리와 집에서 강도살인을 당한 피해자들의 것과 매우 흡사합니다. 그러나 아주 결정적인 것은 올리비에가 붙잡힌 이후로 살인과 강도가 전혀 일어나지 않았다는 사실입니다. 낮이나 밤이나 길거리가 안전해졌어요. 그가 살인집단의 우두머리라는 증거도 있습니다. 아직 그가 자백하려고 하지 않지만 아무리 고집해도 입을 열게 할 방법이 있지요."

"그럼 마들롱은?" 하고 스퀴데리가 외쳤다. "착하고 순진한 마들롱은 어떻게 되는 거지요?"

"아 참" 하고 라 레니가 악의 섞인 웃음을 지으며 말했다. "누가 압니까, 그녀도 모의에 가담했는지? 그 애에게는 아버지가 소중할 텐데, 그 살인자 걱정만 하고 울고 있어요."

"대체 무슨 말을 그렇게!" 하고 스퀴데리가 소리쳤다. "아버지와 딸인데 어떻게 그럴 수가!"

라 레니가 말을 계속했다. "아! 브렝비이에를 보세요! 곧 당신이 보호하고 있는 아이를 제가 데려가서 감옥에 넣어야 할지도 모르겠습니다."

이렇게까지 사람을 의심하자 스퀴데리는 순간적으로 몸서리를 쳤다. 이 징그러운 인간에겐 신의나 덕성은 존재하지 않고 그저 음험하게 마음속으로 살인과 살인죄만 생각하는 모양이었다. 스퀴데리는 기가 질린 나머지 숨도 제대로 쉬지 못하고 간신히 "인간적으로 생각하세요"라는 말만 입으로 내고 일어섰다.

라 레니가 격식을 차리며 계단까지 배웅할 때 스퀴데리는 문득 야릇한 생각이 들어 재빨리 그를 쳐다보며 “제가 불쌍한 올리비에 브뤼송을 만나봐도 될까요” 하고 물었다.

그는 수상쩍다는 듯 그녀를 쳐다보다가 여느 때처럼 얄궂은 웃음을 지으며 “물론입니다” 하고 대답했다. “부인께서는 눈에 보이는 것보다 자신의 느낌, 내면의 소리를 믿고 올리비에의 유죄나 무죄를 확인하시려는군요. 죄인들 때문에 분위기가 우중충하고 살벌하더라도 두려워하지 마십시오. 다양한 타락상을 보시게 될 겁니다. 두 시간 안으로 당신이 동정하는 올리비에를 만나게 해 드리겠습니다.”

사실 스퀴데리는 그 젊은이의 무죄에 대해 확신을 가질 수가 없었다. 모든 것이 그 반대였으며 어떤 재판관이라도 그렇게 결정적인 사실 앞에서는 라 레니처럼 행동할 수밖에 없었다. 그러나 스퀴데리의 눈에 선명하게 각인된 마들롱과 올리비에의 단란한 모습이 환하게 떠오르며 온갖 부정적인 생각들을 덮어 버렸다. 그래서 스퀴데리는 내키지도 않는데 억지로 믿기보다는 차라리 불가사의한 수수께끼라고 생각하고 싶었다.

그녀는 올리비에에게 그 숙명적인 밤에 일어난 일을 다시 한번 이야기할 기회를 주면 재판소에서 심문 받을 때와는 달리 더 이상 감출 필요가 없어졌기 때문에 그 때 말하지 않고 속에 담아둔 비밀을 털어놓을지도 모른다고 생각했다.

사형수 감옥에 이르자 그녀는 크고 환한 방으로 안내되었다. 그리고 얼마 되지 않아 짤그락거리는 쇠사슬 소리가 들렸다. 그리고 올리비에 브뤼송이 끌려왔다. 그러나 그가 문으로 들어오는 순간 그녀는 정신을 잃고 쓰러졌다.

깨어나 보니 올리비에는 없었다. 그녀는 얼른 마차를 불러달라고 요구했다. 그녀는 한시라도 빨리 죄악으로 가득 찬 방에서 나가고 싶었다. 아! 첫눈에 그녀는 올리비에 브뤼송이 세느강의 퐁뇌프 다리에서 그녀가 탄 마차 안에 편지를 던진, 그리고 그에게 보석 상자를 가지고 왔던 청년이란 것을 알아보았다. 라 레니의 추측이 완전히 맞았으며, 이제는 더 이상 의심할 여지가 없었다. 올리비에는 무서운 범죄단원이며 카르디악도 그가 죽였을 것이다.

그럼 마들롱은?

이렇게 참담하게 자신의 감정에 속고, 존재한다고는 생각지도 않았던 잔인 무도한 세력에게 당하다니. 스퀴데리는 무엇이 진실인지 알 수가 없었다. 마음 속에서 마들롱이 끔찍한 살인을 공모하고 거기에 가담했을지 모른다는 의심이 고개를 내밀었다. '이게 어떻게 된거지' 하고 생각하자 머릿속에서 형형색색의 색깔들이 모여들어 그림을 그려내며 사건의 정황과 마들롱의 태도를 하나하나 세밀하게 묘사하여 의심을 부채질했다.

그 결과 지금까지 무죄와 무구함의 증거로 여겨지던 것이 사악함 또는 꾸며낸 위선의 특징으로 바뀌기도 했다. 저 가슴을 찢는 듯한 절규와 피눈물도 애인이 피를 흘리거나 교수형에 처해질까 두려워서 나온 것이리라. 얼른 가슴에서 이 사악한 뱀을 떼어내 버려야지. 스퀴데리는 이렇게 마음을 다지며 마차에서 내렸다.

방에 들어서자마자 마들롱이 그녀의 발 앞에 쓰러졌다. 하느님의 천사라도 그렇게 충성스럽지는 않을 것이다. 마들롱은 푸른 눈을 들어 스퀴데리를 쳐다보며 두근거리는 가슴 앞에 손을 모은 채 애절한 목소리로 도움과 위로를 청했다. 스퀴데리는 애써 정신을 가다듬고 가능한 한 진지하고 차분한 목소리로 말했다. "그만 둬, 치우라고. 공정한 처벌을 받게 될 살인자는 그만 잊어버려. 너까지 살인죄를 뒤집어쓰지 않게 해달라고 성모님께 빌고." 그러자 마들롱은 "아, 이제 모든 게 끝났군!" 하고 날카로운 비명을 지르며 기절해 버렸다. 스퀴데리는 마르티니에르에게 마들롱의 간호를 맡기고 다른 방으로 가 버렸다.

스퀴데리는 가슴이 미어지고 현세에 대한 염증이 일며 기만으로 가득 찬 세계에 사는 것이 지긋지긋하게 느껴졌다. 덕과 신의를 위해 그토록 오랜 세월을 바쳤건만 늘그막에 쓰라린 환멸만 안겨 주고 자신의 삶을 밝게 비춰준 아름다운 생각을 짓뭉개 버리다니! 그녀는 이런 운명이 원망스러웠다.

마들롱이 "아! 그 무서운 사람들이 마님까지 현혹시켰구나. 아, 내 팔자, 불쌍한 올리비에!" 하고 탄식하며 마르티니에르의 손에 이끌려 나갔다. 그 말이 스퀴데리의 가슴을 파고들며 마음 속에서 다시 비밀에 대한 의구심, 즉 브뤼송이 무죄라는 믿음이 솟구쳤다. 스퀴데리는 심란한 감정을 추스르지 못하고 자기도 모르게 "내 인생을 망치려고 날 끔찍한 사건에 말려들게 한 악마가 도대체 누구냐!" 하고 소리쳤다.

그 순간 바티스트가 창백하게 질린 얼굴로 들어와 데그래가 찾아왔다는 소식을 전했다. 무서운 라 브와젱 사건 이후 데그래의 출현은 이 집에 무서운 형사 소송이 시작되었다는 의미여서 바티스트가 그렇게 크게 놀랐던 것이다. 스퀴데리가 온화하게 웃으며 물었다. "바티스트, 무슨 일이지? 그렇군! 내 이름이 라 브와젱이 자백한 명단에 있다는 것인가?" 바티스트가 온몸을 떨며 "오, 하느님!" 하고 말했다. "말씀이야 그렇게 하시겠지만 아! 어찌나 무섭고 섬뜩한지, 그리고 어찌나 성질이 급한지 막무가내로 주인님을 만나겠다는 거예요!"

스퀴데리가 "그렇다면……. 바티스트, 난 아무렇지도 않으니 그 무서운 자를 당장 들여보내게" 하고 말했다.

데그래가 방으로 들어오며 말했다. "부인께서 과연 들어 주실지 모르겠다고 하시며 라 레니 재판소장께서 저를 보냈습니다. 덕망과 용기를 갖추신 부인께서 도와 주셔야 사악한 살인죄를 규명할 수 있다고 말입니다. 화형재판소, 그리고 우리 모두가 매달려 있는 사건에 당신도 이미 연루된 셈이라고요. 올리비에 브뤼송은 당신을 만난 이후로 거의 제정신이 아닙니다. 전에는 범행을 자인할 것 같았는데 이제는 자신이 죽일 놈이라고 하면서도 예수와 성인들에게 맹세하건대 결코 카르디악을 죽이지 않았다고 다시 주장합니다. 부인, 자신이 죽일 놈이라는 말이 그가 다른 범행들도 저질렀음을 암시하는 게 아니겠습니까. 그러나 온갖 노력을 다했지만 그 이상은 알아 낼 수 없었지요. 고문하겠다고 위협해도 전혀 무서워하지 않았으니까요. 그는 당신과의 면담을 간절히 기다리고 있습니다. 부인, 부인께는 모든 것을 털어놓을 겁니다. 부인, 죄송하지만 그자의 고백을 들어 주십시오."

"뭐라고요?" 하고 스퀴데리가 화를 냈다. "날더러 피비린내 나는 재판의 도구가 되어서, 나에 대한 신뢰를 이용해 그 불쌍한 젊은이를 단두대로 보내란 말인가요? 안 돼요, 데그래! 브뤼송이 사악한 살인자라고 해도 술수를 써서 그를 속일 수는 없어요. 난 그의 비밀에 대해 아무것도 알고 싶지 않고, 알더라도 성스러운 고백성사처럼 내 가슴 속에 묻어둘 거예요."

"부인" 하고 데그래가 부드럽게 웃으며 말했다. "올리비에 브뤼송의 이야기를 들어 보시면 아마 생각이 바뀌실 겁니다. 부인께서 스스로 라 레니 소장에게 인간적인 것을 바라지 않았습니까? 브뤼송은 벌써 고문을 받아야 했지만, 소장님께서 마지막으로 그의 어처구니없는 요구를 들어 주시는 거지요." 이에 스퀴데리는 자기도 모르게 움찔했다.

데그래가 계속했다."부인, 듣고 계십니까. 부인께서 몹시 두려워하시는 것 같은데 다시 그 컴컴한 방에 가시라고 하지는 않겠습니다. 아주 조용한 밤, 아무도 눈치채지 못하게 브뤼송을 자유인처럼 이 집으로 데려오겠습니다. 그는 아무도 엿듣거나 감시하지 않는 가운데 자유롭게 모든 걸 털어놓을 수 있을 겁니다. 제 목숨을 걸고 보증하건대, 부인께서는 그자를 두려워하지 않아도 됩니다. 그는 당신을 열렬히 사모하니까요. 그는 이전에 당신을 만나지 못해 이렇게 암담한 죽음의 나락으로 빠지게 되었다고 한탄하고 있습니다. 그리고 그가 당신에게 털어놓은 내용에 대해서는 당신이 알아서 처리하십시오. 더 이상 뭘 바라겠습니까?"

스퀴데리는 눈을 내리깔고 깊은 생각에 잠겼다. 그녀는 어떤 무서운 비밀에 대한 정보를 알아 내라는 초월적인 힘에 순응해야 하며 자신이 기이한 올가미에 걸려 빠져 나올 수가 없다는 느낌이 들었다. 그러다 단호하면서도 품위 있는 태도로 "하느님께서 나에게 평정과 의연함을 주실 거야. 브뤼송을 데려오세요, 그를 만나보겠어요" 하고 말했다.

브뤼송이 보석 상자를 가지고 왔던 그 때처럼 자정에 스퀴데리의 집 문을 두드리는 소리가 났다. 바티스트는 손님이 온 것을 알고 문을 열어 주었다. 조용한 발소리와 중얼거리는 소리를 내며 경비원들이 브뤼송을 데리고 왔다가 현관으로 돌아가는 동안 스퀴데리는 찬 기운이 온몸을 훑는 느낌이었다.

마침내 조용히 방문이 열렸다. 데그래가 앞에, 그리고 그 뒤로 단정하게 차려 입은 브뤼송이 들어왔다. 데그래가 공손하게 인사를 하며 "부인, 여기 브뤼송이 왔습니다!" 하고는 방에서 나갔다.

브뤼송은 스퀴데리 앞에 무릎을 꿇고 애처롭게 두 손을 모은 채, 하염없이 눈물만 흘렸다.

스퀴데리는 아무 말도 하지 못한 채 창백한 얼굴로 그를 내려다보았다. 브뤼송의 상심과 비통함으로 얼굴이 일그러졌지만 바르고 곧은 마음씨에서 우러나는 맑은 기색은 아직도 역력했다. 보면 볼수록 언젠가 자신이 사랑했던 사람이라는 생각이 더욱 강해졌지만 그러나 확실하게 기억할 수는 없었다.

두려움이 걷히며 스퀴데리는 카르디악을 살해한 자가 자신 앞에 꿇어앉아 있다는 것도 잊고 상냥하고 기품 있는 태도로 돌아왔다.

"자, 브뤼송. 내게 무슨 말을 하고 싶은 거지요?"

브뤼송은 여전히 꿇어앉은 채 애처롭게 긴 한숨을 쉬며 말했다. "오, 존경하는 부인! 저를 전혀 기억하지 못하시겠습니까?"

스퀴데리는 그를 유심히 바라보며 그녀 역시 자신이 아끼던 사람이 그와 비슷하다고 느꼈으며, 그 덕분에 살인자에게 갖는 심한 거부감을 극복하고 조용히 그의 말에 귀를 기울이고 있다고 대답했다.

브뤼송은 이 말에 상처를 입은 듯 벌떡 일어서서 침울하게 눈을 내리깔고 한 걸음 뒤로 물러섰다. 그리고는 기어드는 목소리로 말했다. "안느 기오를 모르신다는 말입니까? 그의 아들 올리비에, 종종 마님의 무릎 위에서 놀던 아이가 바로 당신 앞에 서 있습니다."

"오, 하느님 맙소사!"

스퀴데리는 두 손으로 얼굴을 감싼 채 의자에 쓰러졌다. 여기에는 스퀴데리가 이렇게 놀라고도 남을 사연이 있었다.

안느 기오는 몰락한 시민의 딸이었는데, 스퀴데리는 그녀를 어릴 때부터 딸처럼 생각하고 온갖 정성과 사랑을 다해 키웠다. 안느가 처녀가 되었을 때 클로드 브뤼송이라는 매력적이고 예의바른 청년이 나타나 구혼했다. 그는 시계수리공이었는데 파리에서 밥을 벌어먹고 살만큼 솜씨가 뛰어났으며 안느도 그를 좋아해 스퀴데리는 별다른 생각 없이 결혼을 허락해 주었다. 그들은 행복한 가정을 이루어 알뜰하게 살았다. 엄마를 꼭 닮은 귀여운 올리비에가 태어나면서 이들의 사랑은 더욱 알차게 다져졌다.

스퀴데리는 어린 올리비에에게 흠뻑 빠져 그를 어머니에게서 빼앗아 몇 시간이고 몇 날이고 어루만지며 귀여워했다. 또한 올리비에도 그녀를 엄마처럼 따르고 좋아했다. 그로부터 3년이 지나 올리비에의 아버지는 그를 시기하는 사람의 방해로 일감이 줄어들면서 마침내 입에 풀칠하기도 어려운 형편에 이르렀다. 또 아름다운 고향 생각도 나서 브뤼송의 가족들은 제네바로 떠났다. 스퀴데리가 가능한 모든 지원을 해 주겠다며 말렸지만 소용없었다. 그리고 안느에게서 몇 번인가 편지가 오고는 소식이 끊어졌다. 스퀴데리는 그들이 고향에서 즐겁게 사느라고 옛날 생각이 떠오를 겨를이 없나 보다 하고 생각할 뿐이었다.

브뤼송의 가족들이 파리를 떠나 제네바로 간 뒤로 23년이라는 시간이 흘렀다.

어느 정도 기운을 차리자 스퀴데리가 외쳤다. "아, 이럴 수가! 올리비에, 네가 바로 사랑하는 안느의 아들이라고! 지금 내 앞에 있는 네가!"

올리비에가 차분하게 "마님, 다정한 어머니처럼 품에 안고 귀여워하셨고 맛있는 것이란 것은 다 제 입에 넣어 주셨으며, 사랑스러운 이름까지 지어 주신 그 아이가 이제 청년이 되어, 더구나 끔찍한 살인 혐의로 기소된 몸으로 마님 앞에 나타나리라고 생각이나 하셨겠습니까! 제게 비난받을 여지가 있으니 화형재판소가 저에게 죄를 씌울 수 있겠지요. 비록 형리의 손에 죽을지도 모르지만 저는 결코 살인죄를 저지르지 않았습니다. 카르디악이 죽은 것은 저 때문이 아닙니다 저는 잘못이 없어요!" 올리비에는 이 말을 하며 부르르 몸을 떨었다. 스퀴데리가 말없이 그의 옆에 있는 의자를 가리키자 그가 천천히 의자에 앉았다.

"천신만고 끝에 면담 기회를 얻자 저는 시간을 갖고 제게 닥친 희한한 불행에 대해 이야기할 수 있도록 마음의 평정을 되찾으며 대비해 왔습니다. 그러니 비록 전혀 생각지도 못한 비밀을 들으시며 겁이 나더라도 자비로운 마음으로 조용히 들어 주십시오. 불쌍한 아버지가 파리를 떠나지만 않으셨어도 이렇게 되진 않았을 텐데! 제네바만 생각하면 무슨 사정인지는 모르지만 부모님들이 늘 실의에 빠져 한탄을 하고 눈물 흘리시던 모습이 떠오릅니다.

제가 부모님이 겪으신 극심한 가난과 궁핍을 확실히 느끼고 깨닫게 된 것은 한참 뒤였습니다. 아버지는 모든 일에 희망과 실망만 되풀이하셨습니다. 저를 금세공사의 견습생으로 넣어 주셨지만 아버지는 곧 비통함과 좌절감을 이겨내지 못하고 돌아가셨습니다. 어머니는 스퀴데리 부인에 대한 말씀을 자주 하셨는데 부인께 모든 사정을 이야기하고 싶어 하셨지요. 그러나 그 이후 생활고에 지쳐 삶의 의욕을 잃으신 데다가 가끔씩 치명상을 입은 마음에 수치심까지 더해져 주저하셨지요. 그러다 아버지가 돌아가시고 몇 달도 지나지 않아 어머니마저 그 뒤를 따라가셨습니다."

스퀴데리가 고통을 이기지 못하고 "불쌍한 안느! 불쌍한 안느!" 하고 외쳤다.

올리비에는 무섭게 부릅뜬 눈으로 위를 쳐다보며 "사랑하는 아들이 죄인으로 낙인 찍혀 형리에게 죽을 운명인데도 위에서 내려오시지 않다니, 영원하신 하느님께 영광이 있으리" 하고 절규했다.

그 때 밖이 소란스러워지며 사람들이 오가는 소리가 들렸다. 올리비에가 "아~" 하고 쓴웃음을 지으며 말했다. "데그래가 내가 여기서 도망칠까봐 데그래가 부하들을 부르는 거군요.

자, 계속하겠습니다! 저는 나무랄 데 없이, 그리고 주인을 능가할 정도로 일을 잘 했지만 주인은 저를 혹독하게 대했어요.

어느 날 낯선 사람이 우리가 일하는 작업장에 장신구를 사러 왔습니다. 그는 제가 만든 예쁜 보석을 보고 내 어깨를 두드리며 친절하게 말하더군요. '아, 젊은이. 기가 막힌 작품이네. 세계 제일의 금세공사인 르네 카르디악말고는 이보다 더 뛰어난 솜씨를 가진 사람은 없을 걸세. 그에게 가게. 자네를 기꺼이 받아 줄 것이네. 자네라면 그의 일을 도우며 그의 솜씨를 배울 수 있어.' 전 그 사람의 말을 마음 깊이 새겨두었습니다. 저는 제네바가 편안하지 않았지만 계속 그 곳에 붙어 있다가 마침내 주인에게서 벗어날 수 있었습니다. 그리고 곧장 파리로 갔죠.

카르디악은 제게 매정하고 무뚝뚝했습니다. 저는 아무리 하찮은 일이라도 일감을 얻을 때까지 물러서지 않았죠. 그는 제게 작은 반지를 만들게 했습니다. 제가 만든 반지를 보이자 그는 눈을 빛내며 속을 들여다보기라도 하려는 것처럼 날 뚫어지게 바라보았습니다. '아주 쓸만한 녀석이군. 내 집에 들어와 작업장에서 날 도와주게. 대우는 만족할 만큼 해 주겠네.' 카르디악은 약속을 지켰습니다.

어언 몇 주가 지났지만 마들롱은 보지 못했습니다. 시골 이모 집에 있다는 것 같았습니다. 드디어 그녀가 왔습니다. 오 하느님, 아름다운 그녀를 봤을 때의 기분이라니! 저처럼 사랑을 해 본 사람이 있을까요! 오 마들롱!

올리비에는 감정이 북받쳐 더 이상 말을 할 수가 없었다. 그는 두 손으로 얼굴을 가리고 격렬하게 흐느꼈다. 그러나 마침내 심한 고통을 물리치고 말을 계속했다.

"마들롱은 다정한 눈길로 날 바라보았어요. 그리고 점점 더 자주 내가 일하는 곳에 왔지요. 그녀의 사랑을 느끼자 저는 황홀했습니다. 아버지의 엄한 눈을 피해 손을 잡으며 우리는 은밀한 사랑을 확인하곤 했죠. 카르디악은 우리 사이를 눈치채지 못한 것 같았습니다. 저는 마스터가 되어 그의 인정을 받고 나면 마들롱에게 청혼할 생각이었어요.

어느 날 아침, 막 일을 시작하려는데 카르디악이 분노와 경멸에찬 표정을 지으며 제 앞에 나타났습니다. 그는 '넌 더 이상 일할 필요가 없다'면서 '당장 집에서 나가 두 번 다시 내 눈앞에 나타나지 마라. 너를 왜 이곳에 둘 수 없는지는 설명하지 않아도 알겠지. 달콤한 열매는 가난뱅이들의 손에 닿는 곳에 있지 않아!'라고 하더군요. 제가 뭐라 말하려고 하자 그가 억센 손으로 날 붙잡아 문 밖으로 내동댕이쳐서 저는 머리와 팔을 심하게 다쳤어요.

저는 화가 나고 비통했지만 그냥 떠났습니다. 변두리 지역인 생 마르텡에서도 한참 떨어진 곳에 사는 아는 사람을 찾아갔는데 친절하게도 저를 다락방에 머물게 해 주었어요. 저는 가만히 있을 수가 없었어요. 밤이면 마들롱이 내 한숨, 내 한탄소리를 듣고 창 밖으로 나와 이야기하게 되기를 꿈꾸며 카르디악의 집을 몰래 배회했습니다. 머릿속에서는 온갖 엉뚱한 계획들이 꾸며졌으며 마들롱을 설득해 그것을 실천할 수 있기를 바랐지요.

니케즈 거리에 있는 카르디악의 집은 높은 담이 쳐져 있는데 그 벽에는 석상들이 붙어 있어요. 어느 날 밤 한 석상 옆에 바짝 붙어 뜰 쪽으로 난 창을 쳐다보고 있었죠. 그런데 갑자기 카르디악의 작업실에 불이 켜지는 거예요. 카르디악은 시계가 아홉 시를 치면 잠자리에 들었고, 그렇게 늦은 밤에 깨는 일은 없었죠. 저는 두려운 느낌이 들어 가슴이 두근거렸죠. 그리고 혹시 내가 안으로 들어갈 일이 생길지도 모른다는 생각이 들더군요. 그러나 곧 불빛이 사라졌습니다. 저는 석상에 기대다가 그것이 살아 있는 것처럼 미는 것을 느끼고 깜짝 놀라 뒤로 물러섰어요. 어둠 속에 숨어서 지켜보니 돌이 천천히 움직이고 그 뒤에서 검은 형체가 나와 살금살금 길을 내려가더군요. 석상은 전처럼 담에 그대로 있고요. 저도 모르게 그자의 뒤를 밟았습니다.

그자는 성모상에 이르러 주위를 둘러보더군요. 그 때 그 곳에 서 있는 가로등 빛에 그의 얼굴이 드러났는데, 바로 카르디악이었어요! 저는 왠지 불안하고 두려웠습니다. 그러나 제 발은 무엇에 홀린 듯 무시무시한 몽유병자를 따라가고 있었습니다. 유령이 잠자는 사람을 현혹시킨다는 보름날도 아닌데 주인이 그런 상태에 빠졌다고 생각했지요. 마침내 그가 짙은 어둠 속으로 사라졌습니다.

저는 나지막이 헛기침하는 소리를 듣고 그가 어느 집 현관 입구에 숨어 있다는 것을 알았습니다. '이게 무슨 일일까? 여기서 뭘 하려는 거지?' 저는 너무 놀랍고 또 궁금하기도 해서 건물 옆에 바짝 붙어 기다렸어요.

얼마 지나지 않아 모자에 화려한 깃털 장식을 한 사람이 휘파람을 불고 노래를 부르며 장화를 철걱거리면서 나타났습니다. 호랑이가 먹이에게 덤벼들 듯 숨어 있던 카르디악이 그자를 덮치자, 그는 순간 숨을 그르렁거리며 바닥에 쓰러졌습니다. 제가 비명을 지르며 뛰어가 보니 카르디악은 쓰러진 자의 위에 올라타 있었어요.

'주인님, 이게 무슨 짓입니까?' 하고 제가 큰 소리로 외쳤어요. 그러자 그는 '이 망할 자식이!' 하고 소리지르더니 번개처럼 제 옆을 지나 사라졌습니다. 저는 정신이 아찔하고 걸을 힘도 없었지만 가까스로 쓰러진 사람에게 다가갔지요. 그의 옆에 무릎을 꿇고 그를 살릴 수 있을까 보았지만 이미 생기라곤 없었어요. 극도의 공포에 빠져 경찰들이 저를 둘러싼 줄도 몰랐어요. '또 한 놈이 뻗었군. 어이, 이봐, 거기서 뭐하는 거야. 너 혹시 같은 일당 아냐? 이리 와 봐!' 그들은 이렇게 마구 소리치며 날 움켜잡았어요.

저는 말문이 막혀 '어떻게 이런 끔찍한 일을 저지를 수 있겠느냐, 제발 날 가만히 놔둬라.' 라는 말도 제대로 못할 지경이었죠. 그 때 누가 내 얼굴에 불빛을 비추고 웃으며 말했습니다. '이 사람은 정직한 금세공사 카르디악의 집에서 일하는 올리비에 브뤼송이야! 흠, 이 자가 거리에서 사람들을 죽였을지도 모른다! 그럴지도 모르겠군. 시체 옆에서 애통해하며 붙잡혔는데, 하수인 같기도 하고. 야, 어떻게 된 거야? 말을 해 봐.'

'바로 제 앞에서 어떤 사람이 저 사람에게 달려들어 칼로 찔러 쓰러뜨리고는 제가 소리를 지르자 재빨리 달아나 버렸어요. 저는 쓰러진 사람을 살릴 수 있는지 살피는 중이었습니다.'

한 사람이 시체를 들어 올리며 '안됐군, 젊은 친구. 끝났어. 이번에도 심장을 찔렸어' 하고 외쳤다. '빌어먹을' 하고 다른 사람이 말했어요. '엊그제처럼 또 너무 늦게 왔군.' 그들은 이렇게 말하면서 시체를 싣고 그 자리에서 떠났지요.

제가 어떤 기분이었는지는 말로 다 표현할 수가 없어요. 마치 악몽을 꾸는 듯했고, 깨어나면 어지러운 환영에 놀랄 거라는 느낌이 들었습니다. 내가 사랑하는 마들롱의 아버지가 사악한 살인자라니! 저는 힘없이 어느 집의 돌계단에 주저앉았습니다. 점점 아침이 밝아오자 길 위에 버려진 깃이 많이 달린 장교 모자가 보였습니다. 제가 앉아 있는 그 자리에서 벌어진 카르디악의 범행이 떠올랐습니다. 저는 기겁을 하고 거기서 도망쳤습니다.

그렇게 생각이 뒤죽박죽 된 상태로 멍하니 다락방에 앉아 있는데, 문이 열리며 카르디악이 들어오지 않겠어요? 저는 '제기랄! 무슨 일입니까?' 하고 그에게 외쳤습니다. 그는 태연하게 제게 다가와 상냥하게 웃었지만 저는 그런 태도가 더욱 역겨웠습니다. 그는 오래되어 부러질 것 같은 걸상을 당겨 제가 있는 쪽을 보고 앉았지만 저는 짚자리에서 누워 있던 몸을 일으킬 수가 없었어요.

'자, 올리비에' 하고 그가 말하기 시작했습니다. '가엾은 녀석, 어떻게 지내니? 내가 집에서 널 내쫓은 것은 사실 너무 경솔했어. 네가 없어 내내 아쉬웠으니까. 지금 일을 한 건 맡았는데 그건 네가 없이는 결코 끝낼 수가 없어. 다시 내 작업장에서 일하는 게 어때? 왜 말이 없지? 그래, 내가 널 모욕했지. 네가 마들롱과 시시덕거리는 것 때문에 네게 화가 났었던 건 사실이야. 그러나 나중에 곰곰이 생각해보니 너처럼 숙련된 솜씨가 있고 부지런하고 성실한 사위는 없더군. 자 나와 함께 가서 마들롱을 아내로 얻을 궁리나 하라고.'

카르디악의 말에 저는 가슴이 찢어지는 듯했어요. 그의 음흉함에 어찌나 치가 떨리는지 단 한 마디도 할 수가 없었지요.

그러자 그가 눈을 번뜩이며 '뭘 머뭇거리는 거지?' 하고 날카로운 어조로 말을 계속했어요. '네가 오늘 나와 같이 갈 수 없다면 다른 꿍꿍이가 있는 거야! 데그래를 찾아가든지 아니면 다르장송이나 라 레니에게 가려는 걸거야. 하지만 애송이 녀석, 남을 잡으려고 발톱을 쳐들었다가 그 발톱에 자신이 붙잡혀 찢어지는 수가 있다는 걸 명심해.'

그러자 제 속에서 부글부글 끓던 것이 터져 나왔습니다. 저는 '잔인한 범죄를 알고 있는 자들은 당신이 말한 이름들을 외우고 있을지 모르지만 난 그렇지 않소. 난 그 이름과 아무 상관도 없단 말이오.' 하고 외쳤습니다.

그러자 카르디악이 계속 말했습니다.

'올리비에, 네가 이 시대의 가장 유명한 기능장인 나와 함께 일하는 게 사실 네게도 영광이지. 그리고 어디서나 성실·정직하다고 존경을 받는 나를 나쁘게 중상하는 자는 오히려 호되게 뒤집어 쓸 거야. 그리고 마들롱 이야기인데, 솔직히 말해 내 마음이 이렇게 누그러진 것은 오로지 그 애 때문이야. 여린 아이의 어디서 그런 게 나오는지 …. 그 아이는 너를 열렬히 사랑해. 네가 떠나자마자 마들롱이 내 앞에 쓰러져 내 무릎을 붙잡고 눈물을 펑펑 쏟으면서 너 없이는 못살겠다고 하더군. 처음 사귄 애송이가 상냥하게 바라보면 곧 마비가 되는지, 난 서로 좋아하는 사이가 되면 그렇게 착각한다고만 생각했지. 그런데 정말 마들롱은 병이 들었고, 내가 그 애에게 그렇게 못하게 말렸지만 그 애는 네 이름을 수백 번도 더 불렀어. 그 애가 자포자기하지 않게 하려면 내가 어떻게 해야겠나? 어제 마들롱에게 말했어, 모든 걸 들어 주겠으며 오늘 너를 데려오겠다고. 그랬더니 밤새 장미처럼 활짝 피어나 애타게 널 기다리고 있어.'

아, 하느님께서 저를 용서해 주시겠지요. 미처 어찌된 영문인지도 모르고 제가 돌연 카르디악의 집에 서 있는데, 마들롱이 '올리비에, 나의 올리비에, 오 내 사랑' 하고 환호성을 지르며 내게 달려와 두 팔로 감싸고 가슴에 꼭 껴안아 주었어요. 저도 그야말로 황홀한 기분이 되어 성모와 성인들에게 결코, 다시는 마들롱을 떠나지 않겠다고 맹세했습니다."

올리비에는 그 순간을 생각하며 가슴이 뭉클한지 말을 잇지 못했다. 스퀴데리는 덕과 성실, 정직의 화신으로 여겼던 사람의 비행을 듣고 온몸에 소름이 끼쳤다. "아 무서워! 르네 카르디악이 그렇게 오랫동안 이 아름다운 도시를 도둑 소굴로 만든 범죄단과 한패라는 말인가?"

올리비에가 "마님, 무슨 말씀을" 하고 말했다. "범죄단이라니요? 그런 범죄단은 없었습니다. 카르디악 혼자서 흉악한 짓을 했고 온 도시를 누비며 희생제물을 찾아다녔어요. 그가 혼자 범행을 저지르고 다녔기 때문에 살인범에 대한 단서를 잡기가 어려웠던 것입니다.

이야기를 계속하지요. 이야기를 들으시면 가장 흉악하면서도 가장 불행한 한 인간에 대해 알게 되실 겁니다. 이제 제가 카르디악의 집에 있게 된 상황에 대해선 쉽게 상상이 될 겁니다.

첫발을 디디자 돌아설 수가 없었어요. 가끔은 제가 카르디악의 살인 조수가 된 것 같은 생각이 들었지만 마들롱의 사랑에 젖어 저를 괴롭히는 고통을 잊었으며, 그녀가 옆에 있었기 때문에 형언키 어려운 회한도 지워 버릴 수 있었지요. 작업장에서 그 무서운 노인 옆에서 일할 때에는 몸서리가 쳐져서 말은커녕 얼굴도 볼 수가 없었습니다. 이렇게 성실하고 다정한 아버지로서 그리고 선량한 시민으로서 필요한 덕을 모두 갖춘 인간이 밤에는 흉악한 짓을 저지른다니.

천사같이 착한 마들롱은 그를 우상처럼 사랑했습니다. 저는 언젠가 정체가 드러난 악당이 벌을 받을 때 악마의 잔악한 간계에 속은 나머지 그녀가 몹시 절망할 것을 생각하면 가슴이 미어질 지경이었어요. 바로 그 때문에 제가 입을 다물고 있었으며 범인이 죽는 것을 보고 있어야만 했습니다. 저도 경찰들이 하는 이야기를 다 들었지만 카르디악의 범행, 그 동기와 수법은 내내 수수께끼였고 저도 진상을 몰랐어요.

어느 날 작업장에서 그렇게도 혐오스럽던 카르디악이 밝은 표정으로 내게 농담도 하고 웃기도 하더니 매우 심각해지며 생각에 잠기는 거예요. 그러다 갑자기 작업을 하고 있던 장신구를 밀쳤습니다. 보석과 진주가 사방으로 구르는데 그가 벌떡 일어나더니 '올리비에!' 하고 저에게 말했어요.

'우리 이렇게 지내선 안 돼. 이런 사이로는 견딜 수가 없단 말이야. 데그래와 그 부하들이 온갖 술책을 다 썼어도 밝혀 내지 못했는데 넌 우연히 그것을 알게 되었어. 넌 심술궂은 운명 때문에 내가 밤에 하는 일을 보았으니 반항은 생각지도마. 내게 들키지 않고 네가 날 따라온 것을 보면 네 팔자도 기구해. 난 한밤중에도 호랑이처럼 뚜렷하게 볼 수 있고 먼 데서 모기가 왱왱대는 것처럼 아무리 작은 소음이라도 들을 수 있는데도 네 발소리를 감지하지 못하다니. 너의 짓궂은 운명이 너를 내 동반자로 보내 준 거야. 배신할 생각은 할 수 없을 거야. 그건 잘 알고 있겠지.'

저는 '이 위선적인 악당, 난 결코 당신의 동반자가 되진 않겠어!' 라고 소리치고 싶었어요. 하지만 저는 카르디악의 말을 듣고 공포에 질려 목이 막히는 것 같았습니다. 그래서 말 대신에 저도 알 수 없는 소리만 내지를 수밖에 없었지요.

카르디악은 돌아가 작업의자에 앉아 이마의 땀을 닦았습니다. 그는 지난 일들 때문에 마음이 심란해졌는지 좀처럼 평정을 되찾지 못했어요. 마침내 그가 말을 꺼냈어요.

'현자들의 말에 의하면 신기하게도 여자들이 임신했을 때는 무심코 외부로부터 받은 강렬한 인상이 아이에게 영향을 준다고 하지. 나는 내 어머니에 관해 이상한 이야기를 들었어.

나를 잉태한 지 한 달이 되었을 때 어머니는 다른 여자들과 함께 트리아농에서 열린 궁중 축제를 구경하고 계셨어. 그 때 스페인 복장을 한 신사에게 시선이 쏠렸는데, 어머니는 그의 목에서 반짝반짝 빛나는 보석 목걸이에서 전혀 눈을 뗄 수가 없었어. 온통 천상 보물을 갖고 싶은 욕망에 사로잡히신 거지.

그 남자는 몇 년 전, 어머니가 처녀였을 때 어머니에게 엉큼한 수작을 부리다가 징그럽다고 퇴짜를 맞은 적이 있었어. 어머니는 그자를 다시 알아보았지만 찬란한 다이아몬드의 광채에 비친 그자는 이제 내 어머니에게 특별한 존재, 아름다움의 화신인 것 같았지. 그자는 뜨겁게 열망하는 어머니의 눈길을 알아챘어. 그는 지금이 옛적보다 더 즐거운 것 같았지.

그는 내 어머니에게 접근하는 것은 물론 내 어머니를 아는 사람들로부터 따돌려 호젓한 곳으로 유인할 수 있었지. 그 곳에서 그는 내 어머니를 뜨겁게 껴안고, 어머니는 멋진 목걸이에 손을 뻗었어. 그런데 그 순간 그 자가 갑자기 푹 고꾸라지는 바람에 어머니도 땅바닥에 쓰러지셨어. 갑자기 심장이 마비된 것인지 아니면 다른 게 원인인지, 아무튼 그가 죽어 버렸어. 어머니는 마지막 경련을 일으키며 뻣뻣하게 굳은 시체의 팔에서 몸을 빼내려 했지만 허사였어. 시력이 사라진 움푹한 눈을 내 어머니에게 고정시킨 채 그 시체는 내 어머니와 땅바닥에서 뒹굴었어. 멀리서 비명을 듣고 행인들이 달려와 내 어머니를 몸서리치는 정부의 팔에서 구해 줄 때까지 말이야.

이 끔찍한 사건의 충격으로 어머니는 중병이 들어 누우셨어. 사람들은 날 유산할 거라고 했지만 어머니는 건강을 회복했고 출산도 예상보다 순조로웠어.

그러나 그 끔찍한 순간의 공포가 내게 영향을 미쳤어. 짓궂은 운명의 별이 떠올라 빛을 내리비치면서 내 안에서 이상야릇한 파멸의 격정이 타올랐지.

나는 아주 어렸을 적부터 반짝이는 다이아몬드나 금붙이라면 사족을 못 썼어. 어린애들이 보통 다 그런다고 하지. 그러나 난 달랐어. 어렸을 적부터 손에 닿는 곳이라면 어디든 가리지 않고 보석을 훔쳤으니까. 난 직감적으로 아주 노련한 전문가처럼 진짜와 가짜를 구분했어. 진짜에만 마음이 끌렸고 가짜나 가공된 금은 거들떠보지도 않았어. 하지만 아버지에게 잔혹한 체벌을 받는 게 두려워 선천적인 욕망을 접을 수밖에 없었지. 금세공사가 되려고 한 것도 금과 보석을 만지고 싶어서였어. 난 열심히 일해 곧 이 분야에서 첫째가는 대가가 되었지. 그러자 오랫동안 억압되었던 선천적 본능이 솟구쳐 사방에 널려 있는 것을 먹어치우며 무섭게 커갔어.

난 장신구를 완성하여 넘겨주면 곧 불안하고 암담한 기분이 되어 잠과 건강과 삶의 의욕을 잃어버렸어. 내게 일을 맡겼던 사람이 내가 만든 장신구를 달고 유령처럼 눈앞에 나타났고, 그러면 누가 내 귀에 대고 속삭이는 거야.

"네 것이야, 네 것. 어서 가져와. 죽은 놈에게 다이아몬드가 무슨 소용 있어!"

그래서 도둑질에 빠졌지.

난 유명인사들의 집을 드나들며 어떤 기회든 재빨리 이용했어. 어떤 자물쇠도 내 재주에는 당해내지 못했기 때문에, 얼마 되지 않아 내가 만든 보석은 다시 내 손에 들어왔어. 그런데도 저 으시시한 목소리는 가만있지 않고 큰 소리로 날 빈정댔어.

"어라, 웬 시체가 네 장신구를 차고 다니네!"

그리고 나는 나도 모르게 내가 보석을 만들어 준 사람들에게 형언할 수 없는 증오감을 발산하기 시작했어. 그랬어! 내 마음 속 깊은 데서 내가 두려워했던, 사람들을 죽여버리고 싶은 살의가 일었지.

이 집을 산 것은 바로 그 때였어. 집주인과 계약이 이루어지고, 우리는 기분이 좋아 이 방에 앉아 포도주 한 병을 마셨지. 어느 새 밤이 되어 나는 일어나려고 하는데 집을 판 사람이 "저, 르네 씨. 가시기 전에 이 집과 관련된 비밀을 하나 알려드리겠습니다" 하고 말하는 거야. 그러더니 담벽의 붙박이장을 열고 그 뒷벽을 밀치고 조그만 방에 들어가서 엉거주춤한 자세로 벼락닫이를 들어 올렸어. 좁고 가파른 계단을 지나자 작은 문이 나타났는데 그 문을 열고 나가니 널따란 뜰이었어. 내게 집을 판 노인네가 담으로 걸어가 비죽 나온 쇳조각을 밀었어. 그러자 담벽 한쪽이 움직이며 한 사람이 어렵잖게 큰길로 빠져 나갈 수 있는 통로가 나타났어.

올리비에, 언제 한번 그 멋진 장치를 보여 줄게. 이 곳이 옛날에 수도원이었다는데 그 때 수도자들이 남몰래 드나들 목적으로 만들었는가 봐. 나무판으로 만든 것인데 겉에만 회를 칠했지. 거기다 돌쩌귀를 이용해 움직일 수 있게 역시 나무로 된 조각상을 맞춰 넣었는데, 영락없는 석상이야.

이런 시설을 보자 음험한 생각이 떠올랐어. 마치 아직 비밀로 감춰 두었던 일을 하려고 준비한 것 같았어. 한 궁정 관리가 오페라 무용수에게 주려고 화려한 보석을 주문해서 바로 전에 배달했거든.

이번에도 미칠 듯한 고문이 시작되며 귀신이 날 따라왔어. 귀에선 악마가 속삭이고! 난 집으로 들어갔어. 나는 무시무시한 두려움으로 온몸에 땀을 흘리며 잠도 자지 못하고 침대 위에서 뒹굴었어! 그 관리가 내 보석을 들고 몰래 무용수에게 가는 환영이 보이는 거야. 난 더 이상 참지 못하고 벌떡 일어나 외투를 걸치고 그 비밀 계단과 담벽을 통해 니케즈 거리로 달려갔어.

그가 오자 덮쳤지. 그가 소리를 질렀지만 뒤에서 붙잡고 그의 심장에 비수를 박았어. 보석은 내 것이 되고! 그렇게 하고 나니 전에 없던 만족감이 찾아들며 마음이 편안했어. 유령도, 악마의 목소리도 사라졌어. 그제야 난 짓궂은 운명이 내게 바라는게 뭔지 알게 되었지. 그에게 굴복하거나 몰락하는 선택!

올리비에, 이제 내 모든 것을 다 알게 되었군. 하지만 내가 그런 행동을 한다고 해서 인간 본연의 동정심이나 연민을 내동댕이쳤다고 생각하지는 마. 이제 넌 내가 보석을 내주며 얼마나 괴로워하는지 알 거야.

죽이고 싶지 않는 사람들에게는 아예 주문을 받지도 않아. 내일이면 피를 본 귀신이 물러간다는 것을 알기에 오늘 내 물건을 지닌 자에게 호되게 주먹으로 한 대 먹이고 말 때도 있어. 그러면 쭉 뻗은 채 값진 보석을 내놓고 말지.'

카르디악은 이야기를 마치고 천장의 비밀 공간으로 데리고 가 보석진

열장을 보여 주었어요. 왕이 소유한 것도 그것에 미치지는 못할 거예요. 보석마다 작은 쪽지가 붙어 있었고 거기에는 주문자의 이름과 절도, 강도, 살인으로 되찾아온 사연이 자세히 적혀 있었어요.

'네 결혼식 날' 카르디악이 낮은 목소리로 엄숙하게 말했어요. '올리비에, 네 결혼식 날 너는 십자가에 매달린 예수 상에 손을 얹고서, 내가 죽으면 그 때 너에게 알려 줄 방법을 사용하여 이 재물을 아무 흔적도 남기지 말고 모두 없애 버리겠다고 서약해야 한다. 나는 다른 사람, 특히 마들롱과 네가 피로 물들여진 보물을 소유하게 되는 걸 원치 않는다' 라고요.

사랑과 혐오감, 환희와 경악으로 갈라진 채 이 범죄의 미로에 갇힌 저는 저주받은 인생이나 다름없었습니다. 사랑스러운 천사가 상냥하게 웃으며 올라오라고 손짓을 하는데 재수 없이 이글대는 악마의 발톱에 붙잡혀 꼼짝못하는 형국이니, 숭고한 하늘의 온갖 축복이 담긴 사랑스러운 천사의 웃음도 혹독한 고통이 될 뿐이니까요.

저는 도피를 생각했습니다, 자살 말입니다. 그러나 마들롱 때문에! 마님, 제가 너무 약해서 범죄의 유혹과 올가미를 강하게 극복하지 못한 데 대해 나무라시려면 나무라세요. 그래서 제가 욕된 죽음으로 그 대가를 치르지 않습니까?

어느 날 웬일인지 카르디악이 기분 좋은 얼굴로 집에 왔어요. 그는 마들롱을 어루만지고 친절한 눈길로 날 쳐다보았어요. 그리고 식탁에 앉아 귀한 축제날이나 마시던 고급 포도주를 마시고 노래도 부르며 매우 흥겨워했어요. 마들롱은 이미 자리를 떴고 저도 작업장으로 가려는데 카르디악이 '이봐, 앉아 있어. 오늘 일은 끝났으니 파리에서 가장 기품 있고 훌륭한 귀부인의 안녕을 빌며 한 잔 하자고.' 하고 외쳤어요. 그와 술잔을 부딪치고 한잔 가득 마시고 나니 그가 '올리비에! 이 시 좀 들어 보고 어떤지 말해 봐.' 하고 시를 읊었어요.

'도둑을 무서워하는 연인은
사랑을 할 자격이 없다.'

그리고서 맹트농의 집에서 부인과 왕이 계셨을 때 일어난 일을 얘기해 주었습니다. 그리고 덧붙여 옛날부터 다른 누구보다도 마님을 사모해왔으며 마님의 앞에서는 사악한 운명의 별이라도 빛을 잃고 맥을 못 출 것이며 자신이 만든 것 중에 가장 아름다운 보석을 매고 가면 악령이 자기에게 살의를 불어넣지 못할 것이라고 말했습니다.

그는 '이봐, 올리비에' 하고 말을 계속했어요. '난 결심했어. 오래 전에 난 영국의 헨리에타 공주를 위해 팔찌와 목걸이를 만들고 그것을 배달까지 해야 했지. 다른 때보다 작업이 잘 되었지만 그 사이 내가 애지중지하는 마음이 생겨서 그 보석을 보낸다고 생각하니 가슴이 찢어지는 듯했어. 공주가 불행하게 암살되었다는 것은 알 거야.

내게 그 보석이 그대로 있는데 이제 나의 존경과 감사의 표시로 스퀴데리 부인에게 그 보석을 보내려고 해. 수배중인 범죄조직의 이름으로. 그러면 스퀴데리는 말 한 마디로 전리품을 얻고 데그래와 그 패거리들은 당연히 비웃음을 받는 셈이지. 올리비에, 부인에게 보석을 가져다 드려.'

카르디악이 부인의 이름을 말할 때 저는 검은 장막이 걷히고 밝고 즐거웠던 어린 시절의 아름다운 모습이 다시 형형색색으로, 찬란하게 피어오르는 것 같았습니다. 내 마음 속에 경이로운 위안과 희망의 빛이 비추고 어두운 망령들이 사라졌습니다. 카르디악은 자기 말에 내가 반응하는 것을 보고 제멋대로 해석했어요.

'내 계획이 마음에 드는 모양이군. 네게 감추지 않고 말하는 건데, 굶주린 맹수처럼 피의 희생을 요구하는 목소리와 다른 내면의 소리가 그렇게 하라고 했어. 끔찍한 일에 대한 불안, 두려움, 이따금 그 한기가 저 먼 피안으로부터 이 곳으로 불어와 날 휘감으면 난 이상한 기분이 돼. 그러면 내 안에서 운명이 심술을 부리기 시작하고 이 일과는 아무 상관이 없는 내 불멸의 영혼에 죄가 쌓이는 것 같은 느낌이 들어. 그런 분위기에서 난 생 외스타슈 교회의 성모 마리아를 위해 다이아몬드로 된 왕관을 만들 결심을 했던 거야. 그러나 일을 시작할 때마다 저 형언할 수 없는 불안이 더 강하게 짓눌러 그만 단념해 버렸지.

이제 스퀴데리 부인에게 내 작품 중에 가장 멋진 보석을 보내 덕과 신심을 기리는 희생제물을 겸허하게 바치고 영험한 기원을 부탁해야 할까 봐.'

마님, 카르디악은 마님의 생활습관을 아주 잘 알고 있지요. 그는 깨끗한 상자에 보석을 넣어 잠그고 제가 언제 어떻게 그것을 배달해야 할지 일러주었습니다.

저는 그야말로 기뻐서 어쩔 줄 몰랐습니다. 버림받은 죄인, 지옥에서 허덕이고 있는 저를 구해 주시려고 하느님이 무도한 카르디악을 통해 길을 가르쳐주셨기 때문이지요. 전 그렇게 생각했어요. 카르디악의 명령과 다르게 저는 마님을 만나보려고 했습니다. 안느 브뤼송과 아울러 마님의 양아들로서 마님의 발 아래 무릎을 꿇고 모든 것을 털어놓으려고 말입니다. 마님께서는 이제 죄 없는 마들롱이 처할 불행과 비밀을 아시겠지요.

예지가 뛰어난 마님께서는 틀림없이 카르디악의 사악함이 들춰지지 않게 이 사건을 해결할 수 있는 방법을 찾아내실 겁니다. 그 방법이 어떤 거냐고 저에게 묻지는 마십시오. 전 모르니까요. 그러나 저는 위로자인 성모님의 도우심을 믿듯이 마님께서 마들롱과 저를 구해 주실 거라고 확신합니다.

마님, 아시다시피 그 날 밤 제가 계획했던 일은 어그러졌습니다만, 다시 행복해지고 싶은 희망은 그대로였지요. 그런데 갑자기 카르디악에게서 쾌활함이 사라졌습니다. 그는 우울한 얼굴로 서성대거나 멍하니 앞을 보고 무슨 말인지 중얼대다 적이 덤벼들지 못하게 손을 휘두르곤 했어요. 마치 그는 악령에 시달리는 것 같았어요. 그는 오전 내내 그렇게 보냈습니다. 그러다 마침내 작업대에 앉았다가 화난 얼굴로 다시 벌떡 일어나 창을 보고 풀죽은 목소리로 심각하게 '영국의 헨리에타 공주가 내 보석을 가졌어야 했는데!' 라고 하는 거예요.

그 말에 저는 공포에 휩싸였습니다. 또다시 무서운 악령이 그의 정신을 점령하여 그의 귀에 대고 그 보석을 되찾아오라고 명령하는 거지요. 사악한 살인마가 마님의 목숨을 노릴 거라는 생각이 들었습니다. 카르디악이 다시 자기 보석을 갖게 되기만 하면 마님은 사시는 것이구요. 시시각각 위험이 커졌습니다. 그래서 저는 퐁뇌프 다리에서 부인을 기다렸다가 마차에 다가가 마님께 카르디악에게 받은 보석을 빨리 되돌려주라는 내용을 적은 쪽지를 건네 드렸던 겁니다. 그런데 마님은 오시지 않았어요.

다음 날 카르디악이 간밤에 눈앞에서 보석이 어른거렸다는 말을 되풀이할 때마다 저의 불안은 절망으로 치달았습니다. 그건 마님이 갖고 계신 보석이라고 생각할 수밖에 없었으니까요. 그는 살인음모를 꾸며 밤에 실행하려고 할 게 틀림없었습니다. 비록 카르디악이 목숨을 잃는 한이 있더라도 저는 마님의 목숨을 구해야 했습니다.

카르디악은 여느 때나 마찬가지로 저녁기도 후에 문단속을 하고는 창을 통해 마당으로 내려와 담벽에 붙은 통로로 빠져 나오자 곧 어두운 그림자에 몸을 숨겼습니다. 그리고 얼마쯤 지난 후에 다시 나타나 살그머니 큰길로 나섰습니다. 저는 그의 뒤를 밟았습니다. 그가 생 토노레 거리 쪽으로 가는 것을 보고 저는 가슴이 뛰었어요. 갑자기 카르디악이 사라졌습니다. 저는 마님의 집 문에서 숨어 기다려야겠다고 생각했습니다.

거기서 저는 우연히 카르디악의 살인행위를 목격하게 되었지요. 그 때

제가 있는 것도 모르고 한 장교가 노래를 부르고 휘파람을 불며 제 앞을 지나갔는데, 그 순간 검은 형체가 튀어나와 그를 덮쳤습니다. 바로 카르디악이었죠. 저는 이 살인을 저지하려고 큰 소리를 지르며 두세 걸음만에 그 곳에 도착했습니다. 그런데 치명적인 상처를 입고 그르렁거리며 땅에 쓰러져 있는 것은 장교가 아니라 카르디악이었습니다. 장교는 저를 살인자와 한패라고 생각했는지 비수를 내던지고 칼집에서 검을 뽑아 저와 싸울 자세를 취했어요. 그러나 제가 그를 상대하지 않고 시체만 들여다보자 얼른 달아났습니다. 카르디악은 아직 살아 있었어요. 저는 장교가 떨어뜨린 비수를 챙겨들고 카르디악을 어깨에 매고 낑낑대며 집으로 가 통로를 통해 작업장으로 데려갔습니다. 그 다음 이야기는 잘 아시지요.

마님, 보시다시피 제 죄라고는 제가 마들롱의 아버지를 신고하지 않아 그의 범행을 종식시키지 않았다는 것 뿐입니다. 그 살인과 관련해서 저는 결백합니다. 무슨 고문을 해도 저는 카르디악의 비밀을 말하지 않을 겁니다. 저는 티없이 착한 딸에게 아버지의 잔혹한 살인범죄를 감춰야 하는 법인데도 이제 와서 그의 과거와 현재의 비참한 모습을 밝혀, 현세의 징벌을 위해 땅에 묻힌 시신을 파내어 문드러진 유골에 죄인의 낙인을 찍는 것을 바라지 않습니다. 안 돼요! 제가 죽으면 애꿎은 전사자보다는 더 애도해 주겠지요. 시간이 마들롱의 고통을 덜어 줄 거고. 그러나 사랑하는 아버지의 무서운 범행을 알게 되면 그 애통함을 어찌 극복할 수 있겠습니까?"

올리비에가 말을 그치자 이번에는 눈에서 갑자기 눈물이 쏟아졌다. 그는 스퀴데리 부인에게 엎드려 애원했다. "제 결백을 확신하시는 거죠, 정말 확신하시는 거죠! 제발 부탁이니 말씀해 주세요, 제가 사랑하는 마들롱은 어떻게 지내지요?"

스퀴데리가 마르티니에르를 부른 지 얼마 되지 않아 마들롱은 올리비에의 품에 안길 수 있었다. "당신이 여기 있으니 이제 다 됐어요! 난 마님께서 당신을 구해 주실 줄 알았어요!" 마들롱이 이 말을 되풀이하는 동안 올리비에는 자신의 운명, 자신이 처한 위험을 잊었다. 그는 자유롭고 행복했다. 그들은 눈물로 범벅이 되어 고생을 한탄하고 그러다 다시 포옹하다가 감격하며 울었다.

스퀴데리가 올리비에의 결백에 대해 미심쩍게 생각했더라도 이제는 두 사람이 참되고 진실한 마음에서 우러나오는 사랑의 인연과 그 환희로 현세의 비참함과 형언키 어려운 고통을 잊고 있는 것을 보고 확신이 생겼을 것이다. 그녀는 "그래. 마음이 순수한 사람만이 모든 것을 잊고 행복할 수 있지" 하고 말했다.

창문을 통해 아침이 밝아왔다. 데그래가 조용히 문을 두드렸다. 더 지체하면 다른 사람의 눈에 띄지 않게 올리비에를 데려갈 수 없으니 지금 떠나야 한다는 뜻이었다. 연인들은 헤어져야만 했다.

올리비에가 처음 그녀의 집에 들어왔을 때 어렴풋이 느꼈던 예감이 드디어 끔찍한 현실로 나타났던 것이다. 딸처럼 아끼던 안느의 아들이 무고한 혐의를 받아 불명예스럽게 죽을 지경인데도 구할 길이 보이지 않았다. 비밀을 밝혀 사랑하는 마들롱을 죽게 하느니 차라리 스스로 죄를 안고 죽으려는 젊은이의 기백이 자랑스러웠다.

스퀴데리는 모든 가능성을 다 알아보았지만 이 불쌍한 청년을 무자비한 재판에서 빼낼 방법은 없었다. 그럴수록 그녀는 어떤 희생을 감수하더라도 지금 저질러지고 있는 천인공노할 불의를 막아야겠다고 굳게 마음먹었다.

그녀는 궁리 끝에 모험적으로 보이는 것까지 온갖 묘안들을 짜냈다. 그리고 서둘러 버릴 것과 남길 것을 정했다. 점점 희망의 가닥이 사라지며 절망으로 바뀌어갔다. 그러나 마들롱의 조건 없이 순수한 믿음, 그리고 사랑하는 올리비에와 얘기하며 그가 곧 무죄로 풀려나 신부인 자기를 껴안아 주는 것을 꿈꾸는 듯한 그녀의 표정은 스퀴데리에게 깊은 감동뿐만 아니라 그만큼의 용기도 주었다.

마침내 스퀴데리는 첫 시도로 라 레니에게 긴 편지를 썼다. 올리비에 브뤼송이 카르디악의 죽음과 관련하여 설득력 있게 자신이 완전히 무죄임을 설명했으며 비밀을 들추어 내면 무죄와 덕성까지도 더럽혀질 것이기 때문에 비밀을 덮어 주는 용단을 내려 올리비에가 카르디악의 살해범이며, 아울러 사악한 살인단체의 일원이라는 무서운 혐의를 벗기 위해 필요한 법정 자백을 보류시켜 달라는 내용이었다. 스퀴데리는 라 레니의 완고한 마음을 녹이려고 뜨거운 열정과 재치가 넘치는 말재주로 할 수 있는 것은 모두 다 동원했다.

몇 시간 뒤에 라 레니의 답장이 도착했다. 그는 올리비에 브뤼송이 고귀하신 후견인에게 자신의 정당함을 밝힌 것에 대해 진정으로 기쁘게 생각하지만, 범행과 관련된 비밀을 죽을 때까지 지키겠다는 올리비에의 영웅적인 결심에 대해서는 유감스럽지만 그런 기백을 찬양할 수 없으며 오히려 아주 강력한 수단을 써서라도 고집을 꺾을 수밖에 없다는 내용이었다. 또 사흘이면 기이한 비밀을 모두 알아 낼 수 있으며 그것을 통해 불가사의하게 보이는 사실들을 밝힐 수 있다는 것이었다.

스퀴데리는 무서운 라 레니가 올리비에의 기백을 꺾는 데 사용할 강력한 수단이라는 게 무엇인지 너무나 잘 알고 있었다. 결국 불쌍한 올리비에에게 고문이 선언된 것이었다. 극도의 불안 끝에 스퀴데리는 집행연기를 받아내기 위해 법률가의 조언이 필요하다는 생각을 했다.

당시 파리에서 제일 유명한 변호사는 피에르 아르노 당디이였다. 그는 깊은 지식과 폭넓은 사고력에다 성실성과 덕을 함께 갖춘 인물이었다. 스퀴데리는 그를 찾아가 올리비에의 비밀을 건드리지 않는 한도에서 모든 사정 이야기를 했다. 그녀는 당디이가 기꺼이 올리비에를 위해 사건을 맡아주길 바랐지만 쓰디쓴 실망을 맛봐야 했다. 당디이는 조용히 모든 걸 경청하고는 웃으며 브왈로의 말을 인용했다.

"진실은 이따금 진실답지 않을 수도 있다."

그는 눈에 띄는 혐의점만으로도 올리비에가 불리하며 라 레니의 조처는 결코 몰인정하거나 조급한 것이 아니고 지극히 정당한 것이며 사법관의 의무를 따르려면 달리 어쩔 수가 없다고 말했다. 당디이 자신은 아무리 변호를 잘해도 올리비에에게 고문을 당하지 않게 해 줄 자신이 없으며, 올리비에 스스로 정직하게 사실을 고백하든지 적어도 카르디악이 살해될 때의 정황을 아주 자세히 설명해야 새로 수사를 할 구실이 생길 거라고 했다.

스퀴데리가 넋이 나간 채 눈물을 흘려 반쯤 잠긴 목소리로 "그러면 왕의 발 아래 엎드려 자비를 빌어야겠군요" 하고 말했다.

당디이가 "안 됩니다, 부인! 제발 그러지 마십시오!" 하고 외쳤다. "그 마지막 수단은 보류하십시오. 한번 실패하면 영원히 끝장이니까요. 왕께서는 결코 그런 죄인을 사면하시지 않을 겁니다. 위험을 겪었던 백성들로부터 신랄한 비난이 쏟아질 테니까요. 올리비에는 비밀을 털어놓든지 아니면 자신에게 불리한 혐의를 무효로 만들 수단을 찾아야 합니다. 그러다 왕께서는 법정에서처럼 증거를 묻지 않고 당신의 신념에 따라 말씀하실 때 사면을 청하는 겁니다."

스퀴데리는 너무도 노련한 당디이의 말에 동의하지 않을 수 없었다. 그녀는 깊은 시름에 빠진 채 불쌍한 올리비에를 살리기 위해 이제 도대체 무슨 일을 해야 할지 궁리에 궁리를 거듭했다.

그녀가 저녁 늦게 자기 방에 앉아 있는데 마르티니에르가 들어와 왕의 근위대 대령인 미오상 백작이 급히 면담을 요청했다고 전했다.

미오쌍은 군대식으로 허리를 굽히며 "부인, 죄송합니다." 하고 말했다. "이렇게 늦게 찾아와 불편을 끼쳐 죄송합니다. 이렇게 몇 마디로 용서를 청합니다. 저는 올리비에 브뤼송 때문에 왔습니다."

스퀴데리는 또 무슨 일인가 하고 잔뜩 긴장했다가 "올리비에? 그 가엾은 올리비에라고? 그래 무슨 일이오?" 하고 물었다.

미오상이 웃으며 말을 계속했다. "당신이 아끼는 올리비에의 이름만 대면 기꺼이 맞아 주시리라고 생각했습니다. 사람들은 모두 올리비에가 카르디악을 살해했다고 믿지요. 부인께서는 다른 생각을 갖고 계시며 그건 오로지 피고의 주장을 바탕으로 한 거라고 하더군요. 저는 다릅니다. 이 세상에 저보다 올리비에 브뤼송이 살인자가 아니라는 것을 더 잘 알 수 있는 사람은 없습니다."

스퀴데리는 감격한 나머지 눈을 반짝이며 "말씀하세요, 어서 말씀하세요" 하고 외쳤다.

"제가" 하며 미오상이 천천히 말했다. "생 토노레거리에서 제가 늙은 금세공업자를 죽였습니다."

"맙소사, 당신이!" 하고 스퀴데리가 외쳤다.

"그런데 부인, 저는 제 행위를 자랑스럽게 생각하고 있습니다. 아시다시피 카르디악은 아주 사악하고 위선적인 인간이며, 비열하게 밤에 살인과 강도를 일삼았지만 내내 올가미에도 걸려들지 않았지요.

그가 저에게 주문 받은 보석을 전해 주러 왔을 때 안절부절못하는 것을 보고, 또 그는 누구에게 주려고 보석을 맞추는지 묻고, 또 교묘한 방법으로 제 시종에게 제가 언제 어떤 여자를 방문하느냐고 캐물어 그 늙은이에 대해 저도 모르게 의심이 생겼지요.

오래 전부터 저는 흉악한 탐욕에 불행하게 희생된 자들이 모두 똑같은 치명상을 입은 것을 이상하게 생각했지요. 그것은 사람을 단번에 죽일 셈이었고 또 그만큼 숙련된 살인자라는 확신이 들었어요. 그가 실패했을 때는 그 자리에서 싸움이 벌어졌을 것이고. 그래서 저는 대비책을 세웠는데, 너무 간단해서 다른 사람들이 왜 그런 생각을 못하고 위협적인 살인범에게 희생되었는지 이해되지 않을 정도였어요. 저는 조끼 밑에 가벼운

갑옷을 입었습니다.

카르디악이 뒤에서 덤벼들었어요. 그는 엄청난 힘으로 저를 껴안고 정확하게 급소를 노려 찔렀지만 쇳조각에 막혀 빗나갔어요. 그 순간 저는 카르디악의 팔에서 빠져 나와 갖고 있던 단도로 그의 가슴을 찔렀습니다."

스퀴데리가 "그런데도 당신은 사건을 신고하지 않고 입을 다문 채 가만히 있었습니까?" 하고 물었다.

미오상이 "죄송합니다" 하고 말을 계속했다. "신고를 했다면 저는 파멸까지 가진 않더라도 지긋지긋한 소송에 말려들었을 겁니다. 라 레니는 어디서나 범죄 냄새를 쫓는 사람인데 만일 제가 정직하고 성실하며 덕의 화신인 카르디악을 흉악한 살인범으로 고발하면 저를 믿겠습니까? 정의의 칼끝이 저를 겨누면 어찌 하겠습니까?"

"당신의 가문이나 사회적 지위로 보아 그런 일은 없을 거예요" 하고 스퀴데리가 외쳤다.

미오상이 "오, 그럼" 하며 말을 이었다. "뤽상부르 장군의 경우를 생각해 보십시오. 라 사쥬에게 별점을 보려고 했다가 독살 혐의를 받고 단 한 시간도 자유가 없는 바스티유에 갇히지 않았습니까. 우리들 목에 칼을 들이대고 싶어 미쳐 날뛰는 라 레니에게는 귀 한쪽도 내맡길 수 없습니다."

"그러면 당신 때문에 죄 없는 브뤼송이 단두대에 끌려가는데도!" 하고 스퀴데리가 그의 말을 끊었다.

"무죄라고요?" 하며 미오상이 대꾸했다. "부인, 그 흉악한 카르디악과 한패인 자를 무죄라고 하십니까? 그의 범행을 도운, 백 번 죽어 마땅한 자를? 안 돼요, 그자는 당연히 죽어야 합니다. 부인, 저는 부인께서 저를 화형재판소에 넘기지 않고 당신이 도와주려는 자를 위해 제 비밀을 이용하지 않는다는 조건으로 부인께 사건의 진상을 말씀드리는 겁니다."

스퀴데리는 올리비에가 무죄라는 자신의 확신이 이렇게나마 확인되자 너무나 기뻐 백작에게 대뜸 자기와 함께 당디이에게 가자고 재촉했다. 당디이에게는 절대 비밀로 하고 모든 걸 이야기하면 그가 무엇을 어떻게 해야 할지 조언을 해줄 거라는 것이었다.

스퀴데리에게 모든 이야기를 아주 자세히 듣고서도 당디이는 다시 세세하게 이것저것 물어 보았다. 특히 미오상 백작에게 정말로 카르디악에게 습격을 받았는지 올리비에 브뤼송을 보면 시체를 매고 간 사람이라는 것을 다시 알아볼 수 있겠는지 물었다.

미오상은 "환한 달밤이라 금세공사를 잘 알아볼 수 있었고, 또 라 레니에게 가서 카르디악이 찔린 단도도 보았습니다. 그건 제 것입니다. 손잡이가 정교하게 장식되어 있지요, 나는 그 젊은이에게서 몇 발자국밖에 떨어져 있지 않았고 머리에서 모자가 벗겨졌기 때문에 그의 모습을 잘 볼 수 있었습니다. 다시 만나면 알아볼 수 있을 겁니다" 하고 대답했다.

당디이는 잠시 아무 말도 않고 앞을 내려보다가 말했다. "보통 방법으로 브뤼송을 사법기관의 손아귀에서 빼낸다는 것은 절대 불가능합니다. 그는 마들롱 때문에 카르디악의 살인행각에 대해서 그 어떤 말도 하지 않아요. 하지만 어쩌겠어요. 비밀 통로와 강도질로 모은 재물이 발견되어 사실이 드러나더라도 그는 공범으로서 사형을 면할 수 없을 거예요. 미오상 백작이 법정에서 금세공사와 있었던 일을 그대로 밝힌다고 해도 사정은 달라지지 않습니다.

집행유예를 받도록 노력하는 것 말고는 다른 방법이 없어요. 미오상 백작이 재판소 부속 감옥에 가 올리비에 브뤼송을 보여달라고 해서 그가 카르디악의 시체를 매고 간 사람이라고 증언하는 겁니다. 얼른 라 레니에게 가서 이렇게 말하세요.

'저는 생 토노레 거리에서 한 사람이 칼에 찔려 쓰러진 것을 보았습니다. 그 옆에 서 있는데 어떤 사람이 뛰어와 시체를 굽어보고 아직 숨이 붙

어 있는 것을 확인한 다음 어깨에 매고 갔습니다. 바로 이 사람, 올리비에 브뤼송이었습니다.'

이렇게 진술하면 브뤼송은 다시 심문을 받게 되고 미오상 백작과의 대질이 잇따르겠지요. 물론 고문은 취소되고, 조사가 계속될 겁니다. 그러면 다음으로 왕에게 직접 하소연하는 겁니다.

이것을 재치 있게 하는 것은 부인, 당신의 지혜에 달려 있습니다. 제 의견을 말씀드리면, 왕께는 모든 비밀을 말씀드리는 게 좋겠습니다. 미오상 백작의 진술은 브뤼송의 자백에 도움이 될 거예요. 또 카르디악의 집 수색도 마찬가지일 겁니다. 법관이 판결을 내려야 할 때 왕이 깊은 감성에 의지해 사면을 선포하면 그냥 그것으로 모든 근거가 갖춰질 수 있는 겁니다."

미오상 백작은 당디이가 말해준 대로 했고 또 사실 모든 게 그가 말한 대로 되었다. 이제 왕에게 어떻게 접근하느냐 하는 것인데 이것이 가장 어려운 문제였다. 왕은 브뤼송을 그 동안 파리 전체를 공포로 몰아넣었던 흉악한 살인강도로 알고 있었기 때문이었다. 왕에게 소문이 자자한 재판을 슬쩍 상기시키기만 해도 혐오감을 보이며 극도로 화를 냈다.

맹트농 후작부인은 왕이 불쾌하게 여길 이야기는 결코 하지 않는다는 자신의 원칙을 충실하게 지키며 모든 중재를 거부했기 때문에 올리비에의 운명은 오로지 스퀴데리의 손에 달려 있었다.

오랜 궁리 끝에 그녀는 결단을 내리고 바로 실행에 옮겼다. 그녀는 무거운 명주로 된 검정 연회복 차림에 카르디악이 만든 멋진 장신구로 치장을 하고 긴 검정 면사포를 둘렀다. 그리고 왕이 와 있는 시간에 맹트농 부인의 집에 나타났다. 이렇게 화려하게 차려입은 귀부인의 우아한 자태에서 위엄이 넘쳐 평소에는 현관에서 버릇없이 함부로 행동하던 종들도 깊은 경외심을 느꼈다. 모두들 쭈뼛거리며 옆으로 비켜섰으며 그녀가 방에 들어서자 왕까지도 깜짝 놀라며 그녀를 맞았다.

이때 목걸이와 팔찌에 박힌 값진 다이아몬드의 빛이 나자 왕이 "아니, 그건 카르디악이 만든 장신구가 아닌가!" 하고 외쳤다. 그리고 이어 맹트농 부인을 보고 우아하게 웃으며 "후작부인, 아름다운 신부가 신랑을 애도하는 걸 보시오" 하고 말했다.

"아이고, 전하" 하며 스퀴데리가 농담을 받았다. "고통에 싸인 신부가 이렇게 화려하게 치장을 해서야 되겠습니까? 안 되지요. 저는 그 금세공사와 관계를 끊었으며 더 이상 그를 생각하지 않습니다. 가끔 그가 제 집 바로 옆에서 끔찍하게 살해된 장면이 떠오르긴 하지만요."

"뭐라고!" 하며 왕이 물었다. "뭐라고! 그를 보았다고, 그 불쌍한 자를?"

그러자 스퀴데리는, 아직 브뤼송은 관련시키지 않으면서, 우연히 막 살인 사건이 발견된 카르디악의 집 앞에 가게 된 이야기를 몇 마디로 말했다. 그리고 몸부림치며 슬퍼하던 마들롱과 그 착한 아이에게서 받은 깊은 인상, 그리고 사람들의 환성을 받으며 그 불쌍한 아이를 데그래의 손에서 빼냈던 일을 설명했다.

이야기가 점점 흥미진진해지며 마침내 라 레니, 데그래 그리고 올리비에 브뤼송까지 등장했다. 왕은 스퀴데리의 이야기에서 피어오르는 생생한 현실에 압도되어, 자신이 지긋지긋해 하는 브뤼송 사건에 관한 이야기라는 것도 눈치채지 못한 채 아무 말도 못하고 어쩌다 소리를 질러 내적인 동요를 표현할 뿐이었다. 전대미문의 이야기에 완전히 정신을 잃어 미처 가다듬지 못한 상태였는데, 어느 새 스퀴데리가 그의 발치에 엎드려 올리비에 브뤼송의 사면을 간청하고 있었다.

왕은 얼떨결에 "이게 무슨 짓이오?" 하고 말하며 그녀의 손을 잡아 의자에 앉혔다. "무슨 일입니까, 부인! 희한한 방법으로 날 놀라게 하시고! 아, 정말 놀라운 일이오! 기상천외한 브뤼송의 이야기를 누가 사실이라고 하겠소?"

"미오상의 증언, 카르디악의 가택 수색 결과, 마음 속의 확신, 그리고 아! 브뤼송에게서 올곧은 품성을 알아본 마들롱의 착한 마음이 바로 그 증거입니다!"

왕은 뭐라고 대답하려다가 문에서 무슨 소리가 들려 그 쪽으로 돌아보았다. 다른 방에서 일하고 있던 루브와가 걱정스러운 표정으로 들여다보고 있었다. 왕이 일어나 루브와를 따라 나갔다. 스퀴데리와 맹트농은 이렇게 이야기가 끊어지면 가망이 없다고 생각했다. 한번 놀란 왕은 두 번 다시 함정에 빠지지 않으려고 조심할 것이기 때문이었다.

그런데 몇 분 뒤에 왕이 다시 들어오더니 빠른 걸음으로 방을 몇 차례 왔다갔다했다. 그러다 뒷짐을 진 모습으로 스퀴데리 앞에서 멈추더니 그녀를 보지 않고 나지막이 말했다.

"마들롱을 보고 싶소!"

이 말에 스퀴데리는 "전하, 불쌍한 아이에게 귀한 행운을 내려 주시다니. 아, 곧바로 아이를 불러 오겠습니다" 하고는 검은 의상을 추스르며 종종걸음으로 문으로 가 왕께서 마들롱을 보자고 하신다고 말하고 돌아와 감격의 눈물을 흘렸다. 스퀴데리는 일이 잘 될 거라고 예견하고 마들롱을 데려와 당디이가 작성한 청원서를 쥐어 주고 후작부인 하녀의 방에서 기다리게 했던 것이다.

마들롱은 왕 앞에 엎드려 한참 동안 일어날 줄을 몰랐다. 불안, 놀라움, 경외감, 사랑과 고통이 점점 더 빨리 뜨거운 피를 혈관으로 내보냈다. 그녀의 뺨이 새빨갛게 타오르고 눈에서는 구슬 같은 영롱한 눈물이 간간이 비단 같은 눈썹을 지나 백합같이 하얀 가슴으로 떨어졌다.

왕은 이 천사 같은 아이의 기막힌 아름다움에 놀란 모양이었다. 그는 부드럽게 마들롱의 손을 잡아 일으키고는 손에 키스를 하려는 몸짓을 했다. 그는 다시 손을 놓고 사랑스러운 처녀를 바라보았다. 눈물 젖은 눈빛에서 그가 깊이 감동되어 있음을 알 수 있었다.

후작부인이 스퀴데리에게 "저것 좀 봐요. 발리에르와 똑같지 않아요?

왕은 달콤한 추억에 도취되어 있어요. 당신이 이겼어요" 하고 조용히 속삭였다. 후작부인이 아주 나지막이 말을 했지만 아무튼 왕이 들은 모양이었다. 왕의 얼굴에 홍조가 번졌고 그의 눈은 후작부인을 지나 마들롱이 내민 탄원서를 읽었다. 그리고 부드럽고 자애로운 목소리로 "짐은 네가 사랑하는 사람의 무죄를 확신한다는 것을 잘 알고 있다. 그러나 화형재판소에서 그에 대해 뭐라고 하는지 들어 보자" 하고 말했다.

왕이 가볍게 손짓하는 것과 동시에 마들롱이 물러갔다. 그녀는 눈물이 앞을 가려 아무것도 보이지 않을 지경이었다. 스퀴데리는 왕이 발리에르를 회상하여 일이 유리하게 되는 것 같았으나 맹트농 부인이 그 이름을 들먹이는 바람에 왕의 뜻이 바뀌었다는 것을 알고는 소스라치게 놀랐다.

왕이 무뚝뚝하게 방금 엄중한 법을 미에 희생시키려 하고 있다는 것을 떠올렸거나 아니면 몽상가처럼 아름다운 꿈을 붙잡으려다가 놓치고 꿈에서 깼을 수도 있었다. 이제 왕은 발리에르의 모습을 그리는 대신 가르멜 수녀원에 들어가 경배와 참회로 그를 가책한 발리에르, 즉 쇠르 루이즈 드 라 미제리꼬르드만 기억할지도 몰랐다. 이제는 조용히 왕의 결심을 기다릴 수밖에 없었다.

그 사이에 미오상 백작이 화형재판소에서 한 증언이 알려졌고, 대중은 으레 그렇듯이 쉽게 극에서 극으로 움직였다. 그 결과 처음에는 흉악한 살인범이라고 저주하며 갈기갈기 찢어 죽일 것처럼 대하던 사람을 이제는 야만적인 법정의 무구한 희생자라고 하며 안타까워했다. 그제야 이웃사람들은 올리비에의 정직한 품행, 마들롱에 대한 지극한 사랑 그리고 그가 늙은 금세공사에게 몸과 마음을 다해 성실하게 순종한 사실을 기억해 냈다. 때때로 사람들은 라 레니의 저택 앞에 떼를 지어 몰려가 "우리에게 올리비에를 내놓아라. 그는 무죄이다" 하고 외치며 창에 돌까지 던졌기 때문에 라 레니는 성난 군중들을 피하기 위해 친위경찰대에 보호를 청해야 했다.

스퀴데리는 여러 날이 지나도록 올리비에 브뤼송 사건에 대해 아무것도 듣지 못했다. 그녀는 암담한 심정으로 맹트농 부인에게 갔지만 그 문제에 대해 왕께서는 아무 말도 않으셨으며 지금 그 문제를 거론하는 것은 바람직하지 않다는 말만 들었다. 후작부인이 묘한 웃음을 지으며 어린 발리에르는 어떻게 지내느냐고 물었을 때, 스퀴데리는 예민한 왕이 발리에르를 떠올리는 것에 대해 자존심 강한 맹트농 부인이 짜증이 나 있다는 것을 알았다. 그러므로 그녀에게는 아무것도 기대할 것이 없었다.

그러나 스퀴데리는 마침내 당디이의 도움을 받아, 왕이 몰래 미오상 백작과 오랫동안 이야기했다는 것, 뿐만 아니라 왕의 심복인 봉탕 시종장이 재판소 부속 감옥에 가서 브뤼송과 이야기를 나누었고 드디어 어느 날 밤 여러 부하들과 함께 카르디악의 집에 가서 오랫동안 머물렀다는 사실을 알아냈다. 아래층에 사는 클로드 파트뤼는 밤새도록 위층에서 쿵쿵대는 소리가 들렸고 올리비에가 거기 있었던 게 틀림없으며 그의 목소리를 잘 안다고 확언했다.

이것으로 보아 왕이 직접 사건의 진상을 조사하라고 지시한 것은 확실하지만 왜 판결이 오래 걸리는 지는 알 수가 없었다. 아마 라 레니가 자신의 제물을 이에 물고 빼앗기지 않으려고 온갖 발악을 다하는지도 몰랐다. 희망이 싹트다가 말았다.

그런 지 한 달쯤 되었을까, 저녁에 맹트농의 집에서 왕이 스퀴데리를 만나고 싶어한다는 전갈이 왔다.

스퀴데리는 가슴이 쿵쿵 뛰었다. 드디어 브뤼송 사건이 결정되는 순간이 온 것이다. 그 소식은 마들롱에게도 전해졌다. 그녀는 성모 마리아와 모든 성인들에게 제발 왕이 브뤼송의 무죄에 대해 확신을 갖도록 해 달라고 애타게 빌고 있었다.

그러나 왕은 그 일을 까마득히 잊어버린 것 같았다. 다른 때처럼 맹트농 후작부인과 스퀴데리와 나누는 우아한 대화에 묻혀 지낼 뿐, 브뤼송의 'ㅂ'도 화제에 올리지 않았다. 마침내 봉탕이 나타났다. 그는 왕에게 가까이 다가가 몇 마디 보고했는데 소리가 너무 작아 다른 사람은 짐작조차 할 수가 없었다.

스퀴데리는 속으로 떨고 있었다. 이 때 왕이 자리에서 일어나더니 스퀴데리에게 다가와 눈을 반짝이며 말했다. "부인, 행운을 빌겠소! 그대가 아끼는 올리비에 브뤼송이 풀려났소!"

스퀴데리의 눈에서 왈칵 눈물이 쏟아졌다. 그녀는 아무 말도 하지 못한 채 왕의 발 앞에 엎드렸다. 왕은 그런 그녀를 말리며 계속 이야기했다. "부인, 어서 가 보시오! 당신은 법률고문이 되어 의회에서 내 대신 싸워주셔야겠소. 이 세상에서 누가 당신의 말재주를 이길 수 있겠소."

그리고는 더욱 진지한 어조로 "아무리 미덕의 보호를 받는 자라도 세상 법정의 악착같은 고소를 언제나 비켜갈 수만은 없소." 하고 덧붙였다.

스퀴데리는 뜨거운 감사의 말밖에는 아무런 생각도 나지 않았다. 왕은 그녀를 말리며 아마 지금쯤 그녀의 집에서는 올리비에와 마들롱이 기쁨의 포옹을 하고 있을 것이며, 여기서 왕이 받는 감사보다 훨씬 더 뜨거운 감사의 정이 그녀를 기다리고 있을 거라고 알려 주었다. 그리고 봉탕에게 지시했다. "봉탕, 금화 1000 루이를 찾아 내 이름으로 그 아이에게 결혼지참금으로 주게. 브뤼송으로선 감지덕지할 일인데, 마들롱이 그와 결혼하면 두 사람은 파리를 떠나야 하네. 내 뜻은 이러하네."

스퀴데리가 나타나자 마르티니에르가 빠른 걸음으로 달려왔으며 그 뒤로 바티스트, 그리고 기쁨에 넘친 얼굴로 환호성을 지르며 두 사람이 따라나왔다.

"올리비에가 왔구나. 올리비에는 자유야! 오 사랑스러운 아이들!"

행복을 되찾은 연인들이 스퀴데리의 발 앞에 무릎을 꿇었다.

"저는 마님만이 올리비에를 구해 주실 분이라는 걸 알고 있었어요." 하고 마들롱이 외쳤다.

"저도 마음 속으로 마님, 아니 제 어머니를 굳게 믿고 있었습니다." 하고 이번에는 올리비에가 외쳤으며 두 사람은 스퀴데리의 손에 키스를 하며 뜨거운 눈물을 쏟아냈다. 그리고 다시 껴안으며 이 순간의 황홀한 행복은 지난날의 고통을 잊게 하고도 남는다면서 죽을 때까지 떨어지지 않겠다고 맹세했다.

며칠 뒤에 이들은 사제의 축복 속에 백년가약을 맺었다. 브뤼송이 파리에 남지 않길 바라는 왕의 뜻이 아니었다면 이들은 항상 카르디악의 범죄와 지긋지긋했던 시간을 떠올렸을 것이고, 우연히 여러 사람에게 비밀이 알려지거나 악의에 의해 들추어져 평화로운 삶이 흔들릴 수도 있었다.

브뤼송은 결혼식이 끝나자마자 스퀴데리의 축복을 받으며 젊은 아내와 함께 제네바로 떠났다. 마들롱의 결혼지참금과 올리비에의 뛰어난 솜씨와 시민적 덕성에 힘입어 그들은 행복하고 마음 편하게 살 수 있었다. 올리비에의 아버지가 죽어 묻힐 때까지 이루지 못했던 꿈들이 이루어졌다.

브뤼송이 떠나고 한 해가 지났을 때, 파리의 대주교인 아르루아 드 쇼발롱과 의회의 법률고문관인 피에르 아르노 당디이가 서명한 공고가 나붙었는데, 신성한 고해성사의 약속 하에 참회한 죄인 한 사람이 도둑질했던 보석과 장신구 일체를 교회에 맡겨놓았다는 내용이었다.

그리고 1680년 말까지, 특히 대로에서 강도를 만나 보석을 빼앗긴 사람은 당디이에게 신고하고 만일 강도 당한 보석의 묘사가 보관중인 귀금속과 일치하고 그 밖에도 소유권에 의심의 여지가 없으면 그 보석을 되돌려 받을 수 있다고 했다.

카르디악의 목록에 살해되지 않고 주먹에 맞아 정신을 잃은 것으로 기록된 사람들이 하나둘 당디이를 찾아왔다가 깜짝 놀라며 빼앗겼던 보석을 돌려 받았다. 남은 물건은 생 외스타슈 교회의 재산으로 귀속되었다.

에른스트 테오도어 아마데우스 호프만의 『스퀴데리 부인』

호프만은 으시시함과 환상적인 요소를 맛깔스럽게 버무릴 줄 아는 천재적인 이야기꾼이다. 꿈과 현실이 동등하게 작용하는 그의 작품에서는 명확한 논리와 어둡고 애매한 비합리 및 악마적인 힘이 서로 각축을 벌인다. 그래서 그는 작가 호프만, 음악가 호프만, 화가 호프만이 아니라 '유령' 호프만으로 불리었다.

그의 문학은 완성의 경지를 지향하지 않으며 동화나 신화에 상징적으로 펼쳐지는 무한을 지향한다. 그러기 위해서는 작가 자신이 어떤 법칙에도 지배받지 않고 한없이, 완전히 자유로워야 한다. 호프만의 작품에 자기모순에 시달리다가 파멸에 이르는 예술가가 자주 등장하는 것도 이런 낭만주의적 형상화와 관련이 있는 것이다.

『스퀴데리 부인』의 배경은 루이 14세가 지배하는 1680년 프랑스 파리이다. 소설에서 '도둑을 두려워하는 연인은 / 사랑을 할 자격이 없네.' 라는 시를 읊어 기괴한 사건에 말려들게 되는 마들렌느 스퀴데리는 역사적으로 실존했던 인물로서 1607년에 태어나 1701년에 생애를 마친 여류 문필가이다.

호프만은 알트도르프의 법학자이자 문화역사학자로서 동양철학에까지 조예가 깊었던 요한 크리스토프 바겐자일(Wagenseil: 1633-1705)이 쓴 『뉘른베르크의 일화』를 『스퀴데리 부인』의 기초로 삼았다. 호프만의 소설에서 르네 카르디악은 '악마의 소리' 와 '건전한 시민정신' 이라는 질곡에서 헤어나오지 못하고 희생되는 인물인데, 그 원형은 바겐자일의 『베니스의 구두수선공 이야기』에서 찾을 수 있다. 그는 이 세상에서 가장 뛰어난 금세공사임에도 불구하고 매우 저렴한 가격으로 일감을 받고, 아무리 하찮은 주문이라도 지극한 정성을 다 쏟아 완성하는 시민적 성실성의 전형이다. 그러나 완성된 보석을 손님에게 넘기고 나면 그를 죽여서라도 자신의 작품을 되찾아야 직성이 풀리는 악마적인 면도 함께 지니고 있다. 다시 말해, 그에게는 지극히 아름다운 꽃을 피우는 꽃씨와 함께 그것을 독살하는 벌레까지 숨어있는 것이다. 소설에서는 파리를 공포에 몰아넣은 일련의 살인사건의 싹이, 카르디악 어머니가 임신 중에 보여 주었던 보석에 대한 병적인 집착에서 비롯된 것임을 보여 준다.

이런 이중적 인간의 비극과 대비되는 것은 카르디악의 딸 마들롱에 대한 올리비에의 애틋한 사랑이다. 올리비에는 카르디악의 이상스러운 태도에 의심을 품고 그의 습격에 대비했던 손님에게 역습을 받고 치명상을 입은 카르디악을 집안으로 업고 가서 구완했지만, 오히려 살인범으로 몰려 사형을 당할 처지에 놓인다. 그러나 그는 고문 등 온갖 위협에도 불구하고 끝내 카르디악이 흉악한 살인자라는 사실을 밝히지 않는다. 그 사실을 알게되면 카르디악의 딸이자 자신의 사랑스러운 연인인 마들롱이 타격을 받게 되기 때문이다. 극적인 반전 끝에 올리비에는 살인혐의와 사형의 위기를 벗어난다. 진실은 이따금 진실답지 않을 수도 있었던 것이다. 그는 마들롱과 결혼식을 올리고 젊은 아내와 함께 제네바로 떠난다. 사랑이 유전적으로 대물림되던 숙명을 극복하는 것이다.

* 이 소설 번역은 Ernst Theodor Amadeus Hoffmann: Das Fräulein von Scuderi. in: Klassische Deutsche Dichtung, Bd 5, hrsg. v. F. Martini, W. Müller-Seidel, Freiburg I. B. 1964, S. 541-610과 Ernst Theodor Amadeus Hoffmann: Das Fräulein von Scuderi (Vereinfachte Fassung). Stuttgart 1975를 참고했다.

원전의 내용을 그대로 재현하려고 하였지만 긴 단락을 번역에서는 여러 개로 나누고 몇몇 표현도 바꾸는 등 독서의 흐름을 살리는데 노력했다. 소설의 주인공이 신분이 높고 고령의 미혼여성인 까닭에 제목을 "스퀴데리 부인"라고 불러야하지만 본문에서도 경우에 따라서는 "스퀴데리 부인"으로도 번역했다.

Gottfried Keller:
『*Romeo und Julia auf dem Dorfe*』

고트프리트 켈러:
『시골 마을의 로메오와 율리아』

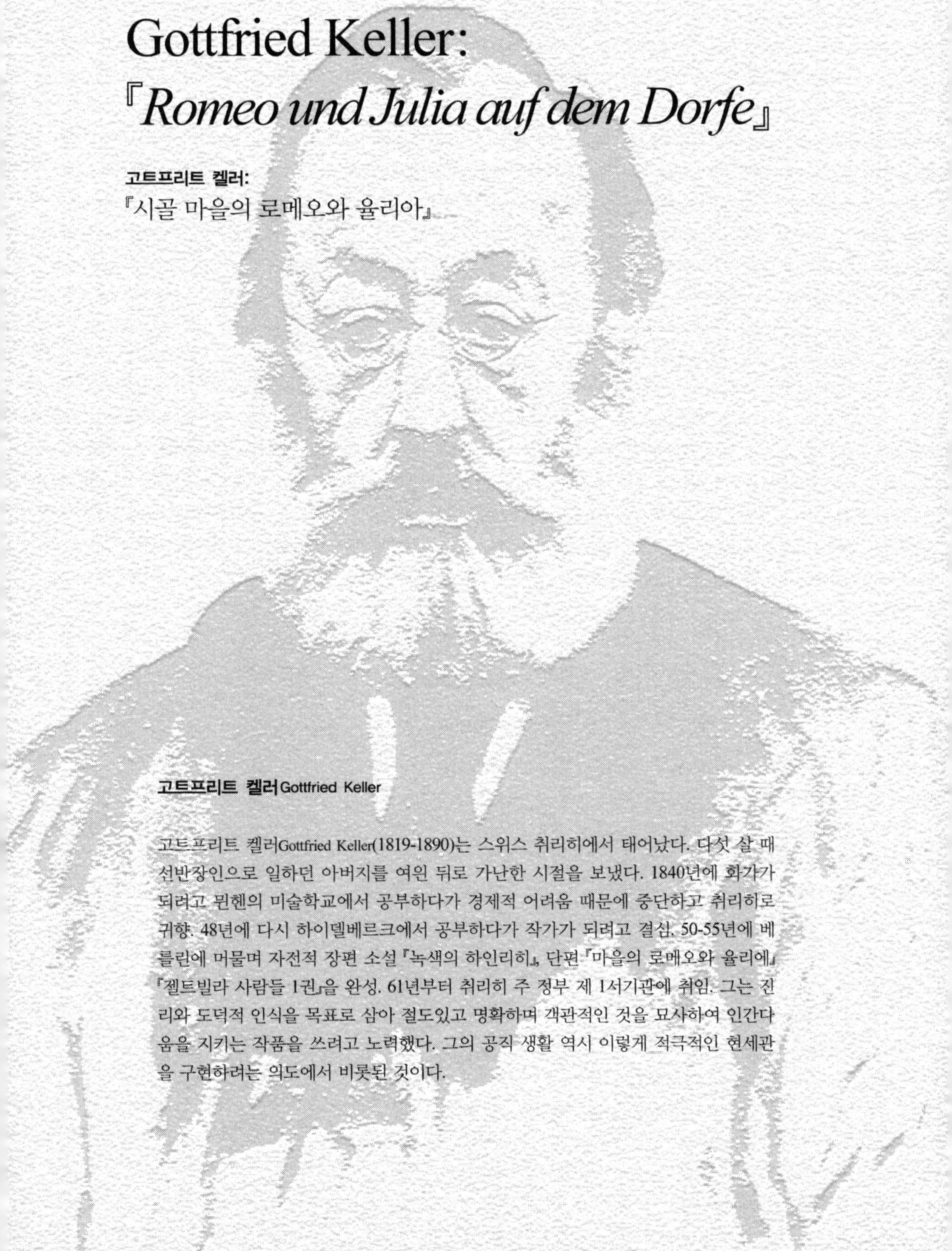

고트프리트 켈러 Gottfried Keller

고트프리트 켈러Gottfried Keller(1819-1890)는 스위스 취리히에서 태어났다. 다섯 살 때 선반장인으로 일하던 아버지를 여읜 뒤로 가난한 시절을 보냈다. 1840년에 화가가 되려고 뮌헨의 미술학교에서 공부하다가 경제적 어려움 때문에 중단하고 취리히로 귀향. 48년에 다시 하이델베르크에서 공부하다가 작가가 되려고 결심. 50-55년에 베를린에 머물며 자전적 장편 소설『녹색의 하인리히』, 단편『마을의 로메오와 율리에』『젤트빌라 사람들 1권』을 완성. 61년부터 취리히 주 정부 제 1서기관에 취임. 그는 진리와 도덕적 인식을 목표로 삼아 절도있고 명확하며 객관적인 것을 묘사하여 인간다움을 지키는 작품을 쓰려고 노력했다. 그의 공직 생활 역시 이렇게 적극적인 현세관을 구현하려는 의도에서 비롯된 것이다.

Gottfried Keller:
『*Romeo und Julia auf dem Dorfe*』

고트프리트 켈러:
『시골 마을의 로메오와 율리아』

1

젤트빌에서 반시간 거리로 아름다운 강이 흐르는 언덕에 기다란 띠 모양의 밭 세 마지기가 나란히 펼쳐져 있었다. 어느 화창한 9월 아침, 두 농부가 이 밭들 가운데 두 곳을, 다시 말해 바깥 쪽 두 밭을 갈고 있었다. 돌과 높이 자란 잡초가 무성한 것으로 보아 가운데 밭은 몇 년 전부터 내버려진 것 같았다. 마흔 살쯤 되는, 키가 크고 뼈대가 굵은 농부들은 양쪽에서 쟁기질을 하고 있었는데 첫눈에도 착실하고 형편도 넉넉한 농부 같았다. 그들은 느릿느릿 점잖게 한 걸음 한 걸음 나아갔으며 말을 부리는 하인들에게 지시를 할 때 말고는 아무도 말을 하지 않았다. 조금 멀리서 보면 이들은 서로를 빼닮은 듯 비슷했다. 이들은 이 지역의 특성을 보여주었던 것이다. 조용한 황금빛 9월에 두 사람이 평화로이, 천천히 밭을 갈면서 언덕 위를 말없이 스쳐가더니 점점 멀어져 지는 두 별처럼 언덕 뒤로 사라졌다가 얼마 뒤에 다시 나타났는데, 아름다웠다. 어쩌다 고랑에 돌멩이를 보이면 가운데 내버려진 밭에 던졌는데 그런 경우는 아주 드물었다. 이 밭은 이미 이웃한 밭에서 나온 돌멩이로 덮여 있었던 것이다.

이렇게 아침나절이 지나갈 때쯤 마을에서 깜찍하게 생긴 수레 하나가 다가왔다. 처음에는 잘 보이지 않던 것이 야트막한 언덕을 오르고 있었다. 초록색으로 칠한 유모차로 두 농부의 아이들, 즉 사내아이와 계집아이가 거기에 새참을 끌고 왔다. 보자기에 싼 먹음직스러운 빵, 포도주 한 병과 컵은 양쪽 모두 같았으며 또 농부의 아내가 부지런한 서방님을 위해 따로 마련한 것도 실려 있었다. 여러 가지 사과와 배도 있었는데 아이들이 오는 길에 주운 것이었다. 다리가 하나뿐인 벌거숭이 인형이 아가씨처럼 유모차에 몸을 내맡긴 채 느긋하게 빵 사이에 앉아 있었다. 수레는 몇 번인가 멈추기를 반복하다가 마침내 언덕 위, 밭 가장자리에 서 있는 어린 나무 그늘에서 멈추었다. 비로소 두 아이들이 가까이 보였다. 일곱 살 배기 사내아이와 다섯 살배기 계집애로서 둘 다 건강하고 명랑해 보였으며 두 아이 모두 예쁜 눈을 지녔다. 여자애는 얼굴색이 옅은 갈색이고 아주 검은 머리라는 것 말고는 두드러진 게 없었다. 이제 두 농부도 올라와 있었다. 그들은 말에게 풀을 조금 내밀고 아직 마무리되지 않은 고랑 속에 쟁기를 세워두고 사이좋은 이웃으로 함께 새참을 먹으러 가면서 비로소 인사를 나누었다. 그들은 그때까지 서로 말을 한 적이 없었다.

어른들이 아침을 들고 아직 그 자리에 남아 있던 아이들에게도 뭔가 떼어주고 먹고 마시는 동안 눈을 들어 이리저리 둘러보았다. 그들 밭 사이에 있는 버려진 밭이 눈에 들어왔다.

이름이 만츠인 한 농부가 "좋은 땅을 저렇게 내버려둬야 하다니 안타깝군" 하고 말을 시작했다. "영 보기가 좋지 않아. 이렇게 내버려진지 곧 20년이 되는데도 물어보는 사람 하나 없고. 이 밭에 권리를 가진 사람이 이 마을에 없기 때문이지. 또 몰락한 나팔수의 아이들이 어디로 갔는지 아는 사람도 없어."

이름이 마르티인 다른 농부가 "흠" 하고 말했다. "거 참 문제야! 부랑배들과 함께 지내기도 하고 여러 마을에서 춤곡을 연주하는 더러운 깽깽이쟁이 있지. 그자를 볼 때마다 나팔수의 손자가 틀림없다는 생각이 들더군. 그자는 아직까지 자기 밭이 있다는 걸 모르고 있지. 그런데 그것 갖고 뭘 하겠어? 한 달 동안 퍼마시고 나면 전과 똑같이 될 텐데. 또 확실히 알지 못하면서 누가 무슨 말을 하겠어!"

"재미있는 일이 생길 것 같은데!" 하고 만츠가 대답했다. 그 깽깽이쟁이가 여기서 발을 못 붙이게 하는 일도 만만치 않아. 그 부모가 부랑자 무리에 들어갔으니 그 녀석도 거기에 머무르라지. 그가 나팔수 손자인 줄은 어찌 알 수 있겠어? 설령 그 거무죽죽한 얼굴에서 그 노인네 모습을 알아본다고 해도 난 인간은 실수하기 마련이라고 말하겠어. 내 양심에는 세례 받지 않은 열 사람보다 하찮은 서류 한 장이 더 좋다고!"

"그건 그래!" 하고 마르티가 말했다. "그는 세례를 못 받은 것이 자기 잘못이 아니라고 하지! 그러면 우리가 이동식 세례제단(洗禮祭壇)을 만들어 숲속을 돌아다녀야 한다는 거야? 아니지. 그건 교회에서 움직이면 안 돼. 마을에 사람도 많이 늘어난데다가 곧 학교 선생도 두 사람이나 필요하거든."

농부들은 이렇게 식사와 대화가 마치고 오전에 하지 못한 일을 마저 끝내려고 일어났다. 두 아이들은 어린 나무 아래서 수레를 밀다가 이웃고 내버려진 밭을 살펴보러 갔다. 잡초가 무성한 돌무더기 밭은 낯설고 기묘한 황무지 모습이었다. 그들은 손을 잡은 채 한동안 초록 빛 황무지 한가운데를 돌아다니다가 마침내 주저앉았다. 여자애는 긴 잡초 잎을 가지고 인형 옷을 만들기 시작했다. 인형에 예쁜 초록색 치마를 입히고 그곳에 홀로 피어있던 양귀비꽃을 머리에 씌워 풀로 단단히 묶었다. 아이들은 얼마동안 인형과 돌맹이 그리고 야생 식물들과 함께 놀다가 지쳐 환한 한낮의 태양 아래 잠이 들었다.

그동안 두 아버지의 밭갈이가 끝났다. 밭은 신선한 갈색 평지로 바뀌어 있었다. 마지막 고랑을 내자 한 농부의 하인이 일을 멈추려고 했다. 그러자 주인이 "왜 멈추는 거야? 한번 더 갈고 와!" 하고 소리쳤다.

"다했는데요." 하고 하인이 대답했다.

"입 다물고 내가 말한 대로 해!" 하고 주인이 말했다.

그들이 다시 밭을 갈며 가운데 주인 없는 밭을 한고랑 파 들어갔다. 풀과 돌멩이가 날렸지만 농부는 그에 대해서는 시간이 충분하다고 생각하는지 일을 멈추지 않았다. 곧 언덕 위에 이르렀다. 위에서 보니 다른 쪽에서도 농부가 쟁기질을 하며 가운데 밭을 깊게 한 고랑 파내고 있었다. 흙이 옆으로 날렸다. 서로 상대방이 무엇을 했는지 보았지만 아무도 본 척하지 않았다. 그들은 말없이 상대방을 지나 이 둥근 세상 뒤로 사라지는 별처럼 따로따로 사라졌다.

2

수확 철이 몇 번 지나갔다. 아이들은 더 크고 예뻐졌으며 임자 없는 밭은 넓어진 이웃 밭 사이에서 더 좁아졌다. 쟁기질을 할 때마다 그 밭은 양쪽에서 한 고랑씩 잃었으며 그에 대해서는 어떤 말도 없는 듯했다. 돌멩이도 점점 많이 쌓여 밭 전체 길이에 걸쳐 그럴싸하게 등성이를 이루었다. 그 위를 거친 덤불이 덮고 있었는데 아이들도 자라긴 했지만 아이들이 서로 다른 쪽에 가면 결코 볼 수 없을 정도로 덤불의 키가 컸다. 이제 아이들은 함께 들에 가지 않았다. 잘리라고도 하는 열 살배기 잘로몬은 더 큰 소년들이나 사내들을 따라다녔다. 다른 소녀들에게 놀림을 받을까봐 갈색 머리 브렌헨도 벌써부터 처녀들과 어울려야 했다. 그럼에도 모든 사람이 밭에 나오는 수확 철이면 두 사람은 틈을 내어 그들을 갈라놓은 황량한 돌무더기 위로 올라가 서로 밀치며 놀았다.

그 사이에 가운데 밭을 팔아 금액을 관청에 보관한다는 결정이 났다.

경매가 현장에서 이루어졌는데 농부 만츠와 마르티 외에 몇몇 구경꾼만 왔다. 그 이상한 땅뙈기를 사서 두 이웃 사이에서 농사짓고 싶지 않았기 때문이다. 그들이 마을에서 가장 훌륭한 농부들에 속하고 이런 상황에서는 다른 사람들 가운데 3분의 2도 똑같이 행동했을 테지만 사람들은 그들이 지금 뭔가 잘못된 일을 하고 있다고 느꼈으며 오그라진 밭을 사서 그들 사이에 끼고 싶지 않았던 것이다. 코앞에 디밀면 대다수 사람들은 세태에 따라 부정한 일을 할 수 있거나 그럴 마음을 지니고 있었다. 그러나 누가 그렇게 하면 다른 사람들은 그렇게 하지 않은 것을 기뻐한다. 아무튼 진지하게 경매에 참가한 사람은 만츠와 마르티 뿐이었으며 밭은 상당히 비싼 값을 부른 만츠에게 낙찰되었다. 관리와 구경꾼들이 떠났다. 두 농부는 잠시 자기 밭을 둘러보다가 떠나는 길에 다시 마주쳤다.

마르티가 말했다.

"이제 자네 땅을, 옛것과 새것 말이야, 합쳐 똑같이 둘로 나누겠군."

"그러려고 하네" 하고 만츠가 대답했다. "한 필지로 만들면 너무 클 것 같아. 참, 말해 둘 게 있네. 최근에 자네가 이 밭 아래쪽을 파 들어가 세모꼴 모양으로 베어냈더군. 그렇게 해서 밭 전체를 가져가면 결국 자네 것이 된다고 생각해서 그런 모양인데. 하지만 이제 그 밭은 내 것이니 내게 그런 곡선이 필요없다는 것도 알 것이네. 내가 그 땅을 다시 반듯이 만들어도 괜찮겠지! 하긴 다투고 자시고 할 것도 없는 일이지!"

마르티도 만츠처럼 차분하게 대꾸했다. "그게 왜 시빗거리가 되는지 모르겠네! 자네는 그 밭을 있는 그대로 샀고 우리 모두 함께 보았네. 밭은 한 시간 전과 머리칼 한 올 만큼도 변한 게 없네!"

"허튼 소리 작작 하게!" 하고 만츠가 말했다. "전에 벌어진 일은 그대로 두세! 그러나 지나친 것은 지나친 것이니 결국 모두 제대로 바로잡아야겠네. 이 세 필지 밭은 옛날부터 자로 잰 듯이 나란히 쭉 뻗어있었네. 그런데 자네가 하찮고 흠 있는 세모꼴 땅을 파들어가다니 희한한 일이네.

(11m: ein Dreieck dzwischenbringen will) 우리가 저 구부러진 것을 그대로 놔두면 사람들이 우리들에게 별난 이름을 부를 거야. 그렇게는 안 되네!"

마르티가 웃으며 말했다. "이상하군, 자네가 갑자기 사람들을 두려하다니! 문제될 것 없네. 나는 밭이 굽었더라도 상관없네. 자네가 싫다면 반듯하게 만들기로 하세. 하지만 내 쪽은 말고. 자네가 원한다면 문서로 확인해 주겠네!"

"농담은 그만 하게" 하고 만츠가 말했다. "밭을 반듯하게 만들겠네. 바로 자네 쪽에서 말이네. 틀림없으니 그런 줄 알게."

"어디 한번 두고 보세!" 하고 마르티가 대답했다. 그러고서 두 사람은 서로 보지도 않고 헤어졌다. 그들은 마치 정신력을 쏟아 관찰해야 할 진기한 것이 있다는 듯 한사코 다른 쪽 하늘만 바라보았다.

바로 다음 날 만츠는 젊은 머슴 두 사람과 아들 잘리를 밭으로 보내어 야생 잡초와 덤불을 뽑고 나중에 편하게 실어낼 수 있도록 돌멩이를 쌓아 놓도록 했다. 사람이 변했는지 그는 열한 살도 채 되지 않고 일을 해 보지도 않은 아이까지 내보냈다. 마치 자신의 혈육에게 엄격하게 일을 시킴으로써 자신이 저지르고 있는 부정을 덮으려는 것 같았다. 바야흐로 부정의 결과들이 조용히 나타나고 있었다.

젊은이들은 여러 해에 걸쳐 무성해진 잡초와 온갖 기이한 식물들을 치우며 재미있어 했다. 무슨 규칙이나 세심함이 필요 없는, 거칠면서도 이례적인 일이었기에 재미가 있었던 것이다. 햇볕에 마른 것은 쌓아놓고 불에 태우며 크게 환성을 질렀다. 젊은이들은 연기 속에 미친 듯이 뛰며 돌아다녔다. 이것은 불행의 밭에서 벌어진 마지막 축제였으며 마르티의 딸인 어린 브렌헨도 어엿이 집에서 나와 어울렸다. 이렇게 특별하고 짜릿한 일을 계기로 어릴 때 놀이친구들은 함께 만나 불 옆에서 기뻐하며 재미있게 놀았다. 다른 아이들도 웃으며 몰려와 함께 즐겼다. 그러나 서로 떠날 때가 되자마자 잘리는 여느 때처럼 다시 브렌헨 곁으로 가려고 했으며 브렌헨도 마찬가지로 생글대며 그가 있는 곳으로 달려왔다. 두 아이들에게는 이 멋진 날이 결코 끝나서도 안 되고 끝날 수도 없을 것 같이 느껴졌다.

그러나 저녁 무렵 늙은 만츠가 그들이 한 일을 보려고 들렀다. 일을 마치고 희희낙락하는 것을 보자 그는 야단을 치며 아이들을 해산시켰다. 마르티도 밭에 나타났는데 자기 딸을 보자 그녀를 향해 크게 휘파람을 불며 손가락으로 명령하자 브렌헨이 놀라 달려왔다. 그는 대뜸 그녀의 빰을 몇 대 때렸다. 아이들은 몹시 슬퍼하며 울면서 집으로 갔다. 그들은 지금 왜 그리도 슬픈지, 아까는 왜 그토록 즐거웠는지 알지 못했다. 그들은 최근에 그들의 아버지가 왜 그렇게 엄하게 하는지 이해되지 않았으며 깊이 생각할 수도 없었다.

바로 다음날 어른들이 할 수 있는 힘든 일이 떨어졌다. 만츠가 돌을 실어 나르도록 시킨 것이다. 이 세상 모든 돌들이 그곳에 다 모인 듯했다. 그는 돌을 모두 밭에서 치우라고 하지 않고 수레에 실어 문제의 세모꼴 땅에 부리도록 했다. 마르티가 이미 깔끔하게 쟁기로 갈아놓았던 곳이었다. 만츠는 먼저 똑바로 경계선부터 그어놓고 두 사람이 아주 먼 옛날부터 그쪽으로 던져 큰 피라미드를 이룬 돌들을 이제 모두 이 작은 땅 뙈기에 쌓아올렸다. 이렇게 해 놓았으니 상대방이 치우지 못하겠지 하고 그는 생각했다. 마르티로서는 예상치 못한 일이었다. 그는 만츠가 옛날처럼 쟁기를 들고 일을 시작할 거라고 생각해 그가 쟁기를 들고 나타나기를 기다렸다. 일이 거의 다 끝났을 때 마르티는 그가 멋진 기념물을 세웠다는 소식을 듣고 몹시 화를 내며 달려가 피라미드를 보았다. 그리고 돌아와 우선 돌무더기에 대해 항의하고 그 땅을 압류하도록 하려고 마을 경찰을 불렀다. 이날부터 두 농부는 둘 다 망할 때까지 송사에 묻혀 살았다.

3

평소에 똑똑했던 사람들의 생각이 이제 잘게 썬 여물처럼 짧아졌다. 모두가 옹졸한 정의감에 사로 잡혀 왜 상대방이 대놓고 불법으로 하찮은 밭뙈기를 빼앗으려고 하는지 이해할 수도 없었고 이해하려 하지도 않았다. 만츠는 마르티가 흰 삼각형의 상태를 막무가내로 고수하는 것을 보고 심히 감정이 상한데다가 대칭과 평행선에 대해 기가 막힌 생각까지 갖고 있었던 것이다. 두 사람은 동시에 상대방이 자신을 분명 바보로 여기고 있다고 확신했다. 그런 일은 가난하고 대가 약한 바보에게나 하지 머리 좋고 강한 사람에게는 있을 수 없는 일이기 때문이다. 모두들 명예가 손상되었다고 여겨 싸움의 불길에 자신을 내던졌다.

두 사람은 떳떳하지 못한 면이 있었기에 모두들 아주 사악한 자들의 손아귀에 빠져들었다. 이들은 두 사람의 불순한 환상을 부추겨 망상에 이르게 했다. 두 사람의 뒤로 곧 수많은 훈수꾼들이 따라붙어 온갖 방법으로 돈을 알겨냈다. 두 오십대 사내의 새로운 습관과 원칙 그리고 희망을 받아들였는데, 다시 잡초가 숲을 이룬 돌무더기 땅 조각은 이 모든 것을 이 모든 것이 담긴 생활방식의 첫 주춧돌이었다. 돈이 줄어들수록 더 돈 욕심이 타올랐으며 재산이 줄어들수록 부자가 되어 남을 앞지르고 싶어 안달을 부렸다. 그들은 나쁜 길에 빠졌으며 수년 동안 잘 알지도 못하고 젤트빌라에서 대량으로 살 수 있는 복권에 투자했다. 그러나 당첨될 뻔한 적은 있지만 실제로 당첨금을 받은 적은 한번도 없었으며 늘 다른 사람들의 당첨 소식만 들었을 뿐이었다. 때때로 젤트빌 사람들은 두 농부가 상대방의 몰락을 바라며 똑같은 복권에 돈을 걸도록 장난을 치기도 했다.

그들은 시내에서 열을 내며 어리석게 돈을 줄줄 흘리고 다니면서 시간의 절반을 보냈다. 두 사람은 원래 바보 소리를 듣지 않으려고 싸움질을 일삼았는데 이제 바보 중에서도 최고의 바보 노릇을 하고 또 그런 취급을 받는 신세가 되었다. 남은 시간은 찌뿌둥한 상태로 집에서 머물거나 일을 했다. 그러다가 밀린 일을 한다고 미친 듯이 서두르거나 닦달하며 성실한 일꾼들을 다그쳤다. 이렇게 그들은 급격한 몰락의 길을 걸었으며 십년도 못 되어 빚더미에 깔려 꼼짝 못하는 신세가 되었다.

이런 형편에도 불구하고 두 사람의 미움은 더욱 심해졌다. 상대방이 자기네 불행의 원인이라고 여겼기 때문이다. 그들은 멀리서 보기만해도 반대쪽으로 몸을 돌렸으며 심한 벌을 받고 싶지 않으면 가족 누구도 상대방의 여자와 아이 또는 하인과 말을 해선 안 되었다. 이런 몰락과 상황의 악화에 대해 두 농부의 아내는 서로 다르게 반응했다. 좋은 집안 출신인 마르티의 아내는 이 일을 견디지 못하고 한스러워하며 앓다가 딸이 열네 살도 되기 전에 죽었다. 이와는 달리 만츠의 아내는 변화된 생활에 적응하며 내내 간직해 왔던 여자의 약점을 꽃피우기 시작했다. 그녀는 군것질과 허영심은 날마다 심해졌으며 돈이 있으면 자신을 위해 썼다. 그녀의 혀는 더욱 빠르게 움직여 거짓과 기만을 즐겼다. 그녀는 남편에게 시달리기는커녕 그를 웃음거리로 만들었다. 남편이 화를 내면 참지 않고 어떻게 해서든 집안이 망하도록 거들었다.

그 결과 곤란에 빠진 것은 불쌍한 아이들이었다. 사방이 싸움판이고 걱정거리가 널려 있어 그들은 앞날에 대해 밝은 희망을 믿을 수도, 행복한 젊은 시절을 즐길 수도 없었다. 잘리보다 브렌헨의 처지가 더 나쁜 것 같았다. 어머니가 죽고 그녀 혼자 황량한 집에서 사납게 변한 아버지와 함께 살아야 했기 때문이다. 열여덟 살이 되었을 때 그녀는 어엿하고 매력적인 처녀가 되어 있었다. 진갈색 머리칼은 갈색 눈에 가릴 정도로 길게 흘러내렸으며 옅은 갈색을 배경으로 뺨에는 검붉은 혈색이 감돌았다. 싱그러운 입술은 보기 드물게 짙은 보랏빛을 띠고 있었다. 그녀의 몸 곳곳에서 삶의 열정과 환희가 뛰놀고 있었다. 날씨가 조금이라도 좋으면, 즉 너무 고통스럽지 않고 걱정거리로 짓눌려 있지 않으면 웃고 장난치며 놀고 싶어 했다.

그러나 그녀는 걱정거리로 넘쳤다. 집이 점점 곤궁해져 그녀가 살림을 도와야 했으며, 스스로 자신을 챙기며 단정하고 깨끗이 옷을 입고 싶었기 때문이다. 아버지는 그녀에게 한푼도 주려하지 않았다. 그 때문에 브렌헨은 대충 차려입거나 간단한 여름 원피스에 허름한 목도리 몇 개를 장만하는 것조차 몹시 어려웠다. 온갖 제약 속에서 예쁜 처녀가 허영에 빠진다는 것 있을 수 없는 일이었다. 게다가 그녀는 철이 들면서 어머니의 고통과 죽음을 보았기에 그 기억은 계속해서 그녀의 쾌활하고 불같은 성격을 잡아매는 고삐가 되었다. 그럼에도 착한 그녀는 해가 비칠 때마다 웃음을 터트릴 것처럼 활달해 보였다.

언뜻 보기에 잘리는 그렇게 힘들게 지내는 것 같지 않았다. 이제 그는 매력적이고 자신을 지킬 줄 아는 억센 소년이 되어 있었다. 그는 부모의 곤경을 보고 늘 그렇지 않았다는 것을 일부러 생각했다. 그는 자신의 기억 속에 억척스럽고 현명하며 침착한 농부였던 아버지의 옛 모습을 간직하고 있었다. 그런데 바로 그런 사람이 지금은 머리가 희끗한 바보, 말썽꾼, 건달이 되어 눈앞에서 어리석고 위험한 짓을 다하고 있었다. 잘리는 그런 게 싫었으며 마음에 부끄러움과 슬픔이 가득 차면 어머니는 늘 하시던 대로 그의 걱정을 달래주셨다. 아들을 당신 편에 두려고 그녀는 그가 원하는 것을 들어주고 그를 말쑥이 입혔으며 그가 재미있게 놀도록 뭐든지 도와주었다. 어머니가 이러니저러니 말을 많이 했기 때문에 그는 아주 고마워하지도 않고 가만있었다. 잘리는 이렇게 자유를 누렸지만 사는 게 즐거워지지 않았으며 뭔가 떳떳치 못한 만큼 올바른 것을 배우지 못했다고 느꼈다. 조리 있고 이성적인 활동이란 말은 오래전부터 만츠네 집에서 쓰지 않았다. 잘리로선 떳떳이 독립을 누린다는 것이 그나마 으뜸

가는 위안이었다. 이런 자부심 덕분에 그는 세월을 보냈으며 앞날은 생각하지 않았다.

아버지가 그에게 강요하는 것이 하나뿐이었다. 마르티라고 불리는 것과 마르티를 생각나게 하는 모든 것에 대한 적개심이었다. 그가 아는 것은 마르티가 아버지에게 손해를 끼쳤다는 것과 그 집에서도 똑같이 적대감을 품고 있다는 것이었다. 그래서 그는 마르티나 그의 딸을 보지 않아도 아무렇지 않았다. 그러나 브렌헨은 사는 것이 잘리보다 고생스러웠고 집에서도 훨씬 외로웠다. 그래서인지 상대적으로 적개심이 덜했으며 옷차림이 말쑥하게 행복해 보이는 잘리에게 무시당한다고 생각하는 정도였다. 그래서 그가 나타나면 몸을 숨겼고 그가 가까이 있을 때는 서둘러 자리를 떴는데 그가 그녀 쪽으로 애써 눈길을 돌리는 일은 없었다. 그래서 그는 몇 년 동안이나 그녀를 가까이서 보지 못했으며 그녀의 성장한 모습이 어떤지도 알지 못했다. 그러나 언뜻언뜻 그녀의 모습이 몹시 궁금할 때도 있었으며 지금 그녀의 모습이 어떠할지 뚜렷하지 않지만 마르티네 이야기만 나오면 그녀가 생각났다.

그러나 두 원수들 가운데 버티지 못하고 먼저 전 재산을 거덜낸 사람은 잘리의 아버지 만츠였다. 여기에는 알뜰하지 못한 아내와 아들도 한몫 했다. 이와는 달리 마르티는 몰락한 집의 유일한 금전지출자였으며 그의 딸은 말처럼 일만 하고 아무것도 소비하지 않았다. 할 수 없이 만츠는 젤트빌라 친구들의 말을 듣고 시내에 나가 음식점을 시작했다. 밭에서 잔뼈가 굵은 농부가 남은 재산을 들고 시내로 나가 마지막 탈출구로서 음식점을 열고 전혀 마음에도 없이 친절하고 노련한 주인 노릇을 한다는 것은 보기에도 딱했다. 사람들은 만츠네가 농사짓던 땅을 떠날 때 비로소 그들이 얼마나 가난한지 알게 되었다. 오래 전부터 아무것도 새로 마련하지 않아 수레에는 낡고 망가진 가구들뿐이었다. 만츠가 출발하면서 보니 마르티가 길가에서 아주 고소하다는 듯한 얼굴로 이 모든 불행이 그의 탓이라고 욕하고 있었다. 그러나 잘리는 수레가 움직이자마자 홀로 옆길로 빠져 시내로 갔다.

수레가 음식점 앞에 멈추고 만츠가 말했다. "자, 다 왔다!" 그 소리를 듣고 그의 아내가 놀랐다. 음식점이라고 하기에는 너무 황량했던 것이다. 새 음식점 주인을 보려고 창문과 집앞으로 사람들이 나타났다. 만츠의 아내가 눈물을 글썽이며 마차에서 내려 집안으로 들어갔다. 오늘은 두 번 다시 모습을 보이고 싶지 않았다. 안으로 옮기려는 형편없는 가구와 망가진 침대 때문에 부끄러웠던 것이다. 잘리도 부끄럽긴 마찬가지였지만 그는 일을 도와야만 했다. 집안은 더욱 궁상스러웠다. 벽은 제대로 흰 칠도 되어 있지 않고 축축했다. 전부터 쓰던 새빨간 식탁이 딸린 음침한 식당 외에 지저분한 작은 방이 두 개가 있었다. 전에 세들어 살던 사람이 내버린 쓰레기가 곳곳에 남아 있었다.

이렇게 시작해 이런 나날이 계속되었다. 처음 한 주 동안, 특히 밤에 농부 출신의 음식점 주인을 보고 싶어서, 또 무슨 재미난 일이 일어나지 않을까 하는 호기심 때문에 온 손님들로 가득 찼다. 그들은 이내 만츠에게서 시선을 거두었다. 그는 세련되지 못하고 퉁명스러운데다 침울했기 때문이었다. 그는 손님을 어떻게 맞아야 하는지 전혀 몰랐으며 알려고도 하지 않았다. 그는 서툰 솜씨로 느릿느릿 술잔을 채워 기분 나쁜 얼굴로 손님들에게 내밀었으며 그러면서 뭐라고 말을 하려고 했지만 그의 입에서는 아무 소리도 나오지 않았다. 그럴수록 그의 아내는 더 열심히 일을 해 며칠 동안 손님들을 붙잡아 둘 수 있었다. 하지만 그녀의 생각과는 거리가 있었다. 제법 뚱뚱한 그녀는 입으면 매우 매력적으로 보일 거라고 생각하고 옷을 만들어 입었다. 식당에는 젤트빌 사람들 중에서도 가장 못된 자들만 앉아 있었는데 이들은 손을 입에다 웃음을 참느라 죽을 지경이었다. 그들은 서로 식탁 밑에서 발로 차며 "와! 정말 멋지네!" 하고 말했다.

다른 사람이 "죽여주네!" 하고 말했다. "여기에 올만도 해. 이런 여자는 오랫동안 못 보았어!"

그녀의 남편의 눈빛이 사나워졌다. 그는 그녀의 옆구리를 치며 나지막이 말했다.

"이 멍청한 할망구. 이게 무슨 짓이야?"

"놔요" 하고 그녀가 말했다. "늙어빠진 멍청이 같으니, 내가 얼마나 애를 쓰고 손님을 잘 다루는지 보이지 않아요? 날 내버려둬요, 곧 손님들로 가득 차게 만들 테니까!"

잘리는 컴컴한 부엌으로 가서 화덕에 앉아 아버지와 어머니를 생각하며 울었다.

얼마 지나지 않아 손님들은 만츠의 아내가 연출하는 이런 볼거리에 싫증을 냈다. 그래서 다시 더 좋은 곳을 찾아갔으며 혼자 한잔 마시려는 손님만 가끔 있었다. 몇 안 되는 가족이 해가 거의 들지 않는 좁은 울타리 안에서 지내니 불안했다. 며칠씩 시내에서 지내곤 했던 만츠도 이제는 집 안에 있는 것이 지겨웠다. 하지만 그것도 오래가지 않았다. 이들은 완전히 빈털터리가 되었으며 손안에는 아무것도 남아 있지 않았다. 입에 풀칠이라도 하려면 누가 푼돈을 내고 아직 남아 있는 포도주를 마시러 올 때까지 기다려야만 했다. 손님이 소시지 따위를 주문하면 그것을 어떻게 마련할지 궁리하느라 골머리를 앓았다. 곧 포도주가 떨어져 다른 술집에서 받아온 큰 술 한 병밖에 남지 않았다. 이제는 포도주와 빵도 없이 가게를 꾸리고 제대로 먹지 못해도 친절하게 손님을 맞아야 했다. 그들로선 아무도 오지 않는 것이 달가울 정도였다. 그들은 죽지도 살지도 못하고 이렇게 식당에 붙어 있었다.

먹을 것도 구하고 시간도 보낼 셈으로 아버지와 아들은 고기잡이를 시작했다. 낚싯대를 드리우고 서 있었지만 인내가 바닥이 났다. 농부들이 다른 방법으로, 개울에서 손으로, 물고기를 잡는다는 것을 생각났다. 그래서 모양으로 낚싯대를 들고 비싸고 좋은 송어가 사는 개울가로 올라갔다.

시골에 남은 마르티도 그 사이에 형편이 점점 나빠졌다. 그 또한 지내기가 지루해 밭에서 일하는 대신 고기잡이에 빠져 며칠이고 물속에서 놀고 지냈다. 브렌헨은 아주 긴요한 집안일도 팽개친 채 아버지의 곁을 지키고 있다가 비나 해를 무릅쓰고, 들과 개울을 가로질러 들통과 도구들을 날라야 했다. 집에는 아무도 없었으며 마르티의 땅도 거의 다 없어지고 몇 뙈기만 남았으며 그나마도 내팽개친 거나 다름없는 상태였다.

어느날 저녁 그는 개울을 따라갔다. 개울은 제법 깊고 물살이 빨랐으며 물속에서는 송어들이 부지런히 뛰놀고 있었다. 하늘에는 잔뜩 먹구름이 낀 그날 저녁 그는 뜻밖에도 원수인 만츠와 마주쳤다. 그를 보자마자 엄청난 분노가 치밀었다. 비난이 금지된 재판정에서 마주쳤을 때 말고 두 사람이 이렇게 가까이서 마주 보게 된 것은 몇 년만에 처음이었다. 마르티가 큰 소리로 외쳤다.

"이 개자식, 여기서 뭐하는 거야? 네 움막에나 처박혀 있지 않고, 이 젤트빌라 잡놈아!"

"이 사기꾼 놈, 너도 곧 그곳에 오게 될 걸!" 하고 만츠가 외쳤다. "벌써 고기잡이를 하니 이제 완전히 바닥이 났는가보구나!"

"입 닥쳐, 개새끼야" 하고 마르티가 큰 소리로 말했다. 개울물이 더 크게 콸콸거렸던 것이다. "날 불행으로 몰아넣은 놈이!"

이제 소나기 바람이 일면서 개울가의 나무들까지 심하게 살랑대기 시작해 만츠도 목청을 높여야만 했다. "병신자식 같으니, 그렇다니 내가 좋아죽겠다!"

"아, 이 개놈 봐라!" 하고 마르티가 소리치자 만츠도 "야 이 멍청한 소새끼야!" 하고 맞받았다. 그러자 마르티가 저쪽에서 이쪽으로 건너오려고 호랑이처럼 개울을 따라 내려갔다. 그가 더 화를 낸 것은 음식점을 하는 만츠는 먹고 마실 것만큼은 떨어지는 일이 없이 재미있게 사는데 자신은 부당하게도 외딴 농가에서 따분하게 지내고 있다는 생각 때문이었다.

만츠도 잔뜩 화가 나서 개울을 따라 내려갔다. 그 뒤로 그의 아들이 따라 갔는데 심하게 다투는 소리를 듣고 싶어서가 아니었다. 브렌헨이 부끄러운 나머지 고개를 떨군 채 그녀의 아버지 뒤에서 걸어가는 것을 보자 놀랍고 궁금증이 일었던 것이다. 그녀의 얼굴은 갈색머리에 가려져 있었다. 그녀는 한손에는 물고기를 담는 들통을, 다른 손에는 신발과 양말을 든 채 물에 젖지 않게 치마를 잡아 올렸는데 잘리가 건너편에서 걸어가자 치마를 내렸다. 물건들을 모두 든 채 치마를 붙잡고 아버지의 싸움으로 부끄럽기까지 해 그녀는 삼중으로 괴로웠다. 그녀가 고개를 들어 잘리를 보았다면 귀티나 거만함 모두 온데간데없이 처량해 보인다고 느꼈을 것이다.

브렌헨이 부끄럽고 당황스러워 땅만 보고 있었고 잘리는 구차한 상태에서도 아름다워 보이는 모습에서 눈을 떼지 않았다. 그러는 동안 그들은 그들의 아버지가 소리를 멈추고 한층 화를 돋우며 좁아진 개울 위를 이어주는 나무다리가 보이는 곳으로 달려간 것도 알아채지 못했다. 번개가 치자 을씨년스러운 물기슭이 야릇하게 빛났다. 먹구름에서 천둥까지 울리며 굵은 빗방울이 떨어질 때 야수로 변한 두 남자가 동시에 좁은 다리 위로 달려가 서로 뒤엉켜 주먹을 날렸다. 그들이 걸을 때마다 다리가 흔들거리고 창백한 얼굴은 분노와 슬픔으로 부르르 떨었다. 모르는 사이도 아니고 오랫동안 알고 지내던 두 노인네가 적개심 때문에 맨손과 주먹으로 드잡이판을 벌이다니 차마 보기가 민망스러운 장면이었다. 그런데 머리가 희끗한 사람들이 그런 짓을 하고 있었다. 이들이 마지막으로 치고받고 한 지는 50년 전쯤 어린 시절이었으며 좋은 시절에 서로 인사하며 악수를 할 때 말고는 손이 스친 적도 없었다. 그들의 성격이 무미건

조하고 차분해서 악수하는 일도 드물었지만 말이다.

그들은 한두 번 치고받고 하더니 말없이 몸을 떨며 몸싸움을 벌였다. 두 사람이 상대방을 다리에서 물에 빠뜨리려고 버둥대는 참인데 아이들이 뒤쫓아 와 볼썽사나운 장면을 보게 되었다. 잘리가 아버지를 도와 증오하는 적과 끝장을 보려고 달려들었다. 더구나 적은 약해 보였다. 브렌헨도 아버지를 지키려고 들고 있던 것을 다 내던지고 길게 소리를 지르며 달려들었다. 하지만 아버지에게 방해만 될 뿐이었다. 잘리가 막 브렌헨의 아버지를 잡고 넘어뜨리려 하고 있었다. 그녀는 눈물범벅이 된 눈으로 애원하며 잘리를 바라보았다. 얼떨결에 그는 자기 아버지에게 힘껏 팔을 뻗어 상대방에게서 떼어내어 진정시키려고 했다. 이제 모두가 한데 엉켜 시끄럽게 밀치락달치락했다. 그러는 동안 어른들 사이로 끼어 든 아이들이 서로 닿을 정도로 가까워졌다. 그 순간 구름이 갈라지며 으스름한 저녁 빛이 소녀의 얼굴을 비추었다. 잘리에게 낯익은, 그러면서도 달라진 아름다운 얼굴이 가까이에 있었다. 이 순간 브렌헨도 그가 놀라는 것을 보았다. 그녀는 놀랍고 눈물이 나는 상황에서도 아주 짧게나마 그에게 웃어보였다. 마침내 잘리가 간절한 애원과 확고한 태도로써 아버지를 적에게서 완전히 떼놓았다. 두 노인은 깊은숨을 내쉬더니 이제 다시 등을 돌린 채 욕을 퍼붓고 고함을 지르기 시작했다. 아이들은 숨을 멈추고 죽은 듯이 가만있었다. 그러나 다른 데를 보며 떠날 때에는 노인들이 보지 못하게 얼른 손을 내밀어 잡았다. 물과 물고기로 차가워진 손을.

양쪽이 각자 제 갈 길을 가자 구름이 다시 하늘을 닫아 점점 더 어두워졌다. 이제는 공기를 가르며 비가 개울로 쏟아졌다. 만츠가 먼저 어둠속을 추적추적 걸어갔다. 그는 여전히 굳은 얼굴로 이까지 갈았다. 보이지 않게 눈물이 수염을 적셨지만 닦는 것을 들길까 봐 그냥 내버려두었다. 그를 따라오던 아들은 행복한 생각에 잠겨 있었기 때문에 아무것도 보이지 않았다. 그는 비나 폭우, 어둠과 고통도 못 느꼈으며 안팎이 편안하고 밝고 따뜻했다. 그는 왕자처럼 부유하고 당당한 느낌이었다. 가까이서 아름다운 얼굴에 언뜻 스쳤던 웃음이 줄곧 어른거렸는데 그는 족히 30분이 지난 지금 비 내리는 밤에 넘치는 사랑을 웃음에 실어보냈다. 사랑스러운 얼굴은 어둠 속 어디서나 나타났으며 그래서 그는 브렌헨도 도중에 틀림없이 이 웃음을 보고 속으로 느꼈을 거라고 생각했다.

4

다음날 만츠는 녹초가 되었는지 집밖을 나갈 생각조차 하지 않았다. 오늘따라 새삼스레 온갖 싸움과 여러 해 동안 지속된 고통이 새로운 모습으로 뚜렷하게 나타나 답답한 식당 곳곳에 똬리를 틀었다. 그러나 잘리는 브렌헨만 생각하고 있었기에 그런 것을 전혀 보고 듣지 못했다. 그는 여전히 엄청난 부자이고 거기에 또 뭔가 진정한 것을 배웠고 한없이 아름답고 선한 것을 알게 된 듯한 느낌이었다. 어제 본 것이 무엇인지 구체적으로 확실하게 알았던 것이다. 이런 깨우침은 하늘에서 떨어진 것 같아 그는 내내 놀라움과 기쁨에 휩싸여 있었다. 그는 자신이 지금처럼 이토록 오묘한 달콤함으로 가득 차 있었다는 것을 익히 잘 알고 있었던 것 같았다. 이렇게 뚜렷하고 명료하게 다른 사람의 모습으로 다가오는 행복이란 보물과 비할 만한 것은 없기 때문이다.

이날 잘리는 따분하거나 슬프지 않았으며 처량하거나 절망적으로 느끼지도 않았다. 그러기는커녕 몇 시간이고 계속 브렌헨의 얼굴과 모습을 떠올리는 데 몰두했다. 그러나 상상의 대상이 거의 다 사라지면서 마침내 브렌헨이 구체적으로 어떻게 생겼는지 아는 것 같지 않았으며 그녀의 막연한 모습만 기억났다. 그러나 그녀를 그려 내려고 하면 되지 않았다. 그녀가 어렸을 적에 보였던 표정은 자세히 기억났지만 어제 본 모습은 그렇지 않았다. 브렌헨은 결코 다시 보지 못했다면 오직 그의 기억력에만 기대어 그 사랑스러운 얼굴을 적당히 짜 맞추었을 것이다. 그런데 지금 그 기억력이 일을 거부했다. 눈이 자신의 권리와 즐거움을 주장했던 것이다. 따뜻한 해가 칙칙한 집들을 따사로이 비추는 오후에 잘리는 시내를 빠져 나와 옛 고향으로 갔다. 이제 그곳은 천국의 예루살렘 같았으며 그곳에 가까이 이르자 가슴이 뛰었다.

도중에 브렌헨의 아버지를 만났는데 아마 시내로 가는 것 같았다. 그는 옷매무새가 엉망이었으며 희끗희끗한 수염은 몇 주 동안 손질하지 않은 상태였다. 그는 밭을 잃고 다른 사람들에게 나쁜 짓을 하러 가는 타락한 농부처럼 보였다. 그런데도 그를 지나칠 때 잘리는 미워하는 마음이 아니라 마치 자신의 삶이 그의 손아귀에 들어있기라도 한 듯 두려움이 가득 찬 마음으로 바라보았다. 그러나 마르티는 험상궂은 눈초리로 위아래로 살펴보고는 갈 길을 갔다. 잘리로선 잘된 일이었다. 마르티가 마을을 떠나는 것을 보았을 때 대체 무엇 때문에 그곳에 가는지 확실해졌던 것이다. 그는 익숙한 길을 따라 한참 동안 마을을 빙빙 돌다가 골목길을 지나 마르티의 집이 마주 보이는 곳에 이르렀다. 이곳을 이렇게 가까이 본 지 몇 년 만인가. 이곳에 살 때에도 원수진 두 집 사람들은 서로 마주칠까 봐 조심했다. 잘리는 자기 아버지 집과 마찬가지로 황무지로 변한 마르티의 집을 보고 경악했다. 마르티의 밭도 한 뙈기씩 한 뙈기씩 사라져 남은 거라고는 앞마당이 딸린 집과 아주 오래 소유하려고 했던 강 언덕의 밭뿐이었다.

하지만 그 밭은 제대로 경작되고 있다고 할 만한 상태가 아니었다. 전에 수확 철이 되면 탐스러운 낟알들이 고르게 매달려 있었는데 지금은 사람 손이 가지 않은 채소밭이나 다름없었다. 배는 고프고 별다른 수가 없으면 한 구석에서는 무 한 줌을 다른 구석에서는 감자나 양배추 한 접시를 뽑아 그날그날 근근이 입에 풀칠하며 살았으며 나머지는 어찌 되든 상관없이 내버려두었다. 또 너나 할 것 없이 그 안에서 제멋대로 뛰어다니는 바람에 넓고 가지런한 땅이 모든 불행을 불러온 그 주인 없는 밭이나 다름없었다. 그러니까 집 주위에서 농사 흔적이라곤 볼 수 없었다. 외양간은 비었고 문은 간신히 돌쩌귀 하나에 매달려 있었으며 어두운 입구에는 여름에 무럭무럭 자란 수많은 왕거미들이 쳐놓은 거미줄이 햇빛을 받아 반짝이고 있었다. 집 건물도 허물어질 듯 보였다. 창문은 망가질 대로 망가져 종이를 붙여놓았다. 이런 폐허에서 그나마 괜찮은 것이 창이었다. 맑고 깨끗하게 닦여 있어 브렌헨의 눈처럼 환히 빛났기 때문이다. 그녀는 비록 가난에 찌들어 살고 있었지만 이런 눈빛 덕분에 다른 장신구가 필요 없었다. 검은 머리와 주황색 목도리가 그녀의 눈에 잘 어울린 것처럼 푸른 떨기나무는 반짝이는 창에 안성맞춤이었다. 집과 하늘거리는 콩 그리고 향기로운 주황색 꽃들은 떨기나무 숲에 둘러싸여 있었다.

이 농가는 옆으로 틀어 앉아 있었으며 정답다기보다는 그림 같다는 느낌을 불러 있으켰다. 가까운 이웃은 없었으며 지금은 어디고 인기척이 없었다. 그래서 잘리는 서른 걸음쯤 떨어진 곳에 못 박힌 듯 서서 마음 편히 아무 소리도 들리지 않는 황량한 집을 바라보았다. 이렇게 한참을 서서 보고 있는데 브렌헨이 문 아래 쪽으로 나와 한 사물에 정신이 팔린 채 앞만 바라보고 있었다. 잘리는 그녀에게 눈을 고정한 채 꼼짝하지 않았다. 이윽고 그녀가 무심코 이 쪽으로 눈길을 돌리자 잘리가 그녀의 눈에 들어왔다. 그들은 대기 현상을 관찰하는 듯 한참 동안 서로를 바라보았다. 마침내 잘리가 천천히 브렌헨을 보며 뜰을 건너왔다. 그가 가까워지자 그녀가 그에게 손을 뻗으며 말했다.

"잘리!"

그는 그녀의 손을 잡고 그녀의 얼굴을 바라보기만 했다. 그녀의 눈에서는 눈물이 쏟아졌으며 그녀의 얼굴은 그의 눈길 때문에 검붉게 변했다. 그녀가 말했다.

"여긴 웬일이야?"

"널 보려고 왔지!" 하고 그가 대답했다. "우리 다시 좋은 친구가 되지 않을래?"

브렌헨은 손이 자유롭지 못해 우는 얼굴을 가리지 못하고 옆으로 떨구며 "우리 부모들은?" 하고 물었다.

"당신들이 일을 저질러 이렇게 되었지 우리가 무슨 상관있어?" 하고 잘리가 말했다. "우리 둘이 손을 맞잡고 잘 지내면 이 불행을 만회할 수 있을 거야!"

"결코 좋아지지 않을 거야" 하고 브렌헨이 깊은 한숨을 쉬며 말했다. "그러니 제발 네 갈 길이나 가, 잘리!"

"너 혼자 있니?" 하고 잘리가 물었다. "잠깐 들어가도 돼?"

"아버지는 시내로 가신다고 하셨는데 네 아버지를 걸고 넘어지시려는 걸 거야. 하지만 들어오면 안 돼. 나중에 나갈 때 지금처럼 눈에 띄지 않으리란 법이 없거든. 아직은 사방이 조용하고 길에도 아무도 없으니 이제 그만 가!"

"싫어, 가지 않겠어!" 하고 그가 대답했다. "어제부터 내내 네 생각만 했어. 난 안 갈 거야. 우리 서로 이야기좀 하자. 반 시간 아니면 한 시간이라도 말이야. 그게 우리에게 좋을 것 같아."

브렌헨이 잠시 생각하다가 말했다.

"저녁 때쯤 채소를 가지러 밭으로 나갈 게. 어딘지 알지? 우리에게 남은 건 그것 뿐이니까. 사람들은 다른 데서 뜯으니까 그 근처에는 아무도 없을 거야. 오고 싶으면 그곳으로 와. 하지만 지금은 가. 아무에게 보이지 않도록 조심해! 이곳에 오는 사람은 아무도 없지만 악소문은 만들어낼 수 있어. 그러면 바로 아버지의 귀에 들어갈 거야."

그러고서 그들은 손을 놓았지만 곧 다시 손을 잡고 동시에 말했다.

"그래 어떻게 지내고 있어?"

그러나 서로 대답은 하지 않고 똑같은 물음을 되풀이하기만 했다. 그들은 사랑하는 사람들이 으레 그렇듯 말을 찾지 못했기에 오로지 눈빛에서 대답을 읽어야만 했다. 그들은 아무 말도 하지 못하고 마침내 다시 헤어졌다.

"나도 곧 갈 테니, 어서 가!" 하고 브렌헨이 뒤에 대고 말했다.

잘리도 곧 두 밭뙈기가 뻗어있는 조용하고 아름다운 언덕으로 올라갔다. 찬란한 7월의 해, 곡식이 익은 밭 위를 한가로이 떠도는 하얀 구름, 푸른 빛을 반짝이며 흘러내려가는 강물 — 그는 오랜만에 슬픔 대신 행복과 만족감을 느끼며 이 모든 것을 만끽했다. 그는 마르티의 내버려진 땅과 맞닿은 밀밭 그늘에 길게 드러누워 흐뭇이 하늘을 바라보았다.

채 15분도 지나지 않아 브렌헨이 따라왔다. 그는 행복과 그 행복의 이름 말고 다른 것은 전혀 생각하지 않고 있었는데 브렌헨이 뜻밖에 그의 앞에 서서 생글거리고 있었다. 그는 기뻐하며 벌떡 일어났다. 그가 "브렐리!" 하고 외치자 그녀가 말없이 웃으며 두 손을 내밀었다. 그들은 손을 맞잡고 밀밭을 따라 강까지 내려갔다가 돌아왔다. 말을 별로 하지 않았다. 그들은 기쁨에 넘쳐 말없이 조용히 같은 길을 두세 번씩 왔다 갔다 했다. 환한 언덕마루를 지나 뒤로 넘어가는 이 한 쌍의 모습은 전에 평화로이 밭을 갈던 아버지들처럼 별을 떠올리게 했다.

그들이 푸른 수레국화에서 눈을 들어 앞을 보니 앞에서 어두운 다른 별이 걸어가고 있었다. 생김새가 거무스레했는데 그들은 그가 갑자기 어디서 나타났는지 몰랐다. 밀밭에 누워 있었던 것 같았다. 브렌헨이 움찔했으며 잘리도 놀라 말했다.

"검은 깽깽이쟁이다!"

그들 앞을 걸어가고 있는 자는 참으로 바이올린과 활을 손에 들고 있었으며 검정 일색이었다. 검은 모자와 탄가루로 더러워진 셔츠를 걸친 데에다 머리칼과 손질하지 않은 수염에 까지 새카맸다. 얼굴과 손도 검게 변색되어 있었다. 그는 땜장이였지만 어떤 손일이건 가리지 않았다. 숲에서 숯도 구웠으며 농부들이 흥이 나서 잔치를 벌이면 깽깽이를 들고 그곳에 갔다.

잘리와 브렌헨이 숨을 죽인 채 그의 뒤를 따라갔다. 그들은 그가 밭에서 나와 돌아보지 않고 사라지리라고 생각했으며 실제로도 그런 것 같았다. 그는 그들이 있는 것을 알아채지 못한 듯 행동했다. 문제를 일으킨 밭떼기를 뒤덮은 떳떳하지 못한 돌무더기가 쌓여 있는 밭 가장자리에 이르렀다. 지금 그곳에는 수많은 양귀비들이 자라 그 작은 돌산이 붉게 타오르는 듯했다. 난데없이 검은 깽깽이쟁이가 껑충껑충 붉은 빛으로 덮인 돌무더기 위로 뛰어올라가서 돌아서더니 주위를 휘둘러보았다. 두 사람은 걸음을 멈추고 검둥이를 쳐다보았다. 마을로 뻗은 길로는 갈 수가 없었고 그가 보는 앞에서 돌아가고 싶지도 않았다. 그가 그들을 쏘아보며 외쳤다.

"난 너희들을 알아. 내게서 여기 이 땅을 도둑질해간 자들의 아이들이지! 너희가 이렇게 된 것을 보니 기쁘구나. 너희들이 세상 모든 사람이 가는 길을 가는 것도 내 눈으로 보게 되겠지! 귀여운 새들아, 나를 좀 봐라! 어때, 내 코가 마음에 들지 않니?"

사실 그의 코는 검은 얼굴에서 큰 삼각형 모양으로 불쑥 솟아 있어 보기에도 끔찍했다. 눈을 끊임없이 굴리는 바람에 그의 눈에서는 흰자위밖에 보이지 않았다.

"나를 똑바로 봐!" 하고 그가 말을 계속했다. "너희 아버지는 나를 잘 아실 거야. 이 마을 사람 모두 내 코만 봐도 내가 누군지 알지. 몇 년 전에 이 밭의 상속인에게 갈 돈이 예치되어 있다는 공고가 났지. 내가 스무 번이나 신청했는데 난 세례증명서와 호적증명서가 없었어. 내가 태어난 것을 본 친구들이 있긴 하지만 부랑배이기 때문에 나를 위해 증언할 수가 없어서 돈을 못 받았어. 그 돈만 있었어도 다른 데로 떠날 수 있었는데!

너희 아버지들에게 내 증인이 되어 달라고 간절히 사정했지. 그들이 믿는 바로 내가 적법한 상속자라 생각한다고 말해 달라고 말이야. 하지만 그들은 날 마당에서 내쫓아버렸어. 이제 그자들도 몰락해버렸더군! 하긴, 세상일이 그렇지. 그럴 줄 알았어. 너희들이 춤추고 싶다면 내가 깽깽이를 켜주지!"

그러고서 그는 다른 쪽 돌무더기로 뛰어내려 마을 쪽으로 걸어갔다. 그곳에는 사람들이 저녁에 농작물을 거두어들이고서 기뻐하고 있었다. 그가 사라지자 두 사람은 침울한 기분이 되어 맥 없이 돌 위에 앉았다. 그들은 손을 놓고 그 위에 슬픈 얼굴을 얹었다. 두 사람은 어린애가 된 듯 행복한 망각 속을 거닐고 있었는데 깽깽이쟁이의 등장과 그의 말로 그 순간에서 깨어났다. 이제 그들은 고달픈 불행의 바닥에 앉아 있었으며 밝은 삶의 빛은 희미해지고 그들의 가슴은 돌처럼 무거워졌다.

갑자기 깽깽이쟁이의 이상한 모습과 코를 떠오르자 브렌헨은 맑은 웃음을 터뜨리며 외쳤다.

"그 불쌍한 사람 코가 너무 재미있게 생겼어! 정말 괴상해!"

깽깽이쟁이의 코가 어두운 먹구름을 몰아내기를 기다렸다는 듯이 아주 사랑스러운 명랑함이 그녀의 얼굴에 퍼졌다. 브렌헨을 바라보는 잘리에게도 이 쾌활함이 느껴졌다. 그녀는 어느새 또 까닭 없이 제 생각에 빠져 잘리의 얼굴을 보고 웃었다. 그는 얼떨결에 입가에 웃음을 띤 채 배고픈 자가 맛있는 빵을 보듯이 그녀의 눈을 응시하며 외쳤다.

"와, 브렌헨! 너 정말 예쁘구나!"

브렌헨은 계속 웃으면서 잘리의 손을 잡았다.

"아, 세상에! 대체 얼마 만에 이렇게 웃는 건지! 나 혼자 있을 때 가끔 웃을 일이 있었지만 별건 아니었어. 그러나 이제 너를 보니 마냥 웃고 싶어. 널 영원히 언제까지나 보고 싶어! 너도 날 조금이라도 좋게 생각하니?"

"오 브렐리!" 하며 잘리가 말하며 천진난만하게 그녀의 눈을 들여다보았다. "난 한번도 다른 여자애를 눈여겨본 적이 없어. 언젠가 너를 좋아하게 되리라고 늘 생각하고 있었으니까. 내 생각과 상관없이 넌 항상 내 마음 속에 있었어!"

"나도 널 생각했어" 하고 브렌헨이 말했다. "더 애타게 말이야. 네가 나를 본 적이 없어 너는 내가 어떻게 변했는지 몰랐어. 하지만 난 멀리서나마 너를 가끔 잘 보아 왔기에 네 모습이 어떤지 알고 있었지. 우리가 어렸을 때 여기 자주 왔었는데 잊지 않았지? 조그만 수레도 생각나? 그때 우리는 아주 어렸지!"

잘리가 기쁨에 넘쳐 아주 흡족해 하며 "지금 몇 살이야?" 하고 물었다. "열일곱쯤 되었겠지?"

"열일곱하고 반년이야" 하고 브렌헨이 대답했다. "넌 몇 살이야. 곧 스무 살이 될 것 같은데."

"어떻게 알았지?" 하고 잘리가 물었다.

"하, 글쎄."

"말 안 할 거야?"

"안 해!"

"정말?"

"아, 안 한다니까!"

"말해야 돼!"

"나한테 억지를 부리는 거야?"

"두고 보면 알지!"

이런 말투로 말함으로써 잘리는 손을 움직여 예쁜 소녀를 괴롭힐 수 있었다. 그는 브렌헨의 손을 꼼짝 못하게 쥐고서 양귀비 꽃 속으로 밀어붙였다. 이제 그녀는 햇빛을 받으며 누워 있었는데 뺨은 보라빛을 띄었고 반쯤 벌어진 입 틈으로 하얀 이가 두 줄을 이루고 있었다. 잘리는 기뻠에 겨워 예쁜 여자애를 똑바로 보지도 못하고 자기 것이라는 생각도 할 수 없었다.

"하얀 이가 그대로 다 있네!" 하고 그는 웃었다. "전에 우리가 몇 번이나 그 수를 세었는지 기억나? 지금 세어볼래?"

"에이, 이건 그때 그 이가 아니야!" 하고 브렌헨이 말했다. "그때 것은 오래 전에 다 빠졌어!"

잘리는 지금 그때 놀이를 다시 하며 반짝이는 이들을 세어보려고 했다. 그러자 브렌헨이 갑자기 붉은 입을 다물고 일어나더니 양귀비 화관을 엮어 머리에 썼다. 화관에는 꽃이 촘촘하고 폭이 넓었으며 갈색빛 소녀의 모습을 환상적으로 바꿔 놓았다. 가엾은 잘리는 그녀의 팔을 붙잡았다. 부자라면 비싼 값을 치르고라도 이 모습을 그려서 벽에 걸어놓고 보고 싶어 했을 것이다. 이 순간 브렌헨이 일어서며 외쳤다.

"어휴, 여긴 정말 더워! 이렇게 뜨거운데 바보처럼 앉아 있다니! 자, 이리와! 밀밭 그늘진 곳에 앉자!"

그들은 안쪽으로 들어가 그들의 키보다 높게 황금빛 이삭이 드리워진 곳에 좁은 공간을 만들었다. 그곳에 앉으니 머리 위로 짙푸른 하늘만 보일뿐 다른 것은 아무것도 보이지 않았다. 그들은 서로 껴안고 더 이상 할 수 없을 때까지 오래도록 입을 맞추었다.

브렌헨이 말했다.

"이제 서로에게 소중한 것이 생긴 셈이네. 그렇지?"

"그래, 나도 그렇게 느껴" 하고 잘리가 말했다.

"그 보물이 마음이 드니? 무엇인지 말해줄 수 있어?" 하고 브렌헨이 물었다.

"아주 곱게 생겼어" 하고 잘리가 말했다. "두 눈이 갈색이고 입술은 붉으며 두 발로 다니지. 난 로마 교황도 모르지만 그이 마음은 더 몰라. 그건 그렇고, 네 보물은 어때?"

"푸른 두 눈과 쓸모없는 입 그리고 힘센 두 팔이 있어. 난 일본 황제도 모르지만 그의 생각을 더더구나 모르겠어."

"그래 맞아" 하고 잘리가 말했다. "우리는 한번도 본 적이 없는 사이처럼 서로 아는 게 없어. 우리가 자라온 긴 세월이 우리를 잘 모르는 사람으로 만들었어. 네 머릿속에서 대체 무슨 일들이 생긴 거니, 브렌헨?"

"아, 별것 아니야. 네가 정말 날 사랑한다면 차츰 알게 될 거야."

"네가 내 아내일 때 말이지?"

이 마지막 말에 브렌헨은 몸을 가볍게 떨며 잘리의 품을 더 깊이 파고 들더니 재차 부드럽게 오래도록 키스했다. 이때 그녀의 눈에서 눈물이 흐르며 둘은 갑자기 슬픔에 휩싸였다. 희망이 보이지 않는 미래와 부모들의 적대관계가 생각났던 것이다. 브렌헨이 한숨을 쉬며 말했다.

"자, 나 집에 가야 돼."

그들이 일어나 손을 맞잡고 밀밭에서 나오는데 갑자기 브렌헨의 아버지가 앞에 보였다. 잘리를 보자 그는 무슨 일로 잘리가 혼자 마을에 왔는지 궁금히 생각했다. 그러다 어제 있었던 일을 떠올리며 시내로 가다가 마침내 그럴싸한 생각에 이르렀다. 아주 악의적인 것이었다. 그리하여 그는 젤트빌라 거리 한 가운데서 발길을 돌려 다시 마을로 돌아와 집과 뜰에서 딸을 찾았지만 헛일이었다. 궁금증이 더 커졌으며 그는 밭으로 갔다. 그곳에는 브렌헨이 과일을 담는 바구니만 있을뿐 그녀는 어디에도 보이지 않았다. 그래서 이웃집 밀밭을 이리저리 살펴보는데 마침 놀란 아이들이 나왔던 것이다.

그들은 돌이 된 듯 서 있었다. 마르티도 그곳에 서서 험상궂은 눈으로 그들을 노려보다가 무섭게 야단을 치더니 화를 내며 소년을 붙잡아 패려고 했다. 잘리는 거친 행동에 놀라 몇 걸음 물러섰는데 노인이 이제 벌벌 떨고 있는 소녀를 붙잡고 따귀를 때리자 화관이 떨어졌다. 마르티가 그녀의 머리칼을 쥐고 잡아채며 그녀를 때리려 하자 잘리가 다시 그쪽으로 달려갔다. 그는 아무 생각 없이 돌멩이 하나를 집어서 그것으로 노인의 머리를 쳤다. 반은 브렌헨을 걱정하는 마음에서, 반은 분노 때문이었다. 마르티는 처음에 비척거리다가 의식을 잃고 돌무더기 위로 쓰러졌다. 브렌헨도 소리를 지르며 함께 넘어졌다. 잘리는 의식을 잃은 자의 손에서 그녀의 머리칼을 풀어주고 그녀를 부축해 일으켰다. 그러고선 조각상처럼 어쩔 줄 몰라 하며 멍하니 서 있었다. 죽은 듯 누워 있는 아버지를 보자 브렌헨은 두 손으로 창백한 얼굴을 쓰다듬고 몸을 떨었다.

"네가 그랬니?"

잘리가 고개를 떨구자 브렌헨이 소리쳤다.

"오 하느님! 바로 우리 아버지라고! 불쌍한 사람이야!"

그녀가 그의 몸 위로 쓰러져 그의 머리를 쳐들었는데 피가 흐르진 않았다. 그녀는 머리를 다시 내려놓았으며 잘리는 맞은편에 앉았다. 둘은 쥐 죽은 듯 조용히 꼼짝 않고 생기없는 얼굴을 보고만 있었다. 이윽고 그저 뭔가 해보려는 생각에 잘리가 말했다.

"그렇게 바로 돌아가실 리가 없지! 그런 일은 결코 없어!"

브렌헨이 양귀비 한 잎을 떼어 파리한 입술에 올리자 잎이 살짝 움직였다.

그녀가 "아직 숨을 쉬고 계셔" 하고 외쳤다. "마을로 달려가 도움을 청해."

잘리가 벌떡 일어나 뛰어가려는데 브렌헨이 손을 뻗으며 그를 다시 불렀다.

"하지만 돌아오지 마. 그리고 어떤 일이 있었는지 아무 말도 하지 마. 나도 입을 다물고 있겠어. 내 입에서는 한 마디도 나오지 않을 거야."

그녀는 어쩔 줄 몰라 하는 잘리를 쳐다보며 이렇게 말했는데 그녀의 얼굴에서는 눈물이 넘쳐흘렀다.

"이리 와, 키스 한 번 해줘! 아니, 어서 가! 이제 끝이야, 영원히 끝났어,

우리는 만날 수 없다고!"

그녀가 그를 떠밀었다. 그는 마을로 힘없이 걸어갔다. 길에서 한 아이를 만났는데 모르는 사이였다. 그는 그에게 도와줄 사람이 어디 있는지 자세히 알려주고 근처에 있는 사람들을 불러오라고 부탁하고는 밤새도록 슬퍼하며 숲속을 헤매었다. 아침에 그는 일이 어떻게 되었는지 들으려고 밭으로 갔다. 그는 일찍 밭에 나온 사람들이 주고받는 말에서 알아낸 것은 마르티가 아직 살아 있지만 전혀 의식이 없으며, 이상한 것은 그에게 무슨 일이 있었는지 아는 사람이 아무도 없다는 것이었다. 그제야 그는 시내로 돌아가 암담한 집에 숨었다.

5

브렌헨은 그에게 한 약속을 지켰다. 그녀가 그 상태에서 아버지를 발견했다는 것 말고는 그녀 입에게서 아무 말도 나오지 않았다. 다음날 의식은 없었지만 마르티가 다시 숨을 쉬며 몸을 움직이고, 고발자도 없었기 때문에 사람들은 그가 너무 술을 많이 마셔 돌무더기에 쓰러진 것이라고 생각하고 사건을 미해결로 처리했다. 브렌헨이 그를 돌보았으며 의사에게 약을 가지러 가거나 자신이 먹을 스프 따위를 끓일 때 말고는 그의 곁을 떠나지 않았다. 그녀가 밤낮으로 지키고 있어야 했고 도와주는 사람도 없는데다 풀칠할만한 것조차 변변치 않았다. 환자가 먹고 침대에서 제법 움직일 만큼 되었지만 서서히 의식을 되찾을 때까지 거의 6주가 걸렸다. 그러나 의식은 옛날 그대로가 아니었으며, 말을 하면 할수록 그가 희한한 백치가 되었다는 사실이 더 확실하게 드러났다. 그는 일어난 일을 그저 어렴풋이 기억하곤 했는데 자신과 상관없는 재미있는 일인 듯 늘 바보처럼 웃고 기분이 좋았다. 침대에 누워서도 온갖 말도 안 되는 소리와 생각을 늘어놓았으며 검은 털모자를 눈과 코 위로 내려 썼다.

브렌헨으로서는 이전의 악의적인 행동보다 지금의 바보짓이 더 걱정스러웠으며 그때마다 그녀는 눈물을 흘리며 참을성을 갖고 그의 말을 들어주었다. 이렇게 힘든 상황에서도 노인네가 어쩌다 아주 우스꽝스러운 짓을 하면 깔깔대고 웃었다. 그러고 나면 더 깊은 슬픔이 뒤따랐다. 그러나 노인네가 일어날 수 있게 되면서부터는 그를 어찌할 수 없었다. 그는 바보짓만 했으며 웃고 집 주위를 돌아다녔으며 해가 비치는 곳에 앉아 혀를 내밀거나 콩밭에 대고 한바탕 연설을 하기도 했다.

그러는 사이에 조금 남아 있던 재산마저 바닥나고 엉망이 되어 집과 마지막 남은 밭마저 법적으로 처분되고 말았다. 만츠의 두 밭뙈기를 사들인 농부가 마르티가 병을 이용해 오랫동안 끌어온 땅 문제를 완전히 끝장내버렸던 것이다. 마르티는 재판에 졌지만 그에 대해선 아무것도 몰랐다.

경매가 이루어졌고, 마르티는 가난한 바보들을 위한 공공시설에 맡겨졌다. 그것은 주의 수도에 있었다. 건강하고 식욕이 왕성한 이 바보는 감자 한두 포대를 팔러 시내로 가는 가난한 농부의 소달구지에 타고 갔으며 브렌헨은 그 옆에 앉아 마지막 길을 동행했다.

눈물겹고 쓰라린 길이었지만 브렌헨은 부족한 것이 없도록 아버지를 정성껏 보살폈다. 불쌍한 아버지의 행동에 사람들이 호기심을 보이며 달구지를 따라 와도 아랑곳하지 않고 참고 견디었다. 마침내 시내의 큰 건물에 이르렀다. 긴 복도와 뜰 그리고 아늑한 정원에는 비슷비슷한 바보들로 붐볐으며 모두들 흰 옷 차림으로 머리에는 질긴 가죽모자를 쓰고 있었다. 마르티도 브렌헨 앞에서 흰 옷으로 갈아입었는데 그는 어린애처럼 좋아하더니 노래를 흥얼대며 덩실덩실했다.

"친애하는 신사 여러분, 안녕하십니까!" 하고 그가 새 친구들을 불렀다. "건물이 좋네요! 브렌헨, 집에 가면 어머니에게 내가 집에 오지 않을 거라고 말해. 여기가 정말 맘에 들어. 야, 신난다! 브렐리, 벌써 가려고? 너는 송장 같이 보이는데 나는 이렇게 즐겁게 사는구나!"

그는 가벼운 일을 하러 갔다. 브렌헨은 달구지로 돌아와 그 위에 앉아 빵 한 조각을 꺼내 먹었다. 그리고 농부가 마을로 돌아가려고 올 때까지 잠을 잤다.

밤이 되어서야 도착했다. 브렌헨은 자신이 태어난 집안으로 들어갔다. 그곳에는 머물 수 있는 시간도 이틀뿐이었다. 집에 완전히 혼자 있어 본 적은 평생 처음이었다. 그녀는 마지막까지 남아 있던 커피를 끓이려고 불을 피웠다. 마음이 어수선했던 것이다. 잘리를 한번이라도 보고 싶어 못 견딜 지경이었다. 계속 그 생각만 났다. 그러나 걱정과 고난이 그리움을 앗아갔으며 그리움 때문에 걱정이 다시 훨씬 무거워졌다. 이렇게 두 손으로 머리를 괴고 앉아 있는데 누가 열린 문으로 들어왔다.

그녀가 쳐다보며 "잘리!" 하고 부르더니 그의 목을 부둥켜안았다. 그러나 서로의 모습을 보고는 두 사람은 놀라 소리쳤다.

"모양이 말이 아니구나!"

잘리나 브렌헨 할 것 없이 모두 여위고 파리해 보였던 것이다. 브렌헨은 모든 것을 잊은 채 잘리를 끌어당겨 부뚜막 위에 앉히고는 말했다.

"어디 아팠니? 아니면 네게도 힘든 일이 있었니?"

잘리가 대답했다.

"아니, 널 보고 싶은 것일 뿐 아프진 않았어. 우리 집은 요즘 다시 살판났어. 아버지 주변에 는 온갖 나쁜 사람들로 가득 차 있어. 장물아비가 되신 것 같아. 그래서 지금 현재는 술집에 아쉬운 게 없어. 언젠가 파탄이 나겠지만 말이야. 어머니도 돈푼이라도 만지고 싶으신지 일을 거드시지. 그릇된 짓도 조금 조절하면 괜찮고 유용하다고 믿으시거든. 나에게 묻지도 않지만 나로서도 그에 대해 뭐라 할 수가 없었어. 밤낮으로 너만 생각하고 있었거든. 온갖 사람들이 우리 집에 오기 때문에 날마다 너희 집에서 무슨 일이 일어났는지 알게 되었어. 아버지가 어린애처럼 기뻐하시더라. 네 아버지가 오늘 시설에 갔다는 말도 들었어. 그래서 네가 지금 혼자 있을 것이라고 생각하고 널 보러 온 거야!"

그러자 브렌헨도 고통스럽게 자신의 마음속에 짓눌려 있던 것을 모두 털어놓았다. 그러나 대단한 행운을 이야기하는 듯 들뜬 목소리였다. 잘리가 옆에 있는 것을 보고 기뻤던 것이다. 그러면서 그녀는 따뜻한 커피를 한 잔 만들어 우겨서 그와 함께 나눠 마셨다.

"모레 여기서 나가야 한다지?" 하고 잘리가 말했다. "도대체 어떻게 되는 거야?"

"나도 모르겠어" 하고 브렌헨이 말했다. "남의 집살이를 하러 나가야겠지. 그러나 너 없이는 못 견딜 거야. 하지만 네가 여기 있는 한 떠날 수도 없어. 이제야 안 것인데, 불행이 너에 대한 나의 사랑을 더 강하고 고통스럽게 만들어 이제 생사가 걸린 문제가 되었어."

브렌헨이 사랑스럽게 웃으며 그를 바라보았다. 그들은 벽에 기댄 채 아무 말도 하지 않고 모든 고통을 초월한 높은 행복감에 젖어들었다. 그들은 아주 진지한 사랑에 잠긴 듯했다. 그들은 그렇게 불편한 부뚜막 위에서 잠들더니 어린애처럼 평온히 잠을 잤다. 어느새 아침이 되었다. 잘리가 먼저 일어나 아주 부드럽게 브렌헨을 깨웠다. 그러나 그녀는 잠에 취해 계속 그에게 매달렸으며 깨어나려 하지 않았다. 그가 그녀의 입에 키스를 퍼붓자 그녀는 벌떡 일어나며 눈을 번쩍 떴다. 잘리를 보자 그녀가 말했다.

"에이, 참! 네 꿈을 꾸고 있었는데! 꿈에서 우리가 함께 결혼식에서 춤을 추었어! 아주 오래도록. 정말 행복했어. 옷차림도 깔끔했고 전혀 부족한 게 없었어. 마지막으로 우리가 키스를 하려고 이제나저제나 하고 벼르는데 계속 뭐가 우리를 떼어놓는 거야. 그런데 이제 보니 그렇게 못하게 방해한 게 바로 너였어! 하지만 네가 여기 있어서 얼마나 좋은지."

그녀는 그의 목에 매달려 키스했는데 언제 멈출지 알 수가 없었다.

"너는 무슨 꿈을 꾸었는데?" 하고 그녀가 물었다.

"숲속에 난 길을 따라 한없이 걸어가고 있는데 네가 멀리 내 앞에 보였어. 가끔 나를 돌아보며 웃었는데 그럴 때면 내가 하늘나라에 있는 듯했어. 이게 전부야."

그들은 열려 있는 부엌문을 지나 밖으로 나갔다. 그들은 서로 얼굴을 보며 웃음을 터뜨렸다. 잘 때 꼭 맞닿아 있던 브렌헨의 오른 뺨과 잘리의 왼 뺨이 새빨갛게 변해 있었고 다른 쪽은 찬 밤공기에 더 창백해졌던 것이다. 그들은 그 쪽도 붉은 빛이 돌게 하려고 차가운 잿빛 뺨을 맞대고 부드럽게 비벼댔다. 싱그러운 아침 공기, 그 곳을 뒤덮은 고요한 평화, 갓 나타난 아침노을 속에서 그들은 즐거워하며 자신마저 잊었다. 누구보다 브렌헨에게 태평스럽고 명랑한 기분이 스며든 것 같았다.

"내일 저녁 이 집을 비워 주고 다른 거처를 찾아야 해" 하고 그녀가 말했다. "그러기 전에 한 번, 한 번만이라도 즐겁게 보내고 싶어. 너하고 말이야. 정말이지, 어디서든 너와 신나게 춤추고 싶어. 꿈에서 춤춘 일이 아직도 머릿속에 맴돌고 있어."

"네가 어디에 머물든 네 곁에 있겠어" 하고 잘리가 말했다. "나도 너와 춤추고 싶어 죽겠어. 그런데 어디서 추지?"

"내일 여기서 별로 멀지 않은 두 마을에서 성전 봉헌 행사가 있어" 하고 브렌헨이 대답했다. "우릴 아는 사람도 없어. 마을 바깥 냇가에서 널 기다릴게. 그 다음부터 우리 마음이 이끄는 데로 가. 딱 한 번 즐겁게 살자고. 아, 참. 돈이 한 푼도 없네! 그러면 아무것도 할 수 없는데…!"

"괜찮아" 하고 잘리가 말했다. "내가 조금 구해볼 게."

"네 아버지에게서는 얻지 마, 훔치는 것은 아니겠지?"

"그렇지 않으니 걱정 마! 아직 은시계를 갖고 있어. 그걸 팔 거야."

"그에 대해서는 아무 말도 하지 않겠어" 하고 브렌헨이 얼굴을 붉히며 말했다. "내일 너와 춤을 추지 못하면 죽을 것 같아."

"우리 모두 같이 죽으면 제일 좋겠지" 하고 잘리가 말했다. 그들은 헤어지는 것을 안타까워하며 서로 껴안았지만 다음날에 대한 굳은 믿음 속에 포옹을 풀면서 다정하게 웃었다.

"참, 언제 올 거야?" 하고 브렌헨이 외쳤다.

"늦어도 11시에" 하고 그가 대답했다. "우리 함께 식사를 하자."

"아, 좋아! 그럼 차라리 10시 반에 와!"

잘리가 막 가려는데 그녀가 다시 그를 불러 세웠는데 얼굴에는 갑자기 수심이 가득했다.

그녀가 엉엉 울며 "전혀 안 되겠어" 하고 말했다. "나들이에 신을 만한 신발이 한 켤레도 없어. 어제도 할 수 없이 이 두꺼운 것을 신고 시내에 갔다고. 신발을 어떻게 마련해야 할지 모르겠어."

잘리는 어찌할 바를 몰랐다. "신발이 없다고! 그럼 이거라도 신고 와야겠네" 하고 그는 말했다.

"안 돼, 안 돼. 이것을 신고는 춤을 출 수가 없어!"

"그럼, 한 켤레 사야겠군!"

"어디서, 무슨 돈으로?"

"아, 젤트빌에서 사야지. 거기에 신발가게가 많거든. 돈은 두 시간이면 마련할 수 있어."

"하지만 난 젤트빌에서 너와 함께 돌아다닐 수 없어. 신발 살 돈도 충분하지 않을 텐데."

"됐어. 신발을 사서 내일 가져올 게."

"오 바보 같으니. 네가 산 신발이 안 맞으면 어떻게 하려고!"

"그럼 네가 신던 신발을 줘. 아, 잠깐만. 네 발 치수를 재는 게 더 좋겠어. 어려울 게 뭐 있겠어!"

"길이를 잰다고? 정말이지, 그건 생각 못 했네! 자, 어서, 끈을 하나 찾아 볼게."

그녀가 다시 부뚜막 위에 올라앉아 치마를 살짝 걷고 발에서 신발을 벗었다. 발에는 어제 여행하며 신은 하얀 양말을 그대로 신고 있었다. 잘리는 무릎을 꿇고 끈으로 조심스레 발 치수를 쟀다.

"어이, 구두장이!"

브렌헨이 상기된 얼굴로 이렇게 말하며 다정하게 그를 내려다보았다. 잘리의 얼굴도 붉어졌다. 그가 손으로 발을 필요한 것보다 오래도록 꼭 잡고 있는 바람에 브렌헨의 얼굴도 더 빨개졌다. 그녀는 당황해하는 잘리를 잡아당겨 다시 한 번 키스를 퍼붓고는 그를 떠나보냈다.

시내에 도착하자마자 그는 시계를 갖고 시계방에 갔다. 가게주인은 시계 값으로 그에게 6 굴덴인가 7 굴덴을 주었으며 은줄 값으로도 몇 굴덴을 더 주었다. 그는 이제 아주 부자가 된 느낌이었다. 그는 성인이 되고서도 이렇게 한꺼번에 큰 돈을 가져본 적이 없었다. 그는 어서 날이 지나가고 행복을 살 수 있다는 일요일 아침이 밝아왔으면 하고 생각했다. 비록 모레 더 어둡고 막막한 날이 닥친다 해도 그 때문에 내일의 즐거움은 더 강한 빛과 광채를 띠었다. 그는 브렌헨에게 줄 구두를 구하러 다녔는데 그가 여태까지 해온 일 가운데 가장 즐거운 일이었다. 그는 신발가게를 이곳저곳 돌아다니며 여자 구두를 있는 대로 다 내보이라고 하여 마침내 가볍고 세련된 것을 한 켤레 샀다. 브렌헨이 신어본 적이 없는, 예쁜 구두였다. 그는 구두를 윗옷 속에 숨긴 채 남은 시간 내내 몸에서 떼어놓지 않았다. 잠자리에도 갖고 들어갔다. 브렌헨을 오늘 보았고 내일 또 보게 될 터여서 그는 편안히 깊은 잠을 잤다.

아침 일찍 일어나 나들이 옷이랄 것도 없지만 옷을 챙겨 입었다. 그런데 그것이 어머니 눈에 띄었다. 그녀가 놀라 무슨 일이 있냐고 물었다. 아들이 이렇게 정성스레 차려입은 적이 없었기 때문이었다. 그는 "여러 마을을 돌아다니고 싶다, 그렇지 않으면 이 집에서 병이 날 것 같다"고 대답했다.

"나들이할 돈은 있니? 어디서 난 거냐?" 하고 아버지가 물었다.

"돈은 필요없어요" 하고 잘리가 말했다.

"여기 1 굴덴이 있다" 하고 아버지가 말하며 그에게 돈을 던졌다. "우리가 여기서 죽을 쑤고 있다고 믿지 않게 그걸 갖고 마을 음식점에 가거라."

"마을에 가지 않을 것이니 돈은 필요 없어요. 그냥 두세요."

"싫단 말이지, 멍청한 녀석!" 하고 만츠가 외치며 굴덴을 주머니에 다시 넣었다. 그의 아내는 오늘 왠지 모르게 가슴이 울컥하여 그에게 겨우 몇 번밖에 두르지 않은 큰 검은색 밀라노 목도리를 주었다. 잘리는 전부터 그 목도리를 갖고 싶어 했다. 그는 그것을 목에 두르고 긴 끝자락을 나풀거렸다. 일곱 시가 지나자마자 그는 구두를 윗옷 안주머니에 넣고 길을 나섰다. 집을 떠나며 아버지와 어머니에게 손을 내밀 때는 야릇한 기분이 들었다. 길에서 그는 다시 한번 집을 돌아보았다.

"녀석이 어떤 여자애를 따라 가는 것 같아. 바로 그럴 때도 되었지!" 하고 만츠가 말했다.

"오, 제발 운이 따라야 할 텐데! 일이 잘 되었으면 좋겠어요!" 하고 그의 아내가 말했다.

처음에 잘리는 브렌헨이 기다린다고 한 강 쪽으로 가다가 도중에 마음을 바꿔 곧장 마을로 갔다. 10시 30분까지 기다리기에는 시간이 너무 오래 남아 있어 브렌헨을 집에서 바로 데려올 셈이었다.

"안 될 게 뭐 있어. 아무도 우릴 돕지 않는데. 누구를 만나든 상관 없어!"

그래서 그는 불쑥 브렌헨의 집으로 들어갔는데 브렌헨도 완전히 옷차림과 치장을 마치고 떠날 시간만 기다리고 있었다. 신발만 없었다. 잘리는 그녀를 보자 입을 벌린 채 가만히 서 있었다. 그녀가 매우 아름다웠던 것이다. 단출한 드레스밖에 없었지만 차림이 말끔했으며 성숙한 그녀의 몸에 잘 어울렸다. 거기에 고급 천으로 만든 눈처럼 하얀 목도리를 둘렀는데 이것이 다였다. 갈색 머리는 단정히 빗질하여 평소에 헝클렸던 곱슬머리가 지금은 곱게 머리 위에 얹혀 있었다. 수 주일 동안 거의 집밖에 나간 적이 없고 또 걱정만 해서인지 브렌헨의 피부는 부드럽고 말갰다. 그러나 이제 이런 해맑음 속에 사랑과 기쁨의 빛이 붉게 번졌다. 가슴에 알록달록한 꽃다발을 안고 그녀는 열린 창가에 앉아 조용히 신선한 아침 공기를 들이마셨다. 그러나 잘리가 나타나자 두 팔을 뻗으며 외쳤다.

“벌써 이곳에 오다니, 정말 좋네! 그런데 구두는 가져왔어? 정말? 그걸 보기 전에는 안 일어날 거야!”

잘리가 아름다운 소녀가 찾는 물건을 주머니에서 꺼내어 건네자 그녀는 헌 신발을 벗어던지고 새 신발을 신었다. 아주 잘 맞았다. 그제야 그녀는 자리에서 일어나 새 신발을 신은 채 빠른 걸음으로 몇 차례 왔다 갔다 했다. 그녀는 푸른색 치마를 살짝 걷어올리고 구두에 달린 빨간 띠를 흐뭇이 바라보았다. 이렇게 우아한 자태를 뽐내며 기뻐하는 모습을 잘리는 줄곧 지켜보았다.

“내 꽃다발을 보고 있는 거야?” 하고 브렌헨이 물었다. “모은 꽃들이 예쁘지 않지? 하지만 이것들이 내가 마지막으로 구한 꽃이라고. 이제 떠날 시간이야. 뜰에는 꽃 한 포기 없는 빈 집이 되어 버렸어.”

잘리가 둘러보니 아직 남아 있던 것 가운데 가져갈 수 있는 것들은 거의 다 가져간 상태였다.

“불쌍한 브렐리!” 하고 그가 말했다. “그들이 벌써 다 가져갔구나!”

“어제 운반할 수 있는 것은 가 가져갔어. 내 침대는 손대지 않아 그 자리에서 팔아버렸어. 여기 봐, 나도 돈이 있다고!”

그녀는 주머니에서 반짝이는 새 굴덴 몇 개를 꺼내어 그에게 보여주었다. 그녀가 말을 계속했다.

"사람들이 내게 시내에서 일을 구하라고 했어, 오늘 당장 떠나야 한다고."

잘리가 부엌을 들여다보고서 "이제 아무것도 없네" 하고 말했다. "장작도, 냄비도, 칼도 없어! 아침도 못 먹었겠네?"

"아니" 하고 브렌헨이 말했다. "뭔가 사올까 하고 생각했는데 그냥 굶기로 했어. 그러면 너와 많이 먹을 수 있을 테니까. 그 생각을 하면 몹시 즐거워. 내가 얼마나 애타게 그 시간을 기다리고 있는지 넌 모를 거야."

"그래, 이제 가자. 문을 잠궈."

"열쇠는 누구에게 맡기고?"

브렌헨이 주위를 둘러보더니 "여기 문에 걸어두자" 하고 말했다.

그들은 집열쇠를 문에 박힌 못에 걸어두고 그곳을 떠났다. 브렌헨은 돌아보지 않았다. 그러나 그녀가 핼쓱해진 얼굴로 한참 동안 눈을 감고 있는 바람에 잘리가 그녀를 열두어 걸음을 부축해야만 했다.

"어디부터 갈까?" 하고 그녀가 물었다.

"여기저기 돌아다니자" 하고 잘리가 대답했다. "하루 내내 우리를 즐겁게 하는 곳을 찾아서. 느긋하게 말이야. 저녁때 쯤이면 어디서든 춤판이 보일 거야."

"좋아" 하고 브렌헨이 말했다. "하루 내내 함께 지내며 마음내키는 곳으로 가자. 하지만 지금은 쉬고 싶어. 다음 마을에서 커피를 마시고 싶어!"

"그러지!" 하고 잘리가 대답했다. "우선 이 마을에서 벗어나자!"

6

이들은 곧 탁 트인 들판에 다다라 말없이 그곳을 지나갔다. 9월의 화창한 일요일 아침으로 하늘에는 구름 한 점 없었으며 언덕과 숲은 부드럽게 안개에 싸여 있어 주위가 더욱 신비스럽게 보였다. 사방에서 교회의 종소리가 울렸다. 두 연인들은 이 날이 어떻게 끝날지는 잊어버린 채 기쁨에 자신을 내맡겼으며 법적으로 축복을 받은 사람처럼 말끔한 차림으로 거닐며 일요일을 즐겼다. 일요일의 고요함 속에서는 어떤 소리나 먼데서 외치는 소리도 그들의 마음을 울렸다. 배가 고팠지만 가까운 마을까지 걸리는 반시간이 매우 짧게 느껴졌다. 그들은 천천히 마을 어귀에 있는 음식점으로 들어갔다. 잘리가 맛있는 아침 식사를 시켰으며, 그들은 음식을 기다리면서 숨을 죽인 채 깨끗한 식당에서 차근차근 그리고 친절하게 일을 하는 모습을 지켜보았다.

주인은 아울러 제빵사였으며 갓 구은 구수한 빵 냄새가 식당에 퍼졌다. 온갖 빵이 나왔다. 사람들이 예배를 마치고 여기서 흰 빵을 가지러 오거나 포도주 한 잔을 마셨던 것이다. 인상이 좋고 깔끔해 보이는 여주인이 조용히 그리고 다정하게 아이들 옷을 입히고 있었다. 한 아이가 매무새가 끝내고 브렌헨에게 달려와 자신의 멋진 자랑하며 재미있었던 일을 모두 이야기해 주었다.

뜨거운 커피가 나오자 두 사람은 초대받은 손님처럼 테이블에 앉았다. 꽃다운 브렌헨에게 진한 고급 커피와 갓 구운 따뜻한 빵, 맛있는 버터와 꿀, 팬케이크 등 맛 좋은 것들이 얼마나 많은지! 잘리를 바라보며 먹으니 더 맛이 있었다. 그녀는 일년 동안 아무것도 먹지 못한 사람처럼 실컷 먹었다. 아름다운 접시와 잔과 스푼도 마음에 들었다. 여주인이 그들을 약혼한 남녀로 여기고 예의를 갖춰 대접해 한다고 생각한 것 같았다. 그래서 그녀는 가끔씩 그들 자리에 와서 좋은 말을 해 주었다. 아침 식사를 마치자 주인과 주인 아주머니는 그들을 건물 앞까지 배웅했다. 불쌍한 젊은이들은 아주 점잖게 세상 사람들에게 작별 인사를 했다.

다시 들판으로 나와 몇 시간 동안 말없이 달콤한 꿈에 빠진 채 나란히 숲을 걸어갔다. 그들은 싸움질과 고통에 찌든, 망한 집의 아이들이 아니라 좋은 집의 아이들 같았다. 마침내 헛된 꿈에서 깨어나 서로 바라보니 음식점을 떠날 때의 모습 그대로였다. 그들은 얼굴을 붉히며 애처롭게 고개를 떨구었다. 그러나 숲은 파릇파릇하고 하늘은 푸르렀으며 넓은 세상에는 그들뿐이었다. 그들은 이내 다시 이 느낌에 자신을 내맡겼다.

그러나 그들 둘만의 시간은 오래가지 않았다. 아름다운 숲길은 예배를 마치고 여기서 보내던 젊은이들과 몇몇 부부들로 왁자지껄했다. 많은 산보객을 보자 잘리와 브렌헨은 자신들도 부부가 된 듯 웃으며 즐거워했다. 그들은 좁은 숲길 가장자리에서 움직이다가 외딴 곳으로 깊이 들어갔다. 기분이 좋으면 멈추고 얼른 나아가다 쉬기를 반복했다. 맑은 하늘에 구름 한 점 없었으며 이 시간만은 그들의 마음에도 어두운 걱정이 없었다. 그들은 어디서 왔고 어디로 가는지를 잊은 채 아름답고 점잖은 태도를 보였으며 브렌헨이 기뻐 흥분했음에도 소박하면서도 귀여운 치장은 아침때처럼 말끔했다. 잘리는 사랑과 배려 그리고 존경으로 가득 찬 태도로 내내 예쁘고 명랑한 브렌헨을 바라보았는데, 보기에도 우스꽝스러울 정도였다. 이 불쌍한 젊은이들은 그들에게 주어진 오늘 하루에 사랑의 예절과 기분을 빠짐없이 체험해야 했던 것이다.

이렇게 걷다 보니 다시 배가 고팠다. 그늘진 산마루에서 보니 반갑게도 앞에 멋진 마을 하나가 보였다. 그들은 낮 시간을 그곳에서 지내려고 서둘러 그곳으로 내려갔다. 아까 다른 마을을 떠날 때와 마찬가지로 그들은 조심스럽게 마을에 들어섰다. 가는 길에 그들을 알아보는 사람은 아무도 없었다. 특히 브렌헨은 지난 몇 년 동안 사람들과 어울리거나 다른 마을에 간 적이 전혀 없었다. 그들은 처음 만난 음식점에 들어갔으며 잘리가 맛있는 음식을 주문했다. 그들만을 위해 성찬이 차려졌다. 여주인이 그들에게 와서 식탁에 싱싱한 꽃들을 꽂아주었다.

“좋으시다면 수프가 나올 때까지 이 꽃을 보면서 실컷 즐기세요. 물어봐도 될지 모르겠는데, 두 분은 내일 결혼식을 앞두고 시내로 가는 중인가 보죠?”

브렌헨은 얼굴을 붉힌 채 고개를 들지 않았으며 잘리 또한 아무 말도 하지 않았다. 그러자 여주인이 말을 계속했다. “그래요. 두 분은 아직 젊어요. 젊어서 결혼하면 오래 산다고 하지요. 참하고 점잖아 보이는데 숨길 게 뭐 있어요. 제대로 된 사람들이 이렇게 일찍 만나 부지런히 그리고 성실하게 살면 뭔가 이룰 수 있지요. 당연히 그래야지요. 시간이 짧은 듯 하면서도 길며 온갖 세월을 다 만나지요. 그러나 나쁘게 생각하지 마세요. 이렇게 예쁜 한 쌍을 보고 기뻐서 그러니까요.”

여종업원이 수프를 가져왔다. 그녀는 이 말의 일부를 들은데다 스스로도 결혼하고 싶은 마음을 품고 있었기에 시샘 어린 눈으로 브렌헨을 바라보았다.

이렇게 브렌헨은 결혼식을 하러 가는 신부로서 누릴 수 있는 기쁨을 다 누렸다. 사려 깊은 부인의 다독이는 말과 결혼을 못해 심술이 난 여자의 시기 그리고 애인 곁에서 먹는 맛있는 점심 식사를 말이다. 얼굴은 붉은 장미처럼 타올랐으며 가슴이 콩콩 뛰었다. 그럼에도 그녀는 입맛을 다시며 먹고 마셨고 여종업원에게도 더욱 상냥하게 대했으며 그러면서도 잘리를 계속 다정하게 바라보았다.

여주인이 후식으로 달콤한 케이크를 가져왔으며 잘리는 도수가 높은 고급 포도주를 주문했다. 브렌헨이 한 모금 입에 넣자 포도주가 입에서 화끈거렸다. 그녀는 조금만 마시고 진짜 신부처럼 수줍어하며 조심스레 앉아 있었다. 그녀는 반은 그런 기분이 어떤지 알고 싶어, 반은 실제로 그렇게 되고 싶어 신부 노릇을 했지만 두려움과 뜨거운 사랑 때문에 가슴이 터지는 것 같았다. 그녀는 사방 벽으로 둘러싸여 있는 것이 너무 답답해 나가고 싶었다.

이제 그들은 한길에서 사람들을 헤치며 걸어갔으며 좌우 어느 쪽도 보지 않았다. 마을에서 나와 교회 헌당식이 열리는 이웃 마을로 갈 때 브렌헨이 잘리의 팔짱을 끼며 떨리는 목소리로 말했다.

"잘리! 우린 왜 하나가 되어 행복을 누릴 수 없을까!"

"나도 그 까닭을 모르겠어" 하고 잘리가 대답하며 들판에 드리워진 가을 햇볕에서 눈을 떼지 않았다. 애써 자제하는 바람에 그의 얼굴이 아주 이상하게 일그러졌다. 그들은 말없이 서서 키스했다. 그러나 사람들이 나타나자 키스를 멈추고 계속 걸어갔다. 교회 봉헌식이 열리는 큰 마을은 벌써부터 흥이 난 사람들로 생기가 돌았으며 술집에서는 댄스 음악이 흘러나오고 있었다. 마을 젊은이들이 한낮부터 춤을 추기 시작했던 것이다. 술집 앞에 작은 장이 섰는데 사탕을 파는 탁자들과 몇몇 풍물시장 가판대는 아이들로 북적거렸다.

잘리와 브렌헨도 축제의 장으로 나아가 이리저리 들러보았다. 그들은 모두 손을 주머니에 넣고 있었으며 생전 처음 그리고 유일하게 함께 시장에 왔기 때문에 다른 사람에게 무언가 선물하고 싶었다. 잘리가 렙쿠헨(*꿀, 향료, 호두 등으로 만든 쿠키)으로 만든, 설탕을 뽀얗게 입힌 큰 집을 샀는데 푸른 지붕에는 하얀 비둘기가 앉아 있었으며 장밋빛 집문에는 다음과 같은 시가 적혀 있었다.

사랑하는 그대, 내 집으로 들어오세요!
당신에게 감출 게 없지요.
안에서는 키스만으로
셈이 끝나지요.

브렌헨은 잘리에게 하트 하나를 선물했는데 한 면에 다음과 같은 글이 적인 쪽지가 붙어있었다.

> 이 하트 속에는 달콤한 아몬드가 들어있지요.
> 그러나 아몬드보다 더 달콤한 것은 당신에 대한 내 사랑이랍니다.

다른 쪽에는 다음과 같은 글귀가 적혀 있었다.

> 이 하트를 먹을 때
> 이 말을 잊지 마세요!
> 내 사랑보다 일찍
> 내 눈이 감기네!

그들은 들뜬 목소리로 금언을 읽었다. 그들은 이 렙쿠헨의 금언보다 멋지고 감동적인 글은 못 보았으며 그들이 읽은 것은 특별히 그들을 위해 만든 것이라고 생각했다. 그만큼 그들의 처지에 들어맞았던 것이다.

"아, 내게 집을 한 채 선물했지!" 하고 브렌헨이 말했다. "나도 처음으로 네게 진짜 집을 한 채 선물했어. 이제는 우리 마음이 우리가 사는 집이야. 우리는 우리 집을 함께, 달팽이처럼, 이고 다니는 것이지. 우리에게 다른 집은 없어!"

"그럼 우리 두 달팽이가 서로 다른 달팽이의 집을 이고 다니는 거네" 하고 잘리가 말했다.

그러자 브렌헨이 대답했다.

"자기 집에 가까이 있으려면 우리가 서로 떨어져서 걷지 말아야겠네!"

그들은 앞에 놓인 크고 작은 하트에 붙어있는 달콤하고 단순한 사랑의 글귀를 계속해서 읽어 나갔다. 두 사람은 모두 읽기에 빠져 있는 것 같았지만 브렌헨과 잘리는 상대방이 보지 않는 틈을 타 살짝 물건을 샀다. 잘리는 브렌헨에게 주려고 초록색 유리알이 박힌 금빛 반지를 샀으며 브렌헨은 금빛 물망초가 박힌 검은 뿔로 만든 반지를 샀다. 두 사람 똑같이 헤어질 때 줄 정표라고 생각한 모양이었다.

잘리와 브렌헨이 이런 것에 정신을 팔고 있는 사이에 차츰차츰 사람들이 그들을 둥글게 에워싼 채 호기심 어린 눈으로 살펴보고 있었지만 그들은 알아채지 못했다. 그들과 같은 마을에서 온 많은 소년 소녀들이 그들을 알아보았던 것이다. 모두들 조금 거리를 둔 채 서서 주위를 잊은 것 같은 아름다운 한 쌍을 놀란 눈으로 바라보고 있었다.

"야, 여기 봐! 정말 브렌헨 마르티와 잘리야! 정말 잘 어울리는 한 쌍으로 결혼을 했네! 저 봐, 사랑과 정이 넘치는 모습을! 그런데 어디로 가려는 거지?"

구경꾼들의 놀라움에는 불행에 대한 동정과 보기 드문, 고상하다고 할 만한 사랑에 빠진 두 연인의 행복과 조화에 대한 부러움이 묘하게 뒤섞여 있었다. 무식한 사람들에게는 두 사람의 외로움과 가난은 물론 이렇게 자신을 잊고 모든 것을 내던진 사랑 또한 생소한 것이었다. 마침내 두 사람이 정신을 차리고 둘러보니 사방이 온통 놀란 얼굴들뿐이었다. 아무도 그들에게 인사하지 않았으며 그들 또한 누구에게 인사해야 하는지 알지 못했다. 브렌헨은 불안하고 조조한 마음이 들었으며 얼굴이 붉으락푸르락했다. 음식점에서 신나게 나팔소리가 울려 브렌헨은 춤을 추고 싶었지만 잘리가 그녀의 손을 잡고 끌자 그녀는 그의 짐을 들고 기꺼이 따라갔다.

조금 멀어진 곳에 이르러 잘리가 "여기서는 춤을 출 수 없어!" 하고 말했다. "여기서는 흥이 나지 않을 것 같아!"

"그래" 하고 브렌헨이 말했다. "춤 출 생각은 아예 말아야 겠네. 그럼 묵을 데나 찾아봐야지!"

"그런게 아니야!" 하고 잘리가 외쳤다. "넌 춤을 춰야 돼. 그러라고 네게 신발을 사주었다고! 가난한 사람들이 재미있게 지내는 곳으로 가자. 이제 우리도 그들과 같으니 그곳에서 우리를 업신여기지 않을 거야. 여기서 교회 헌당식이 있을 때면 파라디스가르텐에서도 늘 춤판이 벌어졌어. 그곳으로 가자. 만약의 경우 그곳에서 하룻밤 지낼 수도 있어."

처음으로 낯모르는 곳에서 잔다고 생각하자 브렌헨은 흠칫했다. 하지만 그녀는 순순히 그가 이끄는 대로 따라갔다. 이제 이 세상에 그녀가 지닌 것은 그가 전부였다. 파라디스가르텐은 호젓한 언덕에 자리한 음식점으로 그곳에서는 멀리 들판이 다 내려다보였다. 이런 경삿날에는 가난한 사람들, 소작인의 아이들, 온갖 부랑자들이 그곳을 들락거렸다. 잘리와 브렌헨이 그곳에 이르러 멀리서 보니 탁 트인 지붕 아래서 쌍쌍이 춤을 추며 도는 모습이 보였다. 그들은 건물 앞과 안에 앉아 있던 손님들을 헤치고 들어왔는데 일부는 젤트빌라의 가난한 나들이객이었다. 다른 사람들은 계단을 올라가더니 서로에게서 한순간도 눈을 떼지 않고 바로 빙빙 돌며 왈츠를 추었다. 왈츠 음악이 멈추자 그들은 비로소 주위를 둘러보았다. 브렌헨이 과자 집을 눌러 망가뜨려 참담한 기분에 잠기려는 순간 가까이에 검은 깽깽이쟁이가 서있는 것을 보고 깜짝 놀랐다. 그는 식탁 위에 놓인 벤치에 앉아 있었으며 여전히 검어 보였다. 오늘은 모자에 푸른 가지를 꽂고 있었으며 그의 발치에는 붉은 포도주 한 병과 잔 하나가 놓여 있었다. 그의 옆에는 잘 생긴 청년 한 사람이 처량한 얼굴로 호른을 들고 앉아 있었으며 콘트라베이스 옆에는 꼽추가 서 있었다. 깽깽이쟁이를 보자 잘리도 놀랐다. 그러나 그자는 그들에게 다정하게 인사하며 큰 소리로 말했다.

"언젠가 너희들을 위해 연주하게 될 줄 알았다. 귀여운 친구들, 재미있게 지내! 함께 마시지!"

그가 잘리에게 술을 가득 채우자 잘리가 마셨다. 깽깽이쟁이는 브렌헨이 놀란 것을 보고 상냥한 말을 걸며 세련되게 우스갯소리를 건네자 마침내 그녀가 웃음을 터뜨렸다. 그녀는 다시 기분이 좋아졌으며 이곳에서 아는 사람을 만난 것과 깽깽이쟁이의 특별한 보호를 받는 것이 기뻤다. 이제 그들은 쉬지 않고 계속 춤만 추었으며 춤과 노래와 떠들썩한 소리에 자신과 세상을 잊어버렸다. 소리가 산에서 그 일대로 울려 나갔다. 그들은 어두워질 때까지 춤을 추었다. 이제 흥겹게 놀던 손님들이 떠들며 비틀비틀 흩어졌다. 남은 사람은 어디에도 집이 없는, 아침과 밤이 따로 없는 사람들 뿐이었다. 이들 가운데 깽깽이쟁이와 잘 아는 듯한 사람이 몇 명 있었다.

날이 완전히 어두워졌지만 주인은 바람 때문에 불이 꺼질 것이며 또 곧 보름달이 뜰 것이다. 이 사람들에게는 달빛이 그저 그만이라고 하면서 그는 불을 켜려고 하지 않았다. 사람들은 이런 설명을 환호로 받아들였으며 달이 뜨는 광경을 보러 모두들 창가로 갔다. 지평선은 이미 불그스름하게 물들어 있었다. 달이 뜨고 달빛이 홀을 비추자 사람들은 달빛 아래서 계속 춤을 추었다. 이 묘한 빛 아래에서 모두가 가까워졌으며 잘리와 브렌헨도 다른 사람들처럼 흥겹게 춤을 추었다. 그러나 잠깐이라도 떨어지게 되면 얼른 상대방에게 달려가 몇 년 동안 찾아다니다 만난 것처럼 재회의 기쁨을 나누었다. 다른 여자와 춤출 때 잘리는 슬픈 표정을 지었으며 줄곧 브렌헨이 있는 곳으로 얼굴을 돌렸다. 그녀는 그를 보지 않고 춤을 추며 지나갔는데 얼굴이 새빨갛게 달아올랐으며, 누구와 춤을 추든 아주 행복해 보였다.

악사들이 지쳐 연주를 멈추자 브렌헨이 잘리에게 "내가 다른 사람들과 춤을 출 때 왜 그렇게 화가 나 있지?" 하고 물었다.

"그 때문에 화가 난 게 아니라 내가 다른 여자와 춤을 춰야 하기 때문에 그런 거야. 다른 여자애는 싫어. 너 말고는 팔에 통나무를 안고 있는 것 같아. 그런데 너는? 너는 어때?"

"난 춤만 추면 그리고 네가 가까이 있는 것을 보면 늘 하늘에 떠있는 기분이야. 하지만 네가 날 내버리고 떠난다면 바로 쓰러져 죽을 것 같아."

그들은 아래로 내려가 건물 앞에 섰다. 브렌헨이 두 팔로 그를 끌어안고 뜨거운 눈물에 젖은 뺨을 그의 얼굴에 대고서 말했다.

"우리는 맺어질 수 없는 사이야. 그런데도 난 너를 떠날 수가 없어, 한 순간, 단 일 분도 안 돼."

잘리가 그녀를 와락 끌어안으며 키스를 퍼부었다. 그는 혼란스러운 생각에 잠겨 빠져 나갈 길을 찾았지만 막막하기만 했다. 지금의 고통과 암담한 상황은 극복할 수 있다고 해도 자신이 평생토록 불행하게 만든 브렌헨의 아버지가 먼저 마음에 걸렸다. 시민 사회에서 고결하고 양심에 꺼리지 않는 결혼을 함으로써 행복할 수 있다는 감정은 그러나 브렌헨의 마음에도 살아 있었으며 그것은 외로운 두 사람이 옛날부터 두 집에 켜져 있었던 명예의 마지막 불꽃이었다. 그런데 아무 탈이 없을 거라고 굳게 믿은 아버지들이 깊이 생각하지 않고 죽은 사람의 소유물을 취득하는 잘못을 저지름으로써 이 불꽃을 불어 꺼버리고 망쳐버렸던 것이다. 잘리와 브렌헨은 감수성이 풍부한 어린 시절에 잘 키운 아이 같은 자기네 집안의 명예를 보았으며 아버지 또한 존경스럽고 믿음직한 분이었음을 기억하고 있었다. 그 후 그들은 한참동안 헤어져 지냈으며 다시 만났을 때 자신에게서 행복이 사라졌음을 깨달았다. 그러나 그들의 마음속에서는 애정이 더 열렬해졌다. 그들은 정말로, 밑바닥까지 철저히 즐겁고 행복하길 바랐으며 그들의 뜨거운 피는 금방이라도 한 줄기가 되어 흐르고 싶은데 그런 상태에 이르진 못한 것 같았다.

"밤이 되었네" 하고 브렌헨이 말했다. "우리 그만 헤어지자."

"너 혼자 놓아두고 나더러 집에 가라고?" 하고 잘리가 외쳤다. "아니, 그럴 수는 없어."

"곧 날이 샐 텐데 그러면 우리에게 더 좋을 것도 없을 거야!"

"이 어리숙한 것들, 너희에게 방법을 알려주지!" 하고 그들 뒤에서 거친 목소리가 울리며 깽깽이쟁이가 그들 앞에 나타났다. "어디로 갈지 어떻게 해야 할지 몰라 서있는 거지. 해 주고 싶은 말은 있는 그대로 받아들이고 기다리지 말라는 거야. 나와 내 친구들과 같이 산으로 가자. 거기서는 목사도 돈도 서류도 체면도 침대도 필요 없고 착한 마음만 있으면 돼. 우리와 함께 지내는 게 그리 나쁘지 않을 거야. 공기도 좋고 몸을 움직이면 먹을 것도 충분해. 푸른 숲이 우리들 집이야. 마음 가는 대로 사랑하는 곳이지. 겨울에는 농가의 따뜻한 건초 속으로 기어들어가. 그러니 길게 끌지 말고 여기서 바로 결혼식을 올리고 나와 같이 가. 그러면 온갖 걱정에서 벗어나고 영원히 또는 적어도 너희가 원할 때까지 함께 지낼 수 있어. 늙을 때까지 자유롭게 사는 거라고! 너희 애비들이 내게 한 짓 때문에 내가 너희들을 괘씸스레 생각할 거라는 생각은 하지도 마라! 그럴 일은 없어! 너희들이 이 모양으로 온 것을 보니 즐겁긴 한데, 난 그 걸로 됐어. 너희들이 날 따라오면 너희를 도와주겠어."

그는 상냥하면서도 솔직한 목소리로 말하고서 건물 안으로 들어갔다. 브렌헨은 잘리의 팔에 안겨 떨었다. 잘리가 말했다.

"그 말을 어떻게 생각해? 온 세상 사람들이 뭐라던 내버려두고 우리끼리 한도 끝도 없이 사랑하는 것도 나쁘지 않은 것 같은데."

그의 진심이라기보다 맥없이 장난으로 한 말이었다. 그러나 브렌헨은 그에게 키스하며 천진난만하게 대답했다.

"싫어. 그곳에는 가고 싶지 않아. 내 뜻과도 맞지 않고. 너를 차지할 수만 있다면 무엇이든 참고 견디겠지만 결코 부정한 여자는 되고 싶지 않아!"

그러면서 가련한 브렌헨은 잘리의 품안에서 더 심하게 몸을 떨었다. 이미 점심 때부터 여주인이 그녀를 신부로 여겼고 그녀도 별다른 말없이 그렇게 행동했기 때문에 그녀의 핏속에서는 신부 정신이 타오르고 있었으며 상황이 절망적일수록 더 드세졌다. 힘들기는 잘리도 마찬가지였다. 그 또한 깽깽이쟁이의 말을 따르고 싶지 않았지만 그럼에도 그의 말 때문에 머리가 혼란스러웠던 것이다. 얼떨떨한 얼굴로 그가 말했다.

"들어가. 뭐라도 먹고 마셔야 하잖아."

그들은 음식점으로 들어갔다. 안에는 작은 떠돌이 무리가 식탁에 둘러앉아 식사를 하고 있을 뿐, 다른 사람은 아무도 없었다.

"저기 신랑 신부가 온다!" 하고 깽깽이쟁이가 외쳤다. "이제 즐겁고 재미있게 지내며 결혼식도 치러야지!"

그들은 떠밀려, 도망치듯이 식탁에 가서 앉았다. 잠시나마 사람들과 함께 있게 되어 기뻤다. 잘리가 포도주와 먹을 것을 주문하자 곧 성대한 축제가 시작되었다. 잘리와 브렌헨은 말없이 껴안고 있었다. 갑자기 깽깽이쟁이가 조용히 하라고 하더니 두 사람 앞에서 익살스러운 의식을 진행했는데 다름 아닌 결혼식이었다. 잘리와 브렌헨이 시키는 대로 손을 맞잡자 사람들이 일어나 차례대로 그들에게 걸어와 축하하고 환영 인사를 했다. 두 사람은 그들이 그러는 동안 아무 말도 하지 않고 가만있었다. 그것을 장난으로 여겼지만 그럼에도 그들의 마음은 극심하게 떨렸다.

이렇게 점점 분위기가 들뜨며 시끌벅적거리는데 갑자기 깽깽이쟁이가 집에 갈 시간이라고 외쳤다.

"길은 먼데 자정이 지났어! 출발! 신랑 신부를 바래다줍시다! 내가 앞에서 솜씨를 발휘하며 길잡이 노릇을 하지!"

두 사람은 너무나 당황한 나머지 어찌할 바를 몰라 그들이 하자는 대로 앞장을 섰다. 그 뒤로 다른 두 쌍이 열을 지어 걸었으며 맨 뒤에서는 곱추가 어깨에 콘트랍이스를 매고 따라왔다. 검둥이가 앞에서 신나게 깽깽이를 연주하며 산을 내려가고 뒤에서는 다른 사람들이 웃고 노래하고 뛰며 따라갔다. 이렇게 요란한 밤 행렬은 고요한 들판과 잘리와 브렌헨의 고향을 지나갔다. 마을 사람들은 잠든 지 오래였다.

조용한 거리를 지나 망가진 고향집을 지나갈 때 그들은 고통스런 기분에 사로잡혔으며 다른 사람들과 함께 깽깽이쟁이 뒤에서 춤추며 키스하고 웃고 울었다. 그들은 깽깽이쟁이를 따라 세 땅뙈기가 있는 언덕을 춤을 추며 올라갔다. 언덕 위에 이르자 검둥이는 깽깽이 활을 한 번 거칠게 긋더니 이리저리 껑충거렸다. 그의 일행도 신들린 듯 계속 춤을 추었다. 곱사등이도 짐을 진 채 숨을 헐떡이며 깡충깡충 뛰어다녔으며 모두들 다른 것이 보이지 않는 것 같았다.

잘리는 브렌헨의 팔을 잡은 손에 힘을 주어 그녀가 움직이지 못하게 했다. 그가 먼저 정신이 들었던 것이다. 그는 브렌헨의 입에 키스를 퍼부었다. 그녀가 정신이 팔린 채 큰 소리로 노래하고 있었기 때문이다. 이윽고 그녀가 그의 뜻을 알아챘으며 그들은 숨을 죽인 채 서서 요란한 결혼 행렬이 들판을 거쳐 강기슭에서 사라질 때가지 지켜보았다. 사람들은 그들이 행렬에 없는 것도 몰랐다. 그러나 깽깽이 소리, 여자애들의 웃음소리, 젊은 남자들의 환호성이 한참이나 밤의 정적을 가르고 울리다가 마침내 사방이 조용해졌다.

"저 사람들에게서 벗어났네" 하고 잘리가 말했다. "하지만 우리는 갈라서선 안 돼잖아?"

브렌헨은 대답을 할 수 없어 그의 목에 매달린 채 한숨을 내쉬었다.

"차라리 너를 마을로 데려가 사람들을 깨워 널 맡겨버릴까? 그러면 넌 아침에 네 갈 길을 갈 수 있을 테고. 넌 어디를 가든 잘 될 거야!"

"너 없이 가라고!"

"너는 나를 잊어야 돼!"

"결코 안 할 거야. 너는 할 수 있니?"

"그게 문제가 아니야, 내 사랑!" 잘리는 이렇게 말하며 그녀의 뜨거운 뺨을 뜨다듬었다. "지금은 오직 네 자신에 대해서만 생각해 봐. 넌 아직 젊고 어디 길로 가든 잘 될 거야."

"여 늙은이, 너도 그렇잖아?"

"자!" 하고 말하며 잘리가 그녀를 잡아끌었다. 그러나 몇 걸음도 가지 않아 다시 서더니 서로 편안하게 껴안고 쓰다듬었다. 세상의 고요가 부르는 노래와 연주가 그들의 영혼 속에 배어들며 아래에서 강물의 졸졸거리며 천천히 흐르는 소리만 들렸다.

"주위가 정말 아름다워! 무슨 소리가 들리지 않아? 아름다운 노래인 것도 같고 종소리 같기도 하고."

"물이 졸졸 흐르는 소리야. 그것 말고는 다 잠잠해."

"아니야, 다른 뭐가 있어. 여기, 저기, 사방에서 소리가 들려!"

"우리 자신의 피 흐르는 소리가 우리 귀에서 솨솨 하고 들리는 지도 모르지."

하얀 가을 안개 위에서 먼데까지 달빛이 일렁댔다. 그들은 잠시 정적에서 나온 것인지 아니면 달빛의 마력으로 변한 것인지는 모르는 소리에 귀를 기울였다. 갑자기 뭔가가 생각났는지 브렌헨이 옷 속을 뒤지며 말했다.

"너한테 기념으로 주고 싶어 선물을 하나 샀어!"

그러더니 수수한 반지를 꺼내 그의 손가락에 끼워주었다. 잘리도 반지를 꺼내어 브렌헨의 손에 끼워주며 말했다.

"우리가 똑같은 생각을 했구나!"

브렌헨은 손을 은은한 달빛에 내밀고 반지를 바라보았다. 그녀가 웃으며 말했다. "와, 정말 예쁘네! 이제 우리는 앞날을 기약하고 약혼한 사이구나. 자기가 내 남편이고 나는 자기 아내고. 우리 저 구름이 달을 지나갈 때까지 아니면 우리가 열둘을 셀 때까지라도 잠시 그것을 생각해보자. 내게 열두 번 키스해!"

잘리의 사랑도 브렌헨과 마찬가지로 강했지만 결혼이 눈앞에 닥친 생존이나 아니냐는 문제처럼 속이 타진 않았다. 그러나 브렌헨은 여기서 오직 하나만 느낄 수 있었다. 화끈하고 굳센 마음으로 죽음 또는 삶과 맞닥뜨려야 하는 상황이라는 것을. 그러나 마침내 잘리의 머리에 퍼뜩 뭔가 떠오르더니 그의 안에서 소녀의 여성적인 감정이 그 자리에서 거칠고 뜨거운 욕망으로 바뀌었다. 그는 브렌헨을 힘껏 껴안은데 그치지 않고 완전히 달라진 태도로 그녀에게 맹렬히 키스를 퍼부었다. 브렌헨은 자신의 열정조차 주체할 수 없는 상태였지만 곧 이 변화를 느꼈으며 몸이 심하게 떨렸다. 아직 구름이 달을 스쳐가지도 전에 그녀는 전율에 휩싸였다. 반지 낀 손들이 격렬히 밀치고 당기다가 의지의 명령이 내리지 않았는데도 서로 마주잡았다. 잘리의 가슴이 때로는 망치질하는 듯한 소리를 내기도 하고 때로는 조용했다. 그가 숨을 헐떡이며 나직이 말했다.

"브렌헨, 우리에겐 이 길밖에 없어. 여기서 지금 결혼식을 올리고 세상을 떠나는 것이지. 저기 깊은 강이 있어. 저곳에선 아무도 우리를 갈라놓지 못하고 우린 하나로 남을 수 있어. 길든 짧든 우리로선 마찬가지 일거야."

브렌헨이 곧바로 대답했다.

"잘리, 네가 말한 것은 나도 혼자 내내 생각했던 거야. 우리가 죽으면 모든 게 다 지나갈 거라고 말이야. 자, 나와 함께 그러겠다고 약속해!"

잘리가 "사실 그렇게 한 거나 마찬가지야. 이제 죽음 말고는 누구도 너를 내 손에서 빼앗아가지 못해!" 하고 미친 듯이 소리쳤다.

브렌헨이 크게 심호흡을 했으며 눈에서는 기쁨의 눈물이 흘렀다. 그녀는 새처럼 가뿐가뿐 밭을 지나 강으로 뛰어갔다. 잘리가 그녀를 뒤쫓아갔다. 그녀가 그에게서 달아나려 한다고 생각했던 것이다. 브렌헨은 그가 말리려 오는 줄 알았다. 이렇게 그들은 서로 보며 달렸다. 브렌헨이 어린애처럼 웃었는데 마치 붙잡히고 싶지 않다는 얼굴이었다.

강가에 이르자 그들은 서로를 붙들고 "후회되니?" 하고 물었다. 그러고서 서로 "아니 오히려 더 기뻐!" 하고 대답했다.

그들은 모든 걱정을 내던진 채 강기슭을 따라 내려갔다. 강보다 더 빨리 내려가 간절히 그들만의 장소를 찾았다. 열정에 사로잡힌 그들은 그들의 결합으로 이루어진 행복만을 보았으며 다른 삶의 가치와 내용은 모두 그 뒤에 오는 것, 즉 죽음과 파멸에, 내맡겼다. 그들에게 이것은 아무것도 아니었다.

"꽃들이 나보다 먼저 가네!" 하고 브렌헨이 외쳤다. "이것 봐, 완전히 시들어버렸어!"

그녀는 가슴에서 꽃을 떼어 물속에 던지고 큰 소리로 노래를 불렀다.

"그대를 향한 내 사랑이 아몬도 열매보다 더 달콤하네!"

"멈춰 봐" 하고 잘리가 말했다. "여기가 신방이 있어!"

그들은 마을에서 강으로 가는 찻길에 이르렀다. 그곳에는 건초를 가득 실은 큰 배 한 척이 가 매여 있었다. 그는 흥분한 나머지 곧바로 밧줄을 풀기 시작했다. 브렌헨이 웃으며 그의 팔에 매달려 외쳤다.

"뭐 하려고 그래? 끝내 농부들에게서 건초 나르는 배를 훔치는 구나?"

"그들에게서 받는 혼수인 셈이지. 물 위에서 떠도는 침실과 침대, 이런 것은 어떤 신랑신부도 가진 적이 없지. 또 이 배가 아래로 내려가도 주인에게 발견될 거야. 이 배에서 무슨 일이 생겼는지는 모를 거야. 어, 벌써 움직이고 싶어 하네!"

배는 강기슭에서 몇 발짝 떨어진 깊은 물 위에 떠있었다. 잘리는 두 팔로 브렌헨을 안고 배 쪽으로 걸어갔다. 그녀가 그를 세게 껴안는 바람에 그는 물살에 몸을 가누지 못하고 물고기처럼 버둥거렸다. 그녀는 얼굴과 손을 물속에 넣어보고 싶어 큰 소리로 말했다.

"찬물도 만져보고 싶어! 우리가 서로 처음 손을 잡았을 때 우리 손이 얼마나 차갑게 젖어있는지 알아? 그 때 우리는 물고기를 잡고 있었지. 이제는 우리 둘이 물고기가 될 거야, 크고 멋진 물고기!"

버둥대는 애인과 물살 사이에서 몸을 가누느라 애쓰며 잘리가 "가만있어요, 귀여운 아가씨!" 하고 말했다. "아니면 내가 쓸려가겠어!"

그는 브렌헨을 배에 올린 다음 자신도 날렵하게 뛰어올랐다. 그는 그녀를 높이 쌓아올려 폭신하고 향긋한 짐 위로 올려놓고 자신도 그 위로 뛰어 올라갔다. 그들이 위에 앉자 배가 강 가운데로 움직이더니 천천히 돌면서 골짜기를 따라 흘러갔다.

때로는 높은 나무숲을, 때로는 탁트인 들을 가로질러 갔으며 때로는 한적한 마을을 때로는 집과 건물들을 스쳐갔다. 어떤 데서는 고요한 바다처럼 정적에 잠겼다가 다른 곳에서는 좁은 강 사이를 서둘러 통과한 다음 잠들어 있는 강기슭을 뒤로하고 나아갔다. 아침노을이 올라오자 곧 은백색 강물에서 탑과 함께 한 도시가 나타났다. 달이 지면서 물위로 황금처럼 불그레한 빛줄기를 펼쳤으며 그 위로 배가 천천히 지나갔다. 배가 도시 근처에 이르렀을 때 가을 아침의 추위 속으로 어렴풋이 두 형체가 가라앉았다. 서로 꼭 껴안은 채 차가운 강물 속으로.

번역을 마치면서 …

고트프리트 켈러의 『마을의 로메오와 율리에』

수확 철이 몇 번 지나갔다. 아이들은 더 크고 예뻐졌으며 임자 없는 밭은 넓어진 이웃 밭 사이에서 더 좁아졌다. 쟁기질을 할 때마다 그 밭은 양쪽에서 한 고랑씩 잃었으며, 그에 대해서는 어떤 말도 없는 듯했다. 돌멩이도 점점 많이 쌓여 밭 전체 길이에 걸쳐 그럴싸하게 등성이를 이루었다. 그 위를 거친 덤불이 덮고 있었는데 아이들도 자라긴 했지만 서로 다른 쪽에 가면 결코 볼 수 없을 정도로 덤불의 키가 컸다. 이제 아이들은 함께 들에 가지 않았다. 잘리라고도 하는 열 살배기 잘로몬은 더 큰 소년들이나 사내들을 따라다녔다. 다른 소녀들에게 놀림을 받을까봐 갈색 머리 브렌헨도 벌써부터 처녀들과 어울려야 했다. 그럼에도 모든 사람이 밭에 나오는 수확 철이면 두 사람은 틈을 내어 그들을 갈라놓은 황량한 돌무더기 위로 올라가 서로 밀치며 놀았다.

그 사이에 가운데 밭을 팔아 금액을 관청에 보관한다는 결정이 났다. 경매가 현장에서 이루어졌는데 농부 만츠와 마르티 외에 몇몇 구경꾼만 왔다. 그 이상한 땅뙈기를 사서 두 이웃 사이에서 농사짓고 싶지 않았기 때문이다. 그들이 마을에서 가장 훌륭한 농부들에 속하고 이런 상황에서는 다른 사람들 가운데 3분의 2도 똑같이 행동했을 테지만 사람들은 그들이 지금 뭔가 잘못된 일을 하고 있다고 느꼈으며 오그라진 밭을 사서 그들 사이에 끼고 싶지 않았던 것이다. 코앞에 디밀면 대다수 사람들은 세태에 따라 부정한 일을 할 수 있거나 그럴 마음을 지니고 있었다. 그러나 누가 그렇게 하면 다른 사람들은 그렇게 하지 않은 것을 기뻐한다. 아무튼 진지하게 경매에 참가한 사람은 만츠와 마르티 뿐이었으며 밭은 상당히 비싼 값을 부른 만츠에게 낙찰되었다. 관리와 구경꾼들이 떠났다. 두 농부는 잠시 자기 밭을 둘러보다가 떠나는 길에 다시 마주쳤다.

마르티가 말했다.

"이제 자네 땅을, 옛것과 새것 말이야, 합쳐 똑같이 둘로 나누겠군."

"그러려고 하네" 하고 만츠가 대답했다.

"한 필지로 만들면 너무 클 것 같아. 참, 말해 둘 게 있네. 최근에 자네가 이 밭 아래쪽을 파 들어가 세모꼴 모양으로 베어냈더군. 그렇게 해서 밭 전체를 가져가면 결국 자네 것이 된다고 생각해서 그런 모양인데. 하지만 이제 그 밭은 내 것이니 내게 그런 곡선이 필요없다는 것도 알 것이네. 내가 그 땅을 다시 반듯이 만들어도 괜찮겠지! 하긴 다투고 자시고 할 것도 없는 일이지!"

마르티도 만츠처럼 차분하게 대꾸했다.

"그게 왜 시빗거리가 되는지 모르겠네! 자네는 그 밭을 있는 그대로 샀고 우리 모두 함께 보았네. 밭은 한 시간 전과 머리칼 한 올 만큼도 변한 게 없네!"

"허튼 소리 작작 하게!" 하고 만츠가 말했다.

"전에 벌어진 일은 그대로 두세! 그러나 지나친 것은 지나친 것이니 결국 모두 제대로 바로잡아야겠네. 이 세 필지 밭은 옛날부터 자로 잰 듯이 나란히 쭉 뻗어 있었네. 그런데 자네가 하찮고 흠 있는 세모꼴 땅을 파들어가다니 희한한 일이네. (11m: ein Dreieck dzwischenbringen will) 우리가 저 구부러진 것을 그대로 놔두면 사람들이 우리에게 별난 이름을 부를 거야. 그렇게는 안 되네!"

마르티가 웃으며 말했다.

"이상하군, 자네가 갑자기 사람들을 두려하다니! 문제될 것 없네. 나는 밭이 굽었더라도 상관없네. 자네가 싫다면 반듯하게 만들기로 하세. 하지만 내 쪽은 말고. 자네가 원한다면 문서로 확인해 주겠네!"

"농담은 그만 하게" 하고 만츠가 말했다.

"밭을 반듯하게 만들겠네. 바로 자네 쪽에서 말이네. 틀림없으니 그런 줄 알게."

"어디 한번 두고 보세!" 하고 마르티가 대답했다.

그러고서 두 사람은 서로 보지도 않고 헤어졌다. 그들은 마치 정신력을 쏟아 관찰해야 할 진기한 것이 있다는 듯 한사코 다른 쪽 하늘만 바라보았다.

바로 다음 날 만츠는 젊은 머슴 두 사람과 아들 잘리를 밭으로 보내어 야생 잡초와 덤불을 뽑고 나중에 편하게 실어낼 수 있도록 돌멩이를 쌓아 놓도록 했다. 사람이 변했는지 그는 열한 살도 채 되지 않고 일을 해보지도 않은 아이까지 내보냈다. 마치 자신의 혈육에게 엄격하게 일을 시킴으로써 자신이 저지르고 있는 부정을 덮으려는 것 같았다. 바야흐로 부정의 결과들이 조용히 나타나고 있었다.

젊은이들은 여러 해에 걸쳐 무성해진 잡초와 온갖 기이한 식물들을 치우며 재미있어 했다. 무슨 규칙이나 세심함이 필요 없는, 거칠면서도 이례적인 일이었기에 재미가 있었던 것이다. 햇볕에 마른 것은 쌓아놓고 불에 태우며 크게 환성을 질렀다. 젊은이들은 연기 속에 미친 듯이 뛰며 돌아다녔다. 이것은 불행의 밭에서 벌어진 마지막 축제였으며 마르티의 딸인 어린 브렌헨도 어엿이 집에서 나와 어울렸다. 이렇게 특별하고 짜릿한 일을 계기로 어릴 때 놀이친구들은 함께 만나 불 옆에서 기뻐하며 재미있게 놀았다. 다른 아이들도 웃으며 몰려와 함께 즐겼다. 그러나 서로 떠날 때가 되자마자 잘리는 여느 때처럼 다시 브렌헨 곁으로 가려고 했으며 브렌헨도 마찬가지로 생글대며 그가 있는 곳으로 달려왔다. 두 아이들에게는 이 멋진 날이 결코 끝나서도 안 되고 끝날 수도 없을 것 같이 느껴졌다.

그러나 저녁 무렵 늙은 만츠가 그들이 한 일을 보려고 들렀다. 일을 마치고 희희낙락하는 것을 보자 그는 야단을 치며 아이들을 해산시켰다. 마르티도 밭에 나타났는데 자기 딸을 보자 그녀를 향해 크게 휘파람을 불며 손가락으로 명령하자 브렌헨이 놀라 달려왔다. 그는 대뜸 그녀의 뺨을 몇 대 때렸다. 아이들은 몹시 슬퍼하며 울면서 집으로 갔다. 그들은 지금 왜 그리도 슬픈지, 아까는 왜 그토록 즐거웠는지 알지 못했다. 그들은 최근에 그들의 아버지가 왜 그렇게 엄하게 하는지 이해되지 않았으며 깊이 생각할 수도 없었다.

바로 다음날 어른들이 할 수 있는 힘든 일이 떨어졌다. 만츠가 돌을 실어 나르도록 시킨 것이다. 이 세상 모든 돌들이 그곳에 다 모인 듯했다. 그는 돌을 모두 밭에서 치우라고 하지 않고 수레에 실어 문제의 세모꼴 땅에 부리도록 했다. 마르티가 이미 깔끔하게 쟁기로 갈아놓았던 곳이었다. 만츠는 먼저 똑바로 경계선부터 그어놓고 두 사람이 아주 먼 옛날부터 그쪽으로 던져 큰 피라미드를 이룬 돌들을 이제 모두 이 작은 땡 뙈기에 쌓아올렸다. 이렇게 해 놓았으니 상대방이 치우지 못하겠지 하고 그는 생각했다. 마르티로서는 예상치 못한 일이었다. 그는 만츠가 옛날처럼 쟁기를 들고 일을 시작할 거라고 생각해 그가 쟁기를 들고 나타나기를 기다렸다. 일이 거의 다 끝났을 때 마르티는 그가 멋진 기념물을 세웠다는 소식을 듣고 몹시 화를 내며 달려가 피라미드를 보았다. 그리고 돌아와 우선 돌무더기에 대해 항의하고 그 땅을 압류하도록 하려고 마을 경찰을 불렀다. 이날부터 두 농부는 둘 다 망할 때까지 송사에 묻혀 살았다.

위 대목에는 시골 마을의 로메오와 율리에의 밑그림이 나타나 있다. 어릴 적부터 오누이처럼 함께 자란 잘리와 브렌헨의 애틋한 관계, 그리고 이와 대조적으로 순박한 농부들의 이면에 감춰진 욕심. 켈러는 셰익스피어처럼 인간의 아름다움이 추악함에 희생되는 과정을 묘사함으로써 이것이 우리의 삶 속에 깊이 뿌리내린 관행임을 인식시켜 준다.

이 이야기는 만츠와 마르티 그리고 임자없는 밭으로 이루어진 삼각 관계에서 출발한다. 우리의 삶과 생각에서 3이라는 수에는 많은 기능과 의미가 담겨있다. 삼각형, 삼권분립, 삼심제, 삼차원, 삼위일체 …. 그러나 삼국지나 삼각관계에서 보듯이 3은 갈등과 다툼을 뜻하기도 한다. 『로메오와 율리에』에서도 임자없는 밭이 만츠와 마르티 사이에 끼어들며 평화가 깨어진다. 밭은 질서와 조화 속에 감추어진 무질서인 것이다.

본디 두 농부는 마을 사람들에게 나름대로 인정받는 사람들이었다. 그러나 둘 사이에 싸움이 시작되며 마을 사람들이 그 사이에 끼어들고 그들의 위치도 변화한다. 위 대목에서 그들은 임자없는 땅의 소유를 결정하는 존재였지만 그 이후부터 그들의 관계는 마을에서 뭇사람들의 도마에 오르며 그들의 운명 또한 훈수꾼들과 사기꾼들에게 휘둘리게 된다. "착하고 현명하게" 생각하던 그들은 상대방에 대한 적개심 때문에 바보가 되고 다른 사람에게 "바보란 소리를 듣지 않기 위해 싸움을 일삼는 바보짓을 하는" 악순환에 빠져든 것이다. 이 악순환의 종점은 물론 두 집안의 파멸과 두 아이의 죽음이다.

『로메오와 율리에』에서 또 깊이 음미해 볼 것은 제3자인 "구경꾼"의 태도이다. 그들도 만츠와 마르티 못지않게 임자없는 밭을 갖고 싶었지만 "이상한 밭뙈기를 사서 두 이웃 사이에서 농사를 짓고 싶지 않아" 응찰하지 않았을 뿐이다. 만츠와 마르티처럼 그들 역시 그 밭이 "나팔수의 손자", 즉 "부랑자들과 함께 지내는 제금쟁이"의 것이라는 사실을 알면서도 "계기가 되면 세태에 따라 불의를 행할 수 있으며, 아니면 그럴 마음을 갖고 있는" 사람들인 것이다. 제금쟁이는 호적이나 이것을 대신하는 세례증서가 없기 때문에 그 땅에 대해 법적으로 소유권을 주장하거나 행사할 수가 없었던 것이다. 여기서 우리는 사람들을 세 가지 부류로 나누어 생각해 볼 수 있다. 법적으로는 임자가 없는 땅이지만 그것이 제금쟁이에게 귀속되어야 한다고 생각하는 사람, 그것을 알면서도 법적으로는 문제될 것이 없으니 그 땅을 경매라는 법적 절차를 거쳐 차지하면 된다는 사람, 그리고 사실 땅을 갖고 싶은 욕심은 크지만 이런저런 눈치만 보다가 막상 다른 사람이 양심의 가책을 무릅쓰고 불의한 짓을 저지르면 그것을 비난하는 사람.

첫째 유형에서는 양심과 상식에 바탕을 둔 인식과 자제력 덕분에 유혹에 빠지지 않지만 다른 유형들에 있어서는 한 가지 잘못이 개인의 죄로 국한되지 않고 사회적으로 심각한 결과를 초래한다. 그러므로 이웃의 일을 구경하며 악순환으로 흐르게 내버려 두어서는 안 되는 것이다. 실정법보다 자연법이 우선한다는 인식은 히틀러의 폐해를 경험한 세계 2차대전 이후에 비로소 보편적으로 인식되었으며, 사실 우리는 범법자가 되는 걸 감수하면서까지 신성한 의를 지킨 사람들 덕분에 지금처럼 자유와 권리를 누리고 있는 것이다. 그러나 켈러는 이 세상이 법을 이용하거나 불의를 구경하며 '비웃는 제 3자' 로 가득차 있다고 풍자한다.

Gerhart Hauptmann
『*Bahnwärter Thiel*』

게르하르트 하우프트만:

『건널목지기 틸』

게르하르트 하우프트만 Gerhart Hauptmann

게르하르트 하우프트만Gerhart Hauptmann(1862-1946)은 슐레지엔의 오버잘츠브룬에서 태어났다. 브레슬라우 예술학교에서 조각을 공부하였으며 예나와 베를린 대학에서는 자연과학에 관심을 쏟았다. 프랑스와 로마를 여행하며 다시 조각에 흥미를 갖게 되었다. 베를린에서 창작활동을 시작했다. 자연주의 드라마『해뜨기 전』(1889)은 만하임 극장에서 쉴러의『군도』가 처음 공연되었을 때처럼 큰 소동이 벌어졌으며, 1892년에 공연된『길쌈쟁이들』은 대성공을 거두었다.『한넬레의 승천』(1893)과『침종』(1896)에선 상징주의 경향이 짙게 나타난다.

또 하우프트만은 자연주의와 상징주의 색채가 뒤섞인『건널목지기 틸』을 비롯하여 수많은 산문 작품을 남겼다. 1912년 노벨 문학상을 받았다.

Gerhart Hauptmann
『*Bahnwärter Thiel* 』

게르하르트 하우프트만:
『건널목지기 틸』

1

건널목지기 틸은 근무가 있거나 아파 누워 있는 날 말고는 일요일마다 노이-치타우의 교회에 나갔다. 그는 지난 십 년 동안 병이 두 번 났는데, 한 번은 지나가던 기관차의 석탄 차량에서 떨어진 석탄에 맞아 다리가 부러져 철로 가의 도랑으로 내동댕이쳐졌을 때였고, 또 한 번은 질주하는 급행열차에서 날아온 포도주 병에 가슴 한 가운데를 맞았을 때였다. 이 두 사고 때 말고, 근무가 없는 그를 교회에 못 나가게 한 일은 한 번도 없었다.

처음 다섯 해 동안 그는 슈프레 강변의 쇤-쇼른슈타인 주택단지에서 노이-치타우로 가는 길을 혼자 다녀야 했다. 그러다가 어느 화창한 날, 가냘프고 병들어 보이는 여자를 데리고 나타났다. 그녀는 사람들 말처럼 헤라클레스 같은 그의 체격에 어울리지 않는 여자였다. 그런데도 어느 화창한 일요일 오후, 그는 바로 그 여자와 교회 제단 앞에서 엄숙하게 백년가약을 맺다. 그리하여 이 젊고 나약한 여자는 교회에서 2년 동안 그의 옆자리에 앉아, 뺨이 쏙 들어간 고운 얼굴로 바깥일로 그을린 얼굴 옆에서 2년 동안 낡은 찬송가를 들여다보았는데, 갑자기 건널목지기가 전처럼 다시 혼자 앉아 있었다.

지난 주 어느 날 조종(弔鐘)이 울렸으며 그것으로 끝이었다.

사람들이 굳게 믿고 있는 것처럼 건널목지기에게는 별다른 변화가 보이지 않았다. 넓고 털이 난 고개를 조금 숙이고 전보다 더 열심히 설교를 듣고 노래할 뿐, 깔끔한 나들이옷의 단추는 전과 같이 반질반질 빛났으며, 붉은 머리칼에 기름을 바르고 군대식으로 가르마를 탄 것 또한 여느 때나 다름없었다. 사람들은 아내의 죽음이 그에게 큰 슬픔을 가져다주지 않았다고 여겼했는데 한 해가 지나 틸이 두 번째로, 그것도 뚱뚱하고 튼튼한 알테-그룬트 출신의 우유 짜는 여자와 결혼함으로써 그 생각이 사실로 나타났다.

틸이 혼인신고를 하려고 왔을 때 목사도 탐탁지 않은 표정을 지었다.

"벌써 또 결혼하겠다는 말인가?"

"죽은 여자와 살림을 할 수는 없습니다, 목사님."

"하긴 그래. 그러나 말이지, 자네가 좀 서둘지 않나 싶군."

"애가 죽을 지경입니다, 목사님."

틸의 아내는 해산 후 곧 죽고, 그녀가 낳은 아이는 살아 있는데 이름이 토비아스였다.

목사가 "아, 그 애 말이군" 하고서 그제야 그 애가 기억난다는 시늉을 했다. "그렇다면 이야기가 다르지. 근무 중에는 애를 어디에 보냈는가?"

그러자 틸은, 토비아스를 어느 노파에게 맡겼는데 한번은 애가 타죽을 뻔했으며 또 한 번은 그녀 무릎에서 굴러 떨어졌는데 다행히 큰 혹만 하나 생겼다고 얘기했다. 계속 그렇게 지낼 수는 없으며, 무엇보다도 애가 몸이 약해 특별히 잘 돌봐야 한다고. 그뿐만이 아니라 그는 죽은 아내에게 아이의 행복을 위해 언제나 아낌없이 잘 돌보겠다고 약속했기 때문에 이런 결심을 하게 되었다고 말했다.

이제 일요일마다 교회에 나오는 새 부부는 겉보기에 전혀 나무랄 데가 없었다. 전에 우유를 짜던 여자는 건널목지기에게 안성맞춤인 것 같았다. 키는 그보다 머리의 반도 안 되게 작았으며 몸집은 더 컸다. 얼굴 또한 남편처럼 험하게 생겼으며 다만 건널목지기와 달리 감정이 메말라 보였다.

틸이 둘째 아내로 억척스러운 일꾼, 모범적인 살림꾼을 얻으려 했다면 그 소원이 기막히게 이루어진 것이었다. 그러나 그는 자신도 모르는 사이에 자기 아내뿐만 아니라 세 가지, 즉 횡포한 기질, 호전성, 동물적인 정욕까지 떠맡았다. 반년이 지나자 누가 건널목지기의 집을 휘어잡고 있는지 알려졌다. 사람들은 건널목지기를 안쓰러워했다.

흥분한 남자들은 "그런 년"이 틸처럼 착한 양을 남편으로 얻은 것은 행운이며 다른 사람들 집 같으면 흉한 꼴을 당했을 거라고 떠들었다. 또 그런 "동물"은 두들겨 패서라도 길들여야 하며 내친 김에 단단히 손을 봐야 된다고 했다.

강인한 팔을 갖고 있었지만 틸은 그녀를 단단히 손볼만한 위인이 못 되었다. 사람들이 열을 내고 있었지만 그는 그 문제로 골머리를 앓는 것 같지 않았다. 마누라의 끝없는 잔소리를 묵묵히 들어 넘겼으며, 어쩌다 대꾸할 때면 느릿느릿하면서 나지막하고 냉정한 말투가 그녀의 날카롭게 퍼붓는 욕지거리와 괴이한 대조를 보였다. 그에게 바깥세상은 중요한 것 같지 않았다. 그는 자신에게 가해지는 모든 악을 선으로 넉넉히 보상해 주는 뭔가를 속에 간직하고 있는 것 같았다.

그러나 이렇게 끈질긴 점액질 인간에게도 허튼 수작이 통하지 않는 순간들이 있었다. 그건 언제나 토비아스와 관련된 경우였다. 그럴 때면 착하고 유순한 성품을 지닌 그의 태도에 단호한 빛이 감돌았으며, 여기에는 레네 같이 영악한 인간도 감히 맞설 수가 없었다.

시간이 흐르며 이런 성격을 드러낼 순간들이 점점 뜸해지더니 마침내 완전히 사라지고 말았다. 첫해에는 마지못해 레네의 지배욕에 저항해 보았지만 다음 해에는 이 또한 사그라지고 말았다. 그녀와 말다툼이 벌어지고 그녀의 기분이 풀어지지 않았는데도 그전처럼 아무렇지도 않게 출근하는 일은 이제 없었다. 마지막에 그녀에게 굽히고 들어가 다시 잘 지내자고 빌 때도 더러 있었다. 전에는 마르크 브란덴부르크의 소나무 숲 속에 있는 호젓한 막사가 아주 즐겨 머물던 장소였지만 이제는 그렇지 않았다. 조용히 죽은 아내 생각에 빠져들려고 하면 살아 있는 아내 생각이 가로막았다. 처음에는 집으로 갈 때 내키지 않거나 하는 마음이 없었는데 이제는 교대 때까지 시간과 분을 여러 번 세고, 허겁지겁 집으로 돌아갔다.

첫째 아내와 정신적 사랑으로 결합되었던 틸은 육욕 때문에 둘째 마누라의 지배를 받게 되었으며, 결국 모든 면에서 거의 절대적으로 그녀에게 쥐여살았다. 이렇게 사태가 돌변한 것 때문에 그는 가끔 양심의 가책을 느꼈으며 그것에서 벗어나려면 특별한 조처가 필요했다. 그래서 그는 남몰래 건널목지기 막사와 자기가 지키는 선로 구간을 오직 죽은 영혼에게 바쳐진 성지로 선언했다. 지금까지는 이런저런 핑계를 대어 아내가 그곳에 따라오지 못하게 막을 수 있었다.

그는 앞으로도 그러게 되기를 바랐다. 자신의 "오두막" 번호조차 모르는 그녀가 어느 방향으로 들어서야 하는지 알 리가 없었다.

실제로 틸은 이렇게 양심적으로 자기에게 주어진 시간을 산 자와 죽은 자에게 나누어줄 수 있다는 것으로 양심을 진정시켰다.

그러나 종종, 특히 혼자 명상하는 가운데 죽은 아내와 아주 가까워졌을 때는 자신의 현재 상태를 진리에 비추어 보고서 역겨움을 느꼈다.

낮에 근무할 때, 죽은 아내와의 정신적 교류는 그녀와 함께 살던 시절의 수많은, 기분 좋은 추억들로 한정되었다. 그러나 어둠이 깔리고, 소나무 숲과 선로 위를 눈보라가 몰아치며 자신의 등불만이 한밤을 비출 때,

건널목지기 막사는 예배당으로 변했다.

그는 책상 위에 죽은 아내의 빛바랜 사진과 찬송가책 그리고 성서를 펴놓고 — 간간이 굉음을 지르며 지나가는 기차들 때문에 중단될 때도 있었지만 — 밤새도록 읽기와 노래를 반복했다. 그러다가 무아경에 빠져들고 환영들이 나타나면 죽은 아내가 눈앞에 생생히 보였다.

건널목지기가 꼬박 10년 동안 끊임없이 신비적 성향을 키우는 데는 외딴 막사가 안성맞춤이었다.

그 오두막은 사방의 인가로부터 적어도 45분 걸리는 곳에 숲으로 둘러싸여 있었으며, 건널목지기의 일은 바로 옆에 있는 건널목 횡목을 조작하는 것이었다.

이 구간은 여름에는 여러 날, 겨울에는 여러 주일 내내, 틸과 그 동료의 발 말고는, 아무도 지나가지 않았다. 날씨와 주기적인 계절의 변화가 이 외진 곳의 유일한 변화라고 할 수 있었다. 게다가 두 건의 사고 외에 틸의 규칙적인 근무를 중단시킨 사건들은 쉽게 파악할 수 있었다. 4년 전, 황제가 탄 브레슬라우 행 특별열차가 지나간 적이 있었고, 어느 겨울 밤 수노루 한 마리가 급행열차에 친 적이 있었다. 어느 무더운 여름날에는 구간을 순찰하다 코르크 마개로 봉해진 포도주 한 병을 발견했는데 매우 뜨거웠다. 코르크를 빼자 내용물이 분수처럼 솟아올라 틸은 매우 좋은, 즉 발효가 잘된 포도주로 여겼다. 그는 병을 식히려고 숲 속 호숫가 야트막한 곳에 놓아두었는데 어찌어찌 사라져버려 몇 년이 지나서도 아쉬움을 금할 수 없었다.

막사 바로 뒤에는 우물이 있어 건널목지기에게 얼마큼 기분 전환 기회를 주었다. 가끔씩 근처에서 일하는 철도와 전신국 노동자들이 물을 마셨는데 그러다가 서로 짧게 이야기가 오가기 마련이었다. 산림관도 가끔 목을 축이러 왔다.

토비아스는 발육이 더디었으며, 두 돌이 지날 때쯤 겨우 말과 걸음마를 배웠다. 그는 아버지에겐 유다른 정을 보였다. 그가 똘똘해진 만큼 아버지의 옛 사랑도 다시 살아났다. 아버지의 사랑이 커지는 만큼 토비아스에 대한 계모의 사랑은 줄어들었으며, 일년 뒤 그녀가 사내아이를 낳았을 때에는 확실한 증오로 바뀌었다.

그때부터 토비아스에게 힘든 시기가 시작되었다. 특히 아버지가 집에 없을 때면 끊임없이 학대를 받았으며, 하찮은 보답도 받지 못한 채 연약한 힘을 어린 울보를 돌보는데 쏟는 바람에 몸은 갈수록 쇠약해졌다. 머리통은 엄청 커졌으며, 타는 듯이 붉은 머리칼과 석회처럼 창백한 얼굴에다 빈약한 모습이 한데 어우러져 불쌍한 인상을 주었다. 집에 남은 토비아스가 건강이 넘치는 동생을 팔에 안고 느릿느릿 슈프레 강가로 내려갈 때면 오두막의 창문 뒤에선 욕설이 요란했지만, 소리가 밖으로 나가는 일은 결코 없었다. 그러나 정작 이 문제와 관련이 있는 틸은 보는 눈이 없는지 이웃사람들이 호의로 귀띔을 해줘도 알려고 하지 않았다.

2

어느 유월 아침 일곱 시 경, 틸이 근무를 마치고 돌아왔다. 그의 아내는 인사를 하자마자 평소처럼 푸념을 시작했다. 몇 주 전에 지금까지 집에 필요한 감자를 지어먹던 소작 밭을 반환하라는 통지를 받았는데 레네는 지금까지도 그 대체물을 찾아내지 못했다. 밭 걱정이 그녀 소관이긴 하지만 금년에 많은 돈을 주고 감자 열 자루를 사야한다면 그건 바로 그의 탓이라는 말을 틸은 몇 번이고 들어야 했다. 틸은 투덜거리기만 할 뿐, 레네의 말에는 신경을 쓰지 않고 곧장 큰애의 침대로 갔다. 근무가 없을 때면 그 아이와 침대를 같이 썼다. 틸은 그곳에 앉아 환한 얼굴에 자상한 표정을 지은 채 귀찮게 구는 파리들을 쫓아주며 잠자는 아이를 살펴보았다. 마침내 아이가 깼다. 움푹 들어간 푸른 눈에는 깜짝 기뻐하는 기색이 역력했다. 그는 입 언저리에 가냘픈 웃음을 지으며 허둥지둥 아버지의 손을 잡았다. 철로지 기는 곧 그가 옷가지를 챙겨 입게 도와주었다. 그러면서 얼핏 보니 약간 부어오른 오른쪽 뺨에 희고 붉은 손자국이 또렷했다.

아침을 먹을 때 레네가 한층 열을 올리며 앞서 이야기한 살림 이야기를 다시 꺼내자 그는 보선반장이 너무 먼데 있다는 핑계로 막사에 붙어있는 철둑 옆의 땅을 자기에게 무상으로 맡기기로 했다는 소식을 알려주어 그녀의 말을 끊었다.

레네는 대뜸 그 말을 믿으려 하지 않았다. 그러나 차츰차츰 의심이 풀리면서 이제 그녀는 기분이 한결 좋아졌다. 본격적으로 밭의 크기와 토질 및 다른 질문들이 꼬리를 물었으며 무엇보다도 난쟁이 과일나무가 두 그루나 있다는 것을 알고는 기뻐서 어쩔 줄 몰라했다. 더 이상 물을 것도 없는 판에 마을 어느 집에서고 들을 수 있는 식료 잡화상의 종소리가 쉬지 않고 울리자 동네에 새 소식을 알리러 가려고 벌떡 일어섰다.

레네가 물건으로 가득 쌓인, 컴컴한 잡화상 가게에 간 사이에 건널목지기는 집에서 토비아스에 몰두했다. 아이는 그의 무릎에 앉아 틸이 숲에서 주워온 솔방울을 갖고 놀았다.

아버지가 "넌 뭐가 될래?" 하고 물으면 아이도 "보선반장이요" 하고 판에 박힌 대답을 했다. 그것은 건성으로 한 질문이 아니었다. 사실 건널목지기의 꿈은 그렇게 높았으며, 그는 토비아스가 하느님의 도움을 받아 특별한 존재가 되리라는 소원과 기대를 아주 진지한 마음으로 품고 있었다. 무엇인지 잘 알지도 모르면서 어린애의 핏기 없는 입술에서 "보선반장"이란 대답이 나오자마자 틸의 얼굴이 밝아지더니 마음속에 행복이 넘치며 환히 빛났다.

잠시 후 그가 화덕에서 타고 있는 나뭇조각으로 담배 파이프에 불을 붙이며 “자, 토비아스, 나가서 놀아라!” 하고 말했다. 그러자 아이는 수줍게 기쁜 낯빛을 보이며 슬그머니 문으로 갔다. 틸은 옷을 벗고 침대에 누워 한참 동안 생각에 잠겨 낮고 금이 간 천장을 응시하다가 잠이 들었다. 그는 낮 열두 시쯤에 깨어났다. 아내가 늘 그렇듯 요란스레 점심을 준비하는 동안 그는 옷을 입고 큰길로 나갔는데, 토비아스가 손가락으로 벽에 구멍을 내 석회를 파먹는 것을 보자 곧바로 그를 붙잡았다. 건널목지기는 아이의 손을 잡고 동네 집을 여덟 채쯤 지나 슈프레 강변으로 내려갔다. 듬성듬성 잎이 달린 포플러나무 사이로 검고 차가운 강물이 비쳤다. 바로 강가에 화강암이 있어 틸은 거기에 앉았다.

날씨가 괜찮을 때만 틸이 이 자리에 나타난다는 것은 온 마을이 익히 알고 있었다. 특히 아이들이 그를 따르고 “틸 아버지”라고 불렀으며 그가 어린 시절에서 기억해 낸 여러 가지 놀이를 배웠다. 그가 생각해 낸 것 중에 가장 좋은 것은 토비아스 몫이었다. 그는 아들에게 다른 어느 애들 것보다 높이 날아가는 활을 만들어주었다. 버들피리도 만들어주었으며 내내 망설이다가 주머니칼의 뿔 손잡이로 나무껍질을 가볍게 치며 쉬어빠진 저음으로 주문을 읊기도 했다.

사람들은 이런 유치한 짓거리가 마뜩찮게 여겼으며 어찌하여 틸이 코흘리개들과 그토록 잘 놀 수 있는지 이해되지 않았다. 그러나 그가 아이들을 잘 돌봐주었기 때문에 실제로는 불평을 할 이유가 없었다. 게다가 틸이 아이들과 하는 일에는 진지한 것도 있었다. 큰 아이들에게는 학교 숙제를 물어보고 성서와 찬송가 구절을 공부할 때 도와주었으며, 작은 아이들에게는 아(a)-베(b)는 압(ab), 데(d)-우(u)는 두(du)라는 등, 이렇게 글을 가르쳐주었다.

점심을 먹은 뒤 건널목지기는 다시 잠깐 누워서 쉬었다. 그런 다음 오후 커피를 마시고 바로 출근 준비를 했다. 그가 하는 모든 일이 그러듯이 출근 준비도 시간이 많이 걸렸다. 모든 동작에는 수년 전부터 정해진 규칙이 있었다. 호두나무 장롱 위에 정성스레 펼쳐놓은 물건들 — 칼, 수첩, 빗, 말의 이빨*(나쁜 일을 막는다는 미신에서 지닌다.), 오래된 회중시계가 늘 똑같은 순서로 주머니 속에 들어갔다. 붉은 종이로 책가위를 입힌 소책자는 특히 조심스럽게 다루었다. 밤에는 베개 밑에 두고 낮에는 항상 제복 안주머니에 넣고 다녔다. 책가위 밑의 표지에는 틸이 서툴지만 멋을 부려 "토비아스 틸의 저금통장"라고 쓴 글씨가 보였다.

틸이 떠날 때 긴 추에다 문자판이 누르스름한 벽시계는 4시 45분을 가리켰다. 그는 자기 소유인 조각배로 강을 건넜다. 건너편 슈프레 강변에 가서도 그는 몇 번이나 걸음을 멈추고 마을 쪽에 귀를 기울였다. 이윽고 넓은 숲길로 접어들어 몇 분도 지나지 않아 낮게 웅웅 소리를 내는 소나무 숲이 나타났는데 바늘잎 무리가 마치 검푸른 파도가 넘실대는 바다 같았다. 펠트 위를 걸을 때처럼 그는 소리 없이 축축한 이끼와 솔잎이 쌓인 땅을 밟고 지나갔다. 그는 보지 않고도 길을 찾았다. 여기 불그스레한 큰키나무 숲을 지나 저곳에 이르면 어린 나무들이 빽빽하게 뒤엉킨 데가 나왔으며, 그는 그곳을 거쳐 계속해서 넓게 조성된 보호림들을 지나갔다. 그곳은 새끼나무를 보호하기 위해 띄엄띄엄 남겨둔, 키가 크고 날씬한 소나무들로 말미암아 그늘이 드리워져 있었다. 옅고 푸르스름한, 갖가지 향내로 가득 찬 안개가 땅에서 피어올라 나무들의 형태가 몽롱하게 보였다. 나무 우듬지 위에는 눅눅한 우윳빛 하늘이 축 늘어져 있었다. 까마귀 떼가 쉴 새 없이 깍깍거렸는데, 마치 잿빛 공기 속에서 목욕하는 것 같았다. 길이 움푹 팬 곳은 검은 물웅덩이가 자리 잡아 음산한 자연이 더욱 음산하게 보였다.

깊은 명상에서 깨어나 눈을 쳐들며 틸은 고약한 날씨로군, 하고 생각했다.

그런데 느닷없이 생각이 다른 데로 방향을 바꾸었다. 어렴풋이 집에 뭔가 잊어버리고 왔다는 느낌이 들었으며, 주머니를 살펴보니 버터 빵이 없었다. 식빵은 근무 시간이 길어 늘 가지고 다녀야만 했다. 그는 잠시 서서 머뭇거리다가 몸을 홱 돌려 급히 마을 쪽으로 되돌아갔다.

이윽고 슈프레 강에 이르렀으며 노를 힘차게 몇 번 저어 건너자 곧장, 온몸에 땀을 흘리며, 완만한 마을길을 올라갔다. 길 한복판에 늙고 지저분한 잡화상집 개가 누워 있었다. 어느 소작농가의 타르 칠을 한 판자울타리 위에는 뿔까마귀 한 마리가 앉아 있었다. 까마귀는 날개를 펴고 몸을 흔들며 고개를 끄덕이더니, 귀가 찢어지게 깍깍 소리를 지르면서 훨훨 날개를 퍼덕여 날아올라 바람을 타고 숲 쪽으로 가버렸다.

마을에는 가족을 포함하여 스무 명쯤 되는 어부와 임업 노동자가 살고 있었지만 아무도 보이지 않았다.

새된 목소리가 날카롭게 정적을 깨는 바람에 틸은 반사적으로 걸음을 멈췄다. 시끄럽게 마구 왕왕대는 소리가 귓전을 때렸다. 낮은 오두막집의 열린 박공창에서 들리는 것 같았는데, 틸이 너무도 잘 아는 집이었다.

발자국 소리를 가능한 한 죽인 채 살금살금 가까이 가서 들어 보니 자기 마누라 목소리가 틀림없었다. 조금 더 가까이 가자 그녀의 말을 거의 다 알아들을 수 있었다.

"이 무자비한 놈아, 뭐가 어째! 불쌍한 아기가 배가 고파 허파가 터지도록 울게 해야 되겠어? — 뭐? — 그래, 기다려. 내가 정신이 들게 해줄 테니! — 어디 맛 좀 봐라." 잠시 동안은 조용했지만 이내 옷을 두들겨 먼지를 털 때와 같은 소음이 들렸다. 그리고 곧 욕설이 우박처럼 쏟아졌다.

"이 못된 망아지새끼" 하면서 아주 빠른 속도로 말이 쏟아져 내렸다. "너 같은 울보 때문에 내가 낳은 아이를 굶겨 죽이란 말이냐?"

숨죽여 훌쩍거리는 소리에 "주둥이 닥쳐!" 하고 호통이 이어졌다.

"그렇지 않으면 한 끼로 일주일을 처먹게 할 거야."

흐느끼는 소리는 그치지 않았다.

건널목지기는 심장이 불규칙적으로 콩콩 뛰는 것을 느꼈다. 몸이 가볍게 떨리기 시작했다. 그는 바닥에서 시선을 떼지 못하고 멍하니 서서 거칠고 딱딱한 손으로 주근깨 낀 이마로 내려온 축축한 머리칼을 연신 쓸어 젖혔다.

한 순간 그는 옴짝할 엄두가 나지 않았다. 경련 때문에 근육이 부어올랐으며 손가락은 주먹을 쥐고 있었다. 증세가 진정되었지만 몸은 아직도 느른했다.

건널목지기는 뒤뚱거리며 벽돌이 깔린 좁은 현관으로 들어갔다. 그리고 지친 걸음으로 천천히 삐걱거리는 나무 계단을 올라갔다.

다시 "퉤 퉤 퉤!" 하는 소리가 들렸다. 분노와 멸시를 담아 연달아 세 번 침 뱉는 소리였다.

"이 못되고 비열한, 교활하고 음충하고 비겁한 쌍놈!"

이렇게 말이 잇따르며 억양도 높아졌으며, 바락 소리를 지르는 바람에 가끔 갈라진 소리가 났다. "뭐, 내 아이를 때리려고 해? 야, 이 새끼야, 네가 감히 불쌍하고 의지할 데도 없는 아이의 입을 때리려고 해? — 뭐? — 야, 뭐라고? — 너 때문에 손이 더러워질까 봐 그만 둔다만…."

이 순간 틸이 거실 문을 열자 시작한 말은 마무리되지 못한 채 깜짝 놀란 여자의 목에 걸려버렸다. 그녀의 얼굴은 분노로 얼굴이 새하얬다. 그녀의 입술이 음흉하게 실룩거렸다. 그녀는 쳐들었던 오른손을 내려 우유 단지를 잡고 젖병에 우유를 채우려고 했다. 그러나 우유가 대부분 병목을 넘어 식탁 위로 흘러내리자 중간에 그만두고 잠깐 이것을 잡았다가 놓고 또 저것을 잡았다 바로 놓는 등 흥분해서 어쩔 줄 몰라했다. 그러다 끝판에는 남편에게 이렇게 느닷없이 집에 오다니 무슨 일인가, 자기를 엿들으려는 것은 아니겠지라고 하며 마구 대들었다. 그녀는 "그러면 끝인 줄 알아"라고 말하고는 곧이어 자기는 양심에 거리낄 게 없으니 누구 앞에서든 눈을 내리깔지 않아도 된다고 했다.

틸은 그녀의 말을 듣는 둥 마는 둥 했다. 그의 눈길이 언뜻 울부짖는 토비아스를 스쳤다. 그는 잠시 속에서 치미는 무서운 감정을 억누르는 듯했는데 이내 그의 눈에는 야릇하게 욕망의 빛이 감돌았다. 어느새 긴장된 얼굴이 누그러지고 그곳에 이전의 점액성 기질이 내려앉았다. 그의 눈이 잠시 자기 마누라의 억센 팔다리에서 머물러 있는 동안에 그녀는 얼굴을 돌린 채 이것저것 만지작거리며 평정을 되찾으려고 했다. 반쯤 드러난 풍만한 가슴은 흥분으로 부풀어 올라 코르셋이 터질 지경이었으며, 펑퍼짐한 엉덩이는 치마를 걷어 올려 더욱 넓적해 보였다. 그녀에게서는 틸이 감당할 수 없는 힘이 나오는 것 같았다. 억누를 수도 벗어날 수도 없는 힘이.

그는 가느다란 거미줄 같이 살며시, 그러면서도 철망처럼 단단히 그를 묶고, 제압하여 무력하게 만드는 힘에 휩싸였다. 이런 상태에서 그는 그녀에게 한마디도 건넬 수가 없었으며, 더구나 심한 말은 어림도 없었다. 눈물범벅이 되어 한 구석에 시무룩이 웅크리고 있던 토비아스는 아버지가 자기 쪽으로는 돌아보지도 않은 채 난로 옆 의자에서 유일한 해명 수단인 빵을 집어 어머니에게 보이고는 짧게, 건성으로 머리를 끄덕이며 곧 다시 사라지는 것을 보아야만 했다.

3

틸은 되도록 서둘러 숲의 고요 속을 걸었지만 규정된 시간보다 15분이나 늦게 목적지에 도착했다.

그와 교대할 사람은 부득이한 온도 급변으로 말미암아 폐병에 걸린 보조 건널목지기로 그는 벌써부터 떠날 준비를 마친 채 막사의 승강장에 나와 있었다. 멀리 나무줄기 사이로 흰 바탕에 검정색으로 쓴 막사 번호가 크게 보였다.

두 사람은 악수를 하고, 짧게 몇 가지 전달 사항을 주고받고는 헤어졌다. 한 사람은 막사 안으로, 다른 사람은 틸이 왔던 길을 이용해 선로구간을 가로질러갔다. 처음에 가까이 들리던 그의 발작적인 기침소리가 나무줄기 사이로 점점 멀어지면서 이 쓸쓸한 곳의 유일한 사람 소리마저 사라졌다. 틸은 오늘도 여느 때나 다름없이 좁고 네모진 건널목지기 막사의 석조 칸막이 방을 밤새기 좋게 자기 나름대로 정리했다. 몸이 기계적으로 일하는 동안 정신은 아까 받은 인상에 사로잡혀 있었다. 그는 미늘살처럼 생긴 옆쪽 창가의 좁다란 갈색 책상 위에 저녁 빵을 놓았다. 그곳에서는 선로를 편안하게 내다볼 수 있었다. 이어서 그는 녹이 난 작은 난로에 불을 붙이고 그 위에 찬물 한 냄비를 올려놓았다. 마지막으로 삽, 가래, 스패너 등의 도구를 정돈이 끝나자 그는 등을 닦고 석유를 새로 넣었다.

그 일을 마치자 종이 요란스레 세 번씩 울려댔다. 브레슬라우 방면에서 오는 기차가 바로 다음 역을 출발했다는 신호였다. 틸은 전혀 서두르는 기색이 없이 한참이나 막사 안에 머물렀다. 그러다 깃발과 탄약주머니를 손에 들고 천천히 밖으로 나와, 좁은 모랫길을 느릿느릿 신발을 질질 끌며, 스무 걸음쯤 떨어진 철길 건널목을 향해 걸어갔다. 사람 통행이 아주 드문 길이었지만 그는 매번 성실히, 열차가 통과하기 전과 후에, 횡목을 내리고 올리는 일을 되풀이했다.

일이 끝내자 그는 흑백으로 칠한 차단기에 기대어 기다렸다.

철로가 푸른 숲을 좌우로 가르며 끝없이 쭉 뻗어 있었고, 그 양쪽을 침엽수무리가 떡 막고 서있는데 그 사이로 난 작은 길을 자갈이 깔린 적갈색 철둑이 차지하고 있었다. 그 위를 평행으로 달리는 검은 선로는 전체적으로 가는 가닥들이 남북의 끝에서 지평선의 한 점으로 모아지는 거대한 그물코 같았다.

바람이 일더니 잔잔한 파도를 저 아래 숲가로 멀리 밀어냈다. 선로를 따라 늘어선 전주들이 함께 어울려 윙윙 소리를 냈다. 거대한 거미줄같이 전주를 하나하나 휘감은 전선줄에는 새떼들이 빽빽이 줄지어 앉아 지저귀고 있었다. 딱따구리 한 마리가 웃으며 머리 위로 날아갔지만 틸은 거들떠보지도 않았다.

검푸른 우듬지 바다 속에 가라앉던 해가 막 거대한 구름의 가장자리 밑으로 얼굴을 내밀어 숲 위로 자줏빛 물감을 쏟아냈다. 철둑 저편의 소나무 기둥 아케이드는 안에 불이 붙었는지 쇠처럼 이글거렸다.

선로 또한 지글거리는 뱀처럼 뜨겁게 달아올랐지만 맨 먼저 식었다. 열기가 서서히 땅에서 위로 올라가는데, 먼저 소나무 줄기, 다음으로 수관 대부분이 차갑게 꺼져 갔으며 마지막에는 우듬지의 겉 가장자리에만 희미하게 붉은 빛이 보이다 사라졌다. 장엄한 광경이 소리 없이 엄숙하게 연출되었다. 건널목지기는 여전히 꼼짝 않고 차단봉 옆에 서 있었다. 드디어 그가 한 걸음 앞으로 나갔다. 선로가 합쳐지는 지평선의 검은 점이 점점 커졌다. 시시각각 커지면서도 한곳에 서있는 것 같았다. 갑자기 점이 움직이며 가까워졌다. 선로를 따라 윙윙거리는 진동과 일정하게 덜컹거리는 소리, 둔한 굉음이 들려왔다. 소리는 갈수록 커졌으며 맨 나중에는 돌진해오는 기병대의 말발굽 소리와 똑 같았다.

멀리서 산발적으로 숨을 헐떡이며 식식거리는 소리가 공기를 뚫고 울려왔다. 그러다 갑자기 적막이 깨졌다. 광적인 울부짖음과 광란이 공간을 가득 채우며 선로가 휘고 땅이 흔들렸다. 강한 기압, 먼지와 증기와 자욱한 연기로 이루어진 구름 그리고 검은 괴물이 씩씩대며 지나갔다. 소음은 커질 때와 마찬가지로 조금씩 잦아들었다. 증기도 사라졌다. 기차는 멀리서 한 점이 되어 사라지고 이전의 성스러운 침묵이 이 구석진 숲 속을 덮쳤다.

건널목지기는 꿈에서 깨어난 듯 "미나" 하고 속삭이며 막사로 돌아갔다. 물을 부어 커피를 옅게 끓인 다음 앉아서 한 모금씩 마시면서 철길 어디에선가 주운, 더러운 신문 조각을 바라보았다.

이상한 불안감이 점점 그를 덮쳤다. 빵 굽는 오븐의 열이 작은 방에 가득한 때문이라고 생각하고 그는 편하게 상의와 조끼의 앞을 열어 젖혔다. 그래도 소용이 없자 그는 일어서서 모퉁이에 있는 삽을 들고 거저 받은 밭으로 나갔다.

그것은 좁고 길쭉한 모래밭으로 온통 잡초로 덮여 있었다. 그곳에 있는 두 난쟁이 과일나무의 가지에는 활짝 핀 어린 꽃들이 하얀 거품처럼 엉켜있었다.

틸의 마음이 가라앉으며 뭔가 흐뭇한 느낌이 그를 살며시 사로잡았다.

자 그럼 일을.

삽이 찌걱거리며 땅속을 파고들자 축축한 흙덩이가 뒤로 넘어지며 부서졌다.

그는 이렇게 한참을 쉬지 않고 팠다. 그러다 갑자기 일을 멈추고는 걱정스레 고개를 이리저리 흔들며 알아들을 만큼 큰 소리로 "아냐, 아냐, 그래선 안 돼" 하며 "아니야, 안 돼, 결코 그래선 안 돼" 하고 중얼거렸다.

이제 레네가 밭을 갈려고 자주 올 텐데 그러면 분명 지금까지의 생활방식이 심각하게 흔들릴 거라는 생각이 갑자기 떠올랐던 것이다. 아울러 경작할 땅이 있다는 기쁨이 급히 꺼림칙한 느낌으로 변했다. 뭔가 해서는 안 될 일을 하려고 했었는지 그는 얼른 흙에서 삽을 빼내어 막사로 가져갔다. 거기서 하염없는 생각에 빠졌다. 이유는 잘 몰랐지만 레네가 근무하는 날마다 옆에 있게 되리라는 예상을 하자 아무리 좋게 생각하려고 해도 점점 견딜 수가 없었다. 누군가가 자신의 신성 불가침한 것을 침범하려고 하며 그 소중한 것을 지켜야한다는 생각이 들었으며, 근육이 저절로 가볍게 떨며 긴장되었지만 그의 입술에서는 짧게 도전적인 웃음이 흘러나왔다. 이 웃음의 메아리에 깜짝 놀라 눈을 치켜떴다가 그는 사고의 실마리를 놓쳐버렸다. 그것을 되찾자 그는 곧 묵은 문제를 파고들었다.

그런데 갑자기 새까만 커튼 같은 것이 두 조각으로 찢어지며 자욱했던 시야가 시원하게 터졌다. 문득 자신이 2년 동안 죽은 듯이 자다가 깨어나 제 정신이 아닌 머리를 흔들며, 이런 상태에서 저질러질 끔찍한 일을 보고 있는 듯한 기분이 들었다. 마지막 몇 시간의 인상으로도 확인할 수 있었던 맏아들의 수난사가 그의 앞에 선명하게 나타났으며 그는 연민과 후회 그리고 — 아직 도움이 필요한 귀여운 아이를 돌봐주기는커녕 그 애가 얼마나 고통을 받고 있는지 시인할 용기조차 없이 내내 굴욕을 감수하며 편안하게 살아왔다는 데 대한 — 깊은 수치심에 휩싸였다.

온갖 태만죄에 대한 자학적 생각들을 하는 사이에 심한 피로가 덮쳐 그는 허리를 구부리고 책상 위에 손을 올려 이마를 받친 채 잠이 들었다.

그는 목이 멘 소리로 몇 번이나 "미나"를 부르며 한참을 그렇게 있었다.

엄청난 물이 쏟아지는 듯 요란스럽게 쏴쏴 소리가 몰아치며 사방이 어두워졌다. 그는 눈을 휘둥글리며 잠에서 깼다. 팔다리가 떨리고 모든 땀구멍에서 식은땀이 났으며 맥박은 불규칙하고 얼굴은 눈물 범벅이었다.

칠흑같이 어두웠다. 그는 어디를 본다는 생각 없이 문 쪽을 힐끗 보았다. 비틀거리며 일어섰는데 마음은 여전히 불안했다. 바깥 숲에서는 파도 부서지는 소리가 났으며, 막사 유리창에 바람과 함께 우박과 비가 몰아쳤다. 틸은 손으로 사방을 더듬거리며 어찌할 바를 몰랐다. 이렇게 그가 익사자처럼 보이는 순간 — 천상의 이슬빛이 어두운 대기권에 내려왔다가 바로 빛에 질식하기라도 했는지 느닷없이 푸르스름한 빛을 내며 환하게 타올랐다.

그 순간이면 건널목지기가 정신을 차리는 데 충분했다. 그는 등을 찾아 손을 뻗자 다행히 손에 잡혔으며, 이 순간 저 멀리 마르크 브란덴부르크의 밤하늘이 끝닿은 곳에서 천둥이 일었다. 처음에는 어렴풋이 조심스레 으르렁대더니 느닷없이 험상궂은 파도가 되어 거품을 물고 부서지며 점점 가까이 굴러왔으며, 마침내 엄청난 충격과 함께 대기 전체를 덮쳐 호령하고 뒤흔들고 포효하며 에너지를 방출했다.

창유리가 쨍그랑거리고 땅이 흔들렸다.

틸이 불을 켰다. 정신을 되찾은 다음 그의 눈은 시계부터 찾았다. 지금부터 급행열차가 도착할 때까지는 5분도 남지 않았다. 그는 신호를 듣지 못했다고 생각하기 때문에 폭풍우와 어둠을 무릅쓰고 되도록 빨리 차단봉이 있는 데로 달려갔다. 그가 막 차단봉을 내리고 있는데 신호종이 울렸다. 종소리는 바람에 찢겨 사방으로 날려 갔다. 소나무들이 휘어지고 가지들이 서로 부딪히며 스산하게 툭탁툭탁 삐걱거리는 소리를 냈다. 한 순간 달이 나타났는데 구름 사이에 빛바랜 금쟁반이 걸려 있는 것 같았다. 달빛에 바람이 소나무 검은 우듬지들을 헤집고 다니는 것이 보였다. 철둑 가에 축 늘어진 자작나무 잎들이 섬뜩한 말 꽁지처럼 바람에 나부꼈다. 그 아래에서는 선로가 비에 젖어 빛났으며, 곳곳에서 창백한 달빛을 빨아들이고 있었다.

틸이 모자를 홱 벗었다. 비를 맞자 상태가 괜찮아졌으며 얼굴은 비와 눈물로 범벅이 되었다. 골이 지근거렸다. 꿈에서 본 몽롱한 기억들이 꼬리를 이어 떠올랐다. 토비아스가 누구에게 학대를, 그것도 끔찍하게, 받고 있는 것 같아 이제 그 생각만 하면 심장이 멎을 정도였다. 또 다른 환상(幻像)은 더 뚜렷이 기억났다. 죽은 아내의 모습이었다. 그녀는 어딘가 멀리서, 한 선로 위에 나타났다. 그녀는 매우 허약해 보였으며 옷 대신 누더기를 걸치고 있었다. 그녀는 틸의 막사 쪽으로는 돌아보지도 않고 그냥 그곳을 지나쳤지만 — 여기서부터는 기억이 흐릿했다 — 무슨 까닭인지 나아가는데 몹시 힘겨운 모습이었고 또 여러 번 쓰러지기도 했다.

틸이 계속 곰곰이 생각해보니 그녀는 도망 중이었다. 그게 틀림없는 것이, 그렇지 않다면 그녀가 왜 불안에 가득 찬 눈길로 뒤돌아보며 다리가 말을 듣지 않는데도 계속 몸을 끌고 갔겠는가. 오 그 무서운 눈초리!

그런데 그녀가 뭔가 들고 가고 있었다. 보자기로 둘둘 말았는데 뭔가 물렁하고 피투성이로 파리해 보이는 것을. 그리고 그것을 내려다보는 모습을 보자 틸은 과거의 한 장면이 떠올랐다.

그는 막 태어난 아이를 두고 죽어 가며 극심한 고통과 형언할 수 없는 고뇌가 담긴 눈으로 내려다보던 여인의 모습이 생각났다. 틸은 자기에게 부모가 있다는 사실만큼이나 그 표정을 잊을 수 없었다.

그녀가 어디로 갔지? 그는 몰랐다. 그러나 그녀가 그와의 관계를 끊고 그는 아랑곳하지 않은 채 줄곧 폭풍우가 몰아치는 캄캄한 밤을 헤치며 힘겹게 몸을 움직이는 모습만큼은 눈앞에 선명했다. 그는 "미나, 미나" 하고 그녀를 부르다가 그 소리에 눈을 떴다.

어둠을 헤치고 거대한 괴물의 퉁방울눈처럼 붉고 둥근 두 불빛이 들어왔다. 그들에 앞서 피처럼 빨간 불빛이 들어와 자신의 세력 범위에 있는 빗방울을 핏방울로 바꾸었다. 마치 하늘에서 피가 내리는 것 같았다.

틸은 공포를 느꼈으며 기차가 가까이 다가올수록 두려움도 커졌다. 그에게는 꿈과 현실이 하나로 녹아 있었다. 여전히 철길 위를 거니는 여자가 보였고, 그는 달리는 기차를 멈추게 하려는 듯 손으로 탄약주머니를 더듬었다. 다행이도 너무 늦었다. 틸의 눈앞에서 불빛이 일렁거리더니 어느새 기차가 홱 지나갔다.

밤이 새려면 시간이 한참 남았지만 틸은 더 이상 편히 근무할 수 없었다. 집에 가고 싶은 생각이 몰려들었다. 토비아스를 다시 보고 싶은 마음이 굴뚝같았다. 그와 수년 동안 떨어져 지낸 듯한 기분이 들었다. 마지막에는 아들의 안부에 대한 걱정이 심해져 여러 번 근무를 이탈하려고도 했다.

틸은 시간을 보내기 위해 날이 밝자마자 순찰을 돌려고 마음먹었다.

그는 왼손에 지팡이를 오른손에는 긴 스패너를 든 채 얼른 한쪽 선로를 등지고 어둠침침한 여명 속으로 걸어갔다.

가끔 그는 스패너로 나사못을 죄거나 선로를 연결하는 둥근 쇠막대를 두들겼다.

비바람이 잠잠해지고 여기저기 벌어진 구름 사이로 드문드문 푸르무레한 하늘이 보였다.

단단한 금속 위를 밟는 구두창이 단조롭게 딱딱거리는 소리가 물방울을 털어내는 나무들의 잠투정과 함께 시나브로 틸을 진정시켜 주었다.

그는 아침 여섯 시에 교대를 하고 곧장 귀로에 올랐다.

화창한 일요일 아침이었다.

그사이에 구름이 흩어져 지평선 너머로 사라졌다. 태양은 거대한 핏빛 보석처럼 불꽃을 태우며 떠올라 숲 위로 엄청난 빛을 쏟아 부었다.

빛줄기들이 뒤엉킨 나뭇가지 사이를 예리하게 파고들어 잎이 곱게 짠 레이스와 같이 부드러운 양치류들의 섬에는 열기를 불어넣는가 하면 다른 데서는 숲 바닥의 은회색 이끼들은 붉은 산호로 변모시켰다. 나무 우듬지와 줄기 그리고 풀에서 뜨거운 이슬이 흘러내렸다. 땅 위로 빛의 홍수가 쏟아지는 듯했다. 대기 중의 신선한 기운이 가슴속까지 밀고 들어와 틸의 이마 뒤편에서도 간밤의 장면들이 점차 흐릿해질 수밖에 없었다.

그가 방에 들어와 토비아스가 평소보다 뺨이 더 붉어진 상태로 햇빛이 드는 침대에 누워 있는 걸 본 순간에는 간밤의 기억들이 완전히 사라지고 말았다.

그럼 그렇지! 그 날 내내 레네는 틸에게서 몇 가지 이상한 점을 느꼈다. 교회 의자에서는 책은 보지 않고 옆에서 그녀만 바라보았으며, 그후 점심 무렵에는 토비아스가 평소처럼 길에 안고 나간 아이를 그의 팔에서 빼앗아 그녀의 무릎에 내려놓았다. 그러나 그밖에는 이상한 게 전혀 없었다.

온종일 바닥에 눕지 못한 틸은 다음 주에 낮 근무가 있어서 저녁 아홉

시에 침대 속으로 기어 들어갔다. 막 잠이 들려고 하는데 그에게 아내가 다음날 아침에 밭을 일구고 감자를 심으러 그와 함께 숲에 가겠다는 뜻을 밝혔다.

틸은 놀라 몸을 움찔했다. 잠이 완전히 깨버렸지만 눈을 꼭 감고 있었다.

레네는 조금이라도 감자를 얻으려면 지금이 고비라고 말하고 일이 종일 걸릴 것이기 때문에 아이들을 데리고 가야겠다고 덧붙였다. 건널목지기가 뭐라고 투덜댔지만 레네는 아랑곳하지 않았다. 그녀는 그에게 등을 돌리고서 촛불을 켜놓은 채 코르셋을 풀고 치마를 벗어 내렸다.

그러다 자신도 모르게, 뜬금없이 몸을 홱 돌려 정욕으로 이지러진 남편의 흙빛 얼굴을 들여다보았다. 그는 반쯤 일어나 손으로 침대 모서리를 짚은 채 이글거리는 눈으로 그녀를 노려보고 있었다.

"틸!" 여자가 반은 화가 나서, 반은 깜짝 놀라 소리치자 그는 이름이 불린 몽유병자처럼 멍한 상태에서 깨어나 횡설수설 더듬거리다가 다시 베개에 얼굴을 파묻고 이불을 귀 위로 끌어당겼다.

다음날 아침 레네가 가장 먼저 침대에서 일어났다. 또 요란스럽지 않게 나들이에 필요한 것을 모두 준비했다. 아기는 유모차에 앉히고는 토비아스를 깨워 옷을 입혔다. 어디 가는지 알 때쯤 토비아스는 틀림없이 웃을 것이다. 모든 준비가 끝나고 커피까지 식탁에 차려진 뒤에야 틸이 깨어났다. 모든 준비가 끝난 것을 보자 언짢은 마음이 앞섰다. 그것에 대해 한마디 하고 싶었지만 그는 무슨 말부터 꺼내야 할지 몰랐다. 그럼 레네에게는 뭐라고 그럴싸한 핑계를 대지?

게다가 토비아스의 얼굴이 갈수록 환해지며 틸에게 점점 영향을 주는 바람에 결국 그는 아들의 기쁨을 위해서 이의를 달 생각을 할 수 없었다. 그럼에도 그는 숲을 거니는 동안 내내 불안에서 벗어나지 못했다. 그는 유모차를 끙끙 밀면서 깊은 모래밭을 지나갔으며, 토비아스가 따온 온갖 꽃들을 그 위에다 올려놓았다.

아이는 유난히 명랑했다. 그는 갈색 플러시 모자를 쓰고 양치식물들 사이를 이리저리 뛰어다니며 서툰 솜씨로 나불대는 유리날개 나방을 잡으려고 했다. 레네는 도착하자마자 밭을 곰곰이 살펴보았다. 그녀는 씨앗으로 가져온 감자 조각이 든 자루를 조그만 자작나무 언저리의 풀 위에 내려놓고는 무릎을 꿇고 거친 손가락 사이로 거무스름한 모래를 흘려보냈다.

틸이 궁금한 듯 그녀를 살펴보았다.

"그래, 어때?"

"슈프레강 모퉁이 밭만큼 좋아!" 건널목지기는 마음이 가벼워졌다. 그녀가 불만스러워할까 봐 걱정했는데 안심이 되어 텁수룩한 수염을 쓰다듬었다.

서둘러 두툼한 빵 한 조각을 먹어치운 뒤 여자는 숄과 윗옷을 벗어 던지고, 기계와 같은 속도와 지구력으로 땅을 파기 시작했다.

일정한 간격으로 허리를 펴고 공기를 깊게 들이키기도 했지만 그것도 잠깐뿐이었다. 아기에게 젖을 줘야할 때조차 숨을 헐떡이며 땀이 떨어지는 가슴을 서둘러 물렸다.

얼마쯤 지나 건널목지기가 막사 앞의 승강장에서 그녀에게 "난 철도를 순찰해야 하는데 토비아스를 데리고 가겠소" 하고 외쳤다.

"아니 뭐라고? 말도 안 되는 소리를!" 하고 그녀가 크게 대꾸했다. 그리고 더 큰 소리로 "애는 누구더러 보라고? 이리 좀 와요!" 하고 덧붙였지만 틸은 못 들은 척하고 토비아스를 데리고 떠났다.

처음에 그녀는 뒤쫓아 갈까 하고 생각했지만 시간만 낭비될 뿐이어서 그만두었다. 틸은 토비아스를 데리고 선로를 따라 걸었다. 아이는 자못 흥분해 있었다. 모든 게 신기했던 것이다. 그는 햇볕에 달궈진 좁고 검은 선로가 무엇을 의미하는지 이해하지 못 했다. 그는 끊임없이, 온갖 별난 질문을 했다. 무엇보다 전주에서 따르릉거리는 것이 신기했다. 틸은 담당 구역의 전주는 낱낱이 다 알고 있어서 그는 눈을 감고서도 지금 선로 어디쯤에 서있는지 늘 알 정도였다.

그는 나무에서 나오는, 교회에서 울려나오는 낭랑한 찬송가 같은 멋진 소리들을 들으려고 토비아스의 손을 잡은 채 몇 번이나 걸음을 멈추었다. 담당 구역 남쪽 끝에 있는 전주는 울림이 깊고 아름다 웠다. 그 안에서는 여러 음들이 뒤섞여 한결같은 소리를 냈다. 그래서 토비아스는 구멍을 통해 이렇게 기분 좋은 소리를 내는 장본인을 찾아내려고 비바람에 상한 나무 주위를 빙빙거렸다. 건널목지기는 교회에 있을 때처럼 엄숙한 기분이 들었다. 또 시간이 흐름에 따라 죽은 아내를 떠올리는 소리가 구별되었다. 그는 그것이 죽은 영령들의 합창이며 그 안에 그녀의 목소리도 섞여 있다고 상상했다. 이 생각이 그의 마음속에서 동경과 감동을 일으키며 눈물까지 자아냈다.

토비아스가 자작나무 숲가에 피어있는 꽃을 갖고 싶어 하자 틸은 언제나 그렇듯이 아이가 해달라는 대로 해 주었다.

파란 하늘 조각들이 숲 바닥으로 내려왔는지 숲에는 작은 푸른 꽃들이 빽빽했다. 하얗게 빛나는 나무줄기 사이로는 색색의 깃발 같이 생긴 나비들이 소리 없이 훨훨 날아다녔으며, 자작나무 우듬지의 무성한 연초록 잎들 사이로는 부드러운 이슬비가 지나갔다.

토비아스는 꽃을 따고 아버지는 생각에 잠겨 그를 바라보았다. 아이도 가끔 눈을 들어 나뭇잎 사이로 티 없이 맑고 푸른, 거대한 수정 접시처럼 태양의 황금빛을 담은 하늘을 쳐다보았다.

"아버지, 저게 하느님이야?" 홀로 서있는 소나무 줄기를 할퀴며 위로 사라진 갈색 다람쥐를 가리키며 아이가 뜬금없이 물었다.

"이런 멍청이." 틸이 달리 아무 말고 못하는 사이에 줄기에서 뜯겨진 나무껍질이 그의 발 앞에 떨어졌다.

틸과 토비아스가 돌아와 보니 어머니는 여전히 땅을 파고 있었다. 밭은 반이나 갈아져 있었다.

열차가 짧은 간격으로 연달아 들어왔으며, 그때마다 토비아스는 입을 벌린 채 기차가 쏜살같이 지나가는 것을 바라보았다.

어머니도 그의 우스꽝스러운 표정을 보고 즐거워했다.

점심으로는 막사 안에서 감자와 돼지구이 남은 것을 먹었다. 레네는 기분이 좋았으며 틸도 어쩔 수 없는 상황에 점잖게 순응하려는 것 같았다. 그는 식사를 하는 동안 자기 직무에 관한 온갖 이야기로 아내를 즐겁게 해 주었다. 그녀에게 한 선로에 나사못이 마흔 여섯 개나 박혀 있다는 것을 상상할 수 있겠느냐고 묻는 등 그런 식이었다.

오전에 밭갈이가 끝나 레네는 오후에 감자를 심을 예정이었다. 그녀는 이제 토비아스가 아기를 봐야한다고 우겨 그를 데려갔다.

"조심해 …." 갑자기 걱정이 되는지 틸이 그녀를 향해 외쳤다. "아이가 선로에 너무 가까이 가지 않도록 주의하라고."

레네는 대답으로 어깨를 한 번 으쓱했다.

슐레지엔 행 급행열차가 온다는 신호가 와서 틸은 자기 위치로 가야 했다. 근무 준비를 마치고 차단 봉 옆에 서자마자 열차가 돌진해오는 소리가 들렸다.

기차가 보이며 점점 가까워졌다. 기관차는 끊임없이 숨을 식식거리며 검은 연통으로 수증기를 토해냈다. 이때 — 한 번, 두 번, 세 번 — 분사된 우윳빛 증기가 수직으로 솟아오르더니 곧이어 기관차의 기적소리가 공기를 타고 울려왔다. 세 번 계속, 짧고 날카롭게…. 심상치 않았다. 틸은 브레이크를 거는군, 대체 왜 그러지? 하고 생각했다. 그리고 다시 반응을 재촉하며 비상기적을 울려댔는데 이번에는 끊이지 않고 길게 울렸다.

틸이 선로구간의 상황을 파악하려고 앞으로 나갔다. 그는 기계적으로 통에서 붉은 기를 빼내어 선로 위로 쑥 내밀었다. 아, 이런 …. 눈이 멀었나? 하느님 맙소사. 오! 예수, 예수 그리스도! 저게 뭐지? 저기! 저 레일 사이에 …. "정, 정지!" 건널목지기가 힘껏 소리쳤다. 너무 늦었다. 검은 물체 하나가 기차 밑에 들어가 바퀴 사이에서 고무공처럼 이리저리 치이고 있었다. 또 몇 순간이 지나고, 브레이크가 삐걱대며 끽 하는 소리가 들렸다. 기차가 섰다.

한적한 구간이 갑자기 분주해졌다. 열차 기관사와 차장이 기차 뒤쪽을 향해 자갈길을 달려왔다. 호기심에 찬 얼굴들이 창밖으로 내다보는가 싶더니 이제는 사람들이 앞다퉈 몰려오고 있었다.

틸이 가쁜 숨을 내쉬었다. 그는 도축된 황소같이 쓰러지지 않도록 자신을 다잡아야 했다. 과연, 사람들이 그에게 손짓했다.

"안 돼!"

사고 지점에서 비명소리가 공기를 찢었으며 그 뒤로 동물의 목에서 나오는 듯한 울음소리가 이어진다. 누구지?! 레네?! 그녀 목소리가 아닌 것 같은데 ….

한 사내가 급히 선로를 달려온다.

"건널목지기!"

"무슨 일인 가요?"

"사고요!" 심부름꾼이 놀라 물러선다. 건널목지기의 눈 움직임이 이상야릇했던 것이다. 모자가 비스듬히 얹혀 있고 붉은 머리칼이 곤두선 것 같다.

"아직 살아 있어요, 도울 수 있을 것 같은데."

오직 색색거리는 숨소리만 들린다.

"어서 와요, 어서!"

틸은 안간힘을 다해 몸을 움직인다. 늘어진 근육이 긴장하고 그는 다시 기운을 차린다. 멍청하고 무감각한 표정이다.

심부름꾼과 함께 달려가는 동안 창에 비친 놀란 여행객들의 창백한 얼굴은 눈에 들어오지도 않는다. 한 젊은 부인, 터키모자를 쓴 외판원, 신혼여행 중인 듯한 젊은 남녀가 내다보고 있다. 그와 무슨 상관이 있지? 그는 쿠션 좌석이 있는 객실 내부에는 관심을 가져본 적이 없었다. 그의 귀는 레네가 울부짖는 소리로 가득하다. 눈앞에서 뭐가, 개똥벌레 같은 노란 점들이, 무수히 가물거린다. 그는 움찔하며 멈춰 선다. 춤추는 개똥벌레들 사이로 해쓱하고 축 늘어진 피투성이 물체가 보인다. 두들겨 맞아 갈색과 푸른 빛으로 변한 이마, 검은 피가 맺힌 푸른 입술. 바로 그다.

틸은 말을 하지 않는다. 그의 얼굴빛이 푸르죽죽해진다. 그는 얼빠진 듯 웃다가 마침내 허리를 굽혀 팔에 죽은 듯 늘어진 사지를 힘겹게 안아 붉은 기로 감싼다.

걷는다.

어디로?

"철도 의사에게, 철도 의사에게"라는 소리가 동시에 울린다.

수하물 계장이 "우리가 바로 데리고 가겠소" 하고서 타고 온 차에다 근무복과 책으로 침상을 만든다. "자 그런데?"

틸이 사고를 당한 아이를 놓아주려 하지 않는다. 사람들이 그를 재촉한다. 헛수고다. 수하물 계장이 수하물 칸에서 들것을 가져오더니 한 사람에게 아이의 아버지를 도와주라고 지시한다.

시간이 금쪽같다. 기관사가 호루라기를 분다. 차창에서 동전이 비 오듯 쏟아진다.

레네가 미친 듯이 행동한다.

객실에서 "불쌍한 여자 같으니"라고 말한다. "아 가엽고 불쌍한 엄마."

기관사가 다시 호루라기를 분다. 삐—. 기관차의 실린더가 하얀 증기를 식식 내뿜으며 쇠로 된 심줄을 내뻗는다. 몇 초도 지나지 않아 급행열차는 길게 연기를 나부끼며 두 배나 빠른 속도로 숲을 지나간다.

생각이 바뀌었는지 건널목지기가 반죽음이 된 아이를 들것에 올려놓는다. 그곳에 아이가 찌부러진 모습으로 누워 있는데, 가끔 숨을 길게 그르렁거릴 때면 가리가리 찢겨진 셔츠 밑에서 뼈만 앙상한 가슴이 솟아오른다. 조그만 팔과 다리는 관절만 부러진 게 아니어서 아주 이상한 자세를 취하고 있다. 조그만 발꿈치는 앞으로 비틀려 있다. 들것 밖으로 나온 팔들이 헐렁거린다.

레네는 계속 슬피 울고 있다. 그런 그녀에게서 이전의 고집은 사라지고 흔적조차 없다. 그녀는 이 사건에 아무 잘못이 없다고 결백을 밝힐 셈으로 내내 같은 이야기만 되풀이한다.

틸은 그녀에게는 아랑곳없다는 듯 무척이나 걱정스러운 표정을 지은 채 눈이 아이에게서 떨어지지 않는다.

사방이 조용해졌다. 죽은 듯 고요하다. 눈부신 자갈 위에 검고 뜨거운 선로가 쉬고 있다. 한낮이 바람의 숨통을 막아놓고 숲은 돌로 이루어진 듯 꼼짝도 하지 않는다.

사람들이 모여 조용히 의논한다. 가장 빨리 프리드리히스하겐으로 가려면 브레슬라우 방향에 있는 역으로 돌아가야 하는데 바로 다음에 오는 급행 여객열차는 프리드리히스하겐과 가까운 역에는 정지하지 않기 때문이다.

틸은 함께 가야할지 곰곰 생각하는 것 같다. 지금 당장은 근무 요령을 아는 사람이 아무도 없다. 말없이 아내에게 들것을 들으라고 손짓을 한 번 한다. 그녀는 혼자 남게 될 아기가 걱정되지만 감히 저항하지 않는다.

그녀와 낯선 남자가 함께 들것을 든다. 틸은 자기 구역의 경계까지 행렬을 따라 가 그곳에 서서 오랫동안 배웅한다. 그가 손바닥으로 갑자기 이마를 치자 소리가 멀리까지 울린다.

자신을 깨우려고 그러는 것이다. 그는 이 또한 어제와 같은 꿈일 거라고 중얼대지만 부질없는 짓이었다. 그는 걸어서, 아니 비틀걸음으로 막사에 도착했다. 안에서 그는 얼굴을 땅에 대고 쓰러졌다. 모자가 구석으로 구르고, 꼼꼼하게 간수한 시계가 주머니에서 떨어지며 테가 떨어져나가고 유리가 깨졌다. 그가 아무리 끙끙대며 빠져 나오려고 해도 쇠로 된 손이 꼼짝 못하게 그의 목덜미를 꽉 잡고 있는 것 같았다. 이마는 싸늘하고 눈은 건조했으며, 목이 탔다.

신호종 소리가 그를 깨웠다. 세 번 반복되는 종소리 덕분에 발작이 가라앉았다. 이제는 일어나 근무할 수 있었다. 발은 납처럼 무겁고, 선로 또한 그의 머리를 축으로 삼아 엄청나게 큰 바퀴의 살처럼 빙빙 돌았지만, 그래도 잠시 똑바로 서있을 만큼 기력을 되찾았다.

여객열차가 다가왔다. 토비아스가 그 안에 있을 것이다. 기차가 가까워질수록 눈앞의 모습들도 점점 더 흐릿해졌다. 맨 나중에는 만신창이가 된 아이가 입에서 피를 흘리고 있는 것만 보였다. 이윽고 밤이 되었다.

얼마 후 그는 정신을 차렸다. 일어나 보니 차단봉 바로 옆의 뜨거운 모래 위에 누워 있었다. 그는 옷에서 모래알을 털고 입속의 것도 뱉어냈다. 머리가 조금 가뿐해져 좀 더 차분히 생각할 수 있었다.

곧 막사 바닥에 떨어져 있는 시계를 집어 책상 위에 놓았다. 떨어뜨렸는데도 시계는 멈추지 않았다. 그는 두 시간 동안 분과 초를 세면서 토비아스가 어떻게 되었을지 상상하며 보냈다. 레네가 토비아스와 함께 도착했으며 지금 의사 앞에 서 있었다. 의사는 아이를 살피고 만져보더니 고개를 저었다.

"나빠요, 매우 나빠. 그래도 혹시 …. 누가 압니까?" 그는 더 자세히 진찰했다. 그러고 나서는 "안 되겠습니다. 안 되겠어요. 끝났어요" 하고 말했다.

"끝났다고, 끝났어" 하며 건널목지기가 신음소리를 냈다. 그러고는 벌떡 일어나 눈을 굴리며 천장을 응시하고는 자기도 모르게 쳐든 손을 움커진 채 좁은 방이 터져 무너지도록 소리쳤다. "그 아이는 살아야 돼, 꼭 살아야 돼. 꼭 살아야 된단 말이야" 그리고 다시 막사 문을 밀쳐 열자 붉은 저녁놀이 들이닥쳤다. 그는 다시 차단기가 있는 곳으로 뛰다시피 걸었다. 여기서 무엇에 놀란 듯 한참 동안 서 있다가 — 마치 여객열차 쪽에서 온 무언가를 세우려는 것처럼 — 갑자기 두 팔을 벌리고 철둑 가운데까지 걸어갔다. 이때 부릅뜬 그의 눈이 먼 듯한 느낌을 주었다.

그는 무엇을 피하는지 뒷걸음질 치며 잇새로 말을 끊임없이 내뱉었는데 반밖에 알아들을 수 없었다. "이봐 듣고 있어? 서! 이봐 들어 보라고. 서! 개를 돌려줘! 애가 맞아서 퍼렇게 멍이 들었어. 아 그래 좋아. 그년을 시퍼렇게 멍이 들도록 패주겠어, 알았지? 서! 개를 돌려줘."

마치 무언가가 그의 옆을 지나가는 것 같았다. 그것을 쫓아가는 것처럼 그가 다른 쪽으로 몸을 틀었던 것이다.

"여보, 미나." 그의 목소리가 어린애처럼 울먹거렸다. "이봐, 미나, 내 말 듣고 있어? 애를 돌려달라니까 …." 그는 누구를 붙잡으려는 듯 허공을 더듬었다. "마누라! 그래, 이제 그년을 …. 그년을 똑같이 때려주겠어. 퍼렇게 멍이 들도록 …. 똑같이 패준다고! 또 도끼로 알지? 부엌에 있는 손도끼 말이야. 그걸로 그년을 내리쳐버릴 거야, 그러면 그 자리서 쭉 뻗어버리겠지.

그리고 말이야 …. 그래 도끼로, 손도끼로 말이야. 검은 피! 그의 입에는 거품이 묻어 있었고 흐릿한 눈동자가 끊임없이 움직였다.

부드러운 저녁 바람이 내내 숲을 가볍게 쓰다듬고 있었으며 서쪽 하늘에는 곱슬곱슬한 분홍빛 구름이 걸려 있었다.

그는 이렇게 백 걸음쯤 보이지 않는 것을 쫓아가다가 멈추었는데 풀이 죽은 모습이었다. 그는 겁에 질린 얼굴로 애원하고 간청하며 팔을 쭉 폈다. 그는 눈을 크게 뜨고 다시 한번 멀리 있는 헛것을 보려고 눈을 손으로 가렸다. 마침내 손이 아래로 내려오고 긴장된 얼굴 표정이 흐리멍덩한 무표정으로 바뀌었다. 그는 돌아서서 온 길을 터덕터덕 걸어갔다.

해가 마지막 열기를 숲 위로 쏟아 붓고 사라져버렸다. 소나무 줄기가 파리하게 썩은 해골처럼 우듬지 사이로 박혀 있었으며 우듬지는 소나무 줄기를 흑회색 진흙층처럼 누르고 있었다. 딱따구리 한 마리의 나무 쪼는 소리가 적막을 파고들었다. 차가운 회청색 하늘에 때늦은 장미 구름 한 점이 지나갔다. 산들바람이 눅눅해지자 몸이 오싹했다. 모든 게 새롭고 낯설었다. 그는 어디로 가는지, 자신을 에워싸고 있는 게 무엇인지 몰랐다. 이때 다람쥐 한 마리가 선로 위를 획 스쳐갔지만 틸은 생각에 잠겨 있었다. 왜 그런지는 몰랐지만 그는 하느님을 생각할 수밖에 없었다. "하느님이 길 위를 뛰어가신다, 하느님이 길 위를 뛰어가셔." 그는 무언가 이와 관련이 있는 것을 찾으려고 이 문장을 여러 번 되풀이했다. 그가 말을 멈추자 머릿속을 번쩍 스치는 것이 있었다. "아 맙소사, 이거 완전히 미쳤군." 그는 모든 걸 잊어버리고 이 새로운 적에게 덤벼들었다. 생각을 정리해 보았지만, 부질없는 짓! 막연한 방랑과 배회일 뿐이었다. 문득 자신이 터무니없는 생각을 하고 있으며 자신이 무기력하다는 것을 깨닫자 소름이 일었다.

가까운 자작나무숲에서 어린애가 울부짖는 소리가 났다. 바로 발광의 징조였다. 그는 썩 내키지 않았지만 어쩔 수 없이 그리로 달려갔다. 아기가 돌보는 사람도 없이 이불도 깔지 않은 유모차에 누워 울며 버둥대고 있었다. 무엇을 하려는 거지? 무엇이 그를 이리로 이끌었지? 감정과 생각의 소용돌이가 이런 질문들을 삼켜버렸다.

"하느님이 길 위를 뛰어가신다"가 무슨 뜻인지 그는 이제야 알았다. "토비아스. 그년이 개를 죽였어, 레네가. 그년에게 아이를 맡겼는데, — 그는 "계모, 무정한 어미 같으니" 하며 이를 갈았다. "그런데 그년의 새끼는 살아 있어." 붉은 안개가 그의 의식을 휘말고 아이의 두 눈이 그를 사로잡았다. 손가락 사이로 부드러운 살덩이 같은 게 느껴졌다. 그렁그렁

삑삑거리는 소리가 목이 잠겨 외치는 소리와 함께 귓전을 때렸지만 그는 그것이 어디서 나는지 몰랐다.

이때 머릿속에 뭔가 뜨거운 밀랍 방울 같은 것이 떨어지며 그의 정신에서 경직된 면이 걷혔다. 정신이 들면서 허공을 가르고 신호종의 메아리가 울려왔다.

그는 문득 자신이 무슨 짓을 하려고 했는지 깨닫고 그의 손아귀에서 꿈틀거리고 있는 아이의 목에서 손을 떼었다. 아이가 아득바득 숨을 들이키더니 콜록거리며 울기 시작했다. "살아 있구나! 다행히 살아 있어!" 그는 아이를 눕혀두고 건널목으로 달려갔다. 멀리서 검은 연기가 선로 위를 굴러오면 바람이 그것을 바닥으로 내리눌렀다. 뒤에서 기관차가 헐떡거리는 소리가 들렸는데 병든 거인이 발작적으로 힘겹게 숨 쉬는 것 같았다.

차가운 황혼이 일대를 덮었다.

잠시 뒤 매연이 흩어지자 자갈 운송 열차가 보였다. 빈 화차를 달고 종일 선로에서 일한 노동자들을 싣고 돌아가고 있었다.

이 차는 운행 시간을 여유 있게 잡았기 때문에 흩어져 일하고 있는 노동자들을 태우거나, 반대로 다른 사람을 내려주기 위해 어디서나 멈출 수 있었다. 틸의 막사에서 꽤 떨어진 곳에서 브레이크가 걸렸다. 시끄럽게 끼익하는 소리, 윙윙거리는 소리, 쩔그럭거리는 소리, 덜컹대는 소리가 저녁의 적막을 멀리까지 뚫고 나갔으며 마침내 기차가 한번 길게 날카로운 소리를 지르며 멈추었다.

화차에는 쉰 명쯤 되는 남녀 인부들이 나눠 타고 있었다. 거의 모두가 꼿꼿이 서있었으며 남자들 중 몇은 모자를 벗고 있었다. 이들의 태도에는 묘한 격식이 있었다. 건널목지기가 나타나자 서로 수군대는 소리가 났다. 노인들은 누런 잇새에서 담배 빨부리를 빼고 점잖게 손에 들었다. 여기저기서 얼굴을 돌리고 코를 푸는 여자들도 있었다. 기관사가 선로 위로 내려와 틸을 향해 걸어갔다. 인부들은 그가 틸과 엄숙하게 악수하는 것을 보았다. 그러자 틸은 천천히, 군인처럼 뻣뻣한 걸음으로 마지막 찻간을 향해 걸어갔다.

인부들 모두 틸과 아는 사이였지만 아무도 그에게 말을 걸지 못했다.

마지막 찻간에서는 사람들이 마침 어린 토비아스를 내리고 있었다.

그는 죽어 있었다.

그 뒤를 레네가 따라왔는데 얼굴이 파리하고 눈언저리가 갈색으로 물들어 있었다.

틸은 그녀를 거들떠보지도 않았다. 그녀는 남편을 보고 깜짝 놀랐다. 볼이 움푹 들어갔고 눈썹과 수염이 엉클어져있었으며 정수리의 센머리도 전보다 더 늘어난 것 같았다. 얼굴은 말라붙은 눈물 자국투성이었다. 더구나 그의 불안한 눈빛을 보자 그녀는 공포심이 일었다.

사람들은 시신을 운반할 수 있도록 들것을 다시 가져왔다.

잠시 스산한 정적이 감돌았다. 틸은 섬뜩한 몽상에 깊이 빠졌다. 날이 더 어두워졌다. 한 무리 노루가 철둑을 지나가고 있었다. 수놈이 선로와 선로 사이에 멈춰 섰다. 궁금하다는 듯 고개를 돌린 채 갸우뚱거렸는데 기관차가 경적 소리을 울리자 무리와 함께 재빨리 사라져버렸다.

기차가 움직이려는 순간 틸이 쓰러졌다.

기차가 다시 서고 어떻게 해야 될지 깊은 토론이 벌어졌다. 그 결과 아이의 시체를 잠시 막사 안에 놓아두고 그 대신 아무래도 의식을 회복시킬 수 없는 건널목지기를 들것에 실어 집으로 데려가기로 결정했다.

그리하여 그대로 이루어졌다. 두 남자가 실신한 사람을 들것에 싣고 가고 그 뒤를 레네가 끊임없이 흐느끼며 따라갔다. 얼굴은 눈물범벅이 된 채 아기를 실은 유모차를 모래밭 위로 밀면서.

달은 거대한 보랏빛 공처럼 나무숲의 소나무 줄기 사이에 걸려 있었다. 달은 높이 올라갈수록 작아지는 것 같았으며 빛도 더욱 희미해졌다. 마침내 달이 등처럼 숲 위에 드리워지자 달은 수관(樹冠)의 빈틈과 사이로 은은한 빛발을 밀어내어 그곳을 지나는 이들의 얼굴을 유령처럼 보이게 했다.

사람들은 밀집한 어린 나무 사이를 지나서 큰키나무로 둘러싸인 넓은 보호림을 따라 민첩하면서도 조심스럽게 나아갔다. 크고 어두운 물통 같은 그 곳에 창백한 빛이 모여 있었다.

실신한 사람이 가끔 숨을 그르렁거렸으며 헛소리도 시작했다. 그는 몇 번이나 주먹을 쥐고 눈을 감은 채 일어서려고 했다.

슈프레 강 너머로 그를 날아 옮기려니 이만저만한 수고가 아니었다. 또 여자와 아기를 데려오느라 강을 두 번이나 건너야 했다.

마을의 조그만 언덕에 올랐을 때 마을 사람 몇 명을 만났는데, 이들은 곧 사고 발생 소식을 퍼뜨렸다.

온 마을이 생기를 띠었다.

아는 사람들을 만날 때마다 레네는 새삼스레 통곡을 터뜨렸다.

사람들은 수고 끝에 병자를 좁은 나무계단 위의 집안으로 옮기자마자 침대에 눕혔다. 인부들은 죽은 토비아스를 데려오려고 바로 돌아갔다.

경험 많은 노인들이 찬찜질을 권하자 레네는 열심히 그리고 조심스레 지시에 따랐다. 그녀는 얼음처럼 찬 우물물에 수건을 담가두었다가 실신한 사람의 화끈거리는 이마 위의 수건이 뜨거워지면 바로 찬 것으로 바꾸었다. 그녀는 안절부절 환자의 호흡을 지켜보았는데, 시시각각 규칙적인 숨결을 보이는 것 같았다.

그녀는 낮의 혼란스러운 일로 녹초가 되었기에 잠깐 잠을 자려고 했지만 마음이 편치 않았다. 눈을 감으나 뜨나 과거에 있었던 일들이 끊임없이 스쳐갔다. 아이는 자고 있었다. 평소 버릇과 달리 아이를 별로 챙기지 않았다. 그녀는 완전히 다른 여자가 되어버렸다. 이전의 반항적인 구석은 어디에도 없었다. 이 해쓱하고 땀으로 번득이는 얼굴의 병자가 잠을 자면서 그녀를 지배하고 있었던 것이다.

구름이 달을 가리자 방안은 컴컴해졌으며 남편이 가쁘게, 그러나 한결같이 숨을 들이쉬는 소리만 들렸다. 레네는 불을 켜야 하나 하고 생각했다. 어둠 속에 있자니 기분이 으시시했다. 그녀가 일어나려고 했지만 팔다리 모두 납처럼 무거웠다. 눈꺼풀이 감기며 잠이 들었다.

몇 시간 뒤, 사람들이 아이의 시체를 들고 돌아와 보니 대문이 활짝 열려 있었다. 사태가 이상하다고 느껴 모두들 계단을 올라가 집에 들어가 보니 그 문도 활짝 열려 있었다.

몇 번이나 여자의 이름을 불러 보았지만 아무 대답도 없었다. 마침내 성냥을 벽에 대고 긋자 불빛이 번쩍 비치며 끔직한 참상이 드러났다.

"살인이다, 살인!"

레네는 피투성이로 누워 있었는데 두개골이 부서져 얼굴을 알아볼 수 없었다.

"틸이 자기 마누라를 죽였다, 자기 마누라를 죽였어!"

사람들이 갈팡질팡 어쩔 줄을 몰랐다. 이웃사람들이 왔으며, 한 사람이 요람에 부딪혔다.

"이키!"

그리고 갑자기 물러섰다. 얼굴에는 핏기가 가시고 눈빛은 놀라 멍했다. 그곳에 아기가 목이 잘린 채 누워 있었다.

틸은 없었다. 그날 밤에 수색을 벌여보았지만 성과가 없었다. 다음날 아침 근무 중인 건널목지기가 토비아스가 치였던 선로 사이 현장에 그가 앉아 있는 것을 발견했다.

그는 갈색 털실 모자를 팔에 안고 그게 살아 있는 것인 양 계속 쓰다듬고 있었다.

건널목지기가 그에게 몇 가지 질문을 해 보았지만 아무 대답도 듣지 못했으며, 곧 자기가 미친 사람을 상대하고 있다는 것 알아챘다.

중간신호소의 건널목지기가 그 사실을 전달받고 전신으로 도움을 요청했다.

바로 여러 사람이 좋은 말로 설득해 그를 선로에서 나오게 하려고 해봤지만 허사였다.

이 시간에 이곳을 통과하는 급행열차가 어쩔 수 없이 멈춰 섰으며, 막강한 승무원들이 나서서야 무섭게 발광하기 시작한 병자를 선로에서 강제로 들어낼 수 있었다.

그는 손과 발을 묶여야 했으며 그 동안에 징발된 무장 경관의 감시 하에 베를린 구치소로 호송되었지만 바로 그날 베를린 차리테 병원 정신과로 넘겨졌다. 이송 중에도 그는 손에 갈색 모자를 들고 있었으며, 남이 가져갈까 봐 조심스러우면서도 정겨이 그것을 돌봤다.

게르하르트 하우프트만:
『건널목지기 틸』

『건널목지기 틸』 서술의 바탕은 대조와 모순이다. 틸은 체격이 건장하지만 마음은 여리다. 그의 첫 아내 미나는 가냘프고 병약하지만 반대로 둘째 아내 레네는 크고 억세다. 틸은 집에서 육욕적인 레네에 매여 살지만 건널목지기 막사에서는 죽은 미나와 정신적으로 그녀와 교류하며 지낸다. 문체적으로도 사실적인 묘사와 상징적인 표현들이 엇갈려 쓰인다.

“그는 책상 위에 죽은 아내의 빛바랜 사진과 찬송가책 그리고 성서를 펴놓고 (….) 밤새도록 읽기와 노래를 반복했다. 그러다가 무아경에 빠져들고 환영들이 나타나면 죽은 아내가 눈앞에 생생히 보였다.”

틸은 정신적으로는 미나에게, 육체적으로 레네에게 매인 존재다. 『건널목지기 틸』에서는 틸의 이런 처지를 거미줄에 걸린 모습으로 묘사한다.

“그는 가느다란 거미줄 같이 살며시, 그러면서도 철망처럼 단단히 그를 묶고, 제압하여 무력하게 만드는 힘에 휩싸였다.”

틸의 이중생활은 슈프레 강변의 쇤-쇼른슈타인과 건널목지기 막사에서 이루어진다. 한동안 후자는 구속이 없는 자유공간처럼 보인다. 그러나 철로와 기차 묘사는 여러 모로 심상치 않은 모습을 보인다. 철로는 “푸른 숲"과 "침엽수"를 가로질러 끝없이 뻗어나가는가하면 "지글거리는 뱀처럼 뜨겁게 달아" 오르기도 한다. 또 틸의 꿈에서 미나가 뭔가 "보자기로 둘둘 말아" 들고 선로 위에 서 있는데 "물렁하고 피투성이로 파리해 보이는 것"이었다.

기차조차 인간이 만든 기계로서 마음대로 부릴 수 있는 것이 아니라 어두운 자연에서 부화해 "씩씩대며" 달려오는 "검은 괴물"로 묘사된다.

"어둠을 헤치고 거대한 괴물의 퉁방울눈처럼 붉고 둥근 두 불빛이 들어왔다. 그들에 앞서 피처럼 빨간 불빛이 들어와 자신의 세력 범위에 있는 빗방울을 핏방울로 바꾸었다. 마치 하늘에서 피가 내리는 것 같았다. 틸은 공포를 느꼈으며 기차가 가까이 다가올수록 두려움도 커졌다."

한 마디로 틸의 운명이 선로 위에 놓여 있으며 언젠가는 기차처럼 나락으로 치달을 것임을 짐작할 수 있다. 실제로 『건널목지기 틸』에서 틸의 아들 토비아스가 기차에 치이는 사고가 일어나며, 이것을 계기로 틸의 정신적 파국과 광란 그리고 살인이 줄줄이 이어진다. 철로가 불행의 장소이고 기차는 운명의 견인차인 것이다. 이렇게 『건널목지기 틸』에는 기계 문명 시대를 대표하는 철로와 기차는 사회적 심리적 환경으로서 개인의 삶을 규정하고 위협한다는 문학관이 생생히 표현되어 있다.

Wolfgang Borchert: 『*Das Bort*』

볼프강 보르헤르트:『빵』

볼프강 보르헤르트 Wolfgang Borchert

볼프강 보르헤르트Wolfgang Borchert(1921-1947)는 함부르크에서 교사의 아들로 태어났다. 서점 점원 노릇을 하다가 배우가 되었으나 제 2차 세계대전에 소집되어 동부전선에서 부상을 입고 황달과 발진티푸스로 병원에 입원했지만 병역기피 혐의와 나치스 비방 죄로 병원과 감방 드나들기를 반복했다. 전후에 잠시 무대 생활로 돌아왔지만 26세에 젊은 나이로 병사했다.

대표작은 희곡『문 밖에서』(1947)은 '잃어버린 세대'의 전형을 보여주는 작품으로서 죽기 하루 전에 라디오 드라마로 방송되어 비상한 반향을 불러일으켰다. 시집으로『가로등과 밤과 별』(1846), 단편집『민들레』(1847) 등이 있다.

Wolfgang Borchert:
Das Bort

볼프강 보르헤르트:『빵』

갑자기 그녀가 잠에서 깼다. 두시 반이었다. 그녀는 무엇 때문에 잠이 깨었는지 곰곰 생각했다. 아, 그렇지! 부엌에서 누군가가 의자에 부딪혔었던 것이다. 그녀는 부엌 쪽에 귀를 기울였다. 조용했다. 너무 조용해서 그녀는 침대 옆자리를 손으로 쓸어 보았다. 아무도 없었다. 바로 그 때문에, 그의 숨소리가 들리지 않아, 그토록 조용했던 것이다. 그녀는 자리에서 일어나 더듬더듬 어두운 방을 지나 부엌으로 갔다. 그들은 부엌에서 마주쳤다. 두시 반이었다. 그녀가 보니 찬장 옆에 무언가 하연 것이 서 있었다. 불을 켰다. 그들은 속옷 바람으로 서서 마주보았다. 두시 반. 부엌에서.

부엌 식탁 위에는 빵 접시가 놓여 있었다. 그가 빵을 썰어 놓은 것이 보였다. 접시 옆에는 칼까지 놓여 있었고, 식탁보에는 빵부스러기가 붙어 있었다. 잠자리에 들 때 그녀는 늘 식탁보를 깨끗이 해놓았다. 매일 저녁. 그런데 지금 식탁보에 빵부스러기가 놓여 있었던 것이다. 칼도 거기에 있었다. 그녀는 타일의 냉기가 천천히 그녀 몸을 타고 올라오는 것을 느꼈다. 이윽고 그녀가 접시에서 눈을 떼었다.

"여기에 무슨 일이 있는 줄 알았소" 하고 그가 말하며 부엌을 둘러보았다.

그녀가 "나도 무슨 소리를 들었어요" 하고 말하며 밤에 속옷 차림의 그를 보니 꽤 늙어보였다. 사실 그는 늙은 나이였다. 예순셋. 낮에 가끔 더 젊어 보일 때도 있었다. 그도 그녀가 정말 늙어 보인다고, 속옷 차림의 그녀를 보니 제법 늙어 보인다고 생각했다. 머리칼 때문에 그런지도 몰라. 여자들이 밤에 그렇게 보이는 것은 머리칼 항상 머리칼 때문이지. 머리칼이 갑자기 그렇게 늙게 만들거든.

"신발을 신지 그래요. 그렇게 맨발로 차가운 타일 바닥에 서있다니. 감기 들겠어요."

그녀는 그를 바라보지 않았다. 그가 거짓말하는 것을 견딜 수 없었던 것이다. 결혼한 지 39년이 지났는데 그가 거짓말하는 것을 보려니 ….

"여기에 무슨 일이 있는 줄 알았소" 하고 그가 다시 말하며 괜히 이 구석 저 구석을 둘러보았다. "여기서 무슨 소리가 들렸어. 그래서 여기에 무슨 일이 있는 줄 알았지."

"나도 무슨 소리를 들었어요. 그런데 아무 일도 없었나 봐요." 그녀는 식탁에서 접시를 치우고 빵부스러기를 식탁보에서 털어 냈다.

"그래, 아무것도 아니었소" 하고 그가 자신 없이 말했다.

그녀가 그를 거들어 주었다.

"그만 가요. 밖에서 난 갈 거예요. 침대로 가요. 감기 들겠어요. 타일바닥이 차요."

그가 창쪽을 바라보았다. "그래, 밖에서 난 소리였군. 난 여기서 그런 줄 알았지."

그녀가 전등 스위치로 손을 뻗었다. 지금 불을 꺼야 돼, 그렇지 않으면 접시를 볼 수밖에 없거든, 하고 그녀는 생각했다. 접시를 보아선 안 돼.

"그만 가요."

그녀는 이렇게 말하고 불을 껐다.

"밖에서 난 설 거예요. 바람이 불면 홈통이 늘 벽에 부딪혀요. 홈통에서 그런 것이 틀림없어요. 바람이 불면 늘 달그락거리는 소리를 내거든요."

그들 두 사람은 더듬거리며 복도를 지나 침실로 갔다. 맨발이 바닥에 닿으며 찰싹거렸다.

"바람이군" 하고 그가 말했다. "밤새 바람이 불었어."

그들이 자리에 눕자 그녀가 말했다. "그래요, 밤새도록 바람이 불었어요. 홈통에서 난 소릴 거예요."

"그래요. 난 부엌에서 나는 소리인 줄 알았어요. 홈통이었나 봐요."

그는 반쯤 잠이 든 것처럼 이렇게 말했다.

그러나 그녀는 그가 거짓말을 할 때 목소리가 아주 부자연스럽다는 것을 알고 있었다.

그녀는 "아이 추워" 하며 살짝 하품을 하더니 "이불 속으로 들어가야지. 잘 자요" 하고 말했다.

그도 "잘 자요" 하고서 "그래요, 몹시 춥네" 하고 덧붙였다.

이제 조용했다. 몇 분이 지나 그가 조용히 조심스레 씹는 소리가 났다. 그녀가 깨어 있는 것을 그가 모르게 하려고 그녀는 일부러 깊게 그리고 규칙적으로 숨을 쉬었다. 하지만 그의 씹는 소리가 매우 규칙적이어서 그녀는 서서히 잠이 들었다.

다음 날 저녁에 그가 집에 오자 그녀가 그에게 빵 네 조각을 내밀었다. 여태까지 그는 늘 세 조각만 먹을 수 있었다.

그녀가 "걱정 말고 네 조각 드세요" 하고는 불이 비치지 않는 곳으로 갔다. "난 이 빵이 소화가 잘 안 돼요. 당신이 한 조각 더 드세요. 난 몸에서 잘 받아들이지 않아요."

그가 접시에 머리를 박고 있는 것이 보였다. 그는 눈을 들지 않았다. 이 순간 그가 그의 가슴을 아프게 했다.

그가 접시를 본 채 "당신 두 조각만 먹으면 안 되는데" 하고 말했다.

"괜찮아요. 저녁에 빵을 먹으면 소화가 잘 안 돼요. 어서 들어요. 어서."

그녀는 얼마쯤 지나서야 비로소 불빛이 비치는 식탁에 앉았다.

번역을 마치면서 …

볼프강 보르헤르트:
『빵』

제 2차 세계대전에서 패전한 뒤 극심한 가난과 굶주림, 병과 추위가 독일을 덮친다. 폭격으로 파괴된 거리는 병들거나 부상당한 몸에 누더기 차림으로 귀향한 굶주린 사람들로 넘치고, 산업시설과 시장 기능도 마비된다. 인정, 인간의 품위, 진실, 도덕 및 질서, 믿음, 희망이란 개념은 유통되지 않으며 죽지 않고 살아남는 것만을 절체절명의 과제로 여기는 사회로 변한다.

우리는 유대 관계도, 깊이도 없는 세대이다. 우리의 깊은 속은 나락(奈落)이다. 우리는 행복도, 고향도 그리고 이별도 없는 세대이다. 우리의 태양은 초라하고 우리의 사랑은 인간미가 없으며 우리의 청춘은 젊음이 없다. (볼프강 보르헤르트의 『이별 없는 세대』)

볼프강 보르헤르트의 『빵』의 배경 또한 이런 전후 상황과 맞닿아 있다. 이것은 당시 독일 "어디서든" "누구나" 겪는 일이기에 『빵』에는 구체적인 장소와 인물의 이름도 나오지 않는다. 곤궁에 처한 인간의 본성이 빵 한 조각을 입에 넣으려는 본능으로 오그라든 상황에서는 배고픔을 해결해야 하는 것이 "누구"라는 품격보다 우선일 것이다.

작품에 등장하는 부부는 39년 이상 부엌, 접시, 침대를 함께 써온 사이다. 그런데 이들 사이에 생존의 상징인 빵이 끼어들며 지금까지 쌓아온 관계가 위태로워진다. 빵은 질서와 조화로운 관계 속에 감추어진 무질서로서 극한 상황일수록 큰 갈등을 폭발시킬 가능성이 높다. 아내 몰래 빵을 먹으려다 들킨 남편의 거짓말이 불빛 아래 드러나는 상황을 두려워하여 여자는 남편이 빵을 담았던 접시를 보지 않으려고 창쪽으로 시선을 돌린 채 추위와 바람 소리를 들먹인다. 뒤이어 부부가 밝고 추운 부엌을 벗어나 이불 속으로 들어가면서 갈등 상황도 덮어진다.

다음날 남편이 집에 오자 아내는 그에게 소화가 잘 안 된다고 말하며 자기 몫인 빵 한 조각을 얹어 그에게 네 조각을 준다. 그리고 얼마쯤 지나서 불빛이 비치는 식탁에 돌아와서 앉는다. 이로써 부부의 집은 배고픔과 추위 속의 삭막한 생존본능을 이겨내고 인정이 살아 숨 쉬는 곳으로 환원된다.

Marie von Ebner-Eschenbach:
『*Der Vorzugsschüler*』

마리 폰 에브너-에센바흐:

『우등생』

마리 에브너 폰 에센바흐 Marie von Ebner-Eschenbach

마리 에브너 폰 에센바흐Marie von Ebner-Eschenbach(1830-1916)는 모라비아(체코)의 치스라비츠 성의 지체 높은 두브스키 집안에서 태어났다. 1848년 오스트리아의 에센바흐 남작과 결혼하였으며 남편의 배려로 창작에 몰두할 수 있었다. 감정이입과 가난한 소농민이나 중·하층민이 사는 현실 묘사 능력이 두드러진 작품을 많이 썼다. 주요 작품으로는 소설『보체나』(1875),『보육원 아이』(1887),『시계 만드는 아가씨 로티』(1880) 그리고 자서전적인 단편 소설『우등생』(1906)이 있다.

Marie von Ebner-Eschenbach: 『*Der Vorzugsschüler*』

마리 폰 에브너-에셴바흐

『우등생』

어머니와 아들은 책상 겸 식탁으로 쓰이는 테이블에 마주보고 앉아 있었다. 그 반쪽에는 이미 저녁 식사가 차려져 있었고 아이 앞에는 그가 반년 이상 무척 아껴 쓴 듯한 교과서들이 푸른 갓이 달린 석유등 빛을 받고 있었다. 3월 말이었으며 몇 달 뒤 3학년이 되어서도 게오르크 판너는 예비 과정과 이전 김나지움 학년에서처럼 우등생이 되어야만 했다. 반드시! 집의 행복과 불행, 어머니의 — 그저 상대적일 뿐이지만 — 평화와 밤잠…, 이런 것들이 거기에 달려 있었다. 아버지가 보기에 "아들 녀석"의 열심이 떨어지는 듯 싶으면 그녀가 문책을 당했다. 아이에게는 그것이 다른 어떤 심한 훈계나 벌보다도 큰 효과가 있었다. 그는 어머니를 몹시 따르고 사랑했으며, 낙이라곤 없이 일찍 늙어가는 어머니에게는 아들이 무엇보다 소중한 존재였기 때문이다. 이 둘은 말이 없어도 서로를 이해했고, 하나였다. 내놓고 말한 적은 없지만 이 둘은 제 3자에 대한 방어 및 보호 조약을 맺은 사이였으며, 이들은 마음속에 항상 그에 대한 분노를 품고 있었기 때문에 설령 그가 옳은 경우에도 그들은 언제나 은밀하게 그에게 대들고 있었다. 누가 아그네스 부인에게 그녀 남편에 대한 그녀의 감정은 오래 전부터 두려움과 동정이 반씩 섞여 있을 뿐이라고 하면 그녀는 놀라 화를 냈을 것이다. 자기 아버지에 대해 불경스런 말이 나오면 게오르크는 참지 않고 학교 전체를 상대로라도 싸우려 했을 것이다. 그렇지만 아버지가 옆에 있으면 어머니나 아들 모두 편하지 않았다. 그가 있으면 억눌린 기분이 들며 즐거운 느낌이 피어오르다가도 모두 곧장 사그라졌다. 아무리 그렇다 하지만 이 사람에게는 자기 자식의 현재와 미래의 행복을 걱정하는 것이 인생의 유일한 목적이었다.

아그네스 부인은 하던 일을 무릎에 내려 놓고 옷장 옆의 벽에서 양철추를 흔들고 있는 슈바르츠발트의 뻐꾸기시계를 쳐다보았다. 아주 늦은 시간이었지만 남편은 아직도 사무실에서 오지 않았다. 그곳에서 그들은 그에게 인정사정없이 많은 일을 떠맡겼고 그는 아무 불평도 않고 일을 맡았다. 그것도 모자란지 상사들의 비위를 맞춰 다음 승진 때 관심을 끌려고 몇몇 일거리를 집으로 가져오기도 했다.

그래 맞아, 남편은 억척스레 일했다. 그러니 그가 지칠대로 지쳐 무뚝뚝한 얼굴로 집으로 돌아오는 것은 당연했다. 그리고 아끼고 사랑하는 아들도 부대끼긴 마찬가지였다. 오늘은 정말 심했다. 그의 뺨은 벌그죽죽 타올라 머리 피부까지 불그레했으며, 이마는 찌푸린 채였다. 그는 셔츠 바람으로 앉아, 팔꿈치를 책상 위에 괴고 주먹 쥔 손으로 턱을 받친 채 하염없이 공책만 내려다보고 있었다. 이미 세 번이나 산수 숙제를 풀었지만 그때마다 다른 답이 나왔으며, 그가 보기에 어떤 것도 맞는 답이 아닌 것 같았다.

어머니는 그에게 말을 걸 생각도 못하고 걱정스러운 눈빛으로 방해가 되지 않게 가끔씩 그를 훔쳐보기만 하다가 다시 하던 일에 몰두해 아들이 벗어 놓은 웃 옷 안쪽의 헤진 곳을 부지런히 꿰매었다.

그런데 옆에서 무슨 소리가 들렸다. 부엌문의 자물쇠를 열쇠로 여는 소리였다.

아그네스 부인이 "아버지가 오셨다." 하고 말했다. "쇼르쉬, 끝마쳤니?"

"계산 문제는 아직 멀었어요." 그의 입이 비죽거리더니 갑자기 담황색 속눈썹 사이로 눈물이 솟아났다.

"이런, 쇼르쉬, 제발 울지 마. 알다시피 아버지가 …."

이때 그가 들어왔으며 어머니가 일어서서 그를 맞이했다. 그는 그녀의 조심스러운 태도에 대해 유난스레 친절하게 "여, 안녕." 하고 대답했다.

직급이 주사보인 판너는 자기 아내보다 조금 작고 깡마른 모습이었다. 옷은 그의 몸에 비해 헐렁했다. 정수리에서 위로 숱이 많은 철회색 머리칼이 뻗쳤고, 검고 매우 영리해 보이는 눈 위로 여전히 검은 눈썹이 넓게 직선에 가까운 획을 그리고 있었다. 입은 판너가 정성스레 다듬은, 역시 강한 인상을 주는 검은 수염으로 덮여 있었는데 그 때문에 이 오스트리아 제국 및 왕국의 철도 공무원에게서 군대 냄새가 풍겼다.

큰 서류뭉치를 가져왔음에도 판너는 지르퉁하지 않았다. 그는 아내가 외투를 벗기도록 놔두고서 부드럽게 조용히 "식사를 가져오고 부엌의 등은 꺼요. 대체 무엇 때문에 켜놓고 있는 거지?" 하고 말했다. 그러고서 그에게 얼굴을 돌리지 않고 겁먹어 두려운 눈으로 쳐다보는 아들에게 "계속 공부해!" 하고 명령했다.

"매우 어려워요" 하고 게오르크가 웅얼댔다.

아버지가 그에게 다가가더니 그가 앉은 의자 뒤에 섰다. "어렵다고? 게을러빠진 자식. 네게는 그 게으름을 이겨내는 것, 그게 어려운 거야. 재능이 있는 애에게는 아무것도 어렵지 않아. 네가 게으른 거야."

게오르크는 목 메인 소리로 "모두 끝냈어요"라고 말하고 다시 솟구치려는 눈물을 억눌렀지만, "산수만 빼고요 …."라고 말할 때 목소리가 바뀌고 말이 울부짖음으로 끝나면서 머리까지 깊숙이 수그리고 말았다. 이렇게 고백하고 나면 벌이 따르기 마련이었다. 그는 막연한 체념에 빠진 채 이미 익히 알던 대로 작고 딱딱한 손이 망치처럼 그를 때리기를 기다렸다. 그리고 그의 뺨은 여러 날 동안 검푸른 멍이 가시지 않을 것이다.

그런데 오늘 아버지는 화를 내지 않았다. 얼마 지나지 않아 그는 아들의 어깨 너머로 팔을 뻗어 집게손가락으로 아들이 산수 문제를 풀며 꼼꼼하게 숫자들로 한 면을 가득 채운 공책의 한 곳을 가리켰다.

"여기가 틀렸다, 알겠니?"

게오르크가 아직도 잘 모르겠다고 하면 용납될까? 아버지가 설명을 시작해줘도 게오르크가 전혀 이해하지 못한다고? 아버지는 선생님과는 전혀 다른 방법으로 하셨던 것이다. 그는 아무리 애쓰고 노력했지만 잘 이해되지 않았다. 게다가 이제 아버지도 참다못해 울화통이 터지고 날 두들겨 패겠지 하는 두려움까지. 마침내 그는 곧 벌을 받게 될 거라는 생각에 사로잡혀 더 이상 그걸 두려할 필요가 없도록 어서 체벌이 행해지기만 바랐다.

판너가 "정신 차려, 넌 주의를 기울이지 않아!" 하고 외치며 식탁 맨 위쪽의 자기 자리로 돌아갔다. 그곳에는 저녁 식사가 준비 되어있었는데 어머니가 차려놓은 것이었다. 감자 한 접시, 버터 한 조각, 빵 한 덩이, 찬 고기 한 대접. 그녀는 음식을 남편 앞에 조심스럽게 놓았는데, 역시나 그의 비난이 잇따랐다.

"저녁에 고기라니, 이게 대체 뭐야? 제발 뭘 새로 집에 들이지 좀 마시지."

그녀가 사과했다. 거짓말을 했다. 이웃집 여자가 시골에서 아주 좋은 고기를 구해서 그에 앞서 샀던 것을 자기에게 아주 싸게 넘겼다고. 그녀는 재차 받게 될, 더 심할 지도 모를 질책을 피하려고 "내일 것도 있어요" 하고 덧붙였다. 어쩌면 아주 험한 꼴도 견뎌야 할런지 몰랐다. 평소 의지가 약한 그녀였지만 결코 물러서선 안 되는 싸움이었다.

저녁 식사가 오래 전에 끝나 어머니는 잠자리에 들었고 아버지와 아들은 아직도 일과 공부를 하고 있었다. 판너는 한참 무슨 통계표를 작성하는 중이었으며, 게오르크는 아직도 계산문제를 풀지 못했다. 아버지나 아들 모두 정신이 집중되지 않았다. 그들 모두 오늘 재수 좋은 일이 있었으며 그 생각이 계속 기분 좋게, 그러나 산만하게 떠올랐던 것이다.

오늘 부국장이 판너를 불러 만났는데, 그 자리에서 그는 국장과 더불어 판너에 대한 호의를 다짐했다. 국장은 주사보의 한결같은 성실과 근무 열정에 대해 합당한 평가로 보답할 수 있는 첫 기회가 생기기만 기다린다고.

"특별한 업적에는 특별한 표창이 있어야지. 믿고 기다리게." 높은 어른께서 이 말을 하고 가셨으며 판너는 기쁘고 즐거운 기분에 사로잡혀 계속 상상을 이어갔다. 무엇을 기대해도 된다는 거지? 특별 진급? 큰 상금? 그로선 그게 가장 좋을 것이다. 게오르크의 저축통장은 예기치 않은 돈으로 액수가 불어날 것이다. 그는 괜히 한 푼이라도 이자를 깎이지 않으려고 매달 마지막 날이면 서랍에서 통장을 꺼내어 미미하지만 그곳에 봉급에서 어렵게 아낀 굴덴*(돈의 단위)을 입금시켰다.

저축은행 직원은 "주사보님, 오늘은 얼마를 가져 오셨습니까, 반 군덴인가요 한 굴덴인가요?"라고 웃곤 했다.

이런 비아냥거림에 판너는 콧대가 상했다. 그래서 그는 지금 만일 백 굴덴 짜리 아니 이백 짜리를 내놓고 담담하게 "오늘 이것을 내 아이 통장에 입금해 주시오"라고 말할 수 있었으면 어떠할까 하고 상상해 보았다.

비록 작은 재산이지만 그의 게오르크가 최우선이었으며 — 그것을 생각하면 그를 사랑하는 마음이 더욱 더 생겼다.

미래의 자본가는 손에 펜을 들고 생각에 잠겨있었다. 계산 숙제 때문이 아니었다. 그는 생각의 날개를 타고 옹색하고 휑한 방에서 나와 막 새로운 기운이 꿈틀대며 봄을 알리고 있는 바깥으로 나왔다. 봄은 또 그냥 지나갈 것이다. 봄에 이어 여름이 오고 학교는 쉴 것이며 친구들은 야외로 나갈 것이다. 몇몇은 빈의 근교로, 몇몇 운 좋은 애들은 시골다운 시골이나 산, 숲, 물빛이 아른거리는 바다나 강, 쏴 소리를 내는 폭포로 …. 그 혼자만 삭막한 도시 변두리 거리를 벗어나본 적이 없이 지겹고 역겹기 짝이 없는 포장도로를 신발이 헤지고 발이 닳도록 돌아다닐 뿐이었다. 게다가 끊임없이 되풀이되는 아버지의 말 "공부해? 공부했니? 애들은 공부해야 하는 거야."

하지만 아들의 마음속에서는 애들이라고 공부만 하라는 법은 없어요! 라고 소리치고 있었다. 가끔 그는 마음을 다져먹고 "다른 애들은 이제 방학이어서 공부하지 않아요" 하고 말한 적도 있었다.

그럴 때 아버지는 화를 냈다. "우등생들이 그렇게 하든? 물론 그중에는 그런 애들도 있겠지만, 그들은 너처럼 지각없고 산만하지 않아, 이 게으름뱅이야. 너만큼은 재능이 없는지 모르겠다만 대신 부지런함과 한결같은 성실함을 지녔지. 방학은 무슨 놈의 방학! 유능한 사람은 방학이 필요하지도 않을뿐더러 원하지도 않아. 내가 그렇든?" 한번도 휴가를 내어 쉬지 않은 것이 판너의 자랑이었다.

아버지가 아무리 엄하다 해도 몇 년 동안 봄의 기쁨을 즐길 수 있는 일이 게오르크에게 일어났다. 바로 오늘이 그가 그토록 내내 가슴속에 품고 있던 뜨거운 소원이 이루어진 축복받은 날이었다. 봄의 기쁨을 다시 불러일으켜 줄 도구는 그의 주머니 속에 있었다.

판너네 집보다 한 층 낮은 맞은 편 집의 4층에 한 구두 수선공이 살았는데 그에게 나이팅게일 한 마리가 있었다. 봄이면 그는 담과 붙은 창문턱 아래에 새장을 걸어두곤 했다. 새장은 좁고 답답한데다 굵은 막대가 가로질러져 있어 그 안에 사는 새에게는 남은 공간이 거의 없었고 빛도 들지 않았다. 이렇게 처량하게 갇힌 신세에서도 새는 멋진 노래를 불렀다. 그 달콤한 노래들은 애처롭고 안타깝게 들리는가 하면 또한 밝고 기쁨에 차 있었다. 나이팅게일은 자신의 부드럽고 매력적인 멜로디에 도취된 듯 보였으며 자신의 사랑스러움과 아름다움에 흠뻑 빠져 사는 것 같았다. 그 작은 가슴에서 울려나오는 소리로 골목은 아름다운 가락이 넘쳐났다.

게오르크는 틈이 날 때마다 창가에서 보냈으며 몸을 밖으로 내밀어 나이팅게일에게 사랑의 인사를 보냈다. 얼핏 봐도 알 수 있었는데, 구둣방 아저씨는 귀여운 가수에게 별로 신경을 쓰지 않았다. 그 새가 게오르크의 것이라면 정말 잘 돌봐줄 텐데! 새는 친구였으며, 마술을 부리듯이 쓸쓸한 그의 방을 봄기운으로 채우고 그의 황량한 삶에 아름다움과 시를 가져다 준 은인이었다. 새의 소리에 귀를 기울이고 있노라면 그의 앞에 신기한 장면들이 나타나면서 꽃이 만발하고 찬란한, 풋풋한 청춘의 쪽빛 풍경이 펼쳐졌다. 모두 그가 읽고 들어서 보고 싶었지만 그에겐 영원히 도달할 수 없는 것들이었다.

성 요한 세례자 대축일(*6월24일)까지는 이렇게 지나갔는데 그 후로 나이팅게일이 지저귐을 멈추자 구둣방 아저씨는 새장을 다시 방안에 넣어버렸다. 지난 봄에 게오르크는 새장이 나타나기를 기다렸었지만 괜한 짓이었다. 구둣방 아저씨가 나이팅게일을 누구에게 주어버렸든지 아니면 죽었을 수도 있는데 그렇다면 그와 함께 새가 노래로 일깨워준 모든 아름다운 꿈들과 그 꿈에 자신을 내맡기고 빠져드는 은밀한 기쁨도 끝장이었다.

그런데 얼마 전, 어느 흐리고 쌀쌀한 2월 아침 게오르크가 학교 근처에 이르렀을 때 애타게 그리던 나이팅게일 소리가 그를 맞이했다. 그는 환호성을 지르며 두리번두리번 집들을 쳐다보았다. 그러나 어디에도 새장은 보이지 않았으며 노랫소리가 흘러나오도록 창이 열린 곳도 없었다. 어떤 때는 강한 소리가, 어떤 때는 약한 소리가 그의 귓전을 울리며 돌아다녔다. 가까워지다가 멀어지고. 갑자기 게오르크가 폭소를 터트렸다. 그토록 멋지게 노래하던 나이팅게일이 바로 눈앞에서 거닐다가 멈춰서더니 허공을 향해 크게 매혹적인 노래를 부르고는 다시 조금 걸어가다가 돌아서더니 지금 그를 향해 오고 있었던 것이다. 그 새는 잘로몬 레비였으며 열다섯 살로 한쪽이 닳은 장화를 신고 검은 카프탄(*정통 유태인이 입는 길고 폭이 넓은 옷)을 입었으며 빳빳하고 챙이 넓은 모자를 쓰고 있었다. 움푹 파인 뺨에는 관자놀이에서 삐져나온 칠흑 같은 고수머리가 하느작거렸다.

"어, 잘로몬 아냐! 너 어떻게 된 거야? 나이팅게일이 되었네?" 하고 게오르크가 외쳤다.

그는 때 묻은 혁대에다 자기 몸만큼이나 넓은 행상 상자까지 매고 아침부터 저녁까지 쉬지 않고 학교 골목 앞의 부두를 이리저리 어정대는 게 일이었다. 그의 판매대에는 지갑, 거울, 칼, 시계 줄 따위가 진열되어 있었는데 우수한 품질 덕분에 고등학생들이 즐겨 찾았다. 이 젊은 행상은 게오르크를 강하게 유혹하는 온갖 장난감도 팔았다. 게오르크는 어린애였을 때조차 장난감을 가져본 적이 없었다.

"장난감을 사는 것은 돈을 내던지는 짓이야, 말도 안 돼!" 하고 판너는 말했다. "우리 아이처럼 상상력이 있는 아이는 아무것도 필요 없어. 그에게는 나무 조각이나 나무로 만든 말이나 마찬가지야. 그에게는 둘 다 모두 살아 있는 말이지. 비단 옷을 입힌 인형이건 신문지로 감싼 구둣주걱이건 그에겐 똑같은 애기라고."

게오르크가 낙오자인 잘로몬에게 끌리는 것은 진열 상자의 물건 때문이었다. 그 옆을 지나갈 때마다 큰 고통이 따랐기 때문에 그는 그래도 괜찮을 때면 그가 팔려고 내놓은 귀한 물건들을 보고 즐기며 또 만져 볼 수 있도록 그와 대화를 시작했다.

한번은 게오르크가 "아 잘로몬, 넌 얼마나 좋겠니!" 하고 말했다. "언제나 왔다갔다 하기만 하면 되고, 학교에는 갈 필요도 없고, 멋진 것도 많이 갖고 있어 온종일 그걸 볼 수 있으니 말이야. 얼마나 즐거울까!"

잘로몬이 그를 애처로운 눈으로 바라보았다. 게오르크가 무슨 엉뚱한 생각을 하고 있지! 잘로몬으로서는 이 모든 "멋진 물건들"을 팔고 그 대신 돈과 다른 것들을 받아 공부할 수 있다면 즐거울 텐데.

아무튼 그들은 날마다 이야기를, 그러나 짧게, 나누었다. 게오르크는 아버지가 거의 규칙적으로, 손에 시계를 들고, 집에서 그를 기다리고 계시며 몇 분이라도 늦으면 불쌍한 어머니에게 매우 괴로운 시간이 된다는 것을 알았기 때문이다.

비록 이렇게 스쳐가는 만남이었지만 두 아이들 사이에는 점점 굳건한 관계가 이루어졌다. 서로가 서로의 고통을 알았으며 상대의 처지를 안타까워하면서도 부러워했다. 그들은 기꺼이 서로 삶을 바꿔 살고 싶어 했으며 자주 그에 대한 이야기를 나눴다. 우등생이 행상인에게 "너 나이팅게일이 되었니?" 하고 큰 소리로 물었던 저 2월의 아침 이전부터 그들은 서로 잘 아는 사이였다.

잘로몬이 그에게 나이팅게일과 비슷한 소리를 모두 낼 수 있는, 호두나무만큼 작은 악기를 보여주었을 때 그는 온 몸이 황홀감으로 붕 뜨는 것 같았다. 좋아하는 노래를 부르려면 그것을 입술 사이에 넣고 혀로 잘 조절하기만 하면 되었다. 그는 무릎을 꿇고 잘로몬에게 "제발 부탁이야, 제발 이렇게 사정하는데 내게 그 나이팅게일을 다오!"하며 애원하고 싶을 정도였다. 그러나 아버지의 모습이 떠오르며 그의 말이 들렸다. "너는 공무원의 자식이니 함부로 뭘 받지 않도록 해. 몽당연필 하나, 펜 한 자루라도 말이야. 같은 반 친구뿐 아니라 어느 누구에게도."

그래서 그는 숨을 삼키며 더듬더듬 "이 나이팅게일 얼마야?" 하고 물었다.

값은 20헬러였다. 잘로몬은 오늘 몇 십 개를 팔았는데 앞 다퉈 나가기 때문에 또 몇 십 개가 나갈 것이며 곧 재고까지 전부 바닥날 것 같다고 말했다.

게오르크는 닷새가 지나면 한 개도 없을 거라는 생각이 들었다. "부탁이야, 한 개는 남겨둬. 내 간식비를 아끼면 닷새 뒤에 20헬러를 모아 나이팅게일 값을 치를 수 있거든."

잘로몬은 미심쩍다는 듯한 얼굴이었다. 게오르크가 그의 물건을 하나 사려고 이미 여러 번 간식비를 아껴보았지만 8헬러, 아니 기껏해야 10헬러밖에 못 모았던 것이다. 그러다가 어느 오후 갑자기 너무 배가 고프면 가진 돈을 모두 꺼내어 너무나도 먹고 싶었던 프레첼(*겉에 소금이 뿌려진 매듭 모양으로 생긴 비스켓의 일종)을 사는데 써버렸던 것이다. 모퉁이의 빵가게에서 파는데 어찌나 맛있는지! 또 그나마 많지도 않은 동전을 자기보다 가난한 사람에게 줘버린 적도 있었다. 잘로몬으로선 "이 어린 손님"의 저축 능력을 의심할 만했다. 그럼에도 그는 그의 소원을 들어주었다. 나이팅게일 한 개, 그것도 가장 좋은 것을 팔지 않고 남겨두었던 것이다. 그것을 다룰 줄 아는 사람은 아주 특별히 풍부한 음량을 뽑아낼 수 있었다.

드디어 오늘 게오르크는 그것을 샀다. 신난 얼굴로 잘로몬에게 다가와 그의 손에 2헬러짜리 10개를 세어주고는 그 나이팅게일을 받았다.

그 사용 방법은 "거저" 딸려왔다. 작은 악기가 이 입에서 저 입으로 오고가는가 싶었는데 게오르크는 곧, 놀랍도록 빨리, 행상인의 기술을 자기 것으로 만들었다.

"너 음악에 대한 소질이 대단하구나! 난 이걸 익히는데 난 사흘이나 걸렸는데. 넌 나보다 금방, 더 잘 불 줄 아는구나."

게오르크는 기뻐하며 아주 쉽던데 하고 대답했다. 아, 모든 게 그렇게 쉽다면, 수학이며 역사 그리고 그리스어도 그렇게 쉽게 배울 수 있다면!

잘로몬의 침울한 눈이 반짝 빛났다. 그는 "난 공부가 쉬울 것 같은데"라고 말했는데 매우 자신감이 넘치면서 또한 매우 슬픈 모습이었다.

이제 거의 열한 시였다. 아그네스 부인은 판너의 말을 듣고 잠자리에 들었지만 아직 잠이 들진 않았다. 어두운 알코브(*벽에 침대 따위를 놓을 만큼 움푹 들어가게 만든 곁방)에서 남편을 살펴보니, 그는 한결같은 모습으로 열심히 줄을 긋거나 서류를 분류하고 있었고 아들은 지쳐 핏기 없는 얼굴로 공책을 굽어보거나 꿈꾸는 듯한 눈으로 세월과 함께 조금씩 석유등에 그을린 회색 얼룩을 올려다보고 있었다. 아버지가 재차 잔뜩 화가 난 얼굴로 "끝났니?" 하고 물었지만 그는 여전히 '예'라고 대답할 수 없었다. 지금 다른 데 정신을 팔고 있었던 것이다. 그는 한 손을 주머니에 넣고 손가락으로 마치 나이팅게일이 살아 있어 그것을 느낄 수 있다는 듯 크고 부드러운 사랑으로 감싸 쥐었다.

다른 때는 집에 오는 길이 끝없이 이어진 것 같았는데 오늘은 너무나 짧게 느껴졌다. 그는 거의 내내 나이팅게일을 불었는데 아이들뿐 아니라 어른들도 멈춰 서서 그에게 귀를 기울이며 애절한 음악소리를 즐겼다. 어머니 앞에서 새로 배운 재주를 보여줄 수 있으면 정말 기쁠 것이다. 그러나 그렇게 되진 않았다. 어머니는 금방 "너 아버지에게 그것을 보여드려야 한다. 아버지가 장난감을 좋아하시지 않는 다는 건 너도 알지 않니" 하고 말씀하실 것이기 때문이었다. 가령 게오르크가 "이건 장난감이 아니에요, 악기에요"라고 대답해도 그녀는 여전히 "아버지 몰래 무엇을 하거나 무엇을 가져선 안 돼"라고 하며 같은 태도를 보일 것이다. 그녀는 항상 그렇게 해왔다. 오늘날까지 ….

그러나 게오르크는 수년 전에 이웃 아주머니의 막내아들인 카를 발혀가 그에게 자기 플루트를 빌려주었으며 판너의 엄한 금지명령에도 불구하고 그것을 자기에게 주려고까지 한 일을 잊을 수가 없었다. 게오르크는 어머니가 그에게 콧노래로 불러준 동요에서부터 장엄한 성가까지 한 번 들은 것은 모두 기억하고 있었으며, 단순하기 짝이 없는 악기로도 그 가락을 전혀 틀리지 않게 재현할 수 있었다. 발혀 부인과 그 아들은 그에게 감탄을 보냈으며 심지어 게오르크의 아버지까지도 그에게 이따금 "괜찮네" 하고 인정해 주었다. 하지만 그의 기쁨은 아주 일찍 망가지고 말았다.

곧 "바보 같은 짓 그만 하고 공부나 해!"라는 명령이 떨어졌던 것이다. 아들이 조금이라도 해찰하거나 산만한 태도를 보이면 플루트 탓으로 돌렸다. 얼마 뒤, 지극히 짧은 기간이 지났을 뿐이었는데, 아버지는 그것을 주인에게 도로 돌려줘 버렸다. 마찬가지로 그는 나이팅게일을 허용하지 않을 것이 틀림없으며 그렇기 때문에 이 사랑스럽고 멋진 악기도 그의 앞에 나타나선 안 되었다.

드디어 게오르크는 잠을 잘 수 있게 되었으며 그는 나이팅게일을 베게 밑에 감췄다. 밤 12시가 지났을 때 그는 일어나 그것을 입술에 대 보았다. 물론 그것에 키스만 하려는 것이었을 뿐 그것을 분다는 것은 생각치도 않았다. 사실, 아버지 어머니가 주무시고 계셨지만. 그들과 그 사이, 알코브 벽의 돌출부에서 약한 소음보다 훨씬 크게 슈바르츠발트 시계의 날렵한 톱니바퀴가 힘차게 째깍거리고 있었다. 아무리 그렇다 해도 이래선 안 돼…. 이렇게 '그러면 안 되는데'라고 생각은 했지만 그의 혀끝은 이미 차가운 금속판에 닿아 있었다. 그의 의지와는 상관없이, 그가 그냥 가만히 있었던 것 같은데, 나이팅게일이 노래를 뽑기 시작했다. 슬피 우는 소리, 유혹하는 소리를 내며 이루어질 수 없는 그리움을 하소연했다. 소리가 올라가고 커지다가 갑자기 그쳤다. 하느님 맙소사…. 너무 커, 너무 크다고! 더구나 아버지는 잠귀가 밝으신데…. 깜짝 놀라, 두려움에 오싹 떨며, 게오르크는 머리를 이불 밑으로 디밀었다. 다음날 아침 식사 때 아버지는 간밤에 꾼 이상한 꿈 이야기를 하셨다. 구두 수선공이 다시 나이팅게일을 구해다 놓았으며 그게 크게 울었는지 판너가 듣고 깨어났다는 것, 그러고선 이상한 것이, 자기도 잠에서 깨어 새 소리를 들은 것 같다고. 어머니도 몹시 놀랐으며 역시 비슷한 꿈을 꾸었는데 틀림없이 무슨 의미가 있는 것 같다고.

게오르크는 아버지 어머니가 그의 얼굴이 붉어지는 것을 보지 못하도록 일어서서 창가로 갔다.

아그네스 부인도 비밀이 있었으며 그녀는 그것을 감추려고 온갖 핑계를, 때로는 사실과 동떨어진 것이라도 갖다 대야만 했다. 얼마 전부터 식사 때마다 식탁이 풍성했는데, 판너가 전보다 가계비를 더 허락해서 그런 것은 아니었다. 그가 아내에게 답변을 요구했을 때 끝까지 사실을 숨기고 버틸 수는 없었다. 그녀가 기성복 몇 벌을 만들어서 발혀 부인의 소개로 팔았다는 사실을 털어놓았을 때 남편은 듣기가 거북하고 자존심이 상한 듯했다. 그녀가 불필요한 옷가지나 가구를 전당포로 가져간 일, 아버지 집에서 가지고 온 작은 패물을 판 일은 그가 결코 알아선 안 되었다. 그는 옛날 유복했음을 일러줄 유물들을 아주 소중하게 여겼으며, 한때 매우 아름다웠고 — 안타깝게도 밝은 금발의 여자들은 아주 금방 시들었다! — 좋은, 당시로선 부유하다고 할 수 있는 집안의 여자를 아내로 얻은 것을 자랑스럽게 생각했다. 아주 하찮은 일로도 모든 게 드러날 수 있었으며 그렇다면 — 눈을 감고 그렇다면 무슨 일이 일어날까 하고 생각하자 — 아그네스는 몸이 떨렸다. 그러나 어떻든지, 무슨 대가를 치르더라도 아들만큼은 지금까지보다 더 잘 먹여야 했다.

일년 전에 부국장의 부인은 이 문제에 대해 무뚝뚝한 말투로 거리낌 없이 자기 의견을 말했다. "주사보 부인, 당신 집은 쇼르쉬에게 먹일 것에서 너무 아끼는 것 같아요. 그만한 아이 때는 많이 먹어요. 우리 남편은 '공부하면 진이 빠진다. 그러니 작은 난로에는 큰 난로보다 더 자주 줘야 한다' 고 말하곤 해요. 그이와 나는 가끔 굶고 잔 적도 있어요. — 뭐가 어째, 1000굴덴이나 받는 부국장이! — 우리 두 아이는 항상 충분히 먹이지만요. 청년 티가 난다니까요. 당신네 쇼르쉬가 부쩍 커서 곧 주사보님을 따라잡겠어요. 그런데 살이 안 붙었더군요."

"얼굴색이 나빠 보이나요?" 하고 아그네스 부인이 당황스런 목소리로 외쳤다.

글쎄. 부국장 부인은 그렇게까지 생각하진 않지만 "여윈" 것은 확실하며 "얼굴색"이 더 좋아야 한다고 했다. 좋은 뜻으로 "영양을 충분히 섭취하게 해야 되요"라며 강조했는데 매우 교양 있게 들렸다. "제 남편이 '충분히' 해야 한다고 했어요. '그렇지 않으면 공부를 많이 하는 아이들의 신경에 해롭다' 고 하면서."

이 대화가 결정적이었다. 그 결과 모성애가 정직한 아내의 허위와 거짓에 대한 반감을 이겼다. 차라리 돌멩이를 빵으로 변하라고 했으면 했지 이런저런 말로 남편을 설득하거나 그저 조금만 추가지출을 하도록 시도한다는 건 그녀로선 생각조차 못할 일이었다. 그와 그녀 사이에는 아예 논의가 되지 않았다. 그의 고압적이고 부정적인 태도 때문에 그에게 믿고 다가갈 수 있는 가능성은 결혼 초부터 막혀 있었다. 여자인 주제에 그에게 무슨 할 말이 있단 말인가? 그는 그였으며, 그리고 그밖에는 의무가 있을 뿐, 그가 이해한 세계는 이 두 최고 권력의 지배 아래 있었다. 그에게 아들이 태어났을 때 비로소 자신을 매우 닮은, 자신과 똑같이 소중한 존재가 생겼다. 자아의 승계, 나무랄 데 없는 승계였다. 야심이 있었음에도 포기한 것, 이룩하지 못한 것을 아들이 이룰 것이었다.

그는 가난하고 신분이 낮은 집에서 태어나 학교 공부를 충분히 받지 못했으며 높은 지위에 오를 가망이라곤 결코 없었다. 보잘것없는 공무원으로서 살다가 그대로 죽을 터였다. 그러나 아들은 — 김나지움을 수석으로 졸업하고 박사학위는 주마 쿰 라우데(*summa cum laude＝박사학위의 최고 평점을 일컫는 말)를 받고, 이력의 시작부터 찬란한 광휘에 둘러싸여 성공에 성공을 거듭하고 영예에 영예를 누리는 — 아들은 이렇게 성공할 터였다. 주사보 판너는 객관적이고, 실수 없는 계산가이며, 재미라곤 없는 이성적 인간이었지만 상상에 빠지면 환상의 날개를 타고 씽씽 소리를 내며 모든 가망성의 정점들을 찾아다녔다. 그러다 다시 땅에 내려왔다가 우연히 아들 게오르크가 한가롭게 거니는 것을 보면 그에게 "공부해!" 하고 호통을 쳤다.

그자신은 항상 미래에 살았으며, 현재와 그것이 내보이는 현실을 하찮게 여기고 점점 자기와 같은 신분의 사람들과 멀어졌다. 그는 그들에게 친절하게 대했으며 그들에게 걸맞을 일을 했지만 그런 중에도 자신의 지위 향상에 유리한 것만을 추구했다. 그들과의 교류, 카페와 단골 술집에서의 만남은 가능한 한 피했다. 자기 동료들이 아주 즐거워하는 "골든 비젤"에서의 친교는 그에게 아무 의미가 없었다. 거기서는 으레 몇몇 직장 상사와 그들의 지인들도 만나기 마련이었다. 예의상 모임에 항상 빠질 수는 없었는데 어쩌다 그곳에 가면 그때마다 재수없게도! 그가 싫어하는 자, 금속세공업자 오번베르거와 맞닥뜨리곤 했다. 몇 년 전만해도 철도공무원들과 주점에서 만날 수 있는 것은 이 자에게는 큰 특전이었다. 이제는 처지가 뒤바뀌었다. 오번베르거의 금속공예제품이 박람회에서 일등을 받은 뒤부터, 그가 자기 공장에 수백 명을 고용하고 자기 소유의 집에서 살고 자가용을 굴리며, 프란츠 요젭 훈장을 달고 다니면서부터 대다수 관리들은 그를 맞아 문까지 달려 나갔으며 테이블에서는 역장의 오른쪽 자리에 앉았다.

판너는 이 모든 것을 보아 넘겼으며 다시는 그것 때문에 마음을 쓰지 않았다. 그러나 이 금속세공업자에게 아들이 하나 있었는데, 그 녀석이 김나지움에서 자기 게오르크를 바짝 뒤쫓아 오고 있었으며 자기 아들을 그를 따라잡거나 앞질러 갈 수도 있었다. 왜냐하면 그 빌어먹을 자식은 재능이 있었으며 아무리 악랄한 적이라도 그것을 시인할 수밖에 없었다. "재능은 100만인데 근면은 한 푼어치야" 하고 오번베르거 씨는 말했다.

학교가 끝난 시간이었다. 페피 오번베르거와 게오르크 판너가 얼마쯤 함께 걷고 있었다. 그리스어 선생님이 그들 둘을 불렀는데 페피가 더 당당하게 굴었다. 그 옆에서는 게오르크가 주눅이 든 채 새빨개진 얼굴로 따라갔다. 아버지는 빠뜨리지 않고 "선생님이 네 이름을 불렀니? 그밖에는 누구를 또, 그리고 어떻게 되었니?" 하고 물었다.

"넌 언제나 잘 하는구나" 하고 게오르크가 학교 친구에게 말했다. "오늘도 아주 잘 대답했어. 나도 너처럼 그렇게 잘한다면 좋을텐데."

페피는 곧 으스대기 시작했다. 누구든지 해보라고 해! 그는 격변화, 형용사 비교급 따위 같이 시시껄렁한 것에는 신경도 쓰지 않는다고 했다. 또 그것들을 공부한다고 낑낑대지도 않았다. 얼간이 선생이 풍금 건반을 밟아 연주할 때면 그저 잠시 들을 뿐이었다. 너무 지겹기 때문에 집에서는 결코 책을 보지 않았다.

게오르크가 믿지 못하고 "에이, 에이" 하자 페피가 말을 고쳤다. "거의 안 본다고, 맹세해! 내가 항상 좋은 성적을 받는 것은 바보 숙맥 같은 녀석들 덕분이야. 그 때문에 우리 아비께서 바보같이 날 선생으로 만들 생각을 해 화가 난다고. 어림도 없지! 곰팡이가 핀, 땋은 머리를 하고 자전거 타기, 승마, 사냥, 춤, 마차 몰기, 카페에서 당구치기, 빙하 등반 같이 재미있는 것을 모두 포기하느니 차라리 총으로 자살하고 말겠어!"

게오르크는 그를 유심히 살펴보았다. 머리와 얼굴이 둥글고 사근사근 웃는 입과 씩씩하고 쾌활한 것까지 자기 아버지와 아주 똑 같았다. 그런데 이런 자에게서 자살이란 말이 나오다니?

"그런 소린 하지 마" 하고 게오르크가 소리쳤다. "넌 아주 죽을 죄도 저지르지 않았어. 자살은 큰 죄이자 비겁한 짓이야."

"허튼 소리 마!" 하고 페피가 내뱉었다. "어찌 미련퉁이 같이 모든 걸 학교에서 들은 그대로 쫑알대니. 네 자신의 생각이라곤 없이 말이야. 벌써 머리통이 판지로 꽉 채워졌구나. 나 간다!" 그는 또 속으로 이 학교밖에 모르는 등신! 하고 쏘아붙이고는 다음 전차 정거장으로 가려고 옆길로 갔다.

게오르크는 천천히 걸어갔지만 집에 한 걸음 한 걸음 가까워질수록 기분이 불편해졌다. 오늘도 틀림없이 아버지가 그를 기다렸다가 계속 물어보실 텐데 오늘은 대답이 머뭇머뭇 시원찮을 것이기 때문이었다.

휑댕그렁하니 긴 통로와 좁은 나무계단이 있는, 쓸쓸하기 그지없는 집, 그리고 늘 셋이 앉아 서로 지지고 볶는 어두침침한 방. 바로 그곳으로 그는 돌아가야 했다. 오늘, 내일, 이렇게 날마다 5년을…. 이를 어찌 견뎌낼지. 그리고 그걸 견뎌내도 새로 아주 어려운 공부가 시작되었다. 미래가 높은 잿빛 산처럼 그의 앞을 우뚝 가로막았고, 그의 마음은 절망스러울 정도로 적막하고 암담한 느낌에 휩싸이며 비통한 기분에 빠져들었다. 문득 전혀 알지 못했던 반항심이 솟구쳤다. 집이 있는 골목 어귀에 이르렀을 때 아주 가까이 서있는 종탑의 시계가 12시 30분을 쳤음에도, 또 "예, 도중에 좀 어정대다 왔습니다"라고 말해야 될 상황임을 알고 있음에도 불구하고 그는 작은 정사각형 뜰의 벤치에 앉아 주머니에서 나이팅게일을 꺼내 불었다. 마음을 달래주는 소리에 온갖 쓰라린 기분이 풀렸다. 나이팅게일은 그가 고통과 걱정의 굴레를 벗어던지고 밝고 천연스럽게 즐기며 날도록 해 주었다.

아버지는 집에 보이지 않았다. 그는 왔다가 옷을 갈아입고 단골 음식점에 있는 직장 동료들과의 모임에 나갔다. 말로 표현하지 않았지만 어머니와 아들은 그들끼리 있어 얼마나 좋은지 몰랐다. 게오르크는 집에 오는 길에 보낸 일분 일분을 돌아보며 괜히 그랬다 싶었다. 문득 평소보다 방이 안락하게, 기분이 편안하게 느껴졌다. 식탁 위의 유리잔에는 제비꽃 한 다발이 꽂혀 있었다. 발혀 부인이 가져다 준 것이었다.

게오르크가 허리를 굽혀 부드러운 향내를 들이마셨다. "좋은 분이에요" 하고 웃으며 어머니에게 뭘 아는 체 했다. "얼마 전에도 토끼 새끼를 가져왔었는데 그럼 이것도 시골에서 얻은 건가요?"

아그네스 부인의 얼굴이 빨개졌다. 쇼르시가 그녀의 비밀 계획을 알아챘단 말인가? 그녀는 자신을 보는 그의 눈길을 피한 채 아무 대답도 하지 않고 "아버지가 너에게 공부해야 한다고 말하라 하셨어"라고만 했다.

그는 건방지게 "됐어요"라고 대꾸하고는 소파 위로 학교가방을 홱 던졌다. 가방이 날아가 그 위에서 껑충 뛰어올랐다.

"아니 게오르크, 너 오늘 아주 딴 사람이 된 것 같구나."

"그래, 맞아요, 엄마!" 그는 어머니에게 달려들어 팔로 껴안았다.

그녀가 막았다. "철 좀 나라."

"그래요, 오늘만큼은 철이 없어요. 엄마를 사랑하며 키스해야겠어요. 사랑스러운 얼굴, 손. 손가락 하나하나에 키스를 할 거예요."

그만 됐어! 아, 아이가 귀엽게 구는 게 매우 좋았다.

"이제 앉아 먹어라. 모두 다 식어버리겠다."

이제 그들은 자리에 앉아서 먹고, 맛을 즐기고, 수다를 떨었으며 내일 일은 생각하지 않았다. 자신들에게 아무런 좋은 것도 가져다줄 수 없는 미래에 대한 생각은 모두 피한 채 순간을 즐기며 현재에 몰두해 사는 가난한 사람들처럼 그들은 매우 즐거웠다.

점심 빵을 먹고 어머니는 재봉틀에 가서 한 시간 정도 일할 생각이었다. 최근 들어 내내 삑삑거리기만 하고 벌써 여러 번 고장까지 났던 재봉틀이 오늘은 꽁꽁 얼어붙은 길 위의 썰매처럼 잘 움직였다. 이게 웬 일이지? 어제만 해도 어머니는 공장에서 생산조차 되지 않을 테니 이 늙은 계집종을 더는 부릴 수가 없겠구나 하고 생각했었다. 어떻게 된 거지? 아버지가 그것을 분해하여 훌륭하게 수리했던 것이다.

아버지가? 게오르크에게는 새삼스러운 일이었다.

"아버지가 재봉틀 수리하는 법도 배우셨어요?"

"물론 아니지. 그러나 알다시피 아버지는 배우지 않고도 많은 것을 하실 줄 아신단다. 모든 면에 재능이 있으셔."

배우지 않고도 할 줄 안다, 재능이 있기 때문에. 배우지 않은 것을 할 줄 아는 것이 재능이 있는 것이구나. 그는 골똘히 생각에 잠겼다.

"그럼 엄마, 나도 재능이 있겠네."

그녀는 웃고 말았다. 그의 말에 뭔가 미심적은 게 있었지만 그건 사실이었다. 그녀는 "그래, 넌 그런 말을 많이 들어 알고 있잖니." 하고는 손으로 헝클어진 그의 머리를 부드럽게 만졌다.

"그게 사실이면, 엄마, 정말 그렇다면."

그는 말을 제대로 못하고 혀로 말라붙은 입술을 축였다. 페피와 이야기하고 난 뒤 휩싸였던 울적한 감정이 다시 속에서 꿈틀대었지만 어머니가 계신 때문인지 곧 쫓기듯 달아났다. 그의 마음이 활짝 열렸으며 안에 털끝만한 숨김도 없었다. 그는 지금껏 말을 하지 않은 채 조용히 속에 묻어두었던 것들을 모두 이야기했는데, 그러는 사이에 그가 한번도 털어놓지 않았던 문제들 몇 가지가 명확하게 이해되거나 해결되기도 했다. 공부 때문에 생긴 어려움과 뭘 "외우고 기억하기"가 매우 힘들었던 점 따위가…. 다른 아이들은 훨씬 쉽게 외우고 오래 기억했다.

어머니는 "넌 기억력이 별로 좋지 않아"라고 하시고는 재능이 많은 사람들에게 그런 경우가 있다고 말했다. 아들에게 또 다른 비슷한 점도 일러주자 그는 어깨를 움찔했다.

"재능이 있는 사람은 배우지 않은 것도 할 수 있다고 하셨지요. 난 학교 공부에 별로 재능이 없는가 봐요. 다른 데는 있는지 모르겠는데 … 초등학교에서 노래 부르는 것은 재미있었어요. 그땐 항상 수만 받았었는데 … 참 플루트도 있었지! 아, 플루트를 배울 수 있었더라면, 아니면 바이올린을 … 지금은 아무것도 없지, 엄마에게 얘기해야 되나? 할까? 응? 앉아 계세요. 조용히."

그는 일어서서 어두운 알코브 구석으로 갔다. 그곳에서 가냘픈 나이팅게일 소리가 어머니에게 울렸다. 그녀는 놀라 손을 무릎에 내려놓고 귀를 기울였다. 부엌문이 열리고 방문도 열렸지만 건성으로 들었다.

"벌써 오늘 일을 다 마친 거니?", 판너가 들어서며 말했다. 그리고 "누가 음악 소리를 내고 있지? 그리고 얘는 어디 있어?"

그는 기분이 생해 있었다.

판너와 나이가 지긋한 동료들이 제출한 안건이 회의에서 거부되었던 것이다. 그 후 함께 한 회식 자리에 오번베르거가, 크나큰 오른 손에 술병 한 광주리를 들고, 나타나 고급보르도와 고급샴페인을 어찌나 점잖고 겸손하게 시중드는지 부국장마저도 마지못해 한 잔을 받고 말았다. 판너만 쌀쌀하게 거절했다. "금속공"이 권한 음료가 독으로 변할지 모를 일이었다. 그자는 또다시 지겨울 정도로 페피 이야기로 너스레를 떨었는데 그 녀석이 저지른 미친 짓거리를 어찌나 자랑스럽고 재미있게 늘어놓는지 판너는 더 이상 참을 수가 없었다.

"내 아들놈이 그런 짓을 하고 다니면 가만 놔두지 않을 거야."

그러자 곧 변명과 함께 페피를 크게 칭찬하는 소리가 잇따랐다. 실은 정말 귀여운 녀석이고 착하며 그리고 또, 인재라고! 선생들은 그가 금년에 수석이 되리라는 것을 전혀 의심하지 않았다.

수석이라, 금속공의 아들이! 판너는 갑자기 입에서 쓸개 씹는 맛이 났으며 음식이 받지 않고 메스꺼웠다. 자기 게오르크는 1학년 때만 수석을 했고 2학년 때는 2등이었는데 3학년이 되어서는 아무리 봐도 우등생 중 꼴찌인 4등밖에 못할 것 같았다. 그는 그리스어에서 "양"을, 지리에서 "미"를 받았다. 지금부터 완전히 우등생반에 들지 못하면 그는 어디로 가지? 해마다 성적이 뒤처지면 도대체 어디로? 판너에겐 이미 모든 게 다 틀려버린 듯, 모든 것이 헛수고였고 모든 희생이 소용없게 된 듯 싶었다. 아들도 결국 아버지와 마찬가지로 초라한 말단 공무원이 되려는 것인지. 이 아들이 손만 뻗으면 온갖 학습 도구를 다 사주었는데. 그런데 아이가 잘 나가다가 마음이 우쭐해지고 경솔과 게으름에 빠져버린 것이었다. 판너는 분통이 터질 지경이었으며, 고삐를 더 사정없이 죄어야겠다고 결심하고 집으로 돌아왔었다. 와서 보니 아내는 한가롭게 방에 앉아 아들이 곁방에서 새소리 흉내 내는 것을 듣고 있었다.

"부끄럽지 않니?" 그는 그의 명령을 듣고 곁방에서 나온 게오르크에게 이렇게 야단쳤다. "속에 자존심이 있는 거야 없는 거야? 손에 든 건 뭐야? 펴봐!"

아들은 하라는 대로 했다. 따로 변명을 해야겠다는 생각은 전혀 들지 않았다. 판너는 모든 것을 알아챘으며 화와 분노가 끝없이 치밀었다. 이 녀석! 이 되먹지 못한 놈. 곧 열네 살 되는 놈이 새소리 내는 장난감 따위나 갖고 놀아! 그것도 밤낮으로, 엉, — 아들은 지금 생각에 잠겨 있었다 — 부모를 바보로까지 만들고 말이지. 저녁에 공부할 때는 눈이 감기고, 부는 것은 한밤중에도 할 수 있고. "잠깐 … 그 빌어먹을 것 이리 내라!"

약자의 소용없는 저항과 강자의 재빠른 승리, 손의 휘두름 … 창문은 열려 있었다 — 나이팅게일이 날아갔다.

아그네스 부인이 몸을 움찔했다. 게오르크는 눈을 크게 뜨고 얼어붙은 듯 서 있었다.

그가 "아버지, 제 유일한 즐거움인데!" 하고 절규했다. 이제 뭔지 모르지만 욕설과 무자비한 구타가 잇따랐으며 그는 마침내 "유일한 즐거움"을 잃고 울고 흐느끼며 바닥에 쓰러진 채 낙담과 절망에 빠져 이리저리 몸부림쳤다. 아버지가 길길이 뛰고 소리치는 것은 들리지도 보이지도 않았으며, 아버지가 무엇을 하나하나 따지는 것도 몰랐고 마구 내리치는 것도 느끼지 못했다. 그는 애착을 가졌던 것을 항상 빼앗기는, 불쌍한 아이라고 느낄 뿐이었다.

판너가 "일어나! 조용! 뚝 그쳐!" 하고 호통을 치자 마침내 아이가 일어나 흐느낌을 억누르려고 안간힘을 썼다. 판너는 아이에 대해 동정심이라곤 조금도 없었으며 오히려 분노를 쏟아낼 곳을 찾고 있었다. 아이의 방종한 행동은 누구 탓이며 누가 그것을 조장했을까? 그 어미, 물러터지고 미련한 어미! 만일 아들이 보잘것없는 놈이 되면, 커서 근심거리가, 심지어 부모의 치욕이 되면 — 빈둥거림은 모든 악덕의 시초인데 —, 만일 그가 비참한 처지에 빠지면 그녀는 양심의 가책을 받게 될 것이며 언젠가 그에 대한 책임 추궁도 받게 될 것이다.

판너는 주위를 침묵시킬 줄 알았다. 아내의 입에선 아무 소리도 나오지 않았다. 결혼 생활을 해오는 동안 그의 절제 없이 과장된 행동에 어느 정도 익숙해진 터였는데 지금 그의 비난이 그녀를 향해 오자 오히려 다행이다 싶었다. 아들에게 잠시나마 방패막이가 되기 때문이었다.

남편은 소리치며 날뛰다가 윗도리와 조끼를 벗어 의자에 곱게 내려놓았다. 가족에게 화를 내는 중에도 자기 물건은 조심스레 다루었다. 잠시 야단을 멈추었다. 그러나 그것은 새로운 공포, 즉 "숙제는 했니?"라는 질문의 예고일 뿐이다.

게오르크가 두려움에 떨며 머뭇머뭇 "내일 하려고요" 하고 대답했다. "내일이 일요일 …"

"그래 알았다. 숙제 가져와!" 판너가 훑어보았다. "독일 우화를 라틴어로 번역하기. 그리스어 문법: 명사 및 형용사 변화. 지리: 세 문제. 역사: 십자군원정부터 합스부르크 루돌프 황제까지 복습하기. 이들 중 아무것도 안 했다고? 아무것도? 이 모든 걸 내일 해치운단 말이야?" 그가 명령했다. "역사는 오늘 복습해. 집중해서 읽어. 밤에 집중해서 읽은 것은 다음날 아침 바로 그대로 기억난다."

"26쪽이나 되는 데요" 하고 게오르크가 대꾸했다.

"22쪽이다. 삽화가 네 쪽이거든." 그리고 아들 앞으로 책을 밀쳤다. "앉아서 공부해!"

아이는 시키는 대로 했다. 그래, 옳지, 그는 이렇게 앉아 공부를 한다. 그가 피곤하고 잠이 오든 무슨 상관인가. 그는 아무래도 좋다. 그는 공부한다. 그저 죽도록 공부할 수만 있다면 그로선 더 이상 좋을 게 없다. 죽으면 편히 쉬고 엄마도 이 아들 때문에 욕먹을 일이 없이 편할 것이다. 그래서 그는 책을 읽기 시작했다. "처음 수백 년 동안 그리스도인들은 기도와 신심에 충만해 성지로 떠났으며 …"

화창한 일요일 오후마다 판너는 규칙적으로 산책을 했으며 게오르크도 따라갈 수 있었다.

어머니는 오래 전부터 함께 가지 않았는데, 아이는 즐겁기는커녕 나갈 때보다 오히려 더 슬픈 얼굴로 돌아오기 마련이었다. 아버지와 함께 산책한다는 것은 모든 재미와 즐거움을 '지나쳐' 가는 것을 뜻했다. 저 건너 프라터 공원에는 과녁 맞추기, 비행선과 회전목마 타기 같은 놀이와 연극 공연, 밀랍 인형 진열대, 여성 악대, 집시 음악이 있었다. 게오르크네 반 아이들은 대형 수족관과 둥그렇게 시골과 도시의 풍경들이 차례로 펼쳐지는 파노라마과 그밖에도 많은 멋진 것들에 대해 아는 체를 했다. 그가 "부어스텔프라터(* 빈의 프라터 공원의 유원지)에 와본 적이 있어요? 집시들이 연주하는 것을 보신 적은?" 하며 암시나 질문을 던지면 아버지는 몹시 경멸하는 태도로 부어스텔프라터에서 보고 들을 수 있는 것은 못 배운 사람들이나 좋아할, 순전히 쓸데없는 것들만 있다고 대답했다. 그는 자신의 호기심을 자극하거나 심지어 '일년에 한번쯤이야, 아니 아주 몇 년에 한번인데' 하며 하루를 잊고 놀게 유혹할만한 것 앞에서는 무엇을 막론하고 걸음을 돌렸다. 안 돼! 아이의 저축통장에 넣을 수 있는 몇 굴덴을 쓸데없이 허비하고 싶지 않았던 것이다.

집에 돌아오니 맛있고 영양이 풍부한 음식이 그들을 기다리고 있었다.

바로 얼마 전 판너가 그녀에게 낭비한다고 비난했을 때 아그네스는 "오늘이 일요일이어서요" 하고 변명했다.

그는 속으로 수상하다는 생각이 일었지만 말을 못해 괴로웠다. 의구심을 지우거나 이유를 밝히지 않고선 견딜 수가 없었다. 최근에 식품 가격을 알아보고 계산해 보았더니 아내에게 맡겨진 부엌살림 비용으로는 그녀가 계속 지출한 액수를 감당할 수가 없었다. 일을 해서 여윳돈이 있다고 하려나? 말도 안 돼! 판너는 어머니가 삯바느질을 하며 가난하게 살았기에 날마다 꼬박 열두 시간을 쉬지 않고 일해서 얼마를 버는지 알고 있었다. 아내는 어떤 보조금도 없이 살림을 꾸려가고 있으므로 그에게 대놓고 규칙적인 수입을 확보했노라고 말할 처지가 아니었다. 그럼 무슨 돈으로 추가 지출을 부담하고 있을까? 그녀가 얼버무린 대답을 판너는 오래도록 납득할 수 없었다. 어느 날 그는 그녀를 신랄하게 추궁하여 궁지로 몰아붙였다. 그녀는 늘 새로운 핑계를 생각해내야 하는 굴욕적인 고통에 신물이 난 터라 사실을 털어놓았다.

예, 그래요. 팔만한 것은 팔고 아니면 저당 잡혔어요. 아이가 성장기라 한창 자랄 때인데 항상 긴장 속에 살아서 제대로 먹이려고 마지막 남은 것도 내다팔았어요.

판너가 화를 내며 빈정댔다. 그가 그만할 때 어땠는지 아느냐? 그가 어떤 음식을 먹었는지 한번 물어보지 그래? 게오르크는 자기 아버지가 클 때와 달리 궁정 관리의 아들처럼 자라고 있다. 그는 열네 살 때 손수 빵을 벌어야 했다. 그냥 막 구운 빵이란 뜻이 아니라 생계를 맡아야 했단 말이다! 궁핍했지만 그 덕분에 그는 항상 건강했다. 도대체 아들놈이 그와 다를 게 뭐 있으며 왜 약골로 취급해 잘 먹여야 하는 거냐?

오랜 결혼 생활 동안에 아그네스는 처음으로 남편에게 대들며 자기 뜻을 굽히지 않았다. 몹시 두려웠던 순간이 왔을 때 그녀는 스스로 생각했던 것보다 자신이 더 강함을 느꼈다. 그녀는 침착하게 판너의 비난을 받아 넘겼다. 그가 그녀에게 그를 속였다고 비난하는 동안 그녀는 계속 그를 속일 궁리를 했다. 아이를 위해선 그래야만 했다.

아버지는 이렇게 굳센데도 아이는 창백하고 키만 훌쩍 컸지 아버지 같지 않았다. 그는 지금 "아버지 어머니, 안녕히 주무셔요!" 하고 들어오다가 방안에 금방이라도 뇌우가 몰아칠 듯한 분위기가 그의 가슴에 내려앉기라도 한 듯 숨도 제대로 쉬지 못하고 문 앞에 멈춰 섰다.

며칠이 지나 게오르크는 열네 번째 생일을 맞았다. 그는 학교에서 수를 둘이나 받아왔다. 아버지가 엄숙하게 그리고 귀한 선물을 아끼라는 주의와 함께 게오르크에게 새 여름옷과 멋진 모자 그리고 튼튼한 반장화 한 켤레를 건네주었다. 오후에 판너는 보통 때보다 오래 식탁에 머물렀으며, 아그네스 부인이 방을 나가자 전에 없이 더 자상하고 다정하게 게오르크와 이야기를 나눴다.

어머니가 아버지에게 무자비하다, 아들에게 너무 많은 것을 요구한다고 했던 것이다. 그녀 말대로라면 얘는 학교야 어찌 되든 내버려두고 맘에 드는 것만 하며 이제 편안히 지내게 될 것이다. 그러나 그 후는? 빈둥빈둥 젊은 시절을 보내고 나면 장래는 어떻게 되지? 당연히 장래가 가장 중요한 것 아닌가? 게오르크는 지식의 힘으로 무장하여 자기의 미래에 맞서야한다. 물론 노력 없이 지식을 획득할 수는 없다. 그가 수고를 피하는 겁쟁이가 되려는지 아니면 힘든 것을 무릅쓰고 고생하고 극복하는 영웅이 될 것인가? 이 첫 번째 과정이 없이는 어떤 승리도 없다. 또 어떤 높은 목표도 도달할 수 없는 것이다.

판너가 "너는 목표를 높이 잡아야 해!" 하고 외쳤다. "넌 이제 아이가 아냐, 그래서 말하는데 넌 정치인이 되는 것을 목표로 삼아야 한다. 우리 조국을 갈라놓고 있는 불일치라는 귀신을 뛰어난 정신과 강력한 손으로 극복하는 사람, '만인에게 동등한 권리'란 위대한 말을 입술에서 가슴에 심고 실천하여 우리를 하나로, 위대하게, 행복하게 만드는 사람이 될 것을 말이야. 네가 그걸 할 수 있는 사람이라고 생각해 봐! 그러면 민족의 구원자, 구세주, 우상이 될 거야."

게오르크는 그 말에 몹시 감탄했다. 아버지가 그에게 아버지와 같은 연

배에게 하듯이 얘기해 그는 그야말로 우쭐우쭐했다. 흔들렸던 자신감이 다시 살아났다. 아버지가 "사람이 착실하다는 것은 훌륭한 것이지. 어중간한 재능을 지닌 사람은 그것으로 만족하겠지만." 하고는 강조하셨다. "특별한 재능이 있는 자는 자신과 다른 사람을 위해 큰 인물이 될 의무가 있다. 그것은 오직 그의 의지, 흔들리지 않는 결심에 달려 있다 …."

그날 저녁 그는 좀처럼 잠을 이루지 못했다. 아버지가 보여준 미래상이 눈앞에 생생하게 나타났다. 정치인이 하는 일에 대해선 사실 제대로 아는 게 없었지만 그를 야유로 맞아주는 청중, 눈에는 적의가 서려 있고 얼굴마다 아니야!라고 쓰여 있는 사람들로 둘러싸인 연단에 서있는 자신의 모습이 떠올랐다. 그리고 그가 말을 시작하자 점차 야유소리가 잦아들며 사람들의 얼굴에서 미워하는 표정이 사라지고, 분위기가 관심과 동의하는 쪽으로 돌며 그런 의견이 나타난다. 처음에는 그런 표현이 드문드문 튀어나왔지만 점점 자주 나타나며 마침내 완전한 일치가 이루어진다. 언어의 힘으로 청중을 사로잡은 것이다. 이제는 누구나 할 것 없이 모두 그를 지도자로 생각하며 그에게 홀린 듯 기꺼이 그를 따른다. 그가 하려는 것은 선하고 현명한 것이고, 그가 인도하는 길을 그들을 구원으로 이끌어가는 길로 알기 때문이었다.

그 후로 게오르크는 학교에 가는 길에 잘로몬 앞에서 멈춰서는 일이 없었다. 그는 행상인이 친근하게 눈짓을 하며 허리 굽혀 절을 해도 그저 짧은 인사말로 대꾸할 뿐이었다. 그러던 어느 날 그가 갑자기 잘로몬 앞에 멈춰 섰다. 잘로몬이 그에게 애원하듯 아주 간절하게 바라보며 너무도 애절하게 물었던 것이다. "여보게, 내가 자네에게 무슨 짓을 해서 나에게 화가 난 것이지?" 게오르크가 "내가 당신에게 화가 나다니, 무슨 당치도 않은 생각이에요?" 하고 대답했다.

잘로몬은 정말 그렇게 생각했다. 혹시 나이팅게일에 무슨 이상이 있는지 모르겠는데 안을 들여다볼 수는 없고, 혹시 젊은 손님께서 다른 것을 원하시진 않는지. 잘로몬은 그에게 반 값으로 다른 것을 하나 줄 셈이었다.

"반값에 다른 것을 주겠다고" 하고 게오르크가 대답했다. 그는 매력적인 제안을 받아들이고 싶은 유혹에 휩싸였다. 그러나 참고 심리적 갈등을 이겨냈다.

그는 "아니, 아니, 난 나이팅게일이 더 이상 필요 없어요. 필요 없다고요" 하고 외쳤다. "난 이제 열네 살이며 노는 것은 더 이상 네가 할 일이 아니에요. 난 공부해야 돼요. 계속 우등생으로 있도록 노력해야 해요. 공부 외에 다른 생각을 하면 안 된다고요."

그는 이 결심을 실천했다.

부지런하다 못해 그가 미쳤다는 생각이 들 정도로 열심이었다. 그런 날들이 흘러가며 심한 허탈감이 남았다. 이 시기에 그의 마음속에서 무슨 변화가 일어났는지에 대해서 그는 아무에게도, 심지어 그의 어머니에게도, 털어놓지 않았다. 그는 내가 돌겠는 걸, 하고 생각했다. 내 머리에는 피도 뇌도 없어, 내 머리 속은 하얗게 비어있어. 공부가 모든 걸 먹어치웠으며 이제 더는 먹을 것이 없어. 그만 둬야 해. 정말 사실이지, 정말 바보 같은 짓이야. 정신을 가다듬을 수 없을 정도로 괴로운 상태야 ….

한 동안 그는 책을 펼쳐놓고 꾸벅꾸벅 졸기만 했다. 바로 이 시기에 페피가 평소의 그답지 않게 느닷없이 부지런을 떨며 그를 앞서거니 뒤서거니 하다가 게오르크를 훌쩍 뛰어넘었다. 그는 수업 때 질문을 받은 모든 과목에서 최우수점을 받았다.

그러자 게오르크가 다시 그에게 물었다. "넌 어떻게 하기에 항상 막히지 않고 대답하니? 어떻게 하는지 좀 말해줘."

페피는 손을 주머니에 넣은 채 내팽개치듯 발을 내질렀다.

"어휴 지겨워! 그런 것도 질문이라고!" 그는 떠듬떠듬, 마지못해 대답했다. 그가 총으로 자살하겠다고 위협하자 아버지가 뜻을 굽혔다. 게다가 그를 위해 뭘 해 주기도 했으며 자기의 천부적 재능에 어떤 굴레도 씌우지 않았다. "그러니까 나도 그가 정말 기뻐하도록 수석이 될 거야."

"그래, 그렇게 된다면 좋지!"

"그렇게 된다면?"

"아주 확실하진 않잖아. 롯도 있고 빙러도 있고."

페피가 "난 수석을 할 거야"라고 되풀이하며 우쭐댔다. "모든 게 내가 원하는 대로 될 거야, 꼭 그대로."

"네가 원하는 대로?"

"바로 그대로. 넌 이해할 수 없을 거야. 넌 불쌍한 공부벌레잖아. 네가 공부벌레라서 그걸 이해할 수 없는 거라고. 넌 죽으라고 공부만 하다 말겠지. 하지만 내가 원하는 것을 할 수 있단 말이야."

게오르크가 가슴을 부풀렸다. 그는 나도 그래, 하고 대답하려고 했다. 하지만 소리가 막혀 나오지 않았다.

그는 바닥이 갈라지며 그와 재능이 넘치는 급우 사이에 도저히 건너갈 수 없는 절벽이 아가리를 벌리고 있는 듯한 느낌이었다. 저 건너, 모든 게 초록이요 꽃으로 덮인 비옥한 들판 한가운데에 페피가 서있는데 그의 발이 밟는 곳마다 샘물이 솟고 그의 손이 닿는 것마다 탐스러운 열매가 맺혔다. 그러나 그가 서있는 여기는 — 싫다고 앙탈해도 서늘한 가지와 양분이 든 줄기를 앗아가는 척박한 자갈밭.

어찌 이 엄청난 불공평이, 왜 다른 사람에게는 모든 게 다 있는데 그는 이렇게 거지같이 아무것도 없단 말인가?

페피는 그의 소리 없는 싸움을 지켜보고 입을 비죽했다. 그가 "공부벌레" 하고 말했다. '공부만 판다'를 뜻하는 동사 Büffeln은 물소(Büffel)에서 나온 말이지. 그런데 물소는 소과에 속하는 동물이거든."

그러자 불쑥 분노가 온순한 게오르크를 사로잡았다. 그는 페피에게 덤벼들어 그의 멱살을 잡았다.

갑작스러운 공격을 받은 자는 울부짖으며 손발을 내저었고, 그리고 곧 둘은 고함을 치며 결투에 끼어든 무리들에 에워싸였는데 이들은 거의 일방적으로 게오르크 편이었다. 시기와 미움을 많이 받던 페피가 한번 완전히 패해 떠나는 것을 보면 모두가 고소해할 터였다. 그를 불쌍할 정도로 두들겨 패주었지만 게오르크의 옷도 갈기갈기 찢겨져 있었다. 그는 손짓을 멈추었다. 싸움은 학교에서 멀지 않은 것에서 벌어졌으며, 길모퉁이에서는 잘로몬이 내내 긴장한 채 지켜보았다. 그는 게오르크에게 성공과 행운을 빌어주었지만 게오르크는 침울한 얼굴로 거절했다. 그는 자신의 천성에 맞지 않는 짓을 해 그 결과가 부끄러웠다. 새 웃옷에 뒤엉켜 싸운 흔적이 보고는 깜짝 놀라 살펴보았다. 그러고서 아버지보다 일찍 집에 도착하려고 달리기 시작했다. 땀에 흠뻑 젖어 부엌에 들어서자 방문 자물쇠에 귀를 갖다대고 엿들었다. 모든 게 조용했고 재봉틀이 덜덜대는 소리뿐이었다. 어머니뿐이었다. 휴, 다행이다! 그는 얼른 들어가 방금 일어난 일을 쏟아냈다.

"자! 이제 재킷을 기워줘요, 엄마, 재킷을 기워달라고요!"

저녁을 먹는 동안 아무 말도 오가지 않았다. 집안은 숨이 막힐 듯 답답했다. 판너는 아직도 마누라 때문에 뾰로통했다. 그는 아내가 저당 잡힌 물건들을 되찾기 위해 전당표를 모두 받아 챙겼다. 얼마나 속이 쓰린지 도대체 누가 알까. 전당포에 들고 간 돈 한 푼 한 푼은 아들의 저금을 빼앗는 것, 즉 아들이 훗날 치를 시험과 지원병 기간에 쓰일 비용의 준비금을 횡령하는 것이었다. 순간순간 이 약탈에 책임이 있는 멍청이를 미워하는 마음이 일었다. 그녀가 빼낸 돈을 회복하는 것은 불가능했지만 그가 그녀에게 대가를 치르게 하고 괴롭히는 것은 가능했다. 똑같은 학대가 날마다 되풀이되었다. 그는 날마다 가계부를 내보이게 하고는 항목 하나

하나를 점검하고 잘못을 지적했다. 그는 냉혹하게도 아이가 있는 자리에서 보란 듯이 불신을 드러내는 방법으로 어머니에게 모욕을 주었다.

"목적이 어쨌든 한번 속인 사람은 다시 속이기 마련이야! 그런 사람은 조심해야 돼!"

게오르크는 괴로워하며 아버지 등 뒤로 보이는 어머니에게 키스를 보냈다. 그녀는 자기 때문에 창피를 당했으며 비록 악의는 없었지만 자신은 그녀에게 고통을 야기한 장본인이었다. 그런데도 그녀는 그가 속으로 어떤 생각을 하고 있는지 다 짐작한 듯 자제하며 태연히, 꿋꿋하게 자신에게 가해진 모욕을 견뎌내고 있었다. 남자가 여자의 대단한 영웅적 기백을 둔감함으로 여기고 경멸적인 표현을 구사하여 상태는 더 악화되었다. 오늘도 이렇게 지나갔다. 아그네스는 스스로 자제하기도 급급한 지경이었는데 갑자기 격렬한 초인종 소리가 귀를 찢는 바람에 놀라 소리쳤다. 게오르크도 깜짝 놀랐다. 이 시간에 누가 찾아와 안으로 들어가게 해달라고 청하는 것은 아주 이례적인 일이었다.

판너가 "전기 충격을 받은 개구리처럼 과민하긴" 하고 투덜거렸다.

"살면서 초인종 울리는 소리 처음 들어 봤어? 누군지 가봐" 하고 아내에게 지시했다.

그녀는 얼른 초에 불을 붙이고 부엌으로 갔다. 벌써 초인종 소리가 두 번째 울렸는데 전보다 더 초조하고 격렬했다. 문을 열자 몸이 크고 어깨가 벌어진 말쑥하게 차려입은 남자가 서있었으며 "집에 판너 주사보님 계신가요?" 하고 물었다.

누굴까? 상관중 한 분, 역장님인가 아니면 감독관님?

그녀가 "예, 집에 계시는데요. 어서 들어오십시오" 하고 말했다.

그는 그녀에게 인사도 않고 지나갔다. 틀림없이 그녀를 하녀로 본 모양인데 그녀는 그렇게 착각할만도 하다는 생각이 들었다. 빨고 빨아 색이 바랜 회색 무명옷을 입고 기운 신발을 신은 그녀를 대체 어느 나리가 오스트리아 제국 및 왕국 공무원의 아내로 여길 것인가. 그녀가 손님에게 공손하게 문을 열어주고 부엌으로 들어가 들어보니 남편의 말소리만 들려오는데 결코 공손한 어조가 아니었다. "오번베르거 씨? 무슨 좋은 일이 있소?"

오번베르거는 그의 뒤쪽 문을 닫았다. 하녀가 그와 판너의 대화를 엿들어선 안 되었던 것이다.

"내가 이렇게 찾아온 것은 즐거운 일이 있어서가 아니오" 하고 그가 흥분된 목소리로 대답했다. "난 하소연할 게 있어서 왔소."

어! 불쾌한 일이 벌어질 수 있겠군. 판너는 뭔가 양심에 걸렸다. 그가 오번베르거를 경멸하는 말을 해왔는데 그중 어떤 것이 이 "금속공"에게 들어갔나? 게다가 기능장을 매우 존중하는 상관들 중 한 분에게까지? 이런 빌어먹을! 판너는 유난히 무뚝뚝한 태도를 내보이며 자신의 당황함을 감추었다. 그가 "주저하지 말고 어서 말해보시오. 난 괜찮습니다" 하고 말했다.

게오르크가 벌떡 일어서서 의자를 가져왔다. 오번베르거가 자리에 앉았다. 그는 눈을 내리뜨고 손깍지를 낀 자세로 안간힘을 다해 그의 앞에 서 있는 아이를 매서운 눈초리로 살펴보았다.

"오번베르거 님! 오번베르거 님" 하고 게오르크가 낮은 목소리로 애처롭게 말했다.

아, 그가 일찍 오번베르거 씨를 생각했다면 그의 아들을 두들겨 패지 않았을 것이다. 오번베르거 씨는 늘 그에게 친절했으며 그를 만날 때마다 — 차로 학교에 페피를 데리러온 최근에도 — 게오르크에게 같이 타고 가자고 권했지만 그는 그렇게 하지 않았다. 아버지가 틀림없이 어떤 호의도 받으면 안 된다는 것을 잊었느냐? 고 하실 것이기 때문이었다.

오번베르거의 눈이 게오르크에게 머문 시간이 길면 길수록 그의 표정도 그만큼 부드러워졌다. 이윽고 그가 말을 꺼냈다. 난 널 고소하려고 교장 선생님께 가려고도 했어. 그러나 네가 예의범절에서 따놓은 좋은 점수를 망치게 하고 싶지 않았다. 네 아버지가 무슨 일이 있었는지 들으시면 분명 네게 집에서 벌을 내리실테니 그것으로 만족하기로 했어."

그가 "판너 주사보 님" 하며 판너에게 얼굴을 돌렸다. "게오르크가 오늘 방과 후 갑자기 우리 아들에게 덤벼들어 목을 졸랐습니다. 그러자 다른 애들이 끼어들고, 페피가 집으로 돌아왔는데 옷은 찢겨 엉망이고 오른 눈은 파랗게 부어올라 읽고 쓸 수가 없어요. 그 애로선 싸울 이유라곤 전혀 없는 것 같은데 이런 일이 벌어졌습니다."

판너가 "아무 이유가 없었는데 그랬다" 하고 대꾸하며 자리에서 반쯤 일어섰는데, 마치 아들에게 뛰어갈 태세였다.

게오르크가 "아무 이유가 없었다고요" 하고 했는데, 말했다기보다는 속삭였다고 하는 게 옳았다.

"그가 제게 공부벌레라고 말했어요. 들이판다는 물소란 말에서 나왔으며 물소는 소과에 속한다고요."

판너는 아무 말도 않고 곧장 자기 자리로 되돌아가 앉았다. 오번베르거는 당황한 모습이었다.

그가 "그게 사실이니" 하고 묻자 게오르크는 "사실이에요" 하고 대답했다.

판너가 그에게 느닷없이 "나가!" 하고 외치며 팔을 뻗어 부엌문을 가리켰다.

밖에선 어머니가 화덕 옆에 서 있다가 사지를 떨며 갑자기 아들 게오르크에게 웬 불행인가 하고 스스로 물었다. 어머니에게 달려온 아들의 얼굴은 납밀처럼 창백했고 코를 따라 입언저리로 푸르스름한 그림자가 드리워져 있었다. 그는 그녀를 껴안고 "어머니, 어머니, 이제 난 어떻게 되는 거예요?" 하고 말했다.

그러나 방안에서 믿기 어려운 일이 일어났다. 판너가 아들을 용서한 것이다. 아이는 원래 소심했으며 악동은커녕 너무 얌전했다. 치고 박고 싸웠을 때는 그의 화를 돋우는 일이 있었을 것이다. 또 그는 아주 성실하기도 하지, 하며 아버지는 그가 그렇게 할만도 했다고 그를 인정해 주었다.

"당신 아들 페피에 대해서도 말해 보시겠소?" 하고 판너가 물으며 옛날 복무를 시작한지 얼마 안 되었을 때 분대장으로 승진하며 습득했던, 확고한, 군인다운 표정을 지었다.

아직도 선량한 오번베르거는 극도의 공포에 질려 있던 게오르크의 얼굴에서 받은 인상에 사로잡혀 있었다. 이 덩치가 크고 어깨가 넓은 사내는 작고 성격이 불같은 판너를 만나자 상당히 움츠러진 모습이었다. 마치 작열하는 석탄 더미 옆에 서있는 거대한 눈사람처럼. 아들 페피의 정직성을 믿을만한 이유가 없는데다 그렇다고 그것을 시인하고 싶지도 않아 그는 아무 말도 하지 않았다.

판너가 "당신 아들 페피에게 양심을 걸고 물어보시오. 과연 내 아들이 괜히 그를 두들겨 팼는지 말이요" 하고 말했다. 아이에게는 눈에는 눈이요, 그 애더러 우리 보는 앞에서 그대로 말하도록 해 주시오. 그러면 당신을 우리 아이의 체벌에 초대하겠소. 내가 매를 아끼는 건 아니고, 하지만 아직까지 내 집에서 체벌이 행해진 적도 없지만 말이오."

이렇게 약속이 이루어졌다. 심판관으로 왔던 오번베르거는 패배감을 안고 주사보의 집을 떠났다. 부엌을 지나갈 때 그에게 허리를 굽혀 인사한 두 사람에게는 신경도 쓰지 않았다.

게오르크가 그보다 앞서 달려가 아주 공손한 태도로 문을 열어주며 "용서해 주세요, 오번베르거 씨, 저를 용서해 주세요!" 하고 애원했다. 불쾌한 생각에 골똘한 공장주에게는 겁에 질린 채 눈물로 가득 찬 나지막한 목소리가 전혀 들리지 않았다.

아그네스와 게오르크가 다시 방으로 돌아와 보니 판너는 앞에 숫자로 가득 채워진 큰 전지(全紙)를 놓고 정신을 집중해 살펴보고 있었다. 게오르크는 공책을 가져와 숙제를 했다. 반 시간이 지나 아버지가 말을 꺼냈는데, 오! 믿어지지 않았다. 결코 퉁명스럽지 않았다. 그는 게오르크가 숙제를 거의 끝냈음을 확인했다.

그가 "역사 시간에 호명되었니?" 하고 물었다.

"아직요."

"이상하구나. 이렇게 늦지?"

"내일 부를지 몰라요. 내일 역사 수업이 있거든요."

"그래, 우수한 성적은 따놓은 거겠지?"

"글쎄요, 어쩌면요."

"야!" 하고 아버지가 그에게 소리쳤다. "너 우수한 성적을 못 받으면 일이 얼마나 심각해지는지 몰라? '양' 을 받으면 네가 어떻게 되는지 몰라?"

게오르크가 맥없는 소리로 "알고 있어요" 하고 대답했다.

"우등생이 못 된다고, 이 게으른 놈."

"전 게으르지 않아요, 아버지."

아버지가 몹시 놀라 고개를 들었다. 온순한 아들이 오늘 드잡이의 영웅으로 떠오르더니 지금 감히 그에게 말대꾸까지 한 것이다. 어떻게 된 거지? 이 아이에게서 사내다움이 눈을 뜬 것일까? 늘 그러길 바랐던 것처럼 나중에 용감한 아이가 될까?

아이가 아버지에게 말대꾸할 때 아그네스 부인이 손을 그의 팔에 올려놓았다. "이런 세상에, 쇼르쉬!"

"가만히" 하고 판너가 나무랐다. 그러고서 "얘기하게 놔두시오. 얘가 난 게으르지 않아요라고 하는군. 자 말해 봐, 괜찮아, 어서 말해!" 하고 다그쳤다.

게오르크가 "전 종일 공부해요" 하고 말했다. "그 이상은 할 수 없어요. 무슨 말을 해야 아버지가 만족하실지 모르겠지만요."

절망에서 나온 무모함이 그를 덮치자 그는 내친 김에 말을 계속했다.

"다른 부모들은 아이가 양을 받아도 만족해요. 그런데 난 수나 우만 받아야 하니… 그래서 난 악착같이 공부해야지요… 그런데 난…" 그는 말을 잇지 못하고 손만 만지작거리다가 책상에 이마를 찧고는 고개를 쳐들었는데, 어찌나 아프게 찧었는지 아버지까지 깜짝 놀랐다. 아들에게 어떻게 해야 좋을지 몰라 답답해 한 것은 지금이 처음이었다.

게오르크가 목을 쥐어짜며 꺽꺽대는 소리로 "이미 역사에서 양을 한번 받았다고요" 하고 소리쳤다. "다시 양을 받으면 우등생이 못 돼요. 그런데 틀림없이 양을 받을 것 같아요…."

그러나 너무 심했다. 이 말에 판너의 참을성도 끝이었다. 그의 안에서 조금 누그러지기 시작한 것이 모두 다시 얼어붙었다.

우등생이 아니라고! 우수한 학생들 자리를 지킬 능력이 있는 이 녀석이 보통아이들과 섞여 뒹굴겠다고? 이 빌어먹을 놈!

"계속 우등생이 돼. 그렇지 않으면 널 구둣방 견습공으로 보낼 테니!"

"그러세요, 아버지, 그러시라고요! 하지만 왜 하필 구두수선공에게!" 하고 게오르크가 자제력을 잃고 말했다. "오번베르거 씨에게도 맡길 수 있잖아요. 그럼 금속공이 될 거고… 아니면 음악으로 밥벌이를 할 수도 있는데."

"게오르크, 게오르크, 어찌 그런 말을!" 하고 어머니가 다시 그를 말렸다. 남편은 화가 나 창백해지며 주먹을 말아 쥐었다.

"음악? 좋지, 좋아! 네게 손풍금을 하나 사 주지. 이 집 저 집 돌아다니며 연주하면 창에서 동전을 던져줄 거야."

게오르크는 턱을 가슴에 닿을 정도로 숙이고 바닥을 노려봤다.

판너가 펄쩍 일어나 아들의 목덜미를 세게 한 대 갈겼다. "한 마디만 더 했다간! ― 그리고 명심해, 집에 다시는 나쁜 점수를 받아오지 마. 그런 건 생각조차 하지 마!"

게오르크가 "안 할 게요, 안 그럴 게요" 하고 대답했다. 이제 겁이 완전히 사라졌다. 이제 다시 집에 오지 올 일이 없으면 더 좋지. 아버지는 더 이상 그 때문에 화를 내지 않으실 테고 어머니도 그 때문에 더 이상 괴로워하지 않으실 테니. 차라리 세상에 나오지 않았더라면 좋았을 걸… 아니 저 멀리 가 있다면 — 죽으면!

다음날 아침 아버지는 내내 무서운 침묵으로 일관했다. 잠을 못자고 지샌 흔적인지 붉게 충혈된 눈밑의 검은 자위 때문에 그는 병자처럼 보였다. 그는 서둘러 아침을 들고, 서류를 팔 밑에 끼고, 모자를 쓰고, 아내와 아들의 인사에 대꾸도 않고 방을 나갔다. 부엌문이 흔들릴 정도로 꽝 닫히는 소리가 들렸다.

게오르크는 공책과 책을 책가방에 넣었다가 다시 한 권씩 꺼내어 새로 하나하나, 천천히 신중하게 정리했다. 어머니가 어서 서두르라고 재촉했다. 그가 느닷없이 모든 것을 버려두고 일어서서 그녀의 팔에 안기자 그녀는 그를 안은 가슴에 힘을 주었다. 그들은 말이 없었다. 그들의 입술에서는 어떤 비난도 새어나오지 않고 그들의 가슴속에서 이글거리고 있었다. 만일 아버지의, 눈먼 야심이 없었다면 그들 둘은 얼마나 행복할까? 하느님이 그의 정원에 작은 사과를 심어주셨는데 어리석게도 그것이 참나무처럼 쑥쑥 크게 자라길 바라다니!

게오르크는 작별인사가 벌써 세 번째였지만 아직도 떠나지 않았다.

아그네스 부인이 "너 너무 늦는구나, 쇼르시" 하고는 "이제 가, 어서! 그리고 그렇게 슬퍼하지 마" 하고 덧붙이며 그의 뺨을 쓸어주었다.

"엄마도 슬프면서" 하고 그가 대꾸했다.

"아, 괜찮아. 일하면 잊혀져."

"그럼 갈게요" 하고 그는 마음을 굳게 먹고 문으로 걸어가 2층까지 계단을 내려갔다. 그곳에 멈춰 서서 생각에 잠겼다가 갑자기 돌아서서 잰걸음으로 다시 돌아왔다. 위에 이르러 보니 어머니가 문 앞에, 아까 그를 배웅했던 바로 그 자리에, 서 있었다.

"무슨 일이니?" 하고 그녀가 물었다. 갑자기 잠에서 깼을 때처럼 머리를 뒤로 젖히고 엄격한 표정을 지으려 애썼다. "뭘 잊었니?"

"엄마에게 제대로 작별 인사를 안 했어요." 그러고서 그는 그녀의 목을 붙잡고 격렬하게 비비대며 키스했다.

학교에 이르렀을 땐 너무 늦었다. 그가 들어서 자기 자리에 앉았을 때는 첫째 수업을 시작한지 이미 15분이 지나 있었다.

"어디 있다 이제 오니?" 하고 옆 친구가 귓속말로 말했다. "네가 없을 때 내 이름을 불렀단 말이야."

"운이 나빴군, 나빴어." 그는 이렇게 중얼대고는 수업을 귀담아들으려고 온갖 노력을 다했다. 그의 머릿속은 정상이 아니었다. 윙윙대는 소리가 나고 욱신욱신 쑤셨으며 교단에서 들리는 소리도 우렁우렁했다. 말을 알아들을 수가 없었으며, 파도에 휘말리듯 흘러갔다…. 또 이상한 일이! 넓은 강의실이 믿을 수 없을 정도로 길게 늘어났다. 이젠 강의실이라기보다는 긴 복도 같았으며 차고 흰 이상야릇한 빛으로 가득했으며 아주 먼 끝에 있는 기둥 받침대에는 검은 선이 쳐져있었다. 게오르크는 저 분이 지금 강의를 하시는 선생님이구나 하고 확실한 인식이 들 때까지 계속 억지로 사고력을 모아야만 했다.

그는 눈을 감고 뒤로 기대었다. 그는 오늘은 공부할 수 없겠군 하고 생각했다. 하지만 몽롱한 상태에 빠진 것도 잠시, 그는 곧 좋아져 거기서 빠져 나올 수 있었다. 두 번째 수업이 시작되었다. 지금 말하고 있는 사람은 인기가 높은, 전교생 모두가 존경하는 역사 선생님이었다. 평소 성적이 중간인 학생이 지명을 받았는데 잘 넘겼다. 다음은 게오르크 차례였다. 아, 앞 아이처럼 운이 좋아야할 텐데! 거의 그런 것 같았다. 그는 얼마 전 게오르크가 복습한 것에서 물었다. "좋아, 두 연도까지 맞췄어. '우'를 받을 거야. 하지만 네게 '수'를 주고 싶어 몇 가지 질문을 더 하지. 루돌프 1세까지 모든 독일황제의 이름을 말해보게."

그것은 전혀 어려운 문제가 아니었다. 그는 자신감에 차 대답을 시작해 오토 3세까지 훌륭하게 마쳤다. 그런데 그의 기억력이 그를 배반했다. 그는 그 학식과 신앙이 깊은 황제의 나이를 많이 올리고 하인리히 2세를 잘리어 왕조의 첫째 왕이라고 했다.

선생은 계속 안타깝다는 듯 어깨를 움찔거리다가 그를 중단시켰다. "그건 아니지. 그렇지 않아. 콘라딘에 대해 말해 보게."

오! 그가 아는 것이었다. 어머니에게 얘기해 드렸었다. 어찌나 감동적이었는지 어머니가 참지 못하고 우실 정도였으니까. 콘라딘은 말이죠, 아 뭐지, 왕 이름이 엔치오… 아니야 그래, 맞아, 엔치오는 콘라딘과….

누가 웃음을 간신히 참다가 고소해하며 킥킥거렸는데 바로 페피가 비웃는 소리였다. 선생의 눈이 게오르크에게서 멈춘 채 움직이지 않았다. 게오르크는 이 선하고 호의적인 눈이 몹시 근심스러운 빛으로 "자네 제정신인가?" 하고 묻고 있음을 알고 있었다.

그는 "아니에요! 저는 아주 혼란스럽고 뒤죽박죽이에요!" 하고 소리치고 싶었다.

"안됐군" 하고 선생이 말했다. "하지만 스스로 말해보게, 자넨 어떤 등급을 받았다고 생각하나?"

게오르크는 뭔가 무슨 말인지 모를 말을 소곤거렸다. 선생은 감사의 말이구나 싶었다. 이 아이는 오늘 아는 것을 말하지 못했지만 어림짐작으로는 많은 것을 알고 있었으며 선생에게 깊은 동정심을 우러나게 했다.

그는 셋째 수업이 시작되기 전에 학교를 나와 천천히 길을 내려갔다. 햇볕이 여름 같은 봄날로 하늘에는 구름이 없었고 공기에도 먼지와 안개가 없었다. 게오르크는 눈을 멍하니 부릅뜬 채 변두리 지역의 대로에 몰려든 사람들에 끼어 흘러갔다. 유난히도 "외롭게" 보이는 소년의 모습이 몇몇 사람들의 눈에 띄기도 했다. 하지만 마음과 시간을 내어 그에게 무슨 일이냐고 묻는 사람은 아무도 없었다. 한 목공에 실습생만이 손수레를 끌고 가다 그와 부딪히자 그에게 "야! 정신은 어디다 빼어놓았어? 모자와 함께 내다 버렸니?" 하고 소리쳤을 뿐이었다.

자기도 모르게 머리를 만져봤다. 맨머리였다. 학습용구는 물론 모자도 학교에 놓고 온 것이다. 그러나 별일 아니었다. 그에게 누가 그것들을 어디 두었냐고 묻는 일은 없을 것이다. 이제 집에는 갈 수 없었다. "집에 다시는 나쁜 점수를 받아오지 마!" 이 말이 그의 귀에서 끊임없이 윙윙거렸다. 이제 그는 그것을, 나쁜 점수를, 그야말로 최초로 나쁜 점수를 받을 것이다. 이제 아버지가 어떻게 하실까? 그리고 또 어머니는 얼마나 속상해 하실지 … 아버지와 어머니, 안 돼, 안 돼, 그럴 수는 없어. 다시는 돌아가지 않아. 이미 몇몇 실패한 학생들이 간 곳으로 갈 거야. 도나우 강으로. 그가 이 생각을 꼭 붙잡아 가슴에 품자 그와 친숙해졌다. 이렇게 속에 검은 알맹이를 지닌 생각은 겉에 환한 빛은 휘감은 채 사방으로 눈부신 빛살을 뿌려대기 시작했다. 그리하여 지금은 다음과 같은 생각에 이르렀다. 난 도나우로 가야 해! 가고 싶기도 하고, 기꺼이 말이야. 죽으면 좋지. 더 이상 공부해! 란 말을 듣지 않아도 되니 말이야. 또 부모들끼리 불화가 없으면 얼마나 좋겠어. 문득, 하지만 넌 자살을 하는 거야, 자살은 엄청난 죄악이라고… 하는 생각이 스치며 소름이 끼쳤다. 온몸이 오싹했다. 그는 "오 하느님, 지극히 자비로우신 이여!" 하고 신음하며 간절하게 하늘을 쳐다보았다. "제 죽음에 대해 저에게 죄를 묻지 말아주십시오! 저는 죄를 범하려는 것이 아닙니다. 제 부모가 화목하게 사시라고 죽으려는 것입니다. 제 목숨을 제물로 바치는 것입니다."

희생물!

이 단어를 붙잡고 매달리자 위로가 되었다. 자포자기 상태에서 하는 행위가 영웅적 행위로, 무거운 죄가 순교로 탈바꿈했다. 혼란 속에서 뭔가 찾고 있던 이 가엾은 아이 앞에 밤하늘의 별 같은 것이 떠올랐다. 이젠 숙고나 검토, 의심은 물론 뭔가 다른 것을 상상할 수 있는 최소한의 능력도 없었으며 그저 구원을 경험하고 구원이 닥치길 바라는, 억제할 수 없이 맹렬한 갈망 뿐이었다.

한길 끝에 이르러 그는 부두로 통하는 골목으로 접어들었다. 피로가 온몸을 짓눌렀으며 머리는 화끈화끈 정신이 아득할 정도로 쑤셨다. 도나우 강은 시원하고 부드러운 침대로서 휴식과 원기를 회복하게 해 주지. 거기만 가면 돼, 거기까지만 가는 거야! 내가 구원을 받는 것을 시샘하여 그들이 내 뒤에서 날 쫓아온다는 막연한 두려움이 그를 앞으로 내몰았다. 그는 달리기 시작했지만 그런데도 계속 그 자리에 서있는 듯한 느낌이었다. 또 다시 이기기 어려운 것과 험난한 싸움을 해야만 한다는 건 끔찍한 일이었다.

"어디를, 왜 그렇게 급히 가는 거야?" 하고 그에게 잘 아는 목소리가 물었다. 그의 앞에 행상인이 서 있었다.

"어? 잘로몬 아니에요?"

이 불쌍한 친구와 작별하느라 잠시 시간을 냈다. 그자는 행복할 거라 생각했었는데 그 역시 불쌍하긴 마찬가지였다. 그로선 학교에 앉아 있는 것이 더할 나위없는 행복일 텐데 그는 이른 아침부터 밤늦게까지 먼지와 뙤약볕을 무릅쓰고 이리저리 돌아다녀야만 했기에 병까지 들어 보였으며, 거대한 체구는 무거운 물건 궤짝을 져서 한쪽으로 몹시 기울어져 있었다. 그래, 맞아, 너무 무거운 것을 짊어지면 기형이 돼. 불쌍한 잘로몬, 완전히 녹초가 돼 벤치에 앉아 몇 초라도 쉬고 싶을 때 "집어 넣겠다"고 을러대는 경찰관에 쫓기는 신세. 가고 또 가고, 계속 오래 신어 닳고 터진 신발에 싸인 지친 발… 게오르크의 시선이 그 위를 스치는가 싶더니 갑자기 몸을 굽혀 재빨리 새 반장화를 벗어 물건 궤짝 위에 올려놓았다.

그는 “가져, 난 이제 필요없어” 하고는 — 웃었다. “예? 정말이에요?” 하며 잘로몬은 훗날 분명 그가 웃었다고, 모든 일이 끝나고 나서야 비로소 웃음에 형언할 수 없이 심각한 고통이 서려 있음을 깨달았다고 주장했다. 그는 처음에는 기쁘고 어리둥절해 행운의 염소 뿔 그릇(*그리스 신화의 ‘풍요의 뿔’=제우스에게 젖을 먹인 염소의 뿔로 그 안에서 과일 곡식 꽃 등이 넘쳐 나옴을 비유)에서 그에게 주어진 것 같은 멋지고 좋은 장화에만 눈이 팔렸다. 그러나 게오르크가 그에게 장화를 거저 준다는 것은 말도 안 되고 그저 그에게 재미로 한 말이라는 생각이 나자 이리저리 둘러보고 “이봐, 젊은 친구! 나 좀 봐!” 하고 불렀는데 시끌벅적 크게 외치는 소리가 그의 귀를 후볐다. “물속에!” “뛰어들었어!” “도와 줘! 도와 줘!” 사방에서 사람들이 몰려와 가파른 제방을 기어 내려가더니 목을 길게 뺀 채 경악한 또는 무덤덤하거나 역겨운 호기심이 어린 표정으로 서서 “저기! 저기 말이야! 보여?” 하고 가리켰다.

구조 작업이 이뤄졌지만 헛수고였다. 둥둥 떠다니던 몸뚱이는 여울에 휩싸여 거꾸로 다리 기둥에 내팽개쳐졌던 것이다.

날카로운 신음을 토하며 잘로몬이 사람들 사이를 뚫고 강가로 갔다. 그는 장화를 내려 놓았으며 도중에 물건들이 땅에 흩어졌지만 그것을 주울 겨를이 없었다. 하느님! 하느님! 감탄하고 부러워했던 그 아이, 늘 자기에게 잘해줬던 그 아이가 물에 뛰어들다니, 죽으려고….

판너는 어려운 결정을 내리고 행동에 옮겼다. 그는 게오르크를 특별히 배려해 달라고 말하기 위해 김나지움 교장에게 갔다. 그는 며칠 전만해도 이런 조처가 불가능하다고 여겼으며 그로 인해 자신과 게오르크의 자존심을 떨어뜨린다고 생각했었다. 그는 그가 할 수 있는 한 열성과 정중함을 갖춰 아들놈이 비록 최근에 노력이 부족했지만 관대하게 등급을 매겨 달라는 부탁을 표현했다. 지금부터는 더 잘 될 것임을 아버지가 보증한다고.

"노력이 부족하다고요?" 이건 교장으로선 처음 듣는 말이었다. 그가 아는 한 선생님들 중에 게오르크의 노력이 부족하다고 한탄한 사람은 아무도 없었다. 그래서 그는 말했다. "지금 게오르크에 대해 말씀드리는 것처럼 다른 모든 학부모에게 그분들 아들에 대해 좋은 말을 할 수 있다면 얼마나 좋겠습니까. 그는 모든 선생님들에게 훌륭한 학생이라는 평을 듣고 있습니다. 매우 성실하고 전혀 재능이 없는 것도 아니고 …"

"아, 제 말이 그 말입니다!" 하고 판너가 젠체하며 나섰다.

"전혀 재능이 없는 건 아니죠" 하고 교장이 차갑게 되풀이했다. "하지만 비범한 재능이 있는 것도 아니에요. 제 생각으로는 그에게 너무 많은 것을 요구하고 그가 지닌 것보다 더 큰 능력을 발휘하길 바라시는 것 같습니다. 억지로 그의 힘을 너무 쥐어짜시면 그를 망치는 겁니다."

주사보는 기가 꺾일 대로 꺾여 사무실로 돌아왔다. 말하자면 자식에게 너무 많은 것을 요구했고 망가뜨렸으며, 게오르크는 재능이 보통밖에 안 된다는 말이지? 말도 안 돼. 교사들 생각이 늘 맞는 건 아냐. 선생들이 하찮게 여긴 아이들 중에 위인이 된 사람들이 얼마나 많은데. 그는 다시 일에 몰두했다. 그럼으로써 그의 가슴에 무겁게 얹혀 있는 압박감에서 탈출하려고 했다.

정오 무렵 사환이 그에게 누가 찾아왔다고 알려주었다. 복도에서 발혀 부인이 몹시 심란한 모습으로 그를 기다리고 있었다. 그녀는 더듬더듬, 끔찍한 일이, 생각할 수 있는 일로 가장 나쁜 일이 일어났으니 어서, 그녀와 함께 가자고 말했다.

"무슨 나쁜 일인데요?" 하고 그가 소리를 질렀다. "내 아들에게 무슨 일이 있나요?"

절망의 몸짓이 그녀의 대답이었다.

김나지움의 귀염둥이를 위해 엄숙한 장례식이 마련되었다. 행사에는 모든 교사와 모든 학생들이 참석했다. 금속공예 기능장 오번베르거는 행렬을 — 어린애처럼 울면서 — 따라 왔으며 그의 아들 페피에게 서도 오늘은 교만기가 사라지고 없었다.

아버지는 침착성을 잃지 않고 관 뒤를 따라갔다. 묘지에서 아들을 칭찬하는 말이 나올 때마다 어머니는 점점 속이 무너져 내렸지만 그는 즐거움을 느끼는 듯했다.

"그녀는 지금 아들과 함께 묻히고 싶은 심정일 거예요" 하고 발혀 부인이 자기 남편에게 침통한 얼굴로 말했다.

두 쌍의 부부는 같은 마차를 타고 돌아왔다. 판너와 그의 아내는 서로 한 마디도 하지 않았다. 그들은 서로 주뼛주뼛 상대방의 시선을 피했다. 집에 도착해 발혀 부인이 자기 집에 우선 들렀다 가자고 간곡히 청해 아그네스는 그러자고 했다.

이 한결같은 이웃은 "그곳이라야 그녀가 몇 시간이라도 쉴 수 있지" 하고 생각했다.

저녁이 되자 아그네스는 몸에 밴 의무가 생각나 기계적으로 저녁 빵을 준비하러 갔다. 그녀는 등에 불을 켜려고 방에 들어섰다. 그러나 이미 판너가 켜놓았다. 등이 훤하게 밝혀진 식탁 위에 학교 사환이 가져다 준 책과 모자가 놓여 있었다. 판너 앞에는 얇은 장부가 펼쳐져 있었는데, 굴덴 단위로 모은 아들의 재산이었다. 그곳에 죽치고 앉아 우두커니 그 모든 것을 바라보는 그의 구부정한 모습에는 비통한 절망감이 서려 있었다. 이제 이 마음을 어찌할까!

아그네스가 조용히 다가왔다.

그가 짓뭉개고 짓밟아 시중드는 기계로 경멸했던 아내가 이 순간 — 그와 비교해 — 더 뛰어나고 강하며, 행복한 여자라는 느낌이 들었다. 그녀는 자책하지 않고 아이 생각을 할 수 있었다. 아이가 정겨운 사랑을 보이며 그녀와 작별했던 것이다.

"여보" 하고 그녀가 판너를 불렀다.

그가 벌떡 일어나 깜짝 놀란 얼굴로 그를 노려보았다. 이제 그녀가 그에게 해명을 요구할 참인가? 그의 입술이 씰룩거리고 떨리며 아무 소리도 내지 못했다. 일그러진 얼굴 모습에는 폭삭 늙은 티가 어려 있었다.

문득 증오가 누그러지고 모든 비난이 입을 닫았다. 그녀가 천천히 다가와 말했다. "당신은 그가 최선을 다하길 바랐을 뿐이에요."

깜짝 놀라, 삼가 감사하는 마음으로 그는 그녀의 두 손을 잡고 얼굴을 그 안에 묻은 채 흐느껴 울었다.

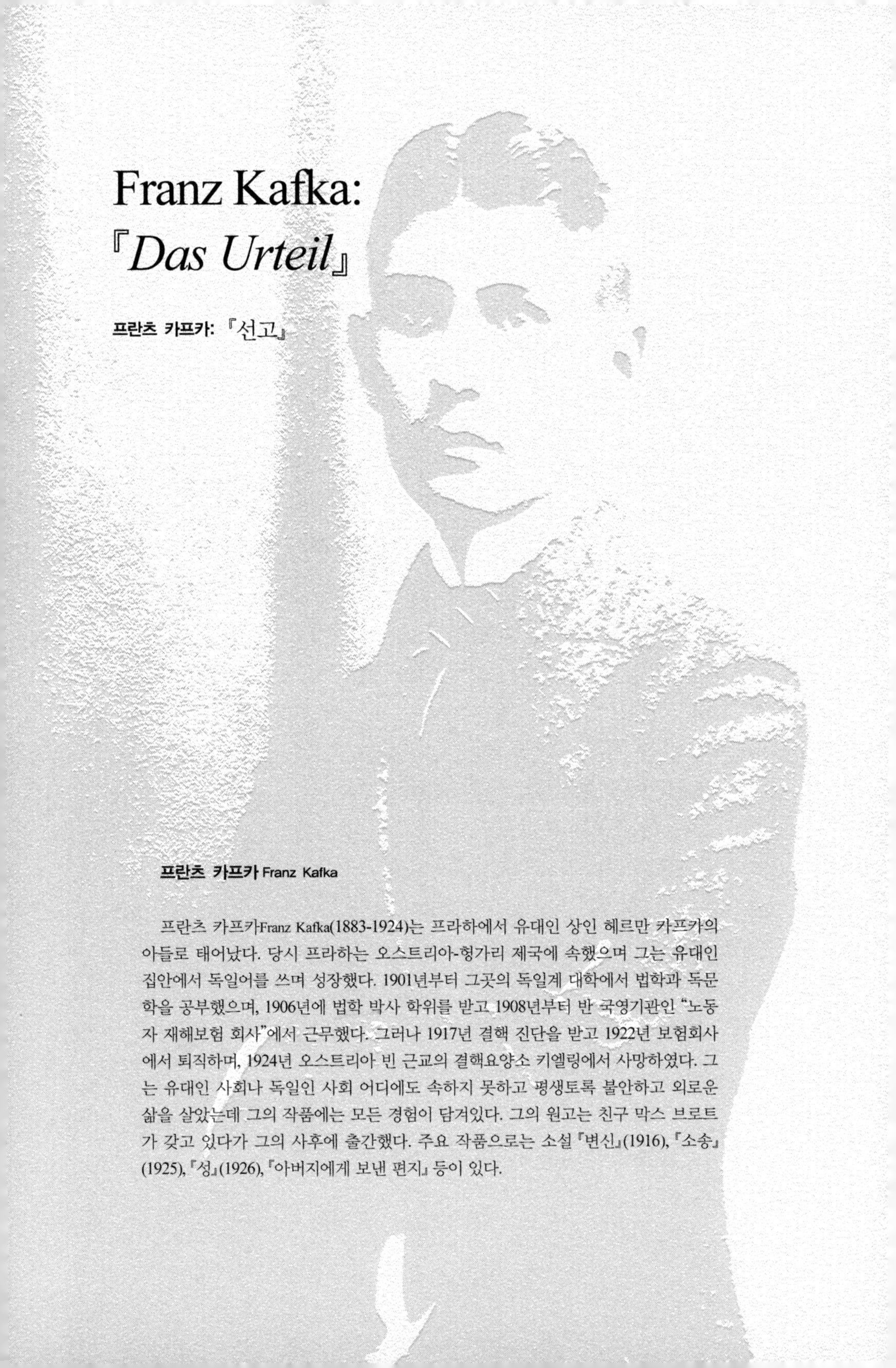

Franz Kafka: 『*Das Urteil*』

프란츠 카프카: 『선고』

프란츠 카프카 Franz Kafka

프란츠 카프카Franz Kafka(1883-1924)는 프라하에서 유대인 상인 헤르만 카프카의 아들로 태어났다. 당시 프라하는 오스트리아-헝가리 제국에 속했으며 그는 유대인 집안에서 독일어를 쓰며 성장했다. 1901년부터 그곳의 독일계 대학에서 법학과 독문학을 공부했으며, 1906년에 법학 박사 학위를 받고 1908년부터 반 국영기관인 "노동자 재해보험 회사"에서 근무했다. 그러나 1917년 결핵 진단을 받고 1922년 보험회사에서 퇴직하며, 1924년 오스트리아 빈 근교의 결핵요양소 키엘링에서 사망하였다. 그는 유대인 사회나 독일인 사회 어디에도 속하지 못하고 평생토록 불안하고 외로운 삶을 살았는데 그의 작품에는 모든 경험이 담겨있다. 그의 원고는 친구 막스 브로트가 갖고 있다가 그의 사후에 출간했다. 주요 작품으로는 소설 『변신』(1916), 『소송』(1925), 『성』(1926), 『아버지에게 보낸 편지』 등이 있다.

Franz Kafka: 『*Das Urteil*』

프란츠 카프카: 『선고』

* F에게

화창한 봄날 어느 일요일 오전이었다. 젊은 상인 게오르크 벤데만은 자기 방에 앉아 있었다. 강을 따라 죽 늘어선, 나지막이 날림으로 높이와 색깔만 조금씩 다르게 지은 집들 중 이층이었다. 그는 막 외국에 있는 어릴 적 친구에게 보낼 편지를 마무리하고 천천히 만지작거리며 봉한 다음, 팔꿈치를 책상에 괴고 창 너머로 강과 다리 그리고 건너편의 푸르스름한 강기슭을 바라보았다.

그는 이 친구가 고향에서의 승진에 만족하지 못하고 몇 년 전 훌쩍 러시아로 떠나버린 일을 생각해 보았다. 지금 그는 페테르부르크에서 사업을 하고 있는데, 처음엔 아주 잘 되었지만 이미 오래 전부터 부진한 듯 우는 소리만 했으며 고향을 찾는 일도 점점 뜸해졌다. 그러니까 타향에서 뼈 빠지게 헛고생만 하고 있으며 어릴 때부터 낯익은 얼굴은 이국풍 수염으로 흉하게 덮였고, 무슨 병이 진행중인 것처럼 안색이 노랬다. 그는 현지 교민들과 이렇다 할 접촉이 없었고 고향 친지들과 왕래도 거의 없었으며 영원한 총각생활에 익숙해졌다고 했다.

돌이킬 수 없는 길로 들어선 것이 안타깝긴 하지만 도울 길이 없는데 그런 사람에게 뭐라고 써야 할까. 다시 고향에 돌아와 살림을 이곳으로 옮기고, 옛 친구 관계를 되살리고 — 여기에는 물론 아무 장애가 없었다 — 아울러 친구들의 도움에 기대를 걸어보라는 말이나 해줄까. 그러나 남을 생각해준다는 것이 더 상처를 줄 수 있는 것이, 이것은 그가 지금까지 한 노력들은 실패로 돌아갔으니 거기서 완전히 손을 떼고 돌아와 모두들 놀라 눈을 크게 뜨고 그를 영구 귀향자로 바라보게 하라는거나 마찬가지였다. 또 친구들은 조금 이해심을 보일지라도 그는 성공한 고향 친구들이나 그저 따라 다니는 옛 동무인 것이다. 그렇다고 그가 치를 온갖 고역이 과연 실속 있는 일일까? 어쩌면 그를 귀향시키는 것도 이뤄지지 않을지 모른다. 그 스스로 이젠 고향 물정을 모른다고 말하지 않았나. 이런저런 생각 끝에 그는 타지에 남게 되고, 조언들 때문에 감정만 상하고 친구들과도 한층 더 멀어질 것이다. 그러나 그가 정작 조언을 받아들여 여기 와서는 — 물론 그러고 싶어서가 아니라 현실 때문에 — 기가 꺾여 친구들과 어울리지도 못하고, 또 그들 없이는 꼼짝달싹도 못하며 수치를 느끼고 그제야 비로소 고향도 친구도 없는 신세가 될는지 모른다. 그럴 바에야 그대로 타향에 머물러 있는 게 그에겐 훨씬 낫지 않을까? 사정이 이럴진대 그가 여기에서 정말 성공하리라는 생각이 가당하기나 한가?

그런 까닭에 서신 왕래를 계속 유지하고 싶으면 아주 멀리 있는 친지에게도 주저 없이 보낼 수 있는 기본적인 소식조차도 전할 수 없었다. 그 친구는 3년이 넘도록 고향에 가지 않았는데, 러시아의 불안한 정치 상황을 들어 궁색하게 변명했다. 수많은 러시아인들이 마음대로 세계를 돌아다니고 있는데도 소상인이 아주 잠시 어디 가는 것조차 허용되지 않는다는 것이었다. 그러나 이 삼 년 동안 게오르크에게는 많은 변화가 생겼다. 이 년 전쯤 어머니가 돌아가셨는데 그때부터 게오르크는 늙으신 아버지와 한집 살림을 살고 있었다. 친구는 그 소식을 들었는지 편지로 애도를 표했는데 성의가 없었다. 타지에선 그런 일로 전혀 슬픈 느낌이 생기지 않아 그렇다고 생각할 수밖에. 그러나 게오르크는 그때부터 다른 일과 마찬가지로 마음을 다부지게 먹고 자기 사업에 매달렸다. 어머니가 살아 계실 때는 아버지가 사업에서 자기 견해만을 인정하려 하였기 때문에 실제 자기 활동을 하는 데 지장이 있어 보였는데 어머니가 돌아가신 후 아버지는 여전히 사업을 하고 있긴 해도 잘 나서지 않으시는 것 같았다. 아마 — 십중팔구는 — 요행이 훨씬 중요한 작용을 한 것 같은데, 아무튼 사업은 지난 두 해 동안 예상외로 번창해 직원을 두 배로 늘려야 했고, 매상은 다섯 배로 증가했으며 지속적인 발전도 확실해 보였다.

그러나 친구는 이런 변화를 전혀 몰랐다. 전에, 마지막으로 조문 편지에선가, 그는 게오르크에게 러시아로 이주하라고 설득하려 하면서 페테르부르크에 게오르크 사업체의 지점을 설치했을 때의 전망을 상세히 설명해 주었다. 수치를 보면 지금 게오르크의 사업 규모에 비해 미미하기 그지없었다. 그러나 게오르크는 친구에게 자기 사업의 성과에 대해 쓰고 싶지 않았으며 지금 뒤늦게 그런다면 모양이 정말 이상했을 것이다.

그래서 게오르크는 친구에게 편지를 쓸 때 내용을 조용한 일요일 같은 날 생각에 잠겼을 때 기억 속에 되는대로 쌓인 하찮은 일들로 제한했다. 그 동안 오랜 세월에 걸쳐 친구의 마음속에서 나름대로 다듬어진 고향의 모습을 게오르크는 그냥 놔두고 싶을 뿐이었다. 그래서 게오르크는 별로 상관이 없는 자가 역시 별 상관이 없는 처녀와 약혼한 이야기를 제법 상당한 간격을 두고 세 번에 걸쳐 친구에게 편지로 알려주었는데 얼마 후 친구가, 아주 뜻밖에도, 이 묘한 일에 관심을 갖기 시작했던 것이다.

그러나 게오르크는 친구에게 자신이 유복한 가정의 딸인 프리다 브란덴펠트 양과 한 달 전에 약혼했다는 사실을 털어놓는 것보다 그런 일에 대해 쓰는 게 훨씬 좋았다. 그는 자기 약혼녀에게 종종 그 친구와 자신과 그와의 특별한 서신 왕래 관계에 대해 이야기했다. 그녀는 "그는 결코 우리 결혼식에 오지 않을 거예요"라고 하더니 "그렇지만 나는 당신 친구들을 모두 알 권리가 있어요" 하고 말했다. 게오르크가 "그를 못 오게 하려는 게 아니오" 하고 대답했다. "잘 들어요. 그가 오긴 올 거라고 생각해요. 하지만 마지못해 오게 되어 기분 나빠 할런지도 몰라요. 아마 날 부러워하고 불만스러워 하며 이 불만을 처리하지 못해 혼자 되돌아갈 텐데. 혼자서 말이오. 알겠소?" "예. 그런데 그분이 우리 결혼에 대해 어떻게든 알게 되지 않을까요?" "그것까지 막을 수는 없는데, 그의 생활 방식으로 보아 그럴 가능성은 별로 없어요." "게오르크, 그런 친구들이 있다면 아예 약혼을 하지 말 걸 그랬어요." "그래요. 그건 우리 두 사람의 잘못이오. 하지만 난 지금도 그 일을 달리하고 싶은 생각은 없소." 그녀는 그의 키스를 받고 숨이 가쁜데도 말을 꺼냈다. "그래도 난 기분 나빠요." 그러자 게오르크는 편지로 친구에게 모든 것을 알려줘도 괜찮을 것 같았다. 그는 "난 이런 놈이야. 그러니 그는 날 그대로 받아들여야 해. 나를 대신할 만큼 그와의 우정에 더 적합한 사람을 없을 거야" 하고 혼자 중얼거렸다.

그리고 실제로 이번 일요일 오전에 친구에게 쓴 긴 편지에 자신이 약혼했다는 사실을 알렸다. 내용은 다음과 같다. "가장 좋은 소식을 끝까지 아껴두었네. 나는 프리다 브란덴펠트라는 아가씨와 약혼을 했네. 유복한 집안 출신으로 자네가 떠나고 한참 뒤에 이곳으로 이주했으니 자네가 모르는 집일 거네. 내 약혼녀에 대해선 또 자세히 얘기할 기회에 있을 테니 오늘은 내가 제법 행복하다는 것 그리고 우리 관계에서는 이젠 자네가 나를 그저 평범한 친구가 아니라 행복한 친구로 조금 달리 보게 될 거라는 말만 해두겠네. 아울러 내 약혼녀가 자네에게 진심으로 안부를 전하네. 다음에 자네에게 직접 편지를 쓰겠다는데 총각에게 진정한 친구라니 괜찮지 않은가. 여러 가지 일 때문에 우리를 방문하기 어려울 테지만 결혼식을 절호의 기회로 삼아 만사 제쳐 놓고 한번 오면 어떻겠나? 그렇지만 이런 것은 무턱대고 하지는 말고 자네가 잘 생각해서 행동하기 바라네."

이 편지를 손에 들고 창쪽으로 고개를 돌린 채 게오르크는 오랫동안 책상에 앉아 있었다. 아는 사람이 골목에서 지나가다 인사를 했지만 멍하니 웃어주지도 않았다.

그는 마침내 편지를 주머니에 넣고 방에서 나와 작은 통로를 지나 아버지의 방으로 들어갔다. 몇 달만에 온 것인데 사실 꼭 찾아올 일도 없었다. 아버지와는 일 때문에 늘 만났으며, 같은 시각, 같은 식당에서 함께 점심을 먹고, 저녁에는 각자 마음대로 식사를 했지만 — 게오르크가 친구들과 함께 있거나 지금은 약혼녀를 방문하거나 하는 일이 아주 자주 있었는데 그럴 때 말고는 — 대개 그 후 잠시나마 거실에 앉아 각각 신문을 보았다. 게오르크는 화창한 일요일 오전인데도 아버지의 방이 어두컴컴해서 놀랐다. 좁은 마당 너머에 높이 솟아 있는 담 때문에 이렇게 그늘이 져 있었던 것이다. 방 한쪽 구석에는 어머니를 기념하는 여러 가지 물건들로 꾸며져 있었는데 아버지는 그곳 창가에 앉아 신문을 읽고 있었다. 그는 약한 시력을 보완하려고 신문을 앞에 비스듬히 들고 있었다. 식탁 위에는 아침을 먹고 남은 것이 있었는데, 많이 드신 것 같지 않았다.

아버지는 "아, 게오르크구나!" 하고 곧 그에게 다가왔다. 걸을 때 무거운 잠옷이 열리고 끝자락이 나부꼈다.

'아버지는 여전히 거인이구나' 하고 게오르크가 중얼거렸다

그러고서 "여긴 매우 어둡네요" 하고 말했다.

"그럼, 어둡고 말고" 하고 아버지가 대답했다.

"창문을 닫고 계셨네요?"

"난 그게 더 좋아."

"바깥은 아주 따뜻한데요" 그는 앞에 한 말에 덧붙이듯 말하고 자리에 앉았다.

아버지는 아침 식사 그릇을 들고 가 상자 위에 놓았다.

노인의 움직임을 멍하니 쫓아가면서 게오르크가 "다른 게 아니고요"

하고 말을 꺼냈다. "페테르부르크에 내 약혼을 알렸다는 말씀을 드리려고요." 그는 주머니에서 편지를 조금 꺼내다가 도로 집어넣었다.

"페테르부르크에?" 하고 아버지가 물었다.

"제 친구에게요" 하고 말하고 게오르크는 아버지의 눈치를 살폈다. 아버지가 상점에 계실 때와 전혀 다른데. 여기선 몸을 쭉 펴고 가슴 위에 팔짱을 끼고 앉아 계시네, 하고 그는 생각했다.

"그래, 네 친구에게 말이지" 하고 아버지가 힘주어 말했다.

"제가 처음엔 그에게 약혼을 알리지 않고 싶어 했다는 건 아버지도 아시잖아요. 다른 이유는 없고 그를 배려해서 그랬어요. 아시다시피 그는 복잡한 사람이에요. 혼자 사니 거의 불가능하겠지만 다른 사람을 통해 내 약혼에 대해 알게 될 수 있다는 생각도 했어요. 그것까지야 막을 수 없지요. 하지만 내게 직접 그 소식을 받게 하진 않으려고 했지요."

"그런데 이제 와서 생각이 다시 바뀌었단 말이냐?" 하고 묻고 아버지는 큰 신문을 창턱에 그리고 손으로 가리고 있던 안경은 신문 위에 놓았다.

"예, 지금 다시 생각해 봤거든요. 그가 좋은 친구라면 나의 행복한 약혼에 대해 그 역시 기뻐할 거라고 말이에요. 그래서 더 이상 주저하지 않고 그에게 알리려고요. 편지를 우체통에 넣기 전에 이 말씀을 말씀드리고 싶었어요."

아버지가 "게오르크" 하며 이가 빠진 입을 크게 벌렸다. "좀 들어봐라! 넌 그 일 때문에 내게 상의하러 왔다. 정말 그럴듯해. 하지만 네가 지금 진실을 말하지 않는다면 아무 쓸데 없어. 오히려 불쾌할 뿐이지. 우리 문제 말고 다른 일은 거론하지 않겠어. 사랑스런 네 어머니가 죽은 뒤로 불미스러운 일들이 일어났어. 그럴 때가 되었는지도 모르지. 아니면 우리가 생각하는 것보다도 더 일찍 오는 것인지. 가게에서 나 몰래 이루어지는 일들이 더러 있는데 숨겨질 일이 아니지. 지금 나에게 뭘 감추고 있을지 모른다고 가정하고 싶은 생각은 전혀 없다. 난 이제 기력도 부치고 기억력도 떨어지고 있어 모든 일에 대한 판단도 없어졌어. 첫째로 세월이 흘러 그렇게 되었고, 둘째로는 네 어머니의 죽음으로 너보다 내가 훨씬 타격을 받았기 때문이지. 그나저나 아까 하던 이야기 마저 해야지. 그 편지 얘기 말이야, 게오르크. 제발 날 속이지 마. 사소한 일, 소소한 일이야. 그러니 날 속이지 마. 페테르부르크에 그런 친구가 정말 있는 거니?"

게오르크는 당황해서 일어섰다. "제게 친구들이 있다고 해요. 친구가 많아도 아버지를 대신할 순 없습니다. 제 마음을 아시겠어요? 아버지께서는 몸을 잘 아끼지 않으세요. 나이를 무시할 수는 없잖아요. 아주 잘 알고 계시겠지만 아버지가 계시지 않으면 가게가 돌아가지 않아요. 그러나 사업 때문에 아버지 건강이 위험해질 것 같으면 전 내일이라도 가게를 영원히 닫아버리겠어요. 그래서는 안 되겠지요. 우리는 아버지를 위해 다른 생활방법을 시작해야 돼요. 근본적으로 다르게 말이죠. 거실에 계시면 환할 텐데 여기 어두컴컴한 데 앉아 계시지요. 아침을 든든히 잡수셔야 되는데 입만 대다 마시지요. 공기가 좋을 텐데도 창을 닫고 계셔요. 아버지, 안 되겠어요! 의사를 불러 그의 지시를 따릅시다. 우리 방을 바꿔요, 아버지가 앞방으로 옮기시고 제가 이 방으로 올 게요. 아버지로선 달라질 게 없어요. 모든 게 함께 옮겨갈 테니까요. 하지만 모든 일에는 시간이 있어요. 지금은 좀 누워계셔요. 무조건 쉬셔야겠어요. 자, 옷을 벗으시는 데 거들어 드릴게요. 제가 할 수 있다니까요. 아니면 지금 당장 앞방으로 가시든가요. 가서 잠시 내 침대에 누워 계세요. 참, 그게 아주 괜찮겠네요."

게오르크는 아버지 옆에 바짝 붙어 서있는데, 아버지는 덥수룩한 백발 머리를 가슴 위로 떨어뜨린 채였다.

"게오르크" 하고 아버지가 나직이, 그대로 가만히 앉아 말했다.

게오르크가 곧 아버지 곁에 무릎을 꿇고 앉았다. 아버지의 지친 얼굴 속에서 눈초리에 이를 만큼 휘둥그레진 눈동자가 그를 바라보고 있었다.

"넌 페테르부르크에 친구가 없다. 늘 익살을 잘 부렸으며 나한테도 가리지 않고 말했지. 하필 그곳에 친구가 있다니 어찌 된 거야! 전혀 믿을 수가 없어!"

게오르크가 "아버지, 잘 생각해 보세요" 하고 아버지를 의자에서 일으켜 아버지의 잠옷을 벗겨드렸는데 지금은 맥이 빠진 모습이었다. "제 친구가 우리 집에 찾아온 지 곧 삼년이 돼요. 제 기억으로 아버지는 그를 별로 좋아하지 않으셨어요. 아버지께는 그가 내 방에 앉아 있었는데도 안 왔다고 한 게 두 번은 돼요. 아버지가 그를 싫어하시는 건 잘 이해할 수 있었어요. 제 친구는 괴상한 면이 있어요. 하지만 그 후에는 그와 이야기를 아주 잘 나누셨잖아요. 그때 아버지가 그의 말을 경청하고 고개를 끄덕이고 물어보시는 걸 보고 저도 흐뭇했어요. 이리저리 생각해보시면 기억나실 거예요. 그때 그는 러시아 혁명에 대해 얘기했는데 믿어지지 않았지요. 예컨대 그가 사업차 키예프로 갔을 때 폭동이 일어났는데 한 신부가 발코니에서 칼로 자기 손바닥에 십자를 새겨 그 피 흘리는 손을 쳐들고 군중들에게 외치는 것을 보았다고 했지요. 아버지도 가끔 이 이야기를 되풀이 하셨잖아요."

그 동안 게오르크는 아버지를 다시 앉히고 리넨 팬티 위에 입은 트리코천의 바지와 양말을 조심해서 벗길 수 있었다. 별로 깨끗하지 못한 속옷을 보자 그는 아버지를 돌보지 않은데 대한 가책을 받았다. 아버지가 제때 내의를 갈아입으시도록 챙기는 것도 분명 자기 의무일 것이다. 자기 약혼녀와 앞으로 아버지 일을 어떻게 할 것인지에 대해서는 아직 자세히 얘기하지 않았다. 그들은 말없는 가운데 아버지 혼자 옛 집에 머무실 거라고 가정했던 것이다. 그런데 지금 그는 대뜸 새 살림집에 아버지를 모시기로 결정했다. 더 곰곰이 생각해보니 거기서 아버지를 보살펴 드릴 준비가 너무 늦은 것 같았다.

그는 아버지를 팔에 안아 침대로 옮겼다. 침대로 몇 걸음 걸어가다 아버지가 자기 가슴에 달린 시곗줄을 만지작거리고 있는 것을 보자 그는 무서운 느낌이 들었다. 어찌나 시곗줄을 꼭 잡고 있는지 아버지를 곧바로 침대에 눕힐 수가 없었다.

그러나 아버지를 침대에 눕히자 다 잘된 것 같았다. 그는 손수 몸을 덮었으며 어깨 위까지도 이불을 끌어올렸다. 그가 게오르크를 쳐다보는데 온화한 얼굴이었다.

"이제 그가 기억나시지요, 그렇지요?" 하고 게오르크가 묻고는 기분을 북돋우려고 고개를 끄덕였다.

"이제 이불이 잘 덮였지?" 하고 아버지가 발이 잘 덮였는지 확인할 수 없다는 듯이 물어보았다.

"침대에 누우시니까 좋지요?" 하고 게오르크가 이불을 고쳐 덮었다.

"이불이 잘 덮여 있니?" 하고 아버지가 재차 물었는데 대답에 특별히 관심이 있는 것 같았다.

"걱정 마세요. 잘 덮여 있어요."

"그렇지 않아!" 아버지는 이렇게 큰소리로 질문에 대답을 들이대며 이불이 순식간에 날라 확 펼쳐질 만큼 세게 걷어차고 침대에 똑바로 섰다. 한손만 가볍게 천장에 대고 있었다. "네가 날 덮어주려 했지. 알고 있어, 이놈아. 하지만 난 덮여 있지 않거든. 마지막 힘도 남아 있지. 너 정도는 충분히 상대하고도 남아. 난 네 친구를 잘 알지. 그는 내 마음의 아들이나 다름없는 애지. 그래서 넌 그를 내내 속여 왔지. 그렇지 않으면 왜 그랬겠어? 그를 애도해 울지 않은 줄 아니? 그래서 넌 나를 네 사무실에 가둬 놓은 거야. 아무도 들어오지 마라, 사장님은 바쁘시다 하고 — 그저 러시아로 거짓 편지를 쓰기 위해 한 짓이야. 그러나 아버지에게 아들의 속셈을 꿰뚫어보는 법을 가르쳐줄 필요는 없으니 다행이지. 지금 넌 그를 제압했다고, 네 궁둥이로 그를 깔고 앉아도 그는 꼼짝 못할 정도로 그를 제압했다고 믿고 있지. 그래서 우리 아드님은 결혼을 결정했고!"

게오르크는 자기 아버지의 소름끼치는 모습을 쳐다보았다. 아버지가 갑자기 페테르부르크의 친구를 그렇게 잘 안다니, 게오르크는 새삼 그의 생각에 사로잡았다. 먼 러시아 땅에서 망한 모습이 보였다. 그는 아무것도 없이 약탈당한 가게 문가에 서 있었다. 선반들이 부서져 쌓여 있고 갈가리 망가진 물건들, 떨어진 가스등 사이에 그는 아직까지 서 있었다. 왜 그는 그토록 멀리 떠나야 했지!

"날 좀 봐라!" 하고 아버지가 부르자 게오르크는 멍하니 모든 걸 알아보려고 침대로 달려갔다. 그러나 도중에서 걸음을 멈추었다.

"그 년이 치마를 쳐들었기 때문에" 하고 아버지가 상냥하게 말하기 시작했다. "그 보기 싫은 년이 이렇게 치마를 쳐들어서" 하며 그것을 보여주기 위해 잠옷을 높이 들어올리자 전쟁 때 넓적다리에 입은 흉터가 보였다. "그년이 치마를 이렇게, 이렇게, 이렇게 쳐올렸기 때문에 넌 그년에게 접근했어. 그리고 방해 받지 않고 그년과 재미를 보려고 돌아가신 어머니의 유물을 더럽히고, 친구를 배반하고 그리고 네 아버지를 꼼짝 못하게 침대에 처박아두었지. 하지만 이 아비가 움직일 수 있니 아니면 못 움직이니?" 그러고서 그는 완전히 제힘으로 서서 두 다리를 내디뎠다. 그의 얼굴은 통찰력으로 환히 빛났다.

게오르크는 가능한 한 아버지에게서 멀리, 한쪽 구석에 서 있었다. 뒤쪽에서든 위쪽에서든 우회적으로 기습당하지 않기 위해 모든 걸 철저히 지켜봐야겠다고 굳게 마음먹은 건 오래 전이었다. 그런데 지금 잊은 지 오래된 그 결심이 다시 생각났다가 짧은 실을 바늘귀에 꿸 때처럼 그것을 잊어버렸다.

"하지만 그 친구는 배반당한 게 아니야!" 하고 아버지가 외치더니 이리저리 집게손가락을 흔들면서 그 말에 힘을 실었다. "난 이곳에서 그의 대리인이었거든."

게오르크는 참다못해 "코미디언이군!" 하고 외쳐버렸는데 곧 손해를 깨닫고 뒤늦게 — 눈을 부릅뜬 채 — 혀를 깨물었는데 너무나 아파서 몸이 구부러질 정도였다.

"그래, 내가 코미디를 했다! 그래, 코미디! 말 잘했다! 늙어 홀아비가 된 이 애비에게 무슨 위안거리가 있었어? 말해 봐 — 내가 대답하는 순간에라도 진짜 내 아들이 되어 봐. 불성실한 직원들에게 쫓겨 구박당해 뒷방에 처박히고 뼛속까지 늙어버렸으니 내게 남은 게 뭐 있어? 내 아들은 환호하며 세상을 돌아다니며 내가 준비한 사업들을 매듭짓고 기뻐 날뛰다가도 자기 아비 앞에서는 신사처럼 과묵한 얼굴을 한 채 내뺐다고! 내게서 네가 나왔는데, 그런 너를 내가 사랑하지 않을 거라고 생각해?"

이제 고꾸라지겠는 걸, 하고 게오르크가 생각했다. 쓰러져 짜부라져버리지! 이 말이 그의 머리를 휙 스쳤다.

아버지가 고꾸라지긴 했지만 쓰러지진 않았다. 게오르크가 다가가자 그는 예상대로 다시 몸을 일으켰다.

"거기 있어, 넌 필요 없으니까! 넌 이리로 올 수 있는 힘이 있는 줄 알면서도 그럴 마음이 없어 머무적대는 거야. 착각하지 마라! 나는 아직도 생각보다 훨씬 더 강하니까. 나 혼자라면 꽁무니를 빼야 했겠지. 그런데 네 어머니가 내게 이렇게 힘을 주셨고, 네 친구와의 유대는 기가 막히며 네 고객들도 내 주머니에 들어 있지!"

"속옷에도 주머니가 있다니!" 하고 게오르크는 중얼거리며 아버지가 이 말로 자기를 온 천지에 웃음거리로 만들지 모른다는 생각을 했다. 그러나 그저 한순간 그런 생각을 하고는 곧 다 잊어버렸다.

"네 여자 친구와 팔짱을 끼고 내게 와봐라! 네 곁에서 떨쳐낼 테니 어디 두고 봐!"

게오르크는 믿어지지 않는다는 듯 얼굴을 찡그렸다. 아버지는 자기가 한 말이 사실이라고 역설하듯이 게오르크가 서 있는 구석을 향해 고개만 끄덕였다.

"오늘 네가 와서 친구에게 약혼 이야기를 써야할까요 하고 물었을 때 난 얼마나 즐거웠다고. 그는 다 알고 있어, 이 멍청한 녀석아. 다 알고 있다고! 난 그에게 편지를 썼어. 넌 잊고 내게서 필기구를 치우지 않았거든. 그래서 그는 몇 년 전부터 오지 않고도 모든 걸 너보다 수백 배는 더 잘 알고 있지. 네 편지는 읽지도 않은 채 왼손에 구겨 쥐고 있고 내 편지는 읽으려고 오른손에 들고 있다고!"

그는 신에 겨워 팔을 머리 위로 쳐들고 흔들었다. 그러고서 "그는 모든 걸 천 배나 더 잘 안다고!" 하고 외쳤다.

게오르크가 아버지를 놀리려고 "만 배에요!"라고 말했는데 말이 입에 있을 때부터 느낌이 섬뜩했다.

그는 "난 이미 몇 년 전부터 네가 이 문제를 들고 오지 않을까 지켜보고 있었지! 내가 다른 데 신경 쓰고 있다고 생각했니? 내가 신문을 읽는 줄 알았어? 자!" 하며 어찌어찌 침대에 가 있는 신문지 한 장을 게오르크에게 내던졌다. 오래된 신문으로 게오르크가 전혀 모르는 이름이었다.

"네가 다 클 때까지 시간이 어찌나 더딘지! 어머니는 이 기쁜 날을 보지도 못한 채 결국 세상을 떠났고 친구는 러시아에서 몰락해 가고. 그는 이미 삼 년 전에 망해 나앉았지. 그리고 내가 어떤 상태인지는 네가 잘 알거고. 눈이 달렸으니 말이야!

"그러니까 날 노리고 있었네!" 하고 게오르크가 외쳤다.

딱하다는 듯 아버지가 덧붙였다. "진작 그 말을 하고 싶었겠지. 지금은 그런 말이 결코 어울리지 않아."

그러고선 더 큰 소리로 "넌 이제 너 이외에도 무엇이 있었는지 알거다. 지금까지 너는 너밖에 몰랐다! 본디 넌 순진한 아이였다. 그러나 좀더 따져 보니 넌 사악한 놈이었다. 고로 나는 너에게 지금 물에 빠져 죽을 것을 선고한다!"

게오르크는 방에서 쫓겨나오는 느낌이었다. 뒤에서 아버지가 침대에 '쿵' 하고 쓰러지는 소리가 아직도 귓전에 따라왔다. 그는 층계 계단을 경사면처럼 내달았는데 청소부가 깜짝 놀랐다. 그녀는 아침에 방 청소를 하려고 올라오던 참이었다. 그녀가 "어머나!" 하고 소리치면서 앞치마로 얼굴을 가렸지만, 그는 이미 사라지고 없었다. 그는 대문을 나와 차도를 건너 이끌리듯 강으로 갔다. 어느새 그는 굶주린 자가 음식물을 쥐듯이 난간을 꼭 잡고 있었다. 그는 체조 선수처럼 난간으로 올라갔다. 소년 시절 그의 부모는 뛰어난 체조선수인 그를 자랑스러워했었다. 그는 아직도 점점 힘이 빠져가는 손으로 매달려 있었는데 난간 기둥 사이로 버스 한 대가 보였다. 버스 소리는 쉽게 물에 떨어지는 소리를 덮을 수 있을 것 같았다. 그는 "사랑하는 부모님, 전 어떻든 항상 당신들을 사랑했어요" 하고 나직이 외치며 떨어졌다.

이 순간 다리 위에는 교통이 좀처럼 끊이지 않았다.

번역을 마치면서 …

마리 에브너 폰 에셴바흐의 『우등생』, 프란츠 카프카의 『선고』

프란츠 카프카, 에브너-에셴바흐의 두 단편 소설은 "아버지와 아들"이란 관점을 갖고 함께 읽을 만한 작품들이다. 사실 몇몇 작품으로 '아버지와 자식'이라는 유구한 관계를 제대로 살펴보기란 불가능하다. 그럼에도 이 두 작품들은 이 관계의 의미심장함을 조금이나마 꿰뚫어보게 해준다. 한 집안의 구순한 모습과 아울러 가족의 갈등이 섬세한 필치로 서술되어 있기 때문이다.

에브너-에셴바흐의 『우등생』에서 게오르크는 중급 공무원인 아버지의 뜻에 따라 일분일초도 허투루 쓰지 않고 학업에만 매진한다. 그의 아버지는 "가난하고 신분이 낮은 집에서 태어나 학교 공부를 충분히 받지 못했으며 높은 지위에 오를 가망이라곤 결코 없는" 주사보이다. "보잘것없는 공무원으로 살다가 죽을 수밖에 없는" 팔자이기에 그는 "야심이 있었음에도 포기한 것, 이룩하지 못한 것을" 아들을 통해 이루려고 아들을 몰아친다. 어쩌다 아들 게오르크가 한가롭게 거니는 것을 보면 그때마다 "어서 공부해!" 하고 호통을 치며 다그치기만 한다.

아내에 대한 태도 역시 일방적이다. "그의 고압적이고 부정적인 태도 때문에 그에게 믿고 다가갈 수 있는 가능성은 결혼 초부터 막혀 있었으며", 따라서 그들 사이에 무엇에 대해 논의한다는 것은 있을 수가 없다. 이런 상황에서 착한 게오르크는 죽음의 길로 내몰릴 수밖에 없음을 소설은 보여준다. 그로서 그는 "새장"에 갇힌 새 신세에서 벗어난다.

카프카의 일기에는 마치 죽은 게오르크가 아버지에게 말하는 듯한 대목이 나타나 있다.

"당신은 지독히도 권위적인 분으로 내가 당신의 지시를 따르지 않으면 또 줄곧 규칙과 금지 명령들을 내려, 날 숨 막히게 하셨지요. 그럴 때 저는 이곳에 세 가지 세상이 있다는 생각이 들었습니다. 대체 왜 그 법을 따를 수조차 없는지 영문도 모른 채 오직 나만을 위해 만들어진 법의 지배를 받으며 노예로서 사는 세상, 당신은 멀리 떨어져 지배에 몰두해 명령을 발하고 이를 따르지 않으면 화를 내는 세상, 마지막으로 다른 사람들처럼 명령과 복종에 구애받지 않고 행복하게 사는 세상."

소설『선고』에서도 주인공은 "감옥의 공기와 다른 공기를 다시 맛볼 수" 없기는 마찬가지다. 늙어 골골대고 세상 물정도 모르는 줄 알았던 아버지가 어느 날 갑자기 아들을 지적으로 그리고 물리적으로 옴짝달싹못하게 제압하는 대목은 카프카에게 전형적인 것이다. 어떤 경우든 개인은 상황을 이길 수 없다. 그래서 작품은 주인공에게 자신의 삶을 놓고 심판이 벌어지는 법정으로 변한다.

카프카가『아버지에게 보낸 편지』에는 이런 미묘한 관계의 첫밗이 생생히 묘사되어 있다.

"저는 아버지의 교육 방법과 그것이 제게 끼친 영향에 대해 말하려고 합니다. 그 일이 있고 나서 저는 얌전히 지냈습니다. 하지만 속으론 깊은 상처를 받았지요. 아주 당연히 그저 물을 달라고 조른 것인데 그랬다고 끔찍하게 밖으로 쫓겨나갔으니 이것을 제대로 연관할 수가 없었지요. 몇 년이 지나도 저는 거대한 남자, 최종 법정인 아버지가 밤에 이유 없이 나타나 잠자리에서 밖으로 끌고나갈 수 있다는, 그러니까 저는 그렇게도 하찮은 존재에 불과하다는 생각에 시달렸으니까요."

프로이트는 오이디푸스 콤플렉스 개념을 제시해 아이가 부모 사이의 성적 긴장감 속에서 자기 정체성을 형성해간다고 주장한다. 라캉은 생물학적 아버지가 아니라 상징적 아버지의 법, 질서, 언어가 개인이 성인이 되는 문턱 구실을 한다고 말한다. 한 마디로 아버지는 생물학적인 아버지, 현실 속의 아버지로서 뿐만 아니라 '환상'과 그림자로서 아이의 내면에 심어지며, 때론 거대한 아버지 앞에서 기를 못 펴는 아들로, 때론 그 이미지를 스스로 구현하는 모습으로 성장한다. 종족 계승, 법과 경제활동의 정점을 이루던 옛 살림권속 시대는 지나갔지만 가부장의 권위와 영향은 여전한 것이다.

역자

오용록

오용록은 조선대학교 독어교육과를 졸업하고, 뮌헨대학교 문학 석사 및 박사 학위를 받았다. 현재 강원대학교 독문학과 교수로 재직 중이며, 2010년 판「마르퀴스 후즈 후 인 더 월드」에 등재되었다. 로베르트 발저, 카프카, 릴케, 렌츠, 브링크만, 헤세 등에 관한 논문이 있으며, 옮긴 책으로『성』,『뜨거운 여름』,『스퀴데리 부인』,『백마의 기수』,『망고나무의 비밀』,『엔트로피와 예술』,『지성의 탄생, 제국의 몰락』등이 있다.

독일 단편문학 산책

초판 1쇄 발행 _ 2013년 6월 15일

역 자 • 오 용 록
발 행 인 • 정 현 걸
발 행 • 신 아 사
인 쇄 • 예지인쇄
출판등록 • 1956년 1월 5일 (제9–52호)
주 소 • 서울특별시 은평구 녹번동 28–36번지 2F
전 화 • 02)382–6411 · 팩스 02)382–6401
홈페이지 • www.shinasa.co.kr
E–MAIL • shinasa@daum.net

ISBN 978–89–8396–819–7(93850)

정가 13,000원